Cuando te encuentre

Cuando te encuentre

Nicholas Sparks

Traducción de Iolanda Rabascall

Rocaeditorial

Título original: *The Lucky One*
© 2008, Nicholas Sparks

Primera edición: mayo de 2011

© de la traducción: Iolanda Rabascall
© de esta edición: Roca Editorial de Libros, S. L.
Marquès de l'Argentera, 17, Pral.
08003 Barcelona
info@rocaeditorial.com
www.rocaeditorial.com

Impreso por Rodesa

ISBN: 978-84-9918-277-3
Depósito legal: NA. 1.038-2011

A Jamie Raab y Dennis Dalrymple

Un año para recordar…
y un año para olvidar.
Estoy con vosotros en espíritu.

1

Clayton y Thibault

El ayudante del *sheriff* Keith Clayton no los había oído llegar, y ahora que los tenía más cerca le seguían haciendo tan poca gracia como el primer momento en que los vio. En parte se debía al perro. No le gustaban los pastores alemanes, y aquel, a pesar de su apariencia tranquila, le recordaba a *Panther*, el perro policía que patrullaba con el oficial Kenny Moore y que nunca perdía la ocasión de morder a los sospechosos en el escroto a la mínima orden. Generalmente tenía a Moore por un pobre idiota; no obstante, era lo más parecido a lo que podía considerar un amigo en el departamento. Además, su forma de relatar aquellas anécdotas sobre *Panther* mordiendo escrotos siempre conseguía arrancarle unas sonoras carcajadas. Y, sin lugar a dudas, Moore habría sabido apreciar aquel espectáculo de desnudez que Clayton acababa de truncar, tras llevar un rato espiando a un par de universitarias que tomaban el sol junto al arroyo en todo su esplendor matutino. No hacía ni diez minutos que estaba allí y solo había tomado un par de instantáneas con la cámara digital cuando una tercera muchacha emergió de repente entre unas enormes hortensias. Tras ocultar la cámara atropelladamente entre los matorrales situados a su espalda, Clayton rodeó un árbol y se plantó delante de la universitaria.

—¡Vaya, vaya! Pero ¿qué tenemos aquí? —silabeó lenta y pesadamente, con intención de ponerla nerviosa.

No le gustaba que lo hubieran pillado con las manos en la masa, ni tampoco se sentía plenamente satisfecho con su primera intervención tan desabrida. Por lo general exhibía más elocuencia. Mucha más. Afortunadamente, la muchacha estaba demasiado avergonzada como para darse cuenta de nada, y casi tropezó mientras retrocedía. Tartamudeó algo a modo de excusa mientras intentaba cubrir su desnudez con ambas manos. Clayton pensó que era como presenciar a alguien practicando una partida de Twister en solitario.

Él no hizo ningún esfuerzo por desviar la mirada. En vez de eso sonrió, fingiendo no ver su cuerpo, como si estuviera acostumbrado a toparse con mujeres desnudas por el bosque. Estaba seguro de que ella no se había percatado de la cámara.

—Bien, ahora cálmate y cuéntame qué es lo que pasa aquí —le ordenó, muy serio.

Clayton sabía perfectamente lo que pasaba. Sucedía varias veces todos los veranos, pero especialmente en agosto: las universitarias de Chapel Hill o de la Universidad de Carolina del Norte que iban a la playa con ganas de pasar un largo, y posiblemente último, fin de semana en Emerald Isle antes de que empezaran de nuevo las clases en otoño solían desviarse por una vieja carretera forestal llena de curvas y baches que se adentraba en el parque nacional durante más de un kilómetro y medio antes de llegar al punto donde el arroyo Swan Creek viraba bruscamente y confluía con el South River. Allí había una playa de guijarros que se había puesto de moda entre las universitarias aficionadas a bañarse desnudas. Clayton no tenía ni idea de por qué había sucedido tal cosa, y a menudo se pasaba por allí a fisgonear, por si tenía suerte. Dos semanas antes había pillado a seis chavalas que estaban la mar de buenas; hoy, en cambio, solo había tres, y las dos que estaban tumbadas en las toallas se disponían a cubrirse con sus camisas. A pesar de que una de ellas era un poco rolliza, las otras dos —incluyendo la morena que permanecía de pie delante de él— tenían la clase de cuerpazo capaz de volver locos a los universitarios. Y a los policías.

—¡Pensábamos que estábamos solas! ¡No hemos hecho nada malo!

Su cara expresaba suficiente inocencia como para que Clayton le recriminara: «¿Y cómo crees que se lo tomaría tu papaíto, si supiera lo que estabas haciendo?». Le hacía gracia imagi-

10

nar cómo respondería la jovencita a semejante bravata, pero puesto que iba uniformado, sabía que tenía que decir algo oficial. Además, era consciente de que estaba tentando la suerte; si corría la voz de que el ayudante del *sheriff* patrullaba por aquella zona, ya no acudirían más universitarias en el futuro, y esa era una posibilidad que no deseaba contemplar.

—Vamos a hablar con tus amigas.

Clayton la siguió hasta la playa, examinándola mientras ella intentaba sin éxito cubrirse el trasero, disfrutando del pequeño espectáculo. Cuando emergieron del bosque y llegaron a la pequeña playa junto al río, sus amigas ya se habían puesto las camisas a toda prisa. La morena avanzó rápidamente y riendo nerviosa hacia ellas y asió al paso una toalla; durante la carrera derribó un par de latas de cerveza. Clayton enfiló hacia un árbol cercano.

—¿No habéis visto el cartel?

Las tres volvieron la vista a la vez hacia la dirección indicada. «Las personas son como borregos: siempre acatando órdenes», pensó Clayton.

El cartel, pequeño y parcialmente oculto entre las ramas caídas de un roble añoso, había sido colocado por orden del juez Kendrick Clayton, quien —por casualidad— era el tío del ayudante del *sheriff*. No obstante, la idea de poner el cartel había sido de Keith; sabía que la prohibición pública atraería a más chicas rebeldes.

—¡No lo habíamos visto! —gritó la morena, indignada, girándose de nuevo hacia él—. ¡No lo sabíamos! ¡Solo hace unos días que alguien nos habló de este lugar! —continuó protestando mientras forcejeaba con la toalla; las otras dos estaban demasiado aterrorizadas como para hacer nada, excepto intentar ponerse frenéticamente las braguitas del bikini—. ¡Es la primera vez que venimos aquí!

Se defendía con unos grititos estridentes, como una de esas crías mimadas que pertenecían a alguna hermandad de universitarias, lo cual probablemente era cierto. Las tres tenían pinta de serlo.

—¿No sabéis que en este condado el nudismo está considerado delito?

Clayton vio que sus caritas palidecían aún más, y supo que

11

las tres estaban imaginando que aquella pequeña transgresión se iba a convertir en una mancha imborrable en su historial delictivo. Se estaba divirtiendo de lo lindo, pero se recordó a sí mismo que no debía excederse.

—¿Cómo te llamas?

—Amy. —La morena tragó saliva—. Amy White.

—¿Dónde vives?

—En Chapel Hill. Pero nací en Charlotte.

—Veo que estabais bebiendo cerveza. ¿Todas tenéis los veintiún años cumplidos?

Por primera vez, las otras también contestaron.

—Sí, señor.

—Muy bien, Amy. Te diré lo que podríamos hacer. Voy a creerme tu palabra respecto a que no habíais visto el cartel y a que tenéis la edad legal para beber alcohol, así que por esta vez haré la vista gorda, como si no os hubiera visto. Pero a cambio tenéis que prometerme que no le contaréis a mi jefe que os he dejado marchar impunemente.

Las muchachas no sabían si creerlo.

—¿De veras?

—De veras —respondió Clayton—. Yo también he sido universitario. —Jamás lo había sido, pero sabía que eso sonaba bien—. Y ahora poneos la ropa. Nunca se sabe, podría haber algún mirón fisgoneando por aquí cerca. —Esbozó una sonrisa con conmiseración—. ¡Ah! Y recoged las latas cuando os marchéis, ¿de acuerdo?

—Sí, señor.

—Perfecto. —Clayton dio media vuelta para irse.

—¿Eso es todo?

Girándose nuevamente hacia las chicas, volvió a esbozar una sonrisa.

—Sí, eso es todo. Hasta la vista.

Clayton apartó los arbustos y agachó la cabeza para sortear las ramas bajas de camino a su todoterreno, pensando que había controlado bien la situación. Más que bien. Amy incluso le había sonreído, y mientras se alejaba de ella, consideró por unos instantes la posibilidad de volver sobre sus pasos para pedirle el número de teléfono. Pero finalmente desestimó la idea. Lo mejor era dejar las cosas como estaban. Probablemente aquellas chicas les contarían a otras amigas que, a pesar de que el ayudante del *sheriff* las había pillado en cueros, no les había pasado nada. Correría la voz de que los policías de aquella zona eran unos tipos muy indulgentes. No obstante, mientras se abría paso a través del pequeño bosque, deseó que las fotos valieran la pena para que pasaran a engrosar su pequeña colección.

A decir verdad, el día estaba saliendo a pedir de boca. Se disponía a ir a recoger la cámara de fotos cuando oyó a alguien que silbaba. Se volvió hacia la carretera forestal y vio a un desconocido con un perro, que subía lentamente por la carretera, con toda la pinta de un *hippie* de los años sesenta.

El desconocido no iba con las muchachas, de eso estaba seguro, ya que era demasiado mayor para ser estudiante universitario. Como mínimo debía de tener treinta años. Su pelo largo y enmarañado le recordaba un nido de ratas, y en su espalda Clayton distinguió la silueta de un saco de dormir que descollaba por debajo de una mochila. Era evidente que no se trataba de alguien que hubiera decidido salir a disfrutar de un día de playa: ese tipo tenía pinta de ser un viajero, quizás uno de esos locos que acampaban a la intemperie. Clayton no sabía cuánto tiempo llevaba merodeando por ahí o qué era lo que había visto.

¿Quizá lo había pillado haciendo fotos?

No. Imposible. Nadie podía haberlo visto desde la carretera. Los matorrales formaban una tupida cortina, y habría oído los pasos de cualquiera que se acercara por el bosque. Sin embargo, le parecía extraño ver a un viajero por esos parajes. Se hallaban en medio de la nada, y lo último que Clayton deseaba era que un puñado de *hippies* piojosos echaran a perder aquel lugar idílico que tanto atraía a bellas universitarias.

En ese momento, el desconocido ya había pasado por delante de él. Estaba cerca del todoterreno de Clayton y se dirigía al vehículo con el que las chicas habían llegado hasta allí. Clayton salió a la carretera y carraspeó repetidamente. El desconocido y el perro se giraron al oír el sonido.

El policía siguió estudiando a aquella extraña pareja desde la distancia. El desconocido no parecía sorprendido ante la repentina aparición de Clayton, como tampoco el perro, y había algo en la mirada de ese tipo que le provocó un profundo desaso-

13

siego. Era casi como si hubiera esperado la aparición de Clayton. Y lo mismo sucedía con el pastor alemán. La expresión del animal era altiva y recelosa al mismo tiempo —inteligente, casi—, igual que la que mostraba *Panther* antes de que Moore lo soltara para atacar. Clayton notó que se le encogía el estómago. Tuvo que realizar un enorme esfuerzo para contenerse y no cubrirse instintivamente sus partes más íntimas con la mano.

Durante eternos instantes, continuaron mirándose fijamente el uno al otro. Clayton había aprendido hacía mucho tiempo que su uniforme intimidaba a la mayoría de la gente. Todos, incluso los inocentes, se ponían nerviosos ante la ley, y suponía que ese tipo no iba a ser una excepción. Esa era una de las razones por las que le gustaba ser oficial de policía.

—¿Tiene una correa para el perro? —inquirió, con un tono más imperativo que interrogativo.

—En la mochila —respondió el desconocido, impasible.

—Pues póngasela.

—No se preocupe. Él no se moverá a menos que yo se lo ordene.

—De todos modos, póngasela.

El desconocido depositó la mochila en el suelo y rebuscó en su interior. Clayton alargó el cuello para echar un vistazo con la esperanza de encontrar drogas o un arma. Un momento más tarde, la correa estaba atada al collar del perro y el desconocido lo miraba con una expresión que parecía decir: «¿Y ahora qué?».

—¿Qué hace por aquí? —lo interrogó Clayton.

—Estoy de excursión.

—Pues menuda mochila lleva, para tratarse solo de una excursión.

El desconocido no dijo nada.

—¿Seguro que no estaba fisgoneando por aquí, intentando divisar alguna «buena» panorámica?

—¿Eso es lo que suele hacer la gente por aquí?

A Clayton no le gustó su tono ni lo que implicaban sus palabras.

—Muéstreme su documento de identificación.

El desconocido se inclinó nuevamente hacia la mochila y sacó su pasaporte. Hizo una señal al perro con la palma abierta, para que este no se moviera, entonces dio un paso hacia Clayton y le tendió el documento.

—¿No tiene carné de conducir?

—No.

Clayton estudió el nombre, moviendo los labios levemente.

—¿Logan Thibault?

El desconocido asintió.

—¿De dónde es?

—De Colorado.

—Eso queda muy lejos de aquí.

El desconocido no dijo nada.

—¿Va a algún lugar en particular?

—Me dirijo a Arden.

—¿Qué hay en Arden?

—No lo sé. Nunca he estado allí.

Clayton frunció el ceño ante la respuesta. Demasiado evasiva. Demasiado… ¿provocadora? Sin lugar a dudas, demasiado… algo. En aquel momento tuvo la certeza de que aquel tipo no le gustaba nada.

—Espere aquí —le ordenó—. Iré a comprobar sus datos.

—Adelante.

Mientras Clayton regresaba a su coche, miró al individuo por encima del hombro y vio que Thibault sacaba un pequeño cuenco de la mochila y que en él vaciaba una botella de agua tranquilamente. Como si no le importara nada en el mundo.

«Descubriremos qué se trae ese tipo entre manos. ¡Vaya si no!»

En el todoterreno, Clayton radió el nombre del sospechoso y lo deletreó antes de que lo interrumpiera una voz al otro lado del aparato.

—Sí, Thibault, y se pronuncia *Ti-bó*, y no *Tai-bolt*. Es un nombre francés.

—¿Y a mí qué me importa cómo se pronuncia?

—Solo decía que…

—¡Corta el rollo, Marge! Solo quiero que verifiques si el sospechoso tiene algún cargo pendiente.

—¿Parece francés?

—¿Y cómo diantre quieres que sepa qué aspecto tienen los franceses?

15

—¡Bueno, hombre, no te pongas así! Solo era por curiosidad. Encima que te hago el favor, con todo el trabajo que tengo…

«¿Trabajo? ¡Ja! Seguro que te estás atiborrando de donuts, como siempre», pensó Clayton, con desprecio. Marge se zampaba como mínimo una docena de donuts al día. Esa vaca gorda debía de pesar como mínimo ciento cuarenta kilos.

A través de la ventana, Clayton podía ver que el desconocido acariciaba al perro y le susurraba algo mientras el animal lamía el agua del cuenco. Clayton sacudió la cabeza. Hablando con animales. Menudo chalado. Como si el perro pudiera comprender algo más que las órdenes más básicas. Su exmujer también solía hacer lo mismo. Trataba a los perros como si fueran personas, lo cual debería haberlo prevenido para, de entrada, no haberse acercado a ella.

—Está limpio —dijo Marge. Hablaba como si mascara algo—. No tiene ningún cargo pendiente.

—¿Estás segura?

—Sí, segura. Sé hacer mi trabajo.

Como si hubiera estado escuchando la conversación, el desconocido retiró el cuenco y lo guardó de nuevo en la mochila, entonces se la colgó en el hombro.

—¿No ha habido ninguna llamada inusual? ¿Ninguna denuncia de robo o algo parecido?

—No. Ha sido una mañana muy tranquila. Y por cierto, ¿dónde estás? Tu padre lleva rato buscándote.

El padre de Clayton era el *sheriff* del condado.

—Dile que aún tardaré un poco.

—Pues parece muy enfadado.

—Mira, dile que estoy patrullando, ¿vale?

«Así sabrá que estoy trabajando», pensó, aunque no se preocupó en añadirlo.

—De acuerdo.

Eso sonaba mucho mejor.

—Tengo que irme.

Colgó la radio nuevamente en su sitio y se quedó sentado sin moverse, sintiéndose levemente decepcionado. Habría sido divertido ver cómo reaccionaba el sospechoso al ser esposado y detenido, con esas greñas y esa pinta tan rara. Los hermanos

Landry habrían disfrutado de lo lindo. Los sábados por la noche solían acabar entre rejas. ¡Menudo par de borrachos más violentos! Siempre armando jaleo, peleándose, normalmente entre ellos. Excepto cuando estaban entre rejas. Entonces se ensañaban con cualquier otro detenido.

Clayton jugueteó unos instantes con el tirador de la puerta del coche. ¿Qué mosca le había picado esta vez a su padre? El viejo lo sacaba de quicio: «Haz esto, haz lo otro. ¿Todavía no has entregado esos documentos? ¿Por qué llegas tarde? ¿Dónde has estado?». La mitad de las veces le habría gustado enviarlo a paseo y decirle que no se metiera en sus asuntos. El viejo todavía pensaba que llevaba las riendas en el condado.

¡Bah! Seguro que tarde o temprano acabaría por descubrir que realmente quien mandaba allí era su hijo. Pero de momento tocaba desembarazarse de ese *hippie* piojoso, antes de que aparecieran las chicas. Se suponía que era una zona forestal protegida, ¿no? No deseaba que una panda de *hippies* echaran a perder la magia del lugar.

Se apeó del coche y cerró la puerta. El perro ladeó la cabeza mientras Clayton se aproximaba. Sin vacilar, le devolvió el pasaporte al sospechoso.

—Siento las molestias, señor Thibault. —Esta vez lo pronunció incorrectamente a propósito—. Me limito a cumplir con mi deber. No llevará drogas ni armas en la mochila, ¿no?

—No.

—¿Le importa si echo un vistazo?

—Adelante. Ya sé, la Cuarta Enmienda y todo eso.

—Veo que lleva un saco de dormir. ¿Ha estado acampando al aire libre?

—Anoche dormí en el condado de Burke.

Clayton estudió al sujeto mientras consideraba su respuesta.

—Por aquí no se puede acampar en campo abierto. Está prohibido.

El individuo no dijo nada.

Fue Clayton quien apartó la vista.

—Y será mejor que mantenga al perro atado.

—No sabía que en este condado hubiera una ley que obligara a llevar atados a los perros.

—No, efectivamente no existe ninguna ley al respecto. Lo digo por la seguridad del perro. Por la carretera principal circulan muchos vehículos a gran velocidad.

—Lo tendré en cuenta.

—Muy bien. —Clayton se dio la vuelta, pero entonces se detuvo un instante—. Una última pregunta, ¿cuánto rato lleva caminando por aquí?

—Acabo de llegar. ¿Por qué?

Hubo algo en su forma de contestar que hizo que Clayton no lo creyera, y vaciló antes de recordarse a sí mismo que era imposible que aquel tipo supiera lo que se traía entre manos.

—Por nada.

—¿Me puedo marchar ya?

—Sí, por supuesto.

Clayton observó al desconocido y su perro que iniciaron de nuevo el ascenso por la carretera forestal antes de virar por un pequeño sendero que se adentraba en el bosque. Cuando los hubo perdido de vista, Clayton regresó a su aventajado punto inicial en busca de la cámara. De una patada apartó la ramita de pino que había dejado como señal, metió el brazo entre los matorrales y se retiró unos pasos un par de veces para asegurarse de que estaba en el lugar correcto. Al final se dejó caer de rodillas mientras el pánico se iba apoderando de él. La cámara pertenecía al departamento. Solo la tomaba prestada para aquellas salidas especiales, y su padre lo sometería a un duro interrogatorio si descubría que la había perdido. Peor aún si finalmente alguien la recuperaba y descubrían que la tarjeta estaba llena de fotos de chicas desnudas. Su padre era un implacable defensor del decoro.

Por entonces ya habían pasado varios minutos. A lo lejos oyó el rugido seco del motor de un coche que se ponía en marcha. Pensó que debían de ser las universitarias, que se marchaban. Clayton apenas dedicó unos instantes a considerar lo que ellas habrían pensado al ver que el todoterreno de la policía seguía allí aparcado. Tenía otros quebraderos de cabeza.

La cámara había desaparecido.

No la había perdido. Había desaparecido. Y el maldito trasto no se había marchado andando por su propio pie. Era imposible que las chicas la hubieran encontrado, lo cual significaba que *Tai-bolt* le había tomado el pelo. Sí, *Tai-bolt* se había quedado con él. Increíble. Tenía la sospecha de que ese tipo ocultaba algo, como en la película *Sé lo que hicisteis el último verano*.

Pues no se iba a salir con la suya. Ningún *hippie* cochambroso, tan chalado como para hablar con un perro, iba a desenmascarar a Keith Clayton. Ni de broma.

Se abrió paso hasta la carretera apartando las ramas con brusquedad, imaginando que detenía a Logan *Tai-bolt* y lo sometía a un rápido registro. Y eso solo iba a ser el aperitivo. No pensaba darle ni un segundo de tregua, ni hablar. ¿Ese tipo quería jugar con él? Pues no iba a salir indemne. Y mucho menos en aquella localidad. Y el perro le importaba un comino. ¿Ese bicho se mostraba agresivo? Pum y... adiós, perrito. Así de simple. Los pastores alemanes podían ser muy peligrosos si se ponían agresivos, y uno podía dispararles alegando defensa propia. No habría ningún juzgado sobre la faz de la Tierra que no le diera la razón.

Pero lo primero era lo primero. Tenía que encontrar a Thibault y recuperar la dichosa cámara de fotos. Después ya decidiría cuál iba a ser el siguiente paso.

Solo entonces, mientras se acercaba a su todoterreno, se dio cuenta de que tenía las dos ruedas traseras pinchadas.

19

—¿Cómo has dicho que te llamas?

Thibault se inclinó sobre el asiento delantero del todoterreno unos minutos más tarde, y su voz se distinguió claramente a pesar del rugido del motor.

—Logan Thibault. Y este es *Zeus*. —Señaló con el dedo pulgar por encima del hombro

El animal estaba tumbado en la parte trasera del todoterreno, con la lengua fuera y el hocico levantado hacia el viento mientras el vehículo avanzaba en dirección a la autopista.

—Es un perro muy bonito. Yo soy Amy. Y estas son Jennifer y Lori.

Thibault echó un vistazo por encima del hombro.

—Hola.

—¿Qué tal?

Ambas parecían tensas, pero Thibault no se sorprendió, teniendo en cuenta el mal trago que acababan de pasar.

—Gracias por haber parado.

—No hay de qué. ¿Dices que vas a Hampton?

—Si no queda muy lejos...

—Nos viene de paso.

Al poco de abandonar la carretera forestal y de ocuparse de un par de asuntos, Thibault había vuelto a salir a la carretera justo en el momento en que pasaban las chicas. Levantó el pulgar, agradecido de que *Zeus* estuviera con él, y el todoterreno paró casi de inmediato.

A veces las cosas salían como se suponía que tenían que salir.

A pesar de que fingió que era la primera vez que las veía, la verdad era que ya las había visto antes aquella mañana —él había acampado en uno de los altozanos que flanqueaban la playa—, pero les había otorgado la intimidad que merecían tan pronto como empezaron a desnudarse. Para él, la actuación de las tres chicas no entraba en la categoría de «hacer daño ni fastidiar a nadie»; aparte de él, estaban completamente solas allí, y Thibault no albergaba ninguna intención de espiarlas. ¿A quién le importaba si se quitaban la ropa? ¡Como si hubieran decidido bañarse con un disfraz! No era asunto suyo. Su intención era mantenerse al margen, hasta que vio al oficial de policía subiendo por la carretera forestal en un coche del departamento del *sheriff* del condado de Hampton.

Podía ver perfectamente al oficial a través del parabrisas, y distinguió algo siniestro en la expresión del individuo. No acertaba a adivinar de qué se trataba exactamente y no se detuvo a analizarlo. Dio media vuelta, bajó por un atajo hasta el bosque y llegó a tiempo para ver cómo el oficial revisaba la tarjeta de memoria en la cámara de fotos antes de cerrar la puerta de su todoterreno procurando no hacer ruido. Lo observó deslizarse sigilosamente hacia el borde del altozano. Thibault era plenamente consciente de que aquel oficial podía estar de servicio, pero mostraba el mismo entusiasmo que *Zeus* ante un suculento trozo de ternera. Demasiado excitado con la situación.

Thibault ordenó a *Zeus* que no se moviera, mantuvo la debida distancia para que el oficial no lo oyese, y a partir de ese momento el resto del plan se desarrolló espontáneamente. No podía enfrentarse a él abiertamente: el oficial habría alegado que estaba reuniendo pruebas, y el valor de su palabra frente a la de un forastero habría sido irrebatible. Una pelea también quedaba completamente descartada, básicamente porque ello únicamente conllevaría más problemas de los que valía la pena, aunque la verdad era que le habría encantado medir sus fuerzas con aquel indeseable. Afortunadamente —o desafortunadamente, según cómo se mirara— había aparecido la chica y al oficial le había entrado el pánico. Thibault había visto dónde había ido a parar la cámara. Cuando el oficial y la chica se dirigieron hacia la playa para reunirse con las otras dos jóvenes, aprovechó para apoderarse de la cámara. Podría haberse marchado rápidamente, pero aquel tipejo necesitaba que alguien le diera una lección. No una gran lección, solo lo necesario para mantener intacto el honor de aquellas muchachas, permitirle a Thibault seguir su camino y fastidiarle el día al oficial. Por eso había regresado para reventar las dos ruedas traseras del coche del policía.

21

—Ah, por cierto, encontré vuestra cámara de fotos tirada en el bosque —comentó Thibault, haciendo como quien no quiere la cosa.

—No es mía. Lori, Jen, ¿habéis perdido vuestra cámara? Sus dos amigas sacudieran negativamente la cabeza.

—De todos modos, quedáosla. Yo ya tengo una —contestó Thibault, dejándola sobre el asiento—. Y gracias por el viaje.

—¿Estás seguro? Probablemente es muy cara.

—Tranquila. Quédatela.

—Gracias.

Thibault vio el juego de sombras en sus facciones y pensó que era atractiva, sofisticada, con unos rasgos angulosos, la piel aceitunada y los ojos marrones moteados con puntitos castaños. Pensó que no le importaría quedarse contemplándola durante horas.

—Oye, ¿tienes algún plan para el fin de semana? —le preguntó Amy—. Nosotras pensamos ir a la playa.

—Gracias, pero no puedo.

—Supongo que vas a ver a tu novia, ¿no?

—¿Por qué lo dices?

—Por tu forma de comportarte.

Thibault se obligó a desviar la vista.

—Bueno, sí, algo parecido.

2

Thibault

¡*Q*ué extraño los giros inesperados que podía dar la vida! Hacía un año, Thibault habría aceptado sin vacilar la invitación de pasar un fin de semana con Amy y sus amigas; segurísimo, sin pensarlo dos veces. Probablemente eso era exactamente lo que le convenía, pero cuando se despidieron de él justo en los confines de Hampton bajo el inclemente calor de aquella tarde de agosto, él se limitó a decirles adiós con la mano, y se sintió extrañamente aliviado. Mantener el porte de normalidad durante todo el trayecto había resultado agotador.

Desde que había abandonado Colorado cinco meses antes, no había pasado voluntariamente más que unas pocas horas con nadie. La única excepción la había hecho con un granjero que había conocido en Little Rock, que le había dejado dormir en una habitación en el piso superior de su rancho después de ofrecerle una cena en la que el anciano apenas había abierto la boca. Thibault apreciaba que aquel hombre no sintiera la necesidad de interrogarlo acerca del modo en que se había presentado en su propiedad. Ninguna pregunta, ninguna muestra de curiosidad, ninguna indirecta para invitarlo a hablar. Simplemente una tranquila aceptación de que a Thibault no le apetecía hablar. A modo de gratitud, pasó un par de días en el rancho, ayudando a reparar el tejado del granero antes de volver a emprender su camino, con la mochila cargada, y *Zeus* tras él.

Con la excepción de aquel corto viaje en coche con las chicas, había recorrido toda la distancia a pie. Después de dejar las llaves de su piso en el mostrador de recepción a mitad de marzo, había destrozado ocho pares de zapatos, había sobrevivido a base de agua y barritas energéticas durante los largos y solitarios trayectos entre ciudades, y una vez, en Tennessee, se había zampado cinco enormes pilas de panqueques después de pasarse casi tres días sin probar bocado. Con *Zeus* a su lado, Thibault había viajado con ventisca, granizo, lluvia y un calor tan insoportable que le había provocado un sarpullido en los brazos; había visto un tornado en el horizonte cerca de Tulsa, en Oklahoma, y en dos ocasiones había estado a punto de ser abatido por un rayo. Había dado numerosos rodeos, intentando mantenerse alejado de las carreteras principales, alargando el viaje más de la cuenta, a veces por capricho. Normalmente, caminaba hasta que estaba cansado, y hacia el final del día, empezaba a buscar un sitio donde acampar, un lugar donde nadie pudiera molestarlos, ni a él ni a *Zeus*. Por las mañanas, reanudaban el viaje antes del amanecer para no llamar la atención. Hasta ese momento, no habían tenido ningún problema con nadie.

Suponía que debía de estar recorriendo más de treinta kilómetros al día, a pesar de que no llevaba un recuento específico ni del tiempo ni de la distancia. Ese no era el objetivo del viaje. Seguro que algunos pensarían que pretendía huir de los recuerdos y los fantasmas del mundo que había dejado atrás, una idea en cierto modo romántica que no se ajustaba a la realidad; otros quizá preferirían creer que solo quería disfrutar del trayecto en sí. También se equivocarían. La verdad era que le gustaba caminar y que su viaje tenía un destino. Así de simple. Le gustaba ponerse en camino cuando le apetecía, al paso que quería, en la dirección que le viniera en gana. Después de cuatro años acatando órdenes en el Cuerpo de Marines, se sentía tremendamente atraído por la libertad de aquellos días.

Su madre estaba preocupada por él, pero, después de todo, eso es lo que siempre hacen las madres, ¿no? O al menos su madre. La llamaba varias veces por semana para que supiera que estaba bien, y normalmente, después de colgar, pensaba que no estaba siendo justo con ella. Se había pasado la mayor parte de los últimos cinco años muy lejos, y antes de cada una de las tres veces que lo habían destinado a Iraq había escuchado sus sermones por teléfono, recordándole que no cometiera ninguna estupidez. No lo había hecho, aunque había sufrido más de un incidente. A pesar de que jamás se los contaba, su madre leía la prensa.

—Y ahora me vienes con estas —se había lamentado la mujer la noche antes de su marcha—. No lo entiendo. Simplemente me parece una locura.

Quizá lo era. O quizá no. Thibault todavía no estaba seguro de eso.

—¿Qué opinas, *Zeus*?

El perro alzó la vista al oír su nombre y avanzó lentamente hasta situarse a su lado.

—Sí, lo sé. Tienes hambre. Vaya novedad.

Thibault se detuvo en el aparcamiento de un destartalado motel en los confines del pueblo. Sacó el cuenco y la última ración de comida para perros que le quedaba. Mientras *Zeus* empezaba a comer, él se dedicó a contemplar el paisaje que se extendía ante sus ojos.

Hampton no era el peor lugar que había visto, ni de lejos, aunque tampoco era el mejor. El pueblo estaba situado a orillas del South River, a casi sesenta kilómetros al noroeste de Wilmington y de la costa, y a primera vista no parecía diferente de las numerosas urbes que salpicaban el sur del país, orgullosas de su historia y de su tradición mayoritariamente obrera. Un par de semáforos que colgaban de unos cables rotos interrumpían el flujo de tráfico mientras este se aproximaba al puente que vadeaba el río, y a cada lado de la carretera principal se podían ver edificaciones de ladrillo de una sola planta, pegadas entre sí, que se prolongaban por más de dos kilómetros, con los nombres de los establecimientos realizados con plantillas de letras autoadhesivas y pegados en los escaparates, anunciando lugares donde comer y beber o ferreterías. En determinadas calles, el pavimento de las aceras estaba levantado a causa de las raíces abultadas de los magnolios centenarios que crecían dispersos sin orden ni concierto. A lo lejos, vio el tradicional poste de una barbería, junto con el esperado grupito de ancianos sentados en un banco al otro lado de la calle, justo enfrente. Thibault sonrió. Una escena pintoresca, como una fantasía de los años cincuenta.

Tras un examen más detenido, sin embargo, se dio cuenta de que las primeras impresiones eran engañosas. A pesar de su

25

ubicación junto al río —«o quizás a causa de ello», conjeturó—, los tejados de los edificios estaban completamente ajados, los ladrillos de las fachadas se veían resquebrajados, y a medio metro por encima de la base descollaban unas manchas descoloridas, signos de unas graves inundaciones ya pasadas. Todos los establecimientos estaban abiertos, pero teniendo en cuenta la falta de coches aparcados en la puerta, Thibault se preguntó cuánto tiempo aguantarían antes de verse obligados a echar el cierre. Los negocios en pleno centro de las pequeñas poblaciones se veían abocados a la extinción como los dinosaurios, y si esa población era como la mayoría por las que había pasado, lo más probable es que hubiera otra zona comercial más nueva, seguramente erigida alrededor de alguna de las grandes cadenas de supermercados como Wal-Mart o Piggly Wiggly, que pronto acabaría por sellar la muerte de aquella zona.

Sin embargo, se le antojaba extraño estar allí. No estaba seguro de cómo se había figurado que sería Hampton, pero desde luego no se lo imaginaba así.

De todos modos, eso tampoco importaba. Mientras *Zeus* apuraba la comida, se preguntó cuánto tiempo tardaría en encontrarla. La mujer de la fotografía. La mujer a la que había ido a conocer.

Pero la encontraría. De eso estaba seguro. Alzó la mochila.

—¿Ya has acabado?

Zeus ladeó la cabeza.

—Vamos, quiero alquilar una habitación. Necesito comer y ducharme. Y tú también necesitas un baño.

Thibault dio un par de pasos antes de darse cuenta de que *Zeus* no se había movido. Lo miró por encima del hombro.

—No me mires así. Te aseguro que necesitas un baño. Apestas.

Zeus no se movió.

—Bueno, haz lo que quieras. Yo me marcho.

Enfiló hacia la recepción del motel, seguro de que *Zeus* lo seguiría. Al final siempre lo hacía.

Hasta que encontró aquella fotografía, la vida de Thibault había discurrido de la forma que él había deseado. Siempre según sus planes. Se había propuesto sacar buenas notas en la escuela y lo había conseguido; se había propuesto participar en una diversidad de deportes y había crecido practicando casi todos los habidos y por haber. Se había propuesto aprender a tocar el piano y el violín, y había acabado dominando ambos instrumentos hasta el punto de llegar a componer sus propias piezas. Después de completar sus estudios en la Universidad de Colorado, se había propuesto ingresar en el Cuerpo de Marines, y el oficial encargado del reclutamiento se mostró emocionado al ver que Thibault pretendía alistarse como soldado raso en vez de entrar directamente como oficial. Estupefacto, pero emocionado. La mayoría de los licenciados no tenían ningún interés en los puestos que solo precisaban esfuerzo físico y en los que no se requería hacer funcionar la materia gris, pero eso era exactamente lo que él quería.

Los atentados en el World Trade Center no habían tenido nada que ver con su decisión. A él, alistarse en el Ejército como soldado raso le parecía la cosa más natural del mundo, ya que su padre había servido en el Cuerpo de Marines durante veinticinco años y también había entrado en el Ejército como soldado raso, para acabar como uno de esos sargentos de pelo cano y mandíbula más dura que una barra de acero que intimidaba prácticamente a todo el mundo, excepto a su esposa y al pelotón bajo su mando. Trataba a esos jóvenes como si fueran sus propios hijos; no se cansaba de repetirles que su único objetivo era devolverlos sanos y salvos a sus madres, convertidos en hombres de provecho. Asistió a más de cincuenta bodas de cabos y soldados que él mismo había formado, unos suboficiales que no concebían la idea de casarse sin la bendición del padre de Thibault. Un buen marine, también. Le habían otorgado la medalla de la Estrella de Bronce y dos Corazones Púrpuras en Vietnam, y a lo largo de su trayectoria profesional había servido en Granada, Panamá, Bosnia y en la primera guerra del Golfo. Su padre era un marine al que no le importaban los traslados, y Thibault se había pasado la mayor parte de su primera infancia de un lugar a otro, viviendo en bases militares por todo el mundo. En cierto sentido, Okinawa se le antojaba más su hogar que Colorado, y a pesar de que su japonés estaba un poco oxidado, suponía que le bastaría con pasar una semana en Tokio para recu-

27

perar la fluidez que había tenido antaño. Como su padre, pensaba que solo abandonaría el Cuerpo cuando le llegara la hora de retirarse, pero a diferencia de él, pensaba vivir muchos años después de retirarse para disfrutar de la vida. Su padre había fallecido a causa de un paro cardiaco solo dos años después de haber colgado por última vez el uniforme azul en la percha, un infarto de miocardio fulminante que los pilló a todos desprevenidos. Un minuto antes estaba quitando nieve junto a su casa con una pala, y al siguiente minuto ya estaba muerto. Eso había sucedido trece años antes, cuando Thibault tenía quince años.

Aquel día y el funeral que lo siguió constituían los recuerdos más vívidos de su vida antes de ingresar en el Cuerpo de Marines. Para cualquier joven que decida alistarse en el Ejército, los recuerdos de la infancia se desvanecen con facilidad, simplemente porque los militares están sometidos a cambios constantes. Los amigos aparecen y desaparecen de sus vidas, siempre están haciendo y deshaciendo maletas, los incesantes cambios de base los obligan a deshacerse de todas aquellas pertenencias innecesarias, y, como resultado, quedan pocos recuerdos. A veces resulta duro, pero con ello se consigue que uno se fortalezca de un modo que la mayoría de la gente no logra entender. Les enseña que, a pesar de que las personas desaparezcan de sus vidas, otras nuevas llegarán y ocuparán su sitio; que cada lugar tiene algo positivo y algo negativo que ofrecer. En definitiva, se consigue que esos muchachos espabilen rápidamente.

Incluso los recuerdos de sus años universitarios eran borrosos. Aquella época de su vida tenía sus propias rutinas: ir a clase durante la semana, divertirse los fines de semana, empollar para los exámenes finales, la comida basura en la residencia de estudiantes, y dos novias, una con la que había durado un poco más de un año. Todos los que habían pasado por la universidad contaban las mismas batallitas, a pesar de que muy pocas de esas historias tenían un impacto duradero. Al final, lo único que había conservado de aquella etapa eran los conocimientos adquiridos. Thibault tenía la impresión de que su vida solo había comenzado cuando llegó al campo de entrenamiento de Parris Island para realizar la primera instrucción militar. Tan pronto como saltó del autobús, el sargento instructor comenzó a taladrarle el oído. No hay nada como un sargento taladrándote el oído para que pienses que en tu vida no ha sucedido nada trascendental hasta ese momento. A partir de entonces, le perteneces y se acabó. ¿Se te dan bien los deportes?: «Haz cincuenta flexiones, Míster Crac». ¿Eres licenciado?: «Monta este fusil, Einstein». ¿Tu padre era un marine?: «Limpia la mierda igual que un día hizo él». Los viejos clichés de siempre: marcha ligera, ponerse firmes, arrastrarse por el lodo, escalar tapias... No había nada en aquella primera instrucción militar que Thibault no hubiera esperado.

Tenía que admitir que la repetición constante de órdenes era una práctica muy efectiva en la mayoría de los casos. Minaba la fortaleza de cualquiera, los hundía por completo, hasta que al final todos salían cortados por un mismo patrón: el de los marines. O al menos eso era lo que decían. Él no se desmoronó. Se mostró sumiso, mantuvo la cabeza baja, acató todas las órdenes, y siguió siendo el mismo hombre que había sido antes. No obstante, se convirtió en marine.

Acabó en el Primer Batallón del Quinto Regimiento de Marines, con base en Camp Pendleton, la principal base del Cuerpo de Marines en la Costa Oeste de Estados Unidos. San Diego se convirtió en su ciudad favorita, con un clima magnífico, unas playas de ensueño y unas mujeres espectaculares. Pero aquello no duró demasiado. En enero de 2003, justo después de cumplir los veintitrés años, partió hacia Kuwait para participar en la operación Libertad Iraquí. La base llamada Camp Doha, erigida en una zona industrial de la ciudad de Kuwait, llevaba operativa desde la primera guerra del Golfo, y parecía un pueblo de verdad. Había gimnasio y sala de ordenadores, un PX —el economato militar que existe en todas las bases militares estadounidenses y en el que hay todo lo que uno puede necesitar— y cantinas, y las tiendas de campaña se extendían hasta perderse de vista en el horizonte. La actividad frenética en aquel lugar se había incrementado a causa de la inminente invasión, y allí reinaba el caos absoluto. Para Thibault, los días se sucedían como una secuencia interminable de reuniones que duraban horas y horas, instrucciones tan como para partirle a uno la espalda, y ensayos de planes de ataque que se renovaban constantemente. Por lo menos les hicieron

29

practicar cómo ponerse el traje de protección contra sustancias químicas cien veces. Además, siempre se veían sometidos a un montón de rumores. La peor parte era discernir cuáles podían ser verdad. Todo el mundo conocía a alguien que a su vez conocía a alguien que había oído la verdadera historia. Un día corría el bulo de que iban a atacar la ciudad sin demora, y al día siguiente se enteraban de que todavía no iban a hacerlo. Primero se suponía que iban a entrar por el norte y por el sur a la vez, luego solo por el sur, y al final ni eso. Habían oído que el enemigo tenía armas químicas y que su intención era utilizarlas, al día siguiente oían que el enemigo no se atrevería a usarlas porque creía que Estados Unidos respondería con cabezas nucleares. Circulaban rumores acerca de que la Guardia Republicana Iraquí se estaba reagrupando en la frontera; otros juraban que la ofensiva no sería en la frontera, sino en Bagdad. Incluso había otros que decían que la contienda sería cerca de los campos de petróleo. En resumidas cuentas, nadie sabía nada, lo cual solo servía para estimular la imaginación de los ciento cincuenta mil militares agrupados en Kuwait.

Generalmente, los soldados suelen ser chavales. La gente a veces olvida ese detalle tan importante. Se trata de jóvenes de dieciocho, diecinueve y veinte años —la mayoría de ellos todavía no son mayores de edad y no pueden comprar cerveza—. En Kuwait se mostraban confiados en general y estaban bien entrenados y con ganas de entrar en combate, pero era imposible ignorar la realidad que se avecinaba. Algunos de ellos iban a morir. Algunos hablaban abiertamente sobre la cuestión, otros escribían cartas a sus familiares y se las entregaban al capellán del ejército. Los ánimos se encendían con facilidad. Algunos tenían problemas para conciliar el sueño; otros se pasaban prácticamente todo el tiempo durmiendo. Thibault lo observaba todo con una extraña sensación de desapego. Le parecía que podía oír a su padre diciendo: «¡Bienvenido a la guerra! Siempre la misma jodida historia: la situación es normal, todos completamente jodidos».

Thibault no era inmune a la creciente tensión y, al igual que el resto de sus compañeros, necesitaba una válvula de escape. Era imposible no tener una. Empezó a jugar al póquer. Su padre le había enseñado a jugar y conocía las reglas... o pensaba que las conocía. Rápidamente descubrió que los demás le sacaban ventaja. En las tres primeras semanas perdió progresivamente casi todo el dinero que había ahorrado desde que se había alistado en el Ejército, lanzando faroles cuando debería haberse retirado de la partida, retirándose de la partida cuando debería haber continuado jugando. No es que se tratara de mucho dinero, y tampoco es que dispusiera de muchos lugares donde poder gastárselo si se lo hubiera propuesto, pero las constantes derrotas lo sumieron en un humor de perros durante días. Detestaba perder.

El único antídoto era salir a correr un buen rato a primera hora de la mañana, antes de que despuntara el sol. Normalmente hacía mucho frío; a pesar de que llevaba un mes en Oriente Medio, continuaba sorprendiéndose de que pudiera hacer tanto frío en el desierto. Corría hasta quedar prácticamente exhausto bajo un cielo plagado de estrellas, y su respiración agitada formaba pequeñas nubes de vapor.

Un día, al final de una de aquellas salidas, cuando ya podía divisar su tienda a lo lejos, aminoró la marcha. Por entonces, el disco del sol había iniciado su lento ascenso por el horizonte, bañando con destellos dorados el árido paisaje. Con las manos en las caderas, intentó recuperar el aliento, y fue entonces, de soslayo, cuando avistó el brillo apagado de una fotografía, medio enterrada en la arena. Se detuvo para recogerla y se fijó en que estaba plastificada de una forma barata pero efectiva, probablemente para evitar su deterioro. Le quitó el polvo para poder examinar la imagen: esa fue la primera vez que la vio.

La chica rubia sonriente y con ojos burlones del color del jade llevaba unos pantalones vaqueros y una camiseta en la que en la parte frontal se podía leer «DIOSA DE LA FORTUNA». Detrás de ella había una pancarta en la que ponía «RECINTO FERIAL DE HAMPTON». Junto a la joven aparecía un pastor alemán, con el hocico gris. Entre la multitud que se aglutinaba detrás de ella se distinguían dos jóvenes un poco desenfocados que llevaban unas camisetas con unos logotipos estampados y que hacían cola cerca de la taquilla donde vendían las entradas. A lo lejos se elevaban tres abetos puntiagudos, esos árboles ornamentales tan comunes. En el reverso de la foto había una dedicatoria escrita a mano: «¡Cuídate! E.».

31

Al principio no se fijó en todos aquellos detalles. Su primer instinto, de hecho, fue tirar la foto. Y casi lo hizo, pero en el momento en que iba a hacerlo, se le ocurrió que quizá la persona que había perdido aquella foto deseara recuperarla. Obviamente debía de tener un valor sentimental para alguien.

Cuando regresó a la base, clavó la foto con una chincheta en el tablón de anuncios cerca de la entrada de la sala de ordenadores, pensando que prácticamente todos los que vivían en la base acababan por pasar un día u otro por allí. Seguro que alguien la reclamaría.

Pasó una semana, luego diez días. La foto seguía allí. En ese momento, su pelotón se dedicaba muchas horas al día a realizar instrucción militar, y las partidas de póquer se habían vuelto más serias. Algunos soldados habían perdido miles de dólares; se decía que un cabo interino se había dejado casi diez mil dólares. Thibault, que no había jugado desde sus humillantes derrotas iniciales, prefería pasar el tiempo libre pensando en la inminente invasión y preguntándose cómo reaccionaría cuando lo atacaran. Mientras deambulaba cerca de la sala de ordenadores tres días antes de la invasión, vio que la foto seguía clavada en el tablón de anuncios, y por una razón que jamás llegó a comprender, la arrancó y se la guardó en el bolsillo.

Victor, su mejor amigo en el regimiento —habían estado juntos desde el periodo de instrucción—, le propuso unirse a la partida de póquer aquella noche, a pesar de las reservas de Thibault. Puesto que tenía poco dinero, empezó a jugar con precaución, pensando que no aguantaría más de media hora. Se retiró de las primeras tres partidas; entonces, en la cuarta partida sacó escalera y un *full* en la sexta. Las cartas parecían estar de su parte —escalera, escalera de color, *full*…— y, al punto de la medianoche, había recuperado el dinero que había perdido en las primeras semanas. Los jugadores que habían iniciado la primera partida ya se habían retirado y habían sido reemplazados por otros, a quienes, a su vez, reemplazaron otros. Thibault se quedó. Su racha de suerte persistía. Al amanecer, había acumulado más que lo que había ganado durante sus primeros seis meses en el Cuerpo de Marines.

Cuando decidió abandonar la partida se dio cuenta de que durante todo el tiempo había llevado la foto en el bolsillo. Al regresar a la tienda, le mostró la foto a Victor y señaló las palabras en la camiseta de la muchacha. Su amigo, cuyos padres eran inmigrantes ilegales que vivían cerca de Bakersfield, en California, no solo era religioso, sino que creía en fenómenos de cualquier clase. Sus favoritos eran las tormentas eléctricas, las carreteras con bifurcaciones y los gatos negros, y antes de ir a Iraq, le había contado a Thibault que tenía un tío capaz de echar mal de ojo: «Cuando te mira de una determinada manera, seguro que no tardarás en morir». La absoluta convicción de Victor consiguió que Thibault se sintiera de nuevo transportado a la niñez, escuchando con gran atención a su amigo, mientras este relataba la historia con una linterna colocada bajo la barbilla. En ese momento no dijo nada. Todo el mundo tenía sus rarezas. ¿Su amigo quería creer en supersticiones? Pues adelante. Lo más importante era que Victor era un soldado lo bastante bueno como para haber sido reclutado como francotirador y que Thibault se fiaba tanto de él como para confiarle su vida.

El chico contempló el retrato antes de devolvérselo.

—¿Has dicho que lo encontraste al amanecer?

—Sí.

—Claro: el amanecer es uno de los momentos más poderosos del día.

—Eso ya me lo habías dicho.

—Es una señal —apuntó—. Ella es tu amuleto de la suerte. ¿Ves la camiseta que lleva puesta?

—Ella me ha dado suerte esta noche.

—Y no solo esta noche. Encontraste esta foto por alguna razón. Nadie la ha reclamado por alguna razón. La has cogido hoy por alguna razón. Solo tú estabas destinado a quedártela.

Thibault quiso decir algo sobre el chico que la había perdido y sobre cómo debía de sentirse al respecto, pero se mantuvo callado. En vez de eso, se tumbó sobre el catre y entrelazó las manos detrás de la nuca.

Victor copió el movimiento.

—Me alegro por ti. A partir de ahora la suerte estará de tu lado —concluyó.

—Eso espero.

—Pero no pierdas la foto.

33

—¿Por qué?

—Porque si la pierdes, entonces el sortilegio actúa a la inversa.

—¿Qué quieres decir?

—Significa que tendrás mala suerte. Y en una guerra, lo último que uno quiere es ser desafortunado.

La habitación del motel era tan fea por dentro como el edificio por fuera: paneles de madera, molduras finas adheridas al techo, una moqueta deshilachada, el televisor sujetado con tornillos a una estantería. Parecía como si la hubieran decorado hacia 1975 y que nunca la hubieran renovado; le recordaba los tugurios en los que se hospedaba con la familia cuando su padre los llevaba de vacaciones al sudoeste, cuando él era todavía un crío. Habían pernoctado en lugares junto a la autopista, y siempre que estuvieran relativamente limpios, su padre los consideraba válidos. Su madre no tanto, pero ¿qué podía hacer? No había un hotel de la cadena Four Seasons al otro lado de la calle, y aunque lo hubiera habido, no se lo habrían podido costear.

Thibault realizaba la misma rutina que su padre cuando entraba en la habitación de un motel: retiraba el edredón para confirmar que las sábanas estuvieran limpias, revisaba la cortina del baño para asegurarse de que no tuviera moho y confirmaba que no hubiera pelos en el lavamanos. A pesar de las consabidas manchas de óxido, un grifo que perdía agua y varias quemaduras de cigarrillo, el lugar estaba tan limpio como era de esperar. Y además no era caro. Thibault había pagado una semana por adelantado, en efectivo; no le habían formulado ninguna pregunta ni le habían aplicado ningún cargo extra por el perro. Sin lugar a dudas, una ganga. Perfecto. No tenía tarjetas de crédito ni de débito, ni una dirección de correo oficial ni teléfono móvil. Cargaba prácticamente con todas sus pertenencias. Tenía una cuenta bancaria, pero solo la utilizaba cuando necesitaba sacar dinero. Estaba registrada a nombre de una empresa, y no a su nombre. La empresa no estaba operativa. Simplemente le gustaba mantener su privacidad. No era rico. Ni siquiera se podía considerar de clase media.

Llevó a *Zeus* hasta el cuarto de baño y lo bañó, utilizando el champú que guardaba en la mochila. A continuación, se duchó él y se vistió con las últimas prendas limpias que le quedaban. Se sentó en la cama y empezó a buscar en el listín telefónico algo en particular. No tuvo suerte. Escribió una nota para acordarse de hacer la colada cuando tuviera tiempo. Decidió ir a comer algo en el pequeño restaurante que había visto un poco más abajo en aquella misma calle.

Cuando llegó, le dijeron que no se permitía la entrada de perros en el local, cosa bastante común. *Zeus* se tumbó fuera, junto a la puerta de la entrada, y se quedó dormido. Thibault pidió una hamburguesa con patatas fritas, que engulló junto con un batido de chocolate, luego pidió otra hamburguesa para *Zeus*. Ya en el exterior, contempló al perro mientras este devoraba la cena en menos de veinte segundos antes de volver a mirar a Thibault.

—Me alegra que te haya gustado. Vamos.

Compró un mapa de la localidad en un colmado y se sentó en un banco cercano a la plaza principal: el típico parque lleno de flores en pleno centro del pueblo, rodeado por calles atestadas de pequeños comercios. Thibault pensó que el parque, con aquellos enormes árboles que ofrecían una deliciosa sombra, no estaba muy concurrido; solo había un grupito de mamás apiñadas mientras los niños se lanzaban por el tobogán o se mecían delante y atrás en los columpios. Examinó las caras de las mujeres para asegurarse de que no fuera ninguna de ellas, luego les dio la espalda y abrió el mapa antes de que se inquietaran con su presencia. Las madres con niños pequeños siempre se ponen nerviosas cuando ven a un hombre solo merodeando cerca de un parque infantil sin ninguna intención aparente. No las culpaba. Había demasiados pervertidos sueltos.

Estudió el mapa para orientarse e intentó decidir qué iba a hacer a continuación. No albergaba la esperanza de que encontrarla fuera una tarea fácil. Después de todo, no tenía muchos datos. Únicamente disponía de una fotografía, sin nombre ni dirección. Nada más que una cara en medio del gentío.

Pero contaba con algunas pistas. Thibault había analizado los detalles de la foto innumerables veces antes y pensaba em-

35

pezar por lo que sabía. La foto había sido tomada en Hampton. La mujer parecía tener unos veinte años en aquella instantánea. Era atractiva. O bien era la dueña de un pastor alemán, o bien conocía a alguien que tenía uno. Su nombre empezaba por la letra E. Emma, Elaine, Elise, Eileen, Ellen, Emily, Erin, Erica… le parecían los nombres más probables, aunque en el sur suponía que también habría nombres como Erdine o Elspeth. Había ido a la feria con alguien que más tarde había sido destinado a Iraq. Ella le había entregado la foto a aquella persona, y Thibault la había encontrado en febrero de 2003, lo cual significaba que la habían hecho antes de esa fecha. La mujer, por consiguiente, debía de tener ahora casi treinta años. A lo lejos se veían tres abetos puntiagudos juntos. Esas eran las cosas que sabía. Hechos reales.

Pero además había realizado conjeturas, empezando por Hampton. Se trataba de un nombre relativamente común. Una rápida búsqueda en Internet mostraba en pantalla un montón de lugares con ese nombre. Condados y pueblos: en Carolina del Sur, en Virginia, en New Hampshire, en Iowa, en Nebraska. En Georgia. Y en otros sitios más. Muchos sitios más. Y, por supuesto, había un Hampton en el condado de Hampton, en Carolina del Norte.

A pesar de que no se veía ningún edificio prominente o lugar conocido de fondo —ningún poste en el que pusiera «¡BIENVENIDO A IOWA!», por ejemplo—, la foto sí que contenía información relevante. No sobre la mujer, pero era una información que se podía extraer de la imagen de los dos jóvenes que hacían cola para comprar entradas. Los dos llevaban unas camisetas con logotipos. Uno de los logos no le servía de pista, ya que simplemente era una imagen de Homer Simpson. El otro, con la palabra «DAVIDSON» escrita en la parte frontal de la camiseta, tampoco había representado nada significativo al principio, incluso después de que Thibault le diera varias vueltas. Primero había supuesto que era una referencia abreviada de Harley-Davidson, la marca de motocicletas. Otra búsqueda en Google aclaró la confusión. Por lo visto, Davidson era también el nombre de una famosa universidad cerca de Charlotte, en Carolina del Norte. Una universidad selectiva, competitiva, enfocada a las artes liberales. Tras echar un vistazo al catálogo en la librería virtual de la universidad vio una muestra de la misma camiseta.

Thibault sabía que la camiseta no era ninguna garantía de que la foto hubiera sido hecha en Carolina del Norte. Quizás alguien que había estudiado en aquella universidad le había regalado la camiseta a aquel chico; quizá se trataba de un estudiante de aquella universidad que había ido a pasar un fin de semana a otra localidad; quizá simplemente le habían gustado los colores de la camiseta y por eso se la había comprado; quizás era un antiguo alumno y se había mudado a una nueva ciudad. Como no tenía nada a lo que aferrarse, Thibault había realizado una rápida llamada a la Cámara de Comercio de Hampton antes de partir de Colorado, y había verificado que allí se celebraba una importante feria cada verano. Otra buena señal. Tenía un sitio al que dirigirse, pero todavía no sabía si iba tras la pista correcta. Había supuesto que ese era el lugar que buscaba y, por alguna razón que no podía explicar, le parecía que no se equivocaba.

También había otras suposiciones, pero pensaba ocuparse de ellas más tarde. Lo primero que tenía que hacer era encontrar el recinto ferial. Con un poco de suerte, la feria del condado se celebraría en el mismo sitio cada año; esperaba que la persona que pudiera indicarle la dirección correcta pudiera contestar también esa pregunta. Lo ideal era buscar en una de las tiendas en pleno centro. No una de suvenires o antigüedades, porque esa clase de negocios estaban normalmente regentados por gente recién llegada a la localidad, gente que escapaba del norte en busca de una vida más tranquila en un lugar con un clima más benigno. Thibault pensó que lo mejor sería preguntar en una tienda del barrio, como, por ejemplo, en una ferretería, en un bar o en una agencia inmobiliaria. Seguro que, cuando pasara por delante, sabría cuál era el sitio idóneo para preguntar.

Quería ver el lugar exacto que aparecía en la foto. No para hacerse una idea más clara del posible quién o cómo era aquella mujer. Lo que deseaba saber era si allí había tres abetos puntiagudos juntos, aquella clase de árboles ornamentales que estaban por todas partes.

3

Beth

*B*eth dejó a un lado la lata de Coca-Cola Diet, encantada de que Ben se lo estuviera pasando bien en la fiesta de cumpleaños de su amigo Zach. Estaba pensando que era una pena que a su hijo le tocara ir a casa de su padre cuando Melody se acercó a ella y se sentó a su lado.

—Muchas gracias por el regalo. Las pistolas de agua son el no va más.

Melody sonrió. Sus dientes eran excesivamente blancos y su piel demasiado bronceada, como si acabara de salir de una sesión de rayos UVA, lo cual probablemente era cierto. Desde el instituto, Melody siempre había estado muy pendiente de su físico, pero últimamente parecía más que preocupada.

—Espero que no nos ataquen con las Super Soaker.

Melody frunció el ceño.

—Ya se lo he advertido a Zach: como se le ocurra hacerlo, lo mando derechito a su cuarto. —Melody se reclinó en la silla, buscando una postura más cómoda—. ¿Qué has hecho este verano? No se te ha visto el pelo, y tampoco has contestado a mis llamadas.

—Lo sé. Lo siento. Este verano me ha tocado hacer vida de ermitaña. Es que cuidar a Nana y encargarme de la residencia canina y del adiestramiento de los perros es realmente agotador. No sé cómo Nana ha podido cargar sola con tanta responsabilidad hasta ahora, sin ayuda.

—¿Y cómo está?

Nana era la abuela de Beth. La había criado desde los tres

años, después de que sus padres fallecieran en un accidente de tráfico.

—Mejor, aunque después de la embolia no ha vuelto a ser la misma. Todavía tiene el lado izquierdo del cuerpo parcialmente paralizado. Puede encargarse de una parte del adiestramiento, pero no de gestionar la residencia y del curso completo, sería demasiado para ella. ¡Pero ya la conoces! ¡Siempre incansable! Es incapaz de estarse quieta ni un segundo. Temo que esté forzando demasiado la máquina.

—Veo que ha decidido volver a incorporarse al coro.

Nana llevaba más de treinta años en el coro de la Primera Iglesia Bautista de la localidad, y Beth sabía que esa actividad constituía una de sus mayores pasiones.

—Sí, decidió reincorporarse la semana pasada, aunque no estoy segura de que tenga muchas fuerzas para cantar. Después del ensayo se pasó dos horas durmiendo.

Melody asintió.

—¿Qué pasará cuando empiece el curso escolar?

—No lo sé.

—Pero seguirás dando clases, ¿no?

—Eso espero.

—¿Eso esperas? ¿Acaso los maestros no tenéis ya reuniones la semana que viene para preparar el curso?

Beth no quería pensar en el tema, y menos hablar de ello, pero sabía que Melody no lo hacía con mala intención.

—Sí, pienso asistir a las reuniones, pero eso no significa que finalmente me incorpore al equipo de docentes este año. Sé que podría dedicar unas horas a dar clases, pero no puedo dejar a Nana sola todo el día. De momento no. ¿Quién la ayudaría con la residencia canina? No está en condiciones de pasarse todo el día entrenando perros.

—¿Por qué no contratas a alguien? —sugirió Melody.

—Ya lo he intentado. ¿No te conté lo que ocurrió a principios de verano? Contraté a un chico que solo vino un par de días a trabajar; al tercero, que coincidía con el fin de semana, no se presentó. Y lo mismo sucedió con el siguiente candidato que contraté. Después de eso, no ha entrado nadie más interesándose por el puesto vacante. El cartel de «se necesita ayudante» se ha convertido en una pieza decorativa del escaparate.

39

—David siempre se queja de que hoy día cuesta mucho encontrar buenos empleados.

—Dile que les ofrezca el salario mínimo. ¡Entonces tendrá verdaderos motivos para quejarse! ¡Incluso los jovencitos que vienen del instituto se niegan a limpiar los caniles! Aseguran que les da asco hacer ese trabajo.

—Y tienen razón. Es un trabajo asqueroso.

Beth se rio.

—Sí, lo es —admitió—. Pero yo no tengo tiempo para hacerlo. Mira, solo espero un milagro antes de la semana que viene. Y si no… ¡Qué le vamos a hacer! Tendré que olvidarme de las clases. La verdad es que me gusta adiestrar perros. La mitad de las veces son más dóciles que los estudiantes.

—¿Como mi hijo?

—Tu hijo se porta muy bien. En serio.

Melody señaló con la cabeza a Ben.

—Ha crecido mucho desde la última vez que lo vi.

—Casi tres centímetros —contestó Beth, satisfecha de que Melody se hubiera fijado.

40

Ben siempre había sido bajito para su edad. En la foto de la clase solían ponerlo en la primera fila del flanco izquierdo, y el niño sentado a su lado le sacaba casi diez centímetros. En cambio, Zach, el hijo de Melody, era todo lo contrario: en la foto siempre lo colocaban en la última fila del flanco derecho. Siempre había sido el más alto de la clase.

—He oído que Ben no jugará al fútbol esta temporada —comentó Melody.

—Le apetece probar algo distinto.

—¿Como qué?

—Quiere aprender a tocar el violín. La señorita Hastings le dará clases particulares.

—¿Todavía da clases esa señora? ¡Pero si por lo menos debe de tener noventa años!

—Ya, pero cuenta con la paciencia necesaria para enseñar a un principiante. O por lo menos eso es lo que me ha dicho ella misma. Y a Ben le cae bien la señora Hastings, que es lo que importa.

—Me alegro por él —dijo Melody—. Estoy segura de que lo hará estupendamente. Pero Zach se llevará una gran decepción.

—De todos modos, no estarían en el mismo equipo. Zach empezará a jugar con la selección, ¿no?

—Bueno, eso si lo consigue.

—Lo conseguirá.

Seguro que lo conseguiría. Zach era uno de esos niños competitivos y con una gran confianza en sí mismos que maduraban antes y destacaban en el campo rápidamente por delante de jugadores con menos talento. Como Ben. Incluso ahora, correteando por el jardín con su Super Soaker, Ben no podía seguir el ritmo de Zach. A pesar de que era un niño encantador y con una gran nobleza, no era muy atlético, algo que el exmarido de Beth no soportaba. El año anterior, cierto día, su ex se había puesto de pie casi pisando la línea del campo de fútbol con cara de mala gaita, y esa era otra razón por la que Ben no quería jugar al fútbol.

—¿David seguirá entrenando al equipo este año?

David era el marido de Melody y uno de los dos pediatras de la localidad.

—Todavía no lo ha decidido. Desde que Hoskins se marchó, siempre está de guardia. No le hace ninguna gracia, pero ¿qué puede hacer? Están intentando contratar a otro médico, aunque de momento no tienen suerte. No todo el mundo está dispuesto a trabajar en un pueblo, especialmente teniendo el hospital más cercano a cuarenta y cinco minutos de aquí, en Wilmington. Hay que dedicarle muchas horas. La mitad de los días llega a casa pasadas las ocho de la noche. A veces, más tarde.

Beth había notado el tono preocupado en la voz de Melody, y pensó que su amiga estaba otra vez preocupada por la aventura amorosa que David le había confesado el invierno anterior. Beth sabía lo bastante como para no hacer ningún comentario al respecto. Desde el primer momento había tomado la decisión de que solo hablarían del tema cuando Melody quisiera hacerlo. ¿Y si no? No pasaba nada. En realidad, no era un asunto de su incumbencia.

—Y tú, ¿qué tal? ¿Sales con alguien?

Beth esbozó una mueca de fastidio.

—No, desde Adam no.

—¿Y se puede saber qué es lo que salió mal?

—No tengo ni idea.

Melody sacudió la cabeza.

—No puedo decir que te envidie. Jamás me ha gustado eso de tener que salir con chicos.

—Ya, pero por lo menos a ti no se te daba mal. En cambio, yo soy un desastre.

—¡Anda ya! ¡Exageras!

—No, no exagero. Aunque tampoco me preocupo excesivamente. Ni tan solo estoy segura de tener la energía necesaria para iniciar una nueva relación. Ya sabes, todo eso de llevar tacones altos, depilarme, flirtear, fingir que me llevo bien con sus amigos… Me parece un esfuerzo sobrehumano.

Melody arrugó la nariz.

—¿No te depilas?

—¡Claro que me depilo! —contestó. Luego, bajando la voz, agregó—: Siempre que puedo. —Se sentó con la espalda erguida—. Pero ya me entiendes, ¿no? Eso de salir con un hombre supone un gran esfuerzo. Especialmente a mi edad.

—¡Vamos! ¡Si ni tan solo has cumplido los treinta años! Y además tienes un tipazo estupendo.

Beth había oído el mismo halago toda la vida, y no era inmune al hecho de que los hombres —incluso algunos casados— a menudo giraran la cabeza por encima del hombro al verla pasar. Durante sus primeros tres años como maestra, solo había mantenido una reunión con un padre que se había presentado solo. El resto de las ocasiones, siempre eran las madres las que asistían a las reuniones. Recordaba cómo se lo había comentado a Nana unos años antes, desconcertada. Su abuela le había contestado: «No quieren que te quedes sola con sus mariditos porque eres tan bonita como un osito de peluche».

Nana tenía una forma muy especial de decir las cosas.

—Te olvidas de dónde vivimos —contrarrestó Beth—. No quedan muchos hombres solteros de mi edad por aquí. Y si no se han casado, por algo será.

—Eso no es verdad.

—Quizás en una gran ciudad no sea así. Pero ¿aquí? ¿En este pueblo? Mira, he vivido aquí toda mi vida, e incluso cuando estudiaba en la universidad iba a dormir a casa. En las escasísimas ocasiones en que algún chico me ha pedido una cita, hemos salido dos o tres veces y después ya no ha vuelto a mostrar ningún interés por mí. No me preguntes el porqué. —Agitó la mano en una actitud filosófica—. Pero tampoco es que me importe demasiado. Tengo a Ben y a Nana. No es como si viviera sola con una docena de gatos.

—No, en vez de gatos tienes perros.

—Pero no son míos. Son los perros de mis clientes, que es distinto.

—Ya, muy distinto —replicó Melody burlonamente.

Al otro lado del jardín, Ben perseguía al grupo de niños con su Super Soaker, intentando no quedar rezagado. De repente tropezó. Sus gafas salieron disparadas y desaparecieron entre el césped. Beth sabía que lo mejor era no levantarse para ir a ver si su hijo estaba bien. La última vez que había intentado ayudarlo, él se había mostrado avergonzado. Ben palpó el césped a su alrededor hasta que encontró las gafas. Se las puso y reemprendió la carrera.

—¡Qué rápido crecen! ¿No te parece? —apuntó Melody, interrumpiendo los pensamientos de Beth—. Ya sé que es un cliché, pero es verdad. Recuerdo que mi madre me lo decía y yo pensaba que exageraba. Me moría de ganas de que Zach fuera un poco mayor. Claro, por entonces él tenía cólicos y me pasé por lo menos un mes sin apenas pegar ojo por las noches. Pero ahora, de repente, está a punto de empezar secundaria.

—Todavía no. Les queda un año.

—Lo sé. Pero de todos modos estoy nerviosa.

—¿Por qué?

—Ya sabes, la edad del pavo y todo eso. Los niños se ponen insoportables cuando empiezan a comprender el mundo de los adultos, sin tener la madurez de los adultos para enfrentarse a todo lo que pasa a su alrededor. Si a eso añadimos un sinfín de tentaciones, y el hecho de que ya no te hacen caso de la misma forma que lo hacían antes, y los repentinos cambios de humor en la adolescencia, seré la primera en admitir que no me apetece nada pasar por esa etapa. Tú eres maestra. Por consiguiente, ya sabes de qué hablo.

—Por eso doy clases en primaria, y encima a los más pequeños.

—Una elección muy acertada. —Melody se quedó callada unos instantes—. ¿Has oído lo de Elliot Spencer?

43

—La verdad es que últimamente no me he enterado de nada. Me he pasado el verano como una ermitaña, ¿recuerdas?

—Lo pillaron vendiendo drogas.

—¡Pero si solo es un par de años mayor que Ben!

—Y todavía está en secundaria.

—Ahora estás consiguiendo que sea yo la que me ponga nerviosa.

Melody esbozó una mueca de fastidio.

—¿Nerviosa por Ben? Si mi hijo se pareciera más a Ben, no tendría ninguna razón para estar nerviosa. Es un niño muy centrado e independiente. Tan bueno, tan educado, siempre dispuesto a ayudar a los más pequeños. No como Zach.

—Zach es un gran chico, también.

—Lo sé. Pero siempre ha sido más conflictivo que Ben. Y siempre anda detrás de los otros niños como un perrito faldero.

—Pero ¿no los ves, ahí fuera, jugando en el jardín? Desde mi perspectiva, aquí sentada, me parece que es Ben el que sigue a los demás.

—Ya sabes a qué me refiero.

Y en realidad lo sabía. Incluso desde muy pequeño, Ben se mostraba satisfecho jugando solo. Y Beth tenía que admitir que eso era bueno, ya que no había sido un niño conflictivo. Aunque no contaba con muchos amigos, tenía un montón de aficiones en las que se enfrascaba solo. Buenas aficiones, además. No estaba demasiado interesado ni en los videojuegos ni en navegar por Internet, y aunque pocas veces veía la tele, cuando lo hacía, normalmente él mismo la apagaba al cabo de media hora más o menos. Lo que realmente le gustaba era jugar al ajedrez (un juego que parecía comprender desde una base intuitiva) en el tablero electrónico que le había traído Papá Noel. Le encantaba leer y escribir. Disfrutaba con los perros en la residencia canina, pero la mayoría de ellos se mostraban un poco irascibles a causa de las largas horas que pasaban allí encerrados y no solían prestarle atención. Ben pasaba muchas tardes lanzándoles pelotas de tenis, y eran muy pocas las que recuperaba.

—Todo saldrá bien.

—Eso espero. —Melody dejó su bebida en la mesita—. Supongo que debería ir a buscar el pastel, ¿no? Zach tiene entreno a las cinco.

—Hará mucho calor.

Melody se puso de pie.

—Estoy segura de que querrá llevarse la Super Soaker, probablemente para empapar al entrenador.

—¿Quieres que te ayude?

—No, gracias. Quédate aquí sentada y relájate. Enseguida vuelvo.

Beth observó a Melody mientras esta se alejaba, y por primera vez fue consciente de su extrema delgadez. Entre cuatro y seis kilos menos desde la última vez que la había visto. Se dijo que debía de ser por el estrés. El desliz amoroso de David la había hundido, pero ella tenía la firme determinación de salvar su matrimonio, algo que a Beth, cuando se vio en ese trance, no le pasó. Aunque, claro, sus matrimonios eran completamente diferentes. David había cometido un grave error y le había hecho daño a Melody, pero, en general, siempre habían sido una pareja feliz. El matrimonio de Beth, en cambio, había sido un fracaso desde el principio, tal y como Nana había presagiado. Aquella mujer tenía la habilidad de clasificar a la gente al instante, y siempre se encogía de hombros instintivamente cuando estaba delante de alguien que no le caía bien. Cuando Beth anunció que estaba embarazada y que en lugar de ir a la universidad ella y su ex habían planeado casarse, Nana empezó a encogerse de hombros con tanta frecuencia como si hubiera cogido un tic nervioso. Beth, por supuesto, no hacía caso de aquellos gestos tan gráficos, pensando: «No le ha dado ninguna oportunidad. No lo conoce. Lo nuestro puede funcionar». ¡Cuán equivocada estaba! Nana siempre se mostraba educada, siempre cordial cuando él estaba cerca, pero no dejó de encogerse de hombros hasta que Beth no volvió a instalarse en su casa diez años atrás. El matrimonio duró menos de nueve meses; Ben solo tenía cinco semanas de vida. Nana había tenido razón respecto a él desde el principio.

Melody desapareció dentro de la casa; al cabo de unos instantes volvió a aparecer, con David tras ella. Él llevaba platos y tenedores de plástico, y lucía un semblante preocupado. Beth se fijó en los mechones grises cerca de las orejas y en las arrugas tan marcadas que le surcaban la frente. La última vez que lo había visto, las arrugas no eran tan visibles, por lo que supuso que esa era otra señal del estrés al que se veía sometido.

45

A veces Beth se preguntaba cómo sería su vida si estuviera casada. No con su ex, por supuesto. La mera idea le provocaba escalofríos. No, gracias. Ya tenía bastante con tener que tratar con él durante fines de semana alternos. Pero con otro hombre. Un hombre... mejor. La idea no le desagradaba, por lo menos así, sin reflexionar excesivamente sobre el tema. Después de diez años estaba muy acostumbrada a su rutina habitual y, a pesar de que consideraba que sería fantástico tener a alguien con quien compartir las tardes después del trabajo o que le frotara la espalda de vez en cuando, también tenía que admitir que había algo especial en la posibilidad de pasarse todo el día en pijama cuando le apetecía. Algo que a veces hacía. Y Ben también. Los denominaban «días perezosos», y eran los mejores del año. A veces se pasaban todas las horas haciendo el remolón; simplemente pedían una pizza a domicilio y disfrutaban de una película. Sin lugar a dudas, el paraíso terrenal.

Además, si las relaciones ya eran difíciles de por sí, una relación matrimonial todavía era más dura. Melody y David no eran los únicos que atravesaban malas etapas; por lo visto, eso les sucedía a todas las parejas. Parecía implícito en la relación. ¿Qué solía decir Nana? «Si metes a dos personas con dos diferentes series de expectativas bajo el mismo techo, no esperes poder disfrutar cada año de un feliz día de Pascua.»

Exacto. A pesar de que no estaba completamente segura de adónde quería llegar Nana con sus metáforas.

Beth echó un vistazo a su reloj de pulsera. Sabía que tan pronto como acabara la fiesta, tendría que ir a ver cómo se encontraba Nana. Estaba segurísima de que la encontraría en la residencia canina, o bien detrás del mostrador, o bien examinando perros. Nana era más terca que una mula. ¿Acaso importaba que apenas se sostuviera en pie por culpa de su pierna izquierda atrofiada?: «Mi pierna no está en perfecto estado, pero tampoco está hecha de cera de abeja». ¿O que pudiera caerse y hacerse daño?: «No soy una tacita de porcelana». ¿O que el brazo izquierdo le hubiera quedado prácticamente inútil?: «Mientras pueda comer sopa, no lo necesito».

Nana era muy especial, su querida Nana. Y siempre había sido igual.

—¡Mamá!

Ensimismada en sus pensamientos, no había visto que Ben se acercaba. Su carita llena de pecas brillaba por el sudor. Estaba empapado de agua, y llevaba unas manchas de hierba en la camisa que seguramente no desaparecerían ni con el mejor detergente.

—¿Qué quieres, cielo?

—¿Puedo quedarme a dormir en casa de Zach esta noche?

—Me parece que tiene entreno de fútbol.

—Después del entreno. Hay un montón de amigos que se quedan, y su madre le ha regalado el Guitar Hero para su cumpleaños.

Beth sabía el verdadero motivo por el que quería quedarse a dormir.

—Esta noche no podrá ser, cielo. Tu padre pasará a recogerte a las cinco.

—¿Por qué no lo llamas y le preguntas si puedo quedarme?

—No me cuesta nada intentarlo. Pero ya sabes...

Ben asintió, tal y como solía hacer en tales circunstancias.

—Sí, lo sé.

Beth notó una punzada de dolor en el pecho.

47

El sol resplandecía a través del parabrisas a una temperatura tan elevada que seguramente podrían haber frito un huevo en el cristal, y ella se preguntó cómo era posible que aún no hubiera llevado el coche al mecánico para que le repararan el aire acondicionado. Con la ventana completamente bajada, su cabello alborotado le cosquilleaba las mejillas. Se recordó a sí misma que necesitaba un buen corte de pelo. Se imaginó diciéndole a la peluquera: «¡Déjamelo bien corto, Terri; así tendré pinta de chico!». Pero sabía que acabaría pidiendo el mismo corte de siempre cuando llegara el momento. En determinadas cosas, era realmente cobarde.

—Parecía que os lo estabais pasando la mar de bien, ¿eh?

—Sí.

—¿Y ya está? ¿No quieres añadir nada más?

—Estoy cansado, mamá.

Ella señaló hacia una famosa heladería a lo lejos.

—¿Te apetece un helado?

—No me conviene.

—¿Quién es la madre aquí? Se supone que eso debería decirlo yo. Solo pensaba que con este calor tan insoportable igual te apetecía un helado.

—No tengo hambre. Acabo de comerme un trozo de pastel.

—Muy bien. Como quieras. Pero luego no me eches la culpa si al llegar a casa te arrepientes de no haber aceptado mi invitación.

—No me arrepentiré —dijo, girándose hacia la ventana.

—Oye, ¿estás bien?

Cuando él volvió a hablar, su voz era prácticamente inaudible por encima del viento.

—¿Por qué tengo que ir a casa de papá? Allí me aburro. Siempre me envía a dormir a las nueve, como si todavía fuera un crío de seis años. A esa hora no estoy cansado. Y mañana tendré que pasarme todo el día lavando el coche y haciendo cosas por el estilo.

—Creía que te iba a llevar a comer a casa del abuelo después de misa.

—Ya, pero de todos modos no quiero ir.

«Yo tampoco quiero que vayas», pensó Beth. Pero ¿qué podía hacer?

—¿Por qué no te llevas un libro? —sugirió ella—. Puedes leer en tu cuarto esta noche, y si mañana te aburres, también puedes leer un rato.

—Siempre me dices lo mismo.

«Porque no sé qué más puedo decirte», pensó Beth.

—¿Quieres que vayamos a la librería?

—No —respondió el crío, aunque ella sabía que no lo decía muy convencido.

—Bueno, de todos modos acompáñame. Yo sí que quiero comprarme un libro.

—De acuerdo.

—No me gusta verte triste.

—Lo sé.

La visita a la librería no consiguió levantarle el ánimo a Ben. A pesar de que acabó por elegir un par de novelas de aventuras y misterio de la serie Hardy Boys, su madre se dio cuenta de que seguía alicaído mientras hacían cola frente al mostrador para pagar. De camino a casa, abrió uno de los libros y fingió que leía. Beth estaba prácticamente segura de que lo hacía para que ella no lo importunara con una batería de preguntas o intentara, con una alegría forzada, que él se sintiera mejor respecto al fin de semana que le tocaba pasar con su padre. Con tan solo diez años, Ben se había convertido en un experto a la hora de predecir el comportamiento de su madre.

Ella detestaba que a Ben no le gustara ir a casa de su padre. Lo observó mientras entraba en casa, con la certeza de que enfilaría directamente hacia su habitación para preparar la maleta. En vez de seguirlo, Beth se sentó en los peldaños del porche y deseó por enésima vez disponer de una mecedora. Todavía hacía calor, y por los aullidos que llegaban de la residencia canina situada al otro lado del jardín, era evidente que los perros también estaban sufriendo a causa de las elevadas temperaturas. Aguzó el oído para ver si oía a Nana. Pensó que si hubiera estado en la cocina cuando Ben había entrado, seguramente la habría oído. Nana era una cacofonía andante. No por culpa de la embolia, sino porque esa era una característica que formaba parte de su personalidad. A sus setenta y seis años se comportaba como una adolescente, se reía escandalosamente, golpeaba ruidosamente las cacerolas con el cucharón mientras cocinaba como si tocara la batería, adoraba el béisbol y ponía la radio tan alta como para reventar los tímpanos a cualquiera cuando en la Radio Pública Nacional emitían algún programa de jazz. «Esa clase de música no nace como los plátanos, ¿lo sabías?», solía decir. Hasta que sufrió el ataque de apoplejía, prácticamente cada día iba con botas de caucho, un guardapolvos y un sombrero de paja descomunal, trotando arriba y abajo por el jardín mientras enseñaba a los perros a dar la patita o a venir o a quedarse quietos.

Muchos años atrás, Nana se había dedicado junto con su esposo a impartir diversos cursos de educación canina. Entre los dos criaban y entrenaban a perros de caza, perros lazarillos, perros de la policía con un excelente olfato para la droga y perros para la vigilancia y seguridad de casas particulares. Ahora que el abuelo ya no estaba, Nana solo hacía esos cursos especiales

49

en contadas ocasiones. Y no porque no supiera hacerlo —siempre se había encargado prácticamente de todo el adiestramiento—, pero entrenar a un perro para que vigilara una casa particular requería catorce meses, y dado que Nana podía enamorarse de una ardilla en menos de tres segundos, siempre se le partía el corazón cuando le tocaba entregar el perro a su dueño una vez completada la formación. Sin el abuelo cerca para decirle: «Ya nos hemos comprometido, no podemos quedárnoslo», Nana había encontrado más viable descartar esa clase de cursos tan largos.

En la actualidad, únicamente se encargaba de adiestrar a perros para que acataran órdenes sencillas. Los clientes solo dejaban a sus mascotas un par de semanas. «Un campamento militar perruno», lo llamaba ella. Nana les enseñaba a sentarse, a tumbarse, a quedarse quietos, a venir y a dar la patita. Se trataba de unas órdenes sencillas que no comportaban ningún tipo de complicación y que prácticamente todos los perros podían aprender rápidamente. Cada dos semanas entraban entre quince y veinticinco nuevos animales para realizar el ciclo, y cada uno necesitaba más o menos veinte minutos de adiestramiento al día. Si se les dedicaba más tiempo, los perros perdían interés. La cosa no iba mal cuando había quince perros, pero encargarse del mantenimiento de veinticinco suponía enfrentarse a unas jornadas inacabables, teniendo en cuenta que además había que sacarlos a pasear a todos. Y eso sin contar con el deber de alimentarlos, el mantenimiento de la residencia canina, las llamadas telefónicas, el trato con los clientes y el papeleo. Beth había dedicado al negocio entre doce o trece horas diarias durante todo el verano.

Siempre había trabajo. No era difícil adiestrar a un perro: Beth había estado ayudando a Nana de forma intermitente desde que tenía doce años. Había docenas de libros que versaban sobre el tema. Además, la clínica veterinaria ofrecía clases para perros y sus dueños cada sábado por la mañana por un módico precio. Beth sabía que la mayoría de las personas podían dedicar veinte minutos al día durante un par de semanas para adiestrar a su perro. Pero no lo hacían. En lugar de eso, llegaban clientes desde lugares tan lejanos como Florida y Tennessee para dejar a sus perros allí con el objetivo de que alguien se encargara de adiestrarlos. Era cierto que Nana gozaba de una excelente reputación, pero realmente ella solo les enseñaba a sentarse y a venir, a dar la patita y a quedarse quietos. No se trataba de última tecnología ni nada por el estilo. Sin embargo, la gente siempre se mostraba extremamente agradecida. Y siempre, siempre sorprendida.

Beth echó un vistazo a su reloj de pulsera. Keith, su ex, no tardaría en llegar. A pesar de que no congeniaba con él —solo Dios sabía lo poquísimo que se avenían— compartían la custodia de su hijo, así de sencillo, y por consiguiente ella intentaba mantener una relación cordial. Se repetía sin parar que era importante que Ben pasara tiempo con su padre. Los chicos necesitaban pasar tiempo con sus padres, especialmente cuando se acercaban a la adolescencia, y en el fondo tenía que admitir que no era un mal tipo. Inmaduro, sí, pero no un mal tipo. De vez en cuando se pasaba con la cerveza, pero no era un alcohólico, no tomaba drogas, y jamás los había maltratado, ni a ella ni a Ben. Iba a misa cada sábado. Tenía un trabajo fijo y pagaba la parte correspondiente de la manutención de su hijo sin demora. O, mejor dicho, su familia pagaba. El dinero procedía de una fundación, una de las muchas que su familia había establecido a lo largo de los años. Y casi siempre en todos aquellos años, él había mantenido su interminable lista de novias alejadas de su casa durante los fines de semana que le tocaba tener a su hijo. No, Beth no se había equivocado con la expresión «casi siempre». Últimamente, se estaba comportando mejor al respecto, pero suponía que eso no se debía a unos votos renovados de Keith en cuanto a su intención de ser un buen padre, sino a la etapa amorosa que atravesaba —seguramente debía de estar a punto de acabar una relación para iniciar otra—. A ella no le habría importado tanto esa cuestión de no ser porque la edad de sus ligues estaba cada vez cercana a la de Ben que a la de su ex; además, por regla general, tenían el coeficiente intelectual de una lechuga. No estaba siendo despiadada; incluso Ben se daba cuenta de ello. Un par de meses antes, el niño había tenido que ayudar a una de ellas a preparar una segunda fuente de macarrones al horno con queso gratinado después de que el primer intento fracasara porque los macarrones se habían chamuscado. Por lo visto, la secuen-

51

cia completa de «añadir leche, mantequilla, mezclarlo y remover» era superior a ella.

No obstante, aquello no era lo que más preocupaba a Ben. Las novias no le molestaban, solían tratarlo más como a un hermano menor que como a un hijo. Ni tampoco le angustiaban las tediosas tareas domésticas que su padre le ordenaba que hiciera. A lo mejor le mandaba recoger las hojas del jardín con el rastrillo o limpiar la cocina y sacar la basura, pero en ningún caso su ex trataba a Ben como a un criado con contrato de prácticas. Todas las tareas eran positivas para su formación; Ben también contribuía a los trabajos domésticos los fines de semana que pasaba con ella. No, el problema era la eterna decepción infantil que Keith mostraba respecto a Ben. Él quería un atleta, pero tenía un hijo que deseaba tocar el violín. Quería a alguien con quien salir a cazar, pero tenía un hijo que prefería leer. Quería un hijo con quien jugar al béisbol o al baloncesto, pero tenía que cargar con un hijo patoso y miope.

Jamás se lo había dicho abiertamente ni a Ben ni a ella, pero no hacía falta. Su frustración era demasiado evidente. Solo hacía falta ver con qué cara de reproche lo observaba mientras el chaval jugaba al fútbol, o cómo no le había hecho caso cuando Ben le dijo que había ganado el último torneo de ajedrez, o cómo intentaba convencerlo para que fuera alguien distinto. A Beth la sacaba de quicio y le partía el corazón al mismo tiempo, pero para el niño era peor. Durante varios años había intentado complacer a su padre, pero el esfuerzo únicamente había conseguido dejar al chiquillo completamente exhausto. No había nada malo en el béisbol. Podría ser que Ben llegara a disfrutar mientras aprendía las normas, e incluso que quisiera jugar en la liga de béisbol infantil. Todo parecía tener sentido cuando su ex se lo sugirió, y al principio Ben estaba entusiasmado. Pero después de unos meses, llegó a odiar todo lo concerniente al béisbol. Si atrapaba tres pelotas seguidas, su padre quería que intentara coger cuatro. Cuando lo conseguía, tenían que ser cinco. Y luego cogerlas mientras corría hacia delante. Cogerlas mientras corría hacia atrás. Cogerlas mientras patinaba sobre la hierba. Cogerlas mientras se lanzaba de cabeza sobre la hierba. Coger la pelota que su padre le lanzaba con una fuerza desmedida. ¿Y si se le escapaba una? Bueno, entonces era como si el mundo se viniera abajo. Su padre no era la clase de papá afectuoso capaz de infundirle ánimos con frasecitas como: «¡No está nada mal, no, señor!» o «¡Buen intento!». Él era la clase de papá que se ponía a gritar como un energúmeno: «¡Vamos, deja de hacer tonterías!».

Beth había hablado con Keith sobre la cuestión. Numerosas veces. Pero a él aquel sermón le entraba por una oreja y le salía por la otra, para no perder la costumbre. A pesar de su inmadurez (o quizá debido a ello), Keith se mostraba obstinado y con las ideas inamovibles respecto a un montón de cuestiones, y la forma de educar a Ben era una de ellas. Deseaba que su hijo fuera de una manera, y no tenía ninguna duda de que al final conseguiría transformarlo. Ben, como ya era de esperar, comenzó a reaccionar con su típico comportamiento pasivo-agresivo. Un día empezó a dejar caer las pelotas que su padre le lanzaba, incluso cuando se las tiraba sin apenas fuerza, hasta que su padre finalmente pateó su guante en el suelo y entró en casa enojadísimo, con una cara tan larga que ya no se la quitó durante el resto de la tarde. Ben fingió no darse cuenta del berrinche de su padre, se sentó debajo de un pino y se puso a leer hasta que su madre pasó a recogerlo unas horas más tarde.

Ella y su ex no solo discutían por Ben, en realidad eran tan antagónicos como el fuego y el hielo: él era el fuego; ella, el hielo. Keith todavía se sentía atraído físicamente por ella, lo cual sulfuraba a Beth hasta límites incontrolables. No podía entender cómo era posible que creyera que ella aún podía desear mantener una relación amorosa con él, pero por más que lo rechazara, Keith seguía intentándolo. Ya casi no podía recordar los motivos por los que se había sentido atraída por ese hombre hacía muchos años. Podía recitar las razones por las que se había casado —básicamente porque era demasiado joven e inexperta, aunque también había tenido mucho peso el hecho de haberse quedado embarazada—, pero ahora, cada vez que él la devoraba con los ojos de arriba abajo, ella sentía un profundo asco en su interior. Keith no era su tipo. Francamente, jamás lo había sido. Si alguien se hubiera dedicado a grabar su vida en vídeo, su matrimonio sería una de las etapas que no le importaría borrar de la cinta. Excepto por Ben, por supuesto.

53

Deseó que Drake estuviera allí, y como siempre la invadió una enorme tristeza al pensar en él. Siempre que su hermano menor venía de visita, Ben lo seguía como un perrito faldero, del mismo modo que los perros seguían a Nana. Se pasaban juntos todo el rato: salían a cazar mariposas o se encerraban durante horas en la cabaña del árbol que había construido el abuelo, a la que tan solo se podía acceder desde un puente destartalado que vadeaba uno de los dos arroyos de la finca. A diferencia de su ex, Drake aceptaba a Ben, lo que en muchos sentidos lo convertía más en una figura paterna para Ben que lo que su ex jamás había sido. Ben lo adoraba, y ella adoraba a Drake por el modo en que infundía alegría y confianza a su hijo, sin estridencias, de forma natural. Recordó la única vez que le había dado las gracias por ello y cómo Drake se había encogido de hombros y se había limitado a contestar: «No tienes que darme las gracias. Me encanta estar con él».

De repente sintió la necesidad de confirmar si Nana estaba bien. Se levantó del peldaño y se fijó en la luz encendida en el despacho, pero pensó que era improbable que Nana estuviera concentrada en el papeleo a aquellas horas. Seguramente la encontraría en el patio vallado situado detrás de los amplios caniles acondicionados para la residencia de los perros, y decidió enfilar directamente hacia allí. Solo esperaba que no se le hubiera ocurrido sacar a pasear a varios perros a la vez. En su estado, no podría mantener el equilibrio, ni tampoco lograría retenerlos a todos si tensaban las correas al mismo tiempo, pero esa actividad siempre había sido una de sus favoritas. Nana opinaba que la mayoría de los perros no hacían suficiente ejercicio, y la gran extensión de la finca era un excelente remedio para paliar ese problema. Con sus casi treinta hectáreas, la finca disponía de amplios campos abiertos flanqueados por unos bosques atravesados por una docena de senderos y por dos arroyos que llevaban agua del South River. La finca, comprada cincuenta años antes por una irrisoria cantidad de dinero, era ahora bastante valiosa. Eso les había dicho un abogado que se había personado un día para hablar con Nana por si estaba interesada en vender las tierras.

Ella sabía exactamente quién estaba detrás de aquel negocio. Igual que Nana, quien se comportó como si le acabaran de efectuar una lobotomía mientras el abogado hablaba con ella. De repente, se lo quedó mirando con los ojos desmesuradamente abiertos, como si no entendiera lo que le decía, dejó caer las uvas una a una al suelo, y se puso a balbucear de forma incomprensible. Ella y Beth se pasaron varias horas riendo después.

Beth echó un vistazo a través de la ventana del despacho y no vio a Nana, a pesar de que podía oír su voz en el patio vallado.

—¡Quieta! ¡Ven! ¡Muy bien, campeona! ¡Buena chica!

Al doblar la esquina, Beth vio a Nana felicitando a *Sisú* mientras la perrita trotaba hacia ella. *Sisú* le recordaba a uno de esos perritos de plástico hinchados con aire que se podían adquirir en cualquier gran supermercado.

—¿Qué haces, Nana? No deberías estar aquí.

—¡Ah, hola, Beth! —A diferencia de dos meses antes, ahora ya no arrastraba penosamente las sílabas al hablar.

Beth puso los brazos en jarras.

—No deberías estar aquí fuera sola.

—He cogido el móvil. Pensé que si me pasaba algo solo tenía que llamar a alguien.

—Tú no tienes móvil.

—He cogido el tuyo. Te lo he cogido del bolso esta mañana.

—¿Y a quién habrías llamado?

Nana no parecía haber considerado semejante cuestión, y su frente se arrugó mientras miraba fijamente a una de las perritas.

—¿Ves lo que tengo que soportar, preciosa? Ya te dije que mi nieta era más pesada que una tonelada de tu comida favorita. —Exhaló, emitiendo un sonido como una lechuza.

Beth sabía que su abuela se proponía cambiar de tema.

—¿Dónde está Ben? —inquirió la anciana.

—En casa, haciendo la maleta. Hoy le toca irse con su padre.

—Me apuesto lo que quieras a que estará entusiasmado con la idea. ¿Estás segura de que no se ha escondido en la cabaña del árbol?

—No te pases —la reprendió Beth—. Después de todo, es su padre.

—Eso dices tú.

55

—Estoy segura.

—¿Estás segura de que no flirteaste con nadie más en aquella época? ¿Ni siquiera una aventura de una noche con un camarero o un transportista, o un universitario? —Se lo preguntaba con un tono de esperanza. Siempre se mostraba esperanzada cuando le hacía esa misma pregunta.

—Segurísima. Ya te lo he dicho un millón de veces.

Nana le guiñó el ojo.

—Ya, pero no pierdo la esperanza de que algún día recobres la memoria.

—Por cierto, ¿cuánto rato hace que estás aquí?

—¿Qué hora es?

—Casi las cuatro.

—Entonces tres horas.

—¿Con este calor?

—No estoy acabada, Beth. Solo sufrí un pequeño incidente.

—Sufriste una embolia.

—Pero no fue muy grave.

—¡Pero si apenas puedes mover el brazo!

—Mientras pueda comer sopa, no lo necesito. Y ahora deja que vea a mi nieto. Quiero despedirme de él antes de que se marche.

Enfilaron hacia los caniles. La perrita las siguió, con la cola alzada y jadeando aceleradamente. Era preciosa.

—Esta noche me apetece comida china —apuntó Nana—. ¿Y a ti?

—Todavía no había pensado en la cena.

—Pues yo sí.

—De acuerdo. Cenaremos comida china. Pero no quiero nada que sea muy pesado. Y tampoco nada frito. Hace demasiado calor para comer frituras.

—¡Mira que eres sosa!

—Sí, y además me cuido.

—Es lo mismo. Ah, y ya que te cuidas tanto y que estás en tan buena forma, ¿te importaría encerrar a esta señorita? Está en la jaula número doce. He oído un chiste nuevo y se lo quiero contar a Ben.

—¿Dónde has oído el chiste?

—En la radio.

—¿Es apropiado para su edad?

—¡Claro que es apropiado! ¿Por quién me tomas?

—Sé exactamente cómo eres. Por eso te lo pregunto. A ver, cuéntame el chiste.

—Dice que hay dos caníbales devorando a un comediante. Uno de ellos se gira hacia el otro y le pregunta: «¿Te parece gracioso?».

Beth resopló, divertida.

—Seguro que le gustará.

—Genial. Ese pobre niño necesita que alguien lo anime.

—Está bien.

—Ya, seguro. Para que lo sepas, no soy tan ingenua.

Cuando llegaron al recinto de los caniles, Nana siguió caminando hacia la casa, con una cojera más pronunciada que la que mostraba por la mañana. Se iba recuperando, aunque todavía le faltaba un largo trecho por recorrer.

4

Thibault

*E*l Cuerpo de Marines está basado en el número tres. Esa fue una de las primeras lecciones que les inculcaron en el periodo de instrucción: a hacer las cosas fáciles. Tres marines formaban una escuadra; tres escuadras, una sección; tres secciones, un pelotón; tres pelotones, una compañía; tres compañías, un batallón; y tres batallones, un regimiento. Al menos, sobre el papel. Durante la invasión de Iraq, sin embargo, su regimiento había sido combinado con otras unidades, incluyendo el Primer Batallón Armado Ligero de Reconocimiento, batallones de artillería del 11.° Regimiento de Marines, el Segundo y el Tercer Batallón de Asalto Anfibio, la Compañía B del Primer Batallón de Ingenieros de Combate, y el 115.° Batallón de Apoyo de Servicio de Combate. Impresionante. Preparados para todo. Casi seis mil militares en total.

Mientras Thibault caminaba bajo un cielo que empezaba a cambiar de colores con el atardecer, recordó nuevamente aquella noche, técnicamente su primer combate en territorio hostil. Su regimiento, el Primero-Quinto, se convirtió en la primera unidad que se adentró en Iraq con la intención de ocupar los campos petrolíferos en Rumaylah. Todo el mundo recordaba que Saddam Hussein había incendiado la mayor parte de los pozos en Kuwait durante su retirada en la primera guerra del Golfo, y nadie quería que se repitiera la misma historia. Resumiendo la gesta: el Primero-Quinto, entre otros, llegó a tiempo. Solo siete pozos habían sido incendiados cuando se apoderaron de la zona. Desde allí, la sección de Thibault recibió la orden de dirigirse al norte, hacia Bagdad, para ayudar a conquistar la capital. En toda la historia de los Marines, el Primero-Quinto era el regimiento más condecorado del cuerpo, y por eso fue elegido para dirigir el asalto que requería adentrarse completamente en territorio enemigo. Su primer viaje a Iraq duró un poco más de cuatro meses.

Cinco años después, la mayoría de los detalles de aquel primer viaje le resultaban difusos. Había hecho su trabajo y al final lo habían enviado de vuelta a Pendleton. No hablaba mucho del tema. Intentaba no pensar en ello. Pero había una historia que no podría olvidar, la de Ricky Martinez y Bill Kincaid, los otros dos soldados de la escuadra de Thibault.

Si uno reúne a tres personas y las pone juntas, seguro que tendrán sus diferencias. Eso no tiene nada de excepcional. Y a simple vista, eran diferentes. Ricky se había criado en un pisito en Midland, una gran ciudad en el estado de Texas, centro administrativo de los campos de petróleo de la compañía West Texas, y además era un fanático del levantamiento de pesas y exjugador de béisbol que se había formado en la cantera del Minnesota Twins antes de alistarse en el Ejército; Bill, que tocaba la trompeta en la banda de música del instituto, era oriundo del norte del estado de Nueva York, y se había criado en una vaquería con cinco hermanas. A Ricky le gustaban las rubias; a Bill, las morenas. Ricky mascaba tabaco; Bill fumaba. A Ricky le gustaba el *rap*; Bill prefería el *country*. Diferencias irrelevantes. Se entrenaban, comían y dormían juntos. Debatían sobre política y deportes. Charlaban como dos hermanos y se gastaban bromas ingeniosas sin parar. Un día Bill se despertó con una ceja afeitada; al día siguiente Ricky se despertó con las dos cejas rasuradas. Thibault se espabiló para despertarse ante el más mínimo ruido, y de ese modo consiguió mantener ambas cejas intactas. Se estuvieron riendo de aquella trastada durante meses. Una noche que se emborracharon, se tatuaron unas insignias idénticas para proclamar su fidelidad al Cuerpo de Marines.

Después de pasar tanto tiempo juntos, llegaron al punto de ser capaces de anticiparse a lo que los otros dos iban a hacer. Tanto Ricky como Bill le habían salvado la vida a Thibault en varias ocasiones, o por lo menos lo habían mantenido a salvo de accidentes graves. Un día, Bill agarró a Thibault por la parte de atrás del chaleco antibalas justo cuando iba a salir fuera: instantes después, un francotirador hirió a dos hombres que estaban cerca de ellos. La segunda vez, Thibault iba distraído y casi chocó contra un Humvee que conducía otro marine y que circulaba a gran velocidad: en aquella ocasión fue Ricky quien lo agarró por el brazo para retenerlo. Incluso en la guerra, la gente moría a causa de accidentes de tráfico. Y si no, que se lo preguntaran a Patton.

Después de apoderarse de los campos de petróleo, llegaron a los confines de Bagdad con el resto de la compañía. La ciudad todavía no había caído. Ellos formaban parte de un convoy —tres hombres entre cientos— que se abría paso hacia la ciudad. Aparte del rugido de los motores de los vehículos aliados, todo estaba en silencio cuando entraron en los barrios del extrarradio. En un momento dado, oyeron ruido de artillería proveniente de una carretera sin asfaltar apartada de la principal. La sección de Thibault recibió la orden de inspeccionar la zona.

Una vez allí, evaluaron la escena. Edificios de dos y tres plantas apiñados a ambos lados de una carretera llena de baches. Un perro solitario comiendo basura. Los restos humeantes de un coche carbonizado a cien metros de distancia. Esperaron. No veían nada. Esperaron un poco más. No oían nada. Finalmente, Thibault, Ricky y Bill recibieron la orden de cruzar la calle. Lo hicieron, moviéndose con celeridad, buscando cobijo. Desde allí, la sección ascendió por la calle, hacia lo desconocido.

Cuando el sonido de metralla volvió a escucharse aquel día, no se encontraron con un solo disparo. Fue el ruido ensordecedor de docenas y luego cientos de balas disparadas con armas automáticas que los habían sorprendido en un círculo letal. Thibault, Ricky y Bill, junto con el resto de la sección al otro lado de la carretera, se encontraron de repente apelotonados en las entradas de algunas edificaciones sin demasiados sitios donde poder esconderse.

La gente dijo más tarde que el tiroteo no duró mucho. Pero fue lo bastante largo. Las ráfagas de fuego caían en cascada desde las ventanas situadas encima de ellos. Thibault y su sección levantaron instintivamente las armas y dispararon, y luego volvieron a disparar. Al otro lado de la calle, dos de sus hombres estaban heridos, pero los refuerzos llegaron rápidamente. Un tanque irrumpió en la calle, seguido por una unidad de infantería a paso ligero. El aire vibró cuando la boca del cañón se iluminó y las plantas superiores del edificio se desmoronaron, llenando el aire de polvo y cristales. Thibault oía gritos por todas partes y veía a civiles precipitándose desde los edificios a la calle. El tiroteo continuó. El perro vagabundo fue alcanzado y empezó a tambalearse. Los civiles caían hacia delante cuando los disparaban por la espalda, sangrando y gritando de un modo desgarrador. Un tercer marine resultó herido en la parte inferior de la pierna. Thibault, Ricky y Bill seguían sin poder moverse, apresados por la lluvia de ráfagas que agujereaban las paredes a su lado, a sus pies. Sin embargo, los tres seguían disparando. El aire vibraba con los zumbidos de las balas, y las plantas superiores de otro edificio también se derrumbaron. El tanque, que seguía avanzando implacable, se acercaba a ellos. De repente, el fuego enemigo empezó a llegar desde dos direcciones, no solo de una. Bill miró a Thibault; Thibault miró a Ricky. Sabían lo que tenían que hacer. Había llegado el momento de ponerse en movimiento: si se quedaban allí, morirían. Thibault fue el primero en ponerse de pie.

En aquel instante, todo se tornó súbitamente blanco, para luego quedar negro.

En Hampton, cinco años después, Thibault no podía recordar los detalles. Lo único, que se sintió como si lo hubieran metido en una centrifugadora. La explosión lo propulsó al centro de la calle. Sentía un intenso pitido en los oídos. Su amigo Victor corrió rápidamente a su lado, al igual que otro marine. El tanque continuaba disparando, y poco a poco, fue tomando el control de la calle.

Se enteró de aquellos detalles después de los hechos, del mismo modo que se enteró de que la explosión la había causado una granada propulsada por cohete. Más tarde, un oficial le contó que seguramente el ataque iba dirigido al tanque, pero que no acertó en el blanco de la torreta por unos escasos centímetros. El destino quiso que la granada se dirigiera entonces hacia Thibault, Ricky y Bill.

Montaron a Thibault en un Humvee y lo evacuaron del lugar, inconsciente. Milagrosamente, sus heridas no eran graves, y en tan solo tres días pudo regresar con su sección. Ricky y Bill no corrieron la misma suerte. Los dos fueron enterrados con honores militares. A Ricky le faltaba una semana para cumplir veintidós años. Bill ya los había cumplido. No fueron ni las primeras ni las últimas bajas en aquella ofensiva. La guerra siguió su curso.

Thibault se obligó a sí mismo a no pensar en ellos. Le parecía cruel, pero en plena guerra la mente se cierra por completo ante tragedias como aquella. Le dolía pensar en sus muertes, reflexionar sobre su ausencia, así que no lo hacía. Como tampoco lo hacía el resto de su sección. En vez de eso, se limitaba a cumplir con sus obligaciones. Se centró en el hecho de que todavía estaba vivo. Se centró en la labor de salvar a otros.

Pero hoy no parecía ser capaz de controlar la mente. Era como si necesitara evocar la pérdida de sus compañeros, y dejó que las imágenes fluyeran. Los dos estaban con él mientras Thibault caminaba por las calles silenciosas, hacia el otro extremo del pueblo. Siguiendo las direcciones que le habían dado en la recepción del motel, se dirigió hacia el este por la Ruta 54, caminando por el arcén lleno de hierbas, manteniéndose alejado de la carretera. En sus andanzas había aprendido a no fiarse jamás de los conductores. *Zeus* lo seguía un poco rezagado, jadeando pesadamente. Thibault se detuvo y le dio un poco de agua, la última que quedaba en la botella.

Entre los establecimientos alineados a ambos lados de la autopista destacaba una colchonería, un taller de carrocería, un geriátrico, una gasolinera en la que también vendían bocadillos caducados envueltos en celofán, y dos ranchos destartalados que parecían estar fuera de lugar, como si el mundo moderno hubiera germinado a su alrededor. Thibault se dijo que eso era precisamente lo que había sucedido. Se preguntó cuánto tiempo resistirían los dueños de los ranchos o por qué alguien iba a querer vivir en una casa pegada a la autopista y emparedada por comercios.

Los coches rugían al pasar en ambas direcciones. Las nubes

empezaron a compactarse, grises y pesadas. Olió la lluvia antes de que le cayera la primera gota. En tan solo unos segundos, los cielos se abrieron y la lluvia arreció con fuerza. El chaparrón duró quince minutos, y él quedó completamente empapado, pero los nubarrones siguieron desplazándose hacia la costa hasta que solo quedó una ligera calina. *Zeus* se sacudió el agua de su pelaje. Los pájaros volvieron a trinar desde los árboles mientras la neblina se elevaba de la tierra mojada.

Al cabo de un rato, llegó al recinto ferial. El lugar estaba desértico. «Nada interesante», pensó, mientras examinaba el terreno. Solo lo básico. A la izquierda, la zona de aparcamiento en un descampado de gravilla; a la derecha a lo lejos, dos vetustos graneros. Ambos espacios quedaban separados por un extenso campo de hierba para instalar ferias ambulantes, y todo ello estaba rodeado por una valla de tela metálica.

No necesitó saltar la valla ni volver a mirar la foto. La había examinado un millón de veces. Siguió caminando, intentando orientarse, hasta que finalmente divisó la taquilla donde vendían las entradas. Tras ella había una cavidad en forma de arco en la que se podía colgar un cartel. Cuando llegó, se giró hacia el norte, enmarcando la taquilla y centrando el arco en su visión, exactamente tal y como aparecía en la foto. Sí, ese era el ángulo; allí habían hecho la foto.

El número tres era clave para los marines. Tres hombres formaban una escuadra; tres escuadras, una sección; tres secciones, un pelotón. Había sido destinado tres veces a Iraq. Echó un vistazo a su reloj y vio que llevaba tres horas en Hampton, y delante de él, justo donde debían estar, se elevaban los tres abetos puntiagudos.

Thibault regresó a la autopista, con la certeza de que estaba más cerca de encontrarla. Todavía no lo había logrado, pero pronto lo conseguiría.

Ella había estado allí. Estaba completamente seguro.

Ahora lo que necesitaba era un nombre. Durante su larga caminata hasta allí, recorriendo medio país, había tenido mucho tiempo para pensar, y había decidido que disponía de tres formas de conseguir su objetivo. La primera era intentar localizar la asociación de veteranos de guerra de la localidad y preguntar si sabían qué habitantes del pueblo habían sido enviados a Iraq. Eso podría conducirlo hasta alguien que pudiera reconocerla. La segunda posibilidad era acercarse al instituto del pueblo y preguntar si tenían los registros de todos los estudiantes que habían pasado por el centro entre los diez y los quince últimos años. Podía examinar las fotos una a una. La tercera opción era enseñar la foto y preguntar por el pueblo.

Las tres posibilidades tenían sus inconvenientes, y ninguna le ofrecía una absoluta garantía de éxito. En cuanto a la asociación de veteranos, no había encontrado ninguna en el listín telefónico. Primera pega. Puesto que todavía estaban en el periodo de vacaciones del verano, dudaba que el instituto estuviera abierto, y aunque lo estuviera, sería difícil acceder a los libros de la biblioteca con los registros de todos los alumnos que habían pasado por aquella institución. Segunda pega, por lo menos, de momento. Así pues, su mejor apuesta era preguntar por el pueblo a ver si alguien la reconocía.

Pero ¿a quién iba a preguntar?

Por el almanaque sabía que en el pueblo de Hampton de Carolina del Norte había nueve mil habitantes. Otras trece mil personas vivían en el resto del condado de Hampton. Demasiada gente. La estrategia más eficaz era intentar delimitar la búsqueda de candidatas. De nuevo, empezó por lo que sabía.

La chica parecía tener unos veinteipocos años en aquella fotografía, y eso significaba que ahora debía de estar a punto de cumplir treinta años, más o menos. Era obviamente atractiva. Además, si se realizaba un cálculo aproximado de la distribución equitativa de la población en franjas de edad en un pueblo de aquellas reducidas dimensiones, el resultado era aproximadamente unos 2.750 niños desde recién nacidos hasta los diez años, 2.750 desde los once a los veinte años, y 5.500 personas entre los veinte y los treinta años, la franja de edad que correspondía a la chica de la foto. Aproximadamente. De aquellos, suponía que la mitad debían de ser hombres y la mitad mujeres. Seguramente las mujeres se mostrarían más recelosas respecto al interrogatorio de Thibault, especialmente si la conocían a ella. Él era un forastero. Los forasteros eran peligrosos. Dudaba que le revelaran datos de interés.

Los hombres quizás, en función de cómo enfocara la pregunta. Su experiencia le decía que prácticamente todos los hombres se fijaban en las mujeres atractivas que estaban en aquella franja de edad, especialmente si eran solteros. ¿Cuántos hombres podía haber en el mismo grupo de edad que aquella muchacha? Supuso que un treinta por ciento. Quizás había acertado, o quizá se equivocaba, pero tendría que confiar en aquella suposición. O sea, unos novecientos, más o menos. De ellos, supuso que el ochenta por ciento ya vivían en aquella localidad diez o quince años atrás. Solo era una intuición, pero Hampton parecía el típico pueblo del que la gente mostraba más propensión a emigrar, a marcharse, que a inmigrar. Eso rebajaba el número hasta unos setecientos veinte. Podía seguir descontando habitantes hasta la mitad si se concentraba en hombres solteros que tuvieran entre veinticinco y treinta y cinco años, en vez de entre veinte y cuarenta. Eso le daba unos trescientos sesenta. Supuso que una buena porción de aquellos hombres la conocían o habían tenido algún trato con ella en los últimos cinco años. Quizás habían ido al instituto con ella, o quizá no —sabía que en el pueblo había un instituto—, pero probablemente la conocerían si estaba soltera. Por supuesto, cabía la posibilidad de que no lo estuviera —después de todo, las mujeres en los pequeños pueblos del sur probablemente se casaban jóvenes—, pero de momento tendría que apañarse con esa serie de hipótesis. Las palabras en el reverso de la foto —«¡Cuídate! E.»— no le parecían lo bastante románticas como para haber sido dedicadas a un novio o a un marido. No decía «Te quiero» ni «Te echaré de menos». Solo una inicial. Una amiga.

De unos veintidós mil a unos trescientos sesenta en menos de diez minutos. No estaba mal. Y desde luego estaba muy bien para empezar. Con la hipótesis, por supuesto, de que ella viviera allí cuando le habían hecho aquella foto. Suponiendo que no hubiera ido a Hampton de visita.

Sabía que aquella era otra gran conjetura. Pero tenía que empezar por algún lado, y sabía que, por lo menos, ella había estado allí una vez en su vida. De un modo u otro, pensaba averiguar la verdad, y después seguir avanzando a partir de aquel punto.

65

¿Dónde solían reunirse los hombres solteros? ¿Hombres solteros con predisposición a conversar? «La conocí hace un par de años y me dijo que la llamara si volvía a pasar por el pueblo, pero he perdido su tarjeta y no sé su número de teléfono…»

En bares. O en salas de billares.

En un pueblo tan pequeño, dudaba que pudiera haber más de tres o cuatro locales de ocio. Los bares y las salas de billares ofrecían la ventaja del alcohol, y era sábado por la noche. Estarían llenos a rebosar. Supuso que obtendría su respuesta, de un modo u otro, en las siguientes doce horas.

Miró a *Zeus*.

—Me parece que esta noche te tocará quedarte solo. Podría llevarte conmigo, pero tendría que dejarte en la puerta, y no sé cuánto rato estaré en cada local.

El perro continuó caminando con la cabeza gacha y la lengua fuera. Jadeando y sofocado. No parecía prestar atención a su dueño.

—Te pondré el aire acondicionado, ¿vale?

5

Clayton

*E*ran las nueve del sábado por la noche, y estaba confinado en casa cuidando de su hijo. Genial. Simple y llanamente genial.

¿De qué otro modo podía acabar un día como ese? Primero, una de las chicas casi lo pesca haciendo fotos, luego le roban la cámara de fotos del departamento y, para acabar de rematar, Logan *Tai-bolt* le pincha las ruedas. Peor aún, había tenido que darle explicaciones a su padre, el gran *sheriff* del condado, acerca de la cámara perdida y las ruedas pinchadas. Como de costumbre, su padre estaba tremendamente enojado y no se tragó la patraña que se había inventado. En lugar de eso, no dejó de atosigarlo con mil y una preguntas. Al final, Clayton estuvo a punto de enviarlo a paseo. Su papá podía ser un señorón para muchos en el pueblo, pero no tenía ningún derecho a hablarle en ese tono, como si fuera un idiota. Sin embargo, Clayton se había mantenido firme con su versión (le había parecido ver a alguien sospechoso, se había acercado para investigar, y al parecer había pisado un par de clavos) ¿Y la cámara? Eso sí que no lo entendía. De entrada no tenía ni idea de si estaba en el todoterreno o no. No era la excusa perfecta, pero por lo menos daba el pego.

—Pues yo diría que esos agujeros parecen hechos con una navaja —había replicado su padre, arrodillándose para examinar las ruedas.

—Te digo que eran clavos.

—No hay ningún edificio en obras por aquí cerca.

—¡Tampoco sé dónde ha sucedido! ¡Solo te estoy contando lo que ha pasado!

—¿Y dónde están esos clavos?

—¿Cómo diantre quieres que lo sepa? ¡Los pisé mientras patrullaba por el bosque!

El viejo *sheriff* no estaba convencido, pero Clayton sabía que tenía que defender aquella versión a ultranza. Uno jamás debía cambiar la exposición de los hechos. Si empezaba a titubear, surgían las sospechas. Lección número uno del manual básico de técnicas de interrogatorio.

Al final el viejo se marchó, y Clayton puso los neumáticos de recambio y condujo hasta el taller, donde repararon las ruedas originales. Cuando salió del mecánico, ya habían transcurrido un par de horas y había perdido la oportunidad de dar alcance a don Logan *Tai-bolt*. Nadie se burlaba de Keith Clayton, ni por asomo, y mucho menos un *hippie* piojoso que pensaba que podía hacerlo con toda la impunidad del mundo.

Se pasó el resto de la tarde patrullando por las calles de Arden, preguntando si alguien lo había visto. Un tipo como ese no pasaba desapercibido, y menos aún con *Cujo* a su lado. El rastreo fue infructuoso, lo que únicamente logró enfurecer más a Clayton, hasta que se dio cuenta de que eso significaba que *Tai-bolt* le había mentido a la cara y que él había mordido el anzuelo.

Pero encontraría a ese tipo. ¡Vaya si lo encontraría! Aunque solo fuera para recuperar la cámara. O, más exactamente, las fotos. Especialmente las otras fotografías. Lo último que deseaba era que *Tai-bolt* irrumpiera en el departamento del *sheriff* y depositara ese bombón en el mostrador, o incluso peor, que fuera directamente a un periódico. De las dos posibilidades, la primera era la menos grave, ya que su padre se encargaría de encubrir el escándalo. A pesar de que sabía que el viejo se pondría hecho una furia y que probablemente lo relegaría a hacer algún trabajo degradante durante varias semanas, mantendría el incidente en secreto. A su padre no se le daban bien muchas cosas, pero en esa clase de situaciones era un as.

En cambio, la prensa…, eso era otro cantar. Seguramente, Gramps movería algunos hilos para intentar por todos los medios que el escándalo no viera la luz, pero no había forma de tener plena seguridad de que esa clase de información quedara a buen recaudo. Era demasiado suculenta: la noticia correría como la pólvora por todo el pueblo, con o sin artículo de prensa. Todos veían a Clayton como la oveja negra de la familia, y lo último que necesitaba era otro motivo para que Gramps lo criticara. Gramps siempre hacía hincapié en los aspectos negativos. Incluso ahora, después de que hubieran transcurrido bastantes años, Gramps todavía se mostraba inclinado a hablar del divorcio entre Beth y Clayton, a pesar de que no fuera de su incumbencia. Y en las reuniones familiares, no perdía la ocasión para sacar a relucir que Clayton no había ido a la universidad. Con sus notas, no habría tenido problemas para licenciarse, pero simplemente no le apetecía pasarse otros cuatro años más metido en una clase, así que decidió incorporarse al departamento del *sheriff*, con su padre. Eso fue suficiente para aplacar a Gramps. Tenía la impresión de que se había pasado la mitad de su vida intentando aplacarlo.

Pero dadas las circunstancias, no le quedaba otra opción. A pesar de que Gramps no le gustaba —era un devoto de la Primera Iglesia Bautista, e iba a misa cada domingo sin falta y pensaba que beber alcohol y bailar eran pecados, lo cual a Clayton le parecía una grandísima estupidez— sabía lo que esperaba de él, y digamos que eso de tomar fotos a universitarias desnudas no entraba en la lista de «cosas permitidas». Ni tampoco algunas de las otras instantáneas que aparecían en la tarjeta de memoria, especialmente aquellas en las que aparecía él con unas cuantas señoritas en una actitud muy comprometida. Aquello le causaría una gran decepción. Gramps siempre se mostraba implacable con quienes lo decepcionaban, en especial si eran miembros de su familia. Los Clayton habían vivido en el condado de Hampton desde 1753; en muchos sentidos, ellos constituían el condado de Hampton. Entre los miembros de su familia se incluían jueces, abogados, médicos y terratenientes; incluso el alcalde estaba casado con una Clayton, pero todo el mundo sabía que Gramps era quien ocupaba el puesto de honor en la mesa. Dirigía el clan a la antigua usanza, como uno de esos capos de la mafia. La mayoría de los habitantes del pueblo alababan sus proezas y no se cansaban de ensalzar sus cualidades personales. A Gramps le gustaba creer que eso se debía al hecho de haber ofrecido su apoyo incondicional a obras sociales, como la creación de la biblioteca, el teatro y la escuela del

69

pueblo, pero Clayton sabía que la verdadera razón era que Gramps poseía prácticamente todos los locales comerciales en el centro, además del almacén de madera, los dos puertos deportivos, tres concesionarios de coches, tres naves industriales, el único complejo de apartamentos del pueblo y kilómetros y kilómetros de tierras de pastos y de cultivo. Todo ello reunido por una familia inmensamente rica y poderosa. Así pues, como Clayton obtenía la mayor parte de sus ingresos de las fundaciones de la familia, lo último que necesitaba era un forastero que le buscara problemas en el pueblo.

Gracias a Dios que Ben había nacido a poco de casarse con Beth. Gramps tenía esa estúpida manía acerca de la importancia de la descendencia, y puesto que al niño le habían puesto aquel nombre en honor a Gramps —«una idea redonda», se recordaba a sí mismo—, lo adoraba. Clayton tenía la impresión de que le gustaba más Ben, su biznieto, que su propio nieto, o sea, él.

Sabía que Ben era un buen chico. No solo lo decía su abuelo, sino todo el mundo. Y él en el fondo quería al chaval, a pesar de que a veces lo sacaba de quicio. Desde su posición elevada en el porche, miró a través de la ventana y vio que Ben había acabado de limpiar la cocina y que se había tumbado nuevamente en el sofá. Sabía que debería entrar y sentarse junto a él, pero aún no estaba listo. No quería echarlo todo a perder ni decir nada de lo que después pudiera arrepentirse. Se estaba esforzando por ser mejor padre cuando surgían tensiones con su hijo; un par de meses antes, Gramps había mantenido una corta charla con él acerca de lo que suponía ser una «influencia firme». Menuda gilipollez. Él pensaba que lo que ese viejo debería haber hecho era hablar con Ben para que hiciera lo que su padre le ordenaba sin rechistar. Eso habría sido más positivo. Ese chico ya le había aguado el plan una vez aquella noche, pero en lugar de explotar, Clayton se había acordado de Gramps y había fruncido los labios antes de salir al porche con paso airado.

Por lo visto, últimamente le molestaba todo lo que hacía su hijo. Pero no era culpa suya: hacía todo lo posible por llevarse bien con el chico. Y hoy habían empezado bien. Habían hablado sobre la escuela, habían cenado un par de hamburguesas, se habían sentado a ver el canal televisivo de deportes ESPN. Todo iba bien. Pero de golpe… ¡El horror de los horrores! Le había pedido a Ben que limpiara la cocina. ¡Como si eso fuera mucho pedir! Clayton no había tenido tiempo para ocuparse de la cocina en los últimos días, y sabía que el chico haría un buen trabajo. Así que Ben le había prometido que lo haría; sin embargo, en vez de levantarse del sofá, se había quedado allí sentado. Sin moverse. Y el reloj iba marcando los minutos. Y el crío no se movía. Así que Clayton se lo había vuelto a pedir, y estaba convencido de haber empleado un tono cortés. No podía estar completamente seguro, pero le parecía que Ben había esbozado una mueca de fastidio cuando finalmente se puso de pie. Eso colmó el vaso. Odiaba cuando su hijo ponía esa cara, y Ben sabía que él no lo soportaba. Era como si ese mocoso supiera exactamente qué botón tenía que activar para exasperarlo, como si se pasara todo su tiempo libre urdiendo nuevos planes para provocarlo en cuanto se vieran. Por eso Clayton había acabado en el porche.

A Clayton no le quedaba la menor duda de que esa clase de comportamiento era obra de su madre, una mujer increíblemente atractiva pero que no sabía nada acerca de cómo convertir a un niño en un hombre. Clayton no criticaba que el chico sacara buenas notas, pero ¿que no quisiera jugar al fútbol aquella temporada porque quería tocar el violín? ¿Qué clase de mamarrachada era esa? ¿El violín? Solo faltaba que un día esa mujer decidiera empezar a vestir al chico de color rosa y que le enseñara a montar a caballo de lado. Clayton hacía todo lo que podía para mantener a raya esas mariconadas, pero lo cierto era que solo podía estar con su hijo un día y medio en fines de semana alternos. Por consiguiente, no era culpa suya que ese mocoso agarrara el bate de béisbol como una nenaza. El chico estaba demasiado ocupado jugando al ajedrez. Y para que después no hubiera ningún malentendido, deseaba dejar claro desde el principio: ni muerto pensaba ir a un recital de violín en aquella bendita tierra del Señor.

Un recital de violín. Por Dios. ¿Adónde iría a parar la juventud?

Sus pensamientos volvieron a enfocarse hacia *Tai-bolt*, y a pesar de que quería creer que ese piojoso simplemente se había marchado del condado, albergaba serias dudas. Ese tipo iba andando, y no había manera de que llegara a la frontera del condado antes de que cayera la noche. Además, había algo más. Durante casi todo el día se había sentido inquieto por algo. Pero hasta que salió a tomar aire fresco al porche no supo de qué se trataba. Si *Tai-bolt* le había contado la verdad acerca de que venía de Colorado —y, a pesar de que ese *hippie* no tenía por qué ser oriundo de Colorado, quizá fuera verdad—, eso quería decir que había estado viajando de oeste a este. ¿Y cuál era el siguiente pueblo al este? No era Arden. No, señor. Arden quedaba al sudoeste del lugar donde se habían encontrado. En vez de eso, si viajaba hacia el este, ese tipo llegaría a su querido Hampton. Justo allí, el pueblo natal de Clayton. En realidad, quizás estuvieran muy cerca el uno del otro.

Pero ¿dónde estaba él? ¿Por ahí, buscando a ese tipo? No, estaba haciendo de canguro.

Volvió a observar a su hijo a través de la ventana. Estaba leyendo en el sofá, la única cosa que ese niño parecía estar siempre dispuesto a hacer. Aparte de tocar el violín. Sacudió la cabeza, preguntándose si su hijo había heredado alguno de sus genes. Lo más probable era que no. Era un niñito de mamá, de la cabeza a los pies. El hijo de Beth.

Beth...

Su matrimonio no había funcionado. Pero todavía había algo entre ellos. Siempre lo habría. Ella tenía tendencia a sermonear y era más terca que una mula, pero él siempre sentiría algo por ella, y no solo porque tuvieran un hijo en común, sino porque sin lugar a dudas era la mujer más atractiva con la que se había acostado. Espectacular en aquella época y, en cierta manera, más espectacular ahora. Incluso más espectacular que las universitarias que había visto por la mañana. Qué extraño. Como si hubiera alcanzado una edad que le sentaba fenomenal y a partir de ese momento hubiera decidido dejar de envejecer. Él sabía que eso no duraría mucho. La gravedad le pasaría factura, sin embargo, no podía dejar de pensar en la idea de darse un rápido revolcón con ella. Un revolcón por los viejos tiempos, y para ayudarlo a... «descargarse».

Pensó que podría llamar a Angie. O a Kate, lo mismo daba. Una tenía veinte años y trabajaba en la pajarería; la otra era un año mayor y limpiaba retretes en el motel Stratford Inn. Las dos tenían un cuerpo agraciado y siempre eran dinamita pura cuando llegaba la hora de hacer un poco de ejercicio para… «descargarse». Sabía que a Ben no le importaría si invitaba a una de ellas a pasar la noche, pero, aun así, primero tendría que hablar con ellas. Las dos se habían enfadado bastante con él la última vez que las había visto. Tendría que disculparse y volver a mostrarse encantador, y no estaba seguro de estar de humor para escuchar cómo mascaban y hacían globos con el chicle y cotorreaban acerca de algo que habían visto en la MTV o que habían leído en el *National Enquirer*, aquella revista sensacionalista. A veces le suponía demasiado trabajo estar con ellas.

Así que finalmente descartó la idea. Buscar a *Tai-bolt* aquella noche también quedaba descartado. Buscar a *Tai-bolt* la mañana siguiente también, ya que Gramps quería que todos fueran a comer a su casa después de misa. Sin embargo, *Tai-bolt* seguía paseándose por ahí, y con el perro y la mochila era muy poco probable que nadie lo invitara a montarse en su coche si a ese tipo se le ocurría hacer autostop. ¿A qué distancia estaría a la mañana siguiente por la tarde? ¿A unos treinta kilómetros? ¿Cincuenta como máximo? No más, lo cual significaba que todavía estaría merodeando por allí cerca. Pensaba realizar unas cuantas llamadas a un par de departamentos en los condados vecinos para pedirles que estuvieran alerta. No había tantas carreteras por las que se pudiera salir del condado; además, si hacía unas cuantas llamadas a algunos de los negocios que se hallaban en esas rutas, alguien acabaría viendo al dichoso *hippie*. Cuando eso pasara, no tendría compasión. *Tai-bolt* jamás debería haberse burlado de Keith Clayton.

Absorto en sus pensamientos, apenas oyó el crujido de la puerta principal al abrirse.

—¿Papá?

—¿Sí?

—Tienes una llamada.

—¿Quién es?

—Tony.

—Ah, Tony.

Se levantó del asiento, preguntándose qué querría ahora

73

ese fantoche. Tony era un tipejo desgarbado, esquelético y con la cara llena de granos; una lapa eternamente pegada a los policías, siempre dispuesto a mezclarse con ellos para que la gente creyera que era uno más. Probablemente se estaba preguntando dónde estaba Clayton y qué iba a hacer más tarde, por si había que salir a patrullar.

Apuró la cerveza de camino a la cocina y la tiró a la basura; la lata resonó dentro del contenedor metálico. Agarró el teléfono de la cocina.

—¿Sí?

Al otro lado podía escuchar los acordes distorsionados de una canción *country* que sonaba en una gramola y el bullicio de varias conversaciones a la vez. Se preguntó desde dónde lo llamaba ese mequetrefe.

—Oye, Keith, estoy en la sala de billares Decker, y creo que deberías pasarte por aquí y echar un vistazo a un tipo que me da mala espina.

Clayton se puso tenso.

—¿Un tipo con pinta piojosa, como si hubiera estado acampando varios días a la intemperie, y que va con un perro y una mochila?

—No.

—¿Estás seguro?

—Sí, seguro. Está jugando al billar en una de las mesas del fondo. Pero escucha. Quiero que sepas que tiene una foto de tu exmujer.

Pillado por sorpresa, Clayton intentó hablar con un tono indiferente.

—¿Y qué?

—Pensé que te interesaría saberlo.

—¿Y por qué me iba a importar?

—No lo sé.

—Pues entonces no me molestes más.

Colgó, pensando que ese tipo tenía una lechuga por cerebro. Inspeccionó la cocina con cara de satisfacción. Impecable, como era de esperar. El chico había hecho un buen trabajo, como de costumbre. Estuvo a punto de llamarlo para felicitarlo, pero al mirar a Ben, no pudo evitar fijarse de nuevo en lo bajito que era. En parte sabía que eso se debía a cuestiones gené-

74

ticas, aunque seguro que tarde o temprano daría un estirón, pero también pensaba que su lento crecimiento se debía a su salud en general. Era una cuestión de sentido común, ¿no? Comer bien, hacer ejercicio, dormir muchas horas. Lo básico. Las cosas que cualquier madre enseñaría a su hijo. Y las madres tenían razón. Si uno no comía bastante, entonces no crecía debidamente. Si uno no hacía suficiente deporte, los músculos se anquilosaban. ¿Y cuándo crece una persona? Por la noche, mientras duerme, que es cuando el cuerpo se regenera.

A menudo se preguntaba si Ben dormía las horas necesarias en casa de su madre. Sabía que comía —se había acabado la hamburguesa y las patatas fritas— y que practicaba algo de deporte, así que quizá su baja estatura se debía a que no dormía adecuadamente. Y seguro que el chico no quería acabar siendo un canijo, ¿no? No, por supuesto que no. Además, deseaba estar a solas un rato y fantasear acerca de lo que pensaba hacerle a *Tai-bolt* la próxima vez que lo viera.

Carraspeó para aclararse la garganta.

—Oye, Ben. Se está haciendo tarde, ¿no te parece?

75

6

Thibault

De regreso al motel desde la sala de billares, Thibault recordó su segundo viaje a Iraq.

Faluya, primavera del año 2004. El Primero-Quinto, entre otras unidades, había recibido la orden de pacificar la región tras la escalada de violencia desde la caída de Bagdad un año antes. La población civil sabía lo que podía esperar de aquella tensa situación y empezó a abandonar la ciudad y se apelotonó en las autopistas. En un solo día se evacuó aproximadamente un tercio de la ciudad. Primero se recurrió a los bombardeos aéreos, luego llamaron a los marines, que rastrearon bloque por bloque, casa por casa, habitación por habitación, en algunas de las ofensivas más intensas desde los primeros días de la invasión. En tres días lograron controlar un cuarto de la ciudad, pero el creciente número de muertes de civiles obligó a declarar el cese del fuego. Se decidió abortar la operación de despliegue y retirar la mayoría de las tropas, incluida la compañía de Thibault.

Pero no toda su compañía se retiró.

En el segundo día de operaciones, en una zona industrial apartada en los confines de la ciudad, Thibault y su pelotón recibieron la orden de inspeccionar un edificio del que se rumoreaba que contenía un arsenal. Sin embargo, nadie había concretado exactamente de qué edificio se trataba; podía ser cualquiera de la docena de estructuras dilapidadas cerca de una gasolinera abandonada, arracimadas en un grotesco semicírculo. Thibault y su pelotón se abrieron paso hacia los edificios, realizando un amplio círculo para evitar la gasolinera. La mitad se dirigió hacia la derecha, la otra mitad hacia la izquierda. Todo estaba en silencio, y de repente dejó de estarlo. La gasolinera explotó súbitamente. Las llamas se elevaron hacia el cielo, la explosión derribó a la mitad de los hombres, que cayeron al suelo, con los tímpanos destrozados. Thibault quedó aturdido; su visión periférica se había vuelto negra, y el resto lo veía borroso. De repente, una severa lluvia de fuego empezó a caer sobre ellos desde las ventanas y las azoteas y desde detrás de los de los automóviles calcinados en las calles.

Thibault se encontró a sí mismo en el suelo al lado de Victor. Otros dos en su pelotón, Matt y Kevin, alias Perro Loco y Caimán, respectivamente, estaban con ellos. Entonces se activó la formación militar. Se puso en marcha el compañerismo. A pesar del ataque violento, del terror que lo invadía y del miedo a morir, Victor asió su fusil y se alzó sobre una rodilla, apuntando al enemigo. Disparó, luego volvió a disparar, concentrado e imperturbable, con unos movimientos precisos. Perro Loco agarró su fusil y lo imitó. Uno a uno fueron levantándose; uno a uno empezaron a formar escuadras. Abrir fuego. Ponerse a cubierto. Avanzar. Excepto que no podían avanzar. No había ningún sitio adónde ir. Un marine fue abatido, luego otro. Seguidos de un tercero y de un cuarto.

Cuando llegaron los refuerzos, ya casi era demasiado tarde. Perro Loco había sido alcanzado en la arteria femoral; a pesar de que le aplicaron un torniquete, murió desangrado en tan solo unos minutos. Kevin recibió un disparo en la cabeza y murió en el acto. Diez más resultaron heridos. Solo unos pocos salieron ilesos, sin ningún rasguño: Thibault y Victor se hallaban entre ellos.

En la sala de billares, uno de los jóvenes con los que había estado departiendo le recordaba a Perro Loco. Podrían haber sido hermanos: la misma estatura, el mismo peso, el mismo pelo, la misma forma de hablar. Por un instante se preguntó si realmente eran hermanos, antes de decirse a sí mismo que eso era simplemente imposible.

Sabía el riesgo que corría con su plan. En los pueblos pequeños siempre miraban a los forasteros con recelo, y hacia el final de la noche, se había fijado en que aquel hombre esmirriado con la cara como un mapa de granos realizaba una llamada desde la cabina de teléfono del local, situada cerca del lavabo, sin apartar la vista de Thibault. Antes de llamar ya se había mostrado esquivo, y supuso que había llamado o bien a la mujer de la foto, o bien a alguien cercano a ella. Aquellas sospechas se vieron confirmadas cuando Thibault abandonó el local. Como ya esperaba, el tipo lo siguió hasta la puerta para ver hacia dónde se iba, por lo que enfiló hacia la dirección opuesta antes de rectificar el rumbo.

Unas horas antes, al llegar a aquel tugurio, había pasado por delante de la barra del bar y se había dirigido directamente hacia las mesas de billar situadas al fondo del local. Rápidamente identificó a los chicos en el grupo de edad apropiado; la mayoría tenían pinta de estar solteros. Preguntó si podía unirse al juego y tuvo que soportar las ya esperadas caras de pocos amigos. Se comportó, pagó varias rondas de cerveza mientras se dejaba ganar varias partidas y, como era de esperar, los chicos empezaron a relajarse. En un tono desenfadado, preguntó por la vida social en el pueblo. Perdió las jugadas necesarias. Los felicitó cuando lo machacaron con alguna jugada destacada.

Al cabo de un rato, empezaron a interesarse por él y a hacerle preguntas. De dónde era. Qué hacía en Hampton. Él quería hacerse de rogar: murmuró algo acerca de una chica y cambió de tema. Quería alimentar la curiosidad del grupito. Invitó a más cervezas, y cuando le volvieron a preguntar, vaciló antes de contarles la historia: unos años antes había ido a la feria con un amigo y había conocido a una chica. Habían hecho buenas migas. Continuó hablando de lo fantástica que era y comentó que ella le había dicho que la llamara si volvía a pasar por el pueblo. Y eso era precisamente lo que quería hacer, pero no recordaba el nombre de la chica.

—¿No te acuerdas de su nombre? —le preguntaron al unísono.

—No —contestó él—. Soy terrible con los nombres. De pequeño recibí un golpe en la cabeza con un bate de béisbol, y por eso tengo tan mala memoria. —Se encogió de hombros, sabiendo que le reirían la gracia, y así fue—. Pero tengo una foto —añadió, como quien no quiere la cosa.

—¿La tienes aquí? —se interesó uno.

—Sí, creo que sí.

Rebuscó en los bolsillos y sacó la foto. Los hombres se apiñaron alrededor de él. Un momento más tarde, uno de ellos empezó a sacudir la cabeza.

—Olvídate de ella —le aconsejó—. No está disponible.

—¿Está casada?

—No, digamos que no sale con nadie. A su ex no le gustaría, y créeme, es mejor que no le busques las cosquillas.

Thibault tragó saliva.

—¿Cómo se llama?

—Beth Green —contestaron a la vez—. Es una de las maestras de la escuela del pueblo, y vive con su abuela en una casa junto a la residencia canina Sunshine Kennels.

«Beth Green. O, para ser más exactos, Elizabeth Green», pensó Thibault.

E.

Fue entonces, mientras los chicos hablaban, cuando Thibault se percató de que uno de los tipos a los que había enseñado la foto se había alejado con sigilo.

—Entonces supongo que será mejor que me olvide de ella —concluyó Thibault, al tiempo que se guardaba la foto.

Se quedó otra media hora para no levantar sospechas. Charló con todos animadamente. Vio que el desconocido con la cara como un mapa de granos realizaba la llamada telefónica y detectó la decepción en su rostro, como un arrapiezo al que acabaran de regañar por chismorrear. Bien. Sin embargo, tenía el presentimiento de que había visto antes a aquel tipo. Invitó a más rondas de cerveza y perdió más partidas, mirando de vez en cuando de soslayo hacia la puerta para ver si entraba alguien. Nadie entró. Al cabo de un rato, alzó las manos y anunció que se había quedado sin blanca. Había llegado la hora de retirarse. La pesquisa le había costado un poco más de cien dólares. Todos se despidieron de él asegurándole que siempre sería bienvenido.

Apenas los oyó. Lo único que podía pensar era que ahora disponía de un nombre para aquel rostro: el siguiente paso era conocerla.

7

Beth

*D*omingo.

Después de misa, se suponía que el domingo era un día de descanso, para cargar pilas e iniciar la semana siguiente con ganas. En teoría el domingo era un día para estar en familia, cocinando relajadamente y luego para salir a dar un buen paseo. Incluso para acurrucarse en el sofá, con un buen libro en el regazo mientras saboreaba una copa de vino o se sumergía en un cálido baño de espuma.

Lo que Beth no quería hacer era pasarse el día recogiendo excrementos de perro del patio donde impartían los cursos de educación canina, ni limpiar los caniles, ni adiestrar a doce perros seguidos, ni sentarse en un despacho donde hacía un calor insoportable a esperar a que los dueños pasaran a recoger a sus mascotas que estaban como reyes, con una temperatura perfecta, en unos caniles que disponían incluso de aire acondicionado. Lo cual era exactamente lo que había estado haciendo desde que había regresado de misa hacía un rato aquella mañana.

Ya habían pasado a recoger a dos perros, pero todavía tenían que pasar a por cuatro más durante el día. Nana había sido lo bastante considerada como para dejarle la ficha de cada una de las mascotas sobre la mesa antes de retirarse a ver el partido en el comedor. Los Atlanta Braves jugaban contra los Mets de Nueva York, y Nana no solo sentía una pasión tan descomedida por los Braves que a Beth le parecía ridícula, sino que además adoraba cualquier objeto u acontecimiento asociado con aquel equipo de béisbol. Eso explicaba el elevado número de tazas de café que había apiladas en la encimera de la cocina, las banderolas colgadas por las paredes, el calendario de mesa y la lámpara al lado de la ventana. Todo ello con el logotipo de los Atlanta Braves.

Incluso con la puerta abierta, el ambiente del despacho era sofocante. Hacía uno de esos días calurosos y húmedos de verano idóneos para ir a nadar al río, pero inapropiados para cualquier otra actividad. Tenía la camisa empapada de sudor, y puesto que llevaba pantalones cortos, las piernas se le pegaban en la silla de vinilo. Cada vez que movía las piernas, escuchaba un insufrible chirrido, como si estuviera despegando una tira adhesiva de una caja de cartón, un chirrido abominablemente desagradable.

Nana consideraba imperativo que los perros no pasaran calor, pero jamás se había preocupado por alargar los conductos de refrigeración hasta el despacho.

«Si tienes calor, abre la puerta de los caniles», solía contestarle, ignorando el hecho de que, a pesar de que a Beth no le importaba el ruido de los ladridos, a la mayoría de la gente sí que le molestaba. Y precisamente ese día había una pareja de terriers Jack Russell con mucho temperamento que no habían dejado de ladrar desde que Beth había llegado. Ella suponía que se habían pasado prácticamente toda la noche ladrando, ya que la mayoría de los otros perros se mostraban irascibles. Cada minuto que pasaba, nuevos perros se unían al coro enojado, y los ladridos iban subiendo de tono e intensidad, como si el deseo de cada uno de esos perros fuera ladrar más alto que el anterior para anunciar su descontento. Y eso significaba que no había ninguna posibilidad sobre la faz de la Tierra de que Beth decidiera abrir la puerta de los caniles para que entrara un poco de aire fresco en el despacho.

Fantaseó con la idea de subir hasta la casa para coger otro vaso de agua con hielo, pero tenía el presentimiento de que, tan pronto como saliera del despacho, aparecerían los dueños que habían dejado a su cocker spaniel para el curso de adiestramiento de obediencia. Habían llamado media hora antes para comunicarle que ya estaban de camino. «¡Llegaremos dentro de diez minutos!», le habían dicho. Y parecía esa clase de gente que se molestaría si su perro tenía que quedarse encerrado en una jaula un minuto más de lo necesario, especialmente después de pasar dos semanas fuera de casa.

Pero ¿habían llegado ya? No, por supuesto que no.

Si Ben hubiera estado en casa, todo habría sido más fácil. Lo había visto durante la misa aquella mañana, y el pobre ofrecía un semblante tan alicaído como ella ya había esperado. Para no perder la costumbre, Ben no lo estaba pasando bien con su padre. La noche previa la había llamado antes de acostarse y le había contado que Keith se había pasado un buen rato sentado solo en el porche mientras él limpiaba la cocina. Beth se preguntaba a menudo qué era lo que le pasaba a su ex. ¿Por qué no era capaz de disfrutar de la compañía de su hijo? ¿O simplemente sentarse y charlar con él? Ben era el niño más dócil y más bueno del mundo, y no lo decía porque fuera su madre. En fin, de acuerdo, lo admitía, quizá no era del todo objetiva, pero como maestra le tocaba pasar muchas horas con un montón de niños y sabía lo que se decía. Ben era listo. Tenía un sentido del humor muy sutil. Era noble. Era educado. Era fantástico. Y ella se irritaba al ver que Keith era tan zoquete como para no saber apreciar todas aquellas cualidades.

¡Oh, cómo deseaba estar en casa ocupada haciendo… algo! ¡Cualquier cosa! Hasta hacer la colada se le antojaba una tarea más satisfactoria que estar allí sentada. Así tenía demasiado tiempo para pensar. No solo acerca de Ben, sino también sobre Nana. Y sobre las materias que le tocaría enseñar aquel curso escolar. E incluso acerca del patético estado de su vida amorosa, cosa que jamás dejaba de deprimirla. Pensó en lo maravilloso que sería conocer a una persona especial, alguien con quien poder reír, alguien que amara a Ben tanto como lo amaba ella. O simplemente conocer a un hombre con quien poder salir a cenar y luego ir al cine. Un hombre normal, un tipo que se acordara de ponerse la servilleta en el regazo en un restaurante y que, de vez en cuando, fuera tan caballeroso como para abrirle la puerta. No pedía nada del otro mundo, ¿no? No le había mentido a Melody cuando le había dicho que sus opciones en el pueblo eran limitadísimas. Era la primera en admitir que podía ser un poco quisquillosa, pero aparte de durante su corta relación con Adam, durante aquel último año, se había pasado casi todos los fines de semana en los que Ben estaba con su padre sola en casa. Pero tampoco era tan quisquillosa. Adam había sido el único que le había pedido salir, sin embargo, por una razón que aún no acertaba a entender, de repente había dejado de llamarla. Lo cual resumía con bastante precisión su vida amorosa en los últimos cinco años.

Aunque, en el fondo, tampoco era un problema tan grave. Hasta ese momento había sobrevivido sin pareja, y a pesar de todo había seguido adelante. Además, la mayor parte del tiempo no le importaba estar sola. De no haber sido porque el día tan caluroso, seguramente tampoco le habría dado tantas vueltas a aquella cuestión. Estaba claro: necesitaba refrescarse. Si no, probablemente empezaría a pensar en el pasado, y eso sí que no quería hacerlo, de ninguna manera. Jugueteando con el vaso vacío, decidió ir en busca de un poco más de agua con hielo. Y de paso, coger una toalla pequeña para sentarse encima.

Mientras se incorporaba de la silla, echó un vistazo al caminito de gravilla donde aparcaban los coches, luego garabateó una nota en la que ponía que volvería dentro de diez minutos y la clavó en la puerta del despacho. Fuera, el sol implacable la obligó a resguardarse a la sombra del viejo magnolio. Desde allí ascendió por el sendero de gravilla hasta la casa donde había crecido. Construida alrededor de 1920, tenía el aspecto del típico rancho norteamericano, flanqueado por un enorme porche y con los aleros ornamentados con elementos de estuco esculpidos en relieve. El patio trasero, que quedaba resguardado de cualquier mirada indiscreta desde los caniles y el despacho por un macizo de setos, era un lugar apacible para comer, gracias al suelo parcialmente cubierto por una bonita tarima de madera y la sombra que le conferían unos robles centenarios. Aquel sitio debía de haber sido idílico en el pasado, pero al igual que muchas otras casas en Hampton, el tiempo y las inclemencias climáticas habían conspirado contra él. En la actualidad el porche estaba combado, los suelos chirriaban, y cuando el viento arreciaba fuerte, los papeles volaban de las repisas aunque las ventanas estuvieran cerradas. En el interior, la historia se repetía de un modo similar: una buena estructura, pero las estancias necesitaban una puesta al día, especialmente la cocina y los baños. Nana lo sabía y a veces mencionaba que tenían que hacer algo al respecto, pero aquellos proyectos siempre quedaban relegados por otras historias. Además, Beth tenía que admitir que la casa destilaba un ambiente muy especial. No solo el patio trasero —que era sin lugar a dudas un oasis—, sino también el interior. Durante años, Nana había frecuentado anticuarios y había adquirido objetos antiguos curiosos del siglo XIX francés. También invertía muchas horas de sus fines de semana en visitar mercadillos, en busca de cuadros antiguos. En general tenía buen gusto a la hora de elegir cuadros, y había entablado amistad con los dueños de varias galerías de arte del sur del país. Había lienzos colgados en casi todas las paredes de la casa. En un arrebato, a Beth se le ocurrió un día buscar en Google el nombre de un par de los artistas que firmaban aquellas obras y descubrió que otros trabajos de esos mismos pintores estaban expuestos en el Metropolitan Museum of Art de Nueva York y en la Hungtington Library de San Marino, en California. Cuando mencionó a Nana aquel descubrimiento, su abuela le guiñó un ojo y le dijo: «Es como saborear un buen champán, ¿verdad?». Las ingeniosas e inesperadas respuestas de Nana a menudo enmascaraban sus verdaderas intenciones, tan afiladas y precisas.

Cuando llegó al porche principal y abrió la puerta, Beth recibió el impacto de una bocanada de aire fresco tan gratificante que permaneció en el umbral unos segundos, saboreando la sensación.

—¡Cierra la puerta, que se escapa el aire frío! —gritó Nana por encima del hombro. Se giró en su silla y observó a Beth de arriba abajo—. ¡Pero si estás sudando!

—Ya, estoy muerta de calor.

—Supongo que hoy el despacho es como un horno, ¿eh?

—¡No me digas! ¿Cómo lo sabes?

—¿Por qué no me haces caso y abres la puerta de los caniles? ¡Qué pregunta! Ya sé que nunca me haces caso. Ven, entra y refréscate un poco.

Beth avanzó hacia el sofá.

—¿Qué tal van los Braves?

—Como un manojo de zanahorias.

—¿Y eso es bueno o malo?

—¿Tú crees que las zanahorias saben jugar al béisbol?

—Supongo que no.

—Entonces ya tienes la respuesta.

Beth sonrió mientras enfilaba hacia la cocina. Nana siempre se ponía de mal humor cuando su equipo perdía.

Sacó del congelador una bandeja con cubitos de hielo y echó unos cuantos en el vaso. Luego lo llenó de agua y tomó un sorbo largo y refrescante. Entonces se dio cuenta de que también tenía hambre, y tomó un plátano del frutero y regresó al comedor. Se acomodó en el reposabrazos del sofá. Mientras el sudor se iba evaporando lentamente de su cuerpo bajo la corriente de aire frío, empezó a mirar alternativamente a Nana y el partido en la tele. En parte deseaba preguntar cuántos puntos habían marcado, pero sabía que Nana no apreciaría su sentido del humor. Si los Braves estaban jugando como un manojo de zanahorias, entonces, mejor no preguntar. Echó un vistazo al reloj y exhaló abiertamente, consciente de que tenía que volver al despacho.

—Se acabó el descanso, Nana. Tengo que irme.

—Muy bien. Procura no acalorarte demasiado.

—Lo intentaré.

Beth volvió a bajar hasta el despacho de la residencia canina, fijándose con decepción en que no había ningún coche aparcado, lo cual quería decir que los dueños no habían llegado todavía. Había, sin embargo, un hombre que subía por el caminito de gravilla, con un pastor alemán a su lado. Iba levantando una polvareda a su paso, y el perro caminaba con la cabeza gacha y la lengua colgando. Se preguntó a quién se le podía ocurrir dar un paseo en un día tan caluroso. Incluso los animales se mostraban reacios a salir al exterior. Beth también pensó que era la primera vez que veía a alguien que llegaba andando a la residencia canina con su perro. Quienquiera que fuese aquel hombre, no había hecho ninguna reserva. La gente que venía a dejar a sus mascotas siempre llamaba con antelación para confirmar la reserva.

Calculando la distancia, Beth pensó que los dos llegarían al despacho al mismo tiempo, por lo que alzó un brazo para saludar al desconocido, y se quedó sorprendida al ver que el hombre se detenía para mirarla. El perro alzó las orejas e hizo lo mismo, y su primera impresión fue que se parecía mucho a *Oliver*, el pastor alemán que Nana había llevado a casa cuando Beth tenía trece años. Tenía el mismo pelaje negro y pardo, la misma inclinación de la cabeza, la misma mirada intimidatoria hacia los desconocidos. Pero Beth nunca había tenido miedo de él. Durante el día había sido más el perro de Drake, pero *Oliver* siempre dormía junto a su cama por la noche, como si se sintiera a gusto con su presencia.

Ensimismada con aquellos recuerdos acerca de Drake y *Oliver*, no se dio cuenta de que el desconocido no se había movido. Ni tampoco había dicho nada. Qué extraño. Quizás esperaba encontrar a Nana. Puesto que su cara quedaba oculta entre las sombras, Beth no podía saber qué le pasaba, pero no le dio importancia. Cuando llegó a la puerta, arrancó la nota y abrió la puerta, pensando que el desconocido ya entraría en el despacho cuando estuviera listo. Rodeó el mostrador y vio la silla de vinilo. Entonces cayó en la cuenta de que se había olvidado la toalla. ¡Qué cabeza la suya!

Con el propósito de preparar los formularios que el desconocido tendría que rellenar antes de dejar a su perro en la residencia, asió una hoja del archivador y la sujetó a una tablilla con un clip. Buscó por la mesa un bolígrafo y depositó ambos objetos sobre el mostrador justo en el instante en que el desconocido entraba con su perro. Él sonrió. Cuando sus miradas se cruzaron, Beth se quedó completamente sin habla, algo que pocas veces le había pasado.

No era tanto por el hecho de que él la estuviera mirando de aquel modo. Aunque pareciera una insensatez, la estaba mirando como si la «reconociera». Pero ella nunca lo había visto antes; estaba completamente segura. Lo habría reconocido, aunque solo fuera porque le recordaba a Drake en el modo en que, con su presencia, parecía llenar la estancia. Medía aproximadamente un metro ochenta y era muy delgado, tenía los brazos largos y estilizados y era ancho de hombros. Ofrecía un aspecto más bien tosco, subrayado por sus pantalones vaqueros desteñidos con lejía y su vieja camiseta.

Pero allí acababan los parecidos. Mientras que los ojos de Drake eran marrones y moteados por puntitos castaños, los ojos del desconocido eran azules; mientras que Drake siempre llevaba el pelo corto, aquel tipo lucía una melena larga, con greñas. Beth se fijó en que, a pesar de que había llegado andando hasta allí, parecía sudar menos que ella.

De repente se sintió incómoda y se giró de espaldas justo en el momento en que el desconocido daba un paso hacia el mostrador. Con el rabillo del ojo lo vio alzar la palma de la mano levemente hacia su perro. Beth había visto a Nana hacer lo mismo un montón de veces; el animal, adiestrado para obedecer cualquier movimiento sutil, se quedó quieto en su sitio. Aquel ejemplar estaba bien amaestrado, y eso significaba que ese hombre probablemente había ido a la residencia canina para reforzar el adiestramiento.

—Qué perro más bonito —comentó ella, al tiempo que le ofrecía el formulario de ingreso al desconocido. El sonido de su voz logró romper el incómodo silencio—. Yo también tuve un pastor alemán hace tiempo. ¿Cómo se llama?

—*Zeus*. Y gracias por el cumplido.

—Hola, *Zeus*.

El perro ladeó la cabeza.

—Solo necesito que rellene este formulario —informó ella—. Y si quiere añadir una fotocopia del historial veterinario, fantástico. O el teléfono de contacto.

—¿Cómo dice?

—El historial veterinario. Está aquí para dejar a *Zeus*, ¿no?

—No —contestó Thibault. Hizo una señal por encima del hombro—. De hecho, vengo por el anuncio de la ventana. Estoy buscando trabajo, y me preguntaba si el puesto estaba todavía vacante.

—¡Oh! —Beth no se lo esperaba, e intentó reorientar la conversación hacia la dirección correcta.

Él se encogió de hombros.

—Sé que debería haber llamado antes, pero me venía de paso, así que he pensado que era mejor venir en persona y ver si el sitio seguía vacante. Si lo prefiere, puedo volver mañana.

—No, no es eso. Solo es que estoy sorprendida. La gente no suele salir a buscar trabajo los domingos. —De hecho, nadie pasaba por allí a preguntar por el puesto vacante ningún otro día de la semana, pero Beth prefirió omitir aquel comentario—. Debo de tener un formulario por aquí —dijo, girándose hacia el archivador situado a su espalda—. Solo deme un segundo para buscarlo. —Abrió el cajón inferior y empezó a rebuscar entre los archivos—. ¿Cómo se llama?

—Logan Thibault.

—¿Es usted francés?

—Por parte paterna.

—No le había visto antes por aquí.

—Acabo de llegar al pueblo.

—¡Ya te tengo! —Pescó el formulario—. Aquí está.

Depositó la hoja delante de él, encima del mostrador, junto con un bolígrafo. Mientras él escribía su nombre, Beth se fijó en su piel curtida y pensó que debía de haber pasado muchas horas expuesto al sol. Cuando llegó a la segunda línea del formulario, él alzó la vista, y sus ojos volvieron a encontrarse por segunda vez. Beth notó un leve sofoco en el cuello e intentó ocultarlo ajustándose la camisa.

—No estoy seguro de qué dirección debo escribir. Como ya le he dicho, no había planeado quedarme aquí. En Charlotte, sí. En Raleigh, también. En Greensboro, desde luego. Pero ¿en Hampton? Ni se me había ocurrido.

—Ya veo —contestó ella, deseando repentinamente concluir aquella conversación—. No importa, escriba su dirección de correo. Y su experiencia laboral. Realmente, lo único que necesito es un número de teléfono para contactar con usted, y ya le llamaré.

Él continuó mirándola fijamente.

—Pero la verdad es que no me llamará.

Beth pensó que el tipo no se andaba por las ramas. Era directo y franco, lo cual quería decir que ella también debía ser franca y directa.

—No.

Él asintió.

—De acuerdo. Probablemente, si yo estuviera en su lugar y dado lo que le he dicho hasta ahora, tampoco me llamaría. Pero antes de que tome una decisión, ¿puedo añadir algo más?

—Adelante.

El tono de Beth dejó claro que no creía que nada de lo que él pudiera alegar conseguiría hacerla cambiar de opinión.

—Sí, me alojo temporalmente en un motel, pero mi intención es instalarme en el pueblo. Y también encontrar trabajo por aquí. —Mantuvo la mirada inmutable, sin pestañear—. Y ahora, respecto a mí, me licencié en Antropología en la Universidad de Colorado en el año 2002. Después me alisté en el Cuerpo de Marines, y hace dos años me retiré del Ejército con honores. Jamás me han arrestado o he tenido problemas con la justicia por ningún delito, nunca he tomado drogas y jamás me han despedido por ser incompetente. Estoy dispuesto a someterme a cualquier prueba, si lo considera necesario; además, puedo darle referencias para que confirme todo lo que he dicho. O si le parece más fácil, puede llamar directamente a mi antiguo comandante. Y a pesar de que legalmente no esté obligado a responder ciertas preguntas, le aseguro que no tomo ninguna medicación. En otras palabras, no soy esquizofrénico ni maniaco-depresivo ni sufro trastorno bipolar. Solo soy un hombre que busca trabajo, y simplemente he visto el anuncio del puesto vacante hace un rato.

Beth no sabía qué era lo que había esperado que él alegara, pero desde luego la había pillado desprevenida.

—Ya veo —volvió a decir, reflexionando sobre el hecho de que aquel individuo hubiera estado en el ejército.

—¿Sigue siendo una pérdida de tiempo para mí rellenar el formulario?

—Todavía no lo he decidido.

Beth tenía la intuición de que aquel desconocido le estaba diciendo la verdad, aunque también tenía el presentimiento de que había algo más en aquella historia, algo que no le había revelado. Se mordisqueó el labio inferior. Necesitaba contratar a alguien. ¿Qué era más importante? ¿Saber lo que él le ocultaba o encontrar un nuevo empleado?

Thibault permaneció de pie delante de ella, calmado y con la espalda erguida. Su postura inspiraba confianza. «Así que militar, ¿eh?», se dijo mientras lo observaba con el ceño fruncido.

—¿Por qué quiere trabajar aquí? —Su tono le sonó receloso incluso a ella—. Con una licenciatura universitaria, probablemente podría encontrar otro trabajo más interesante en el pueblo.

Él señaló con la cabeza a *Zeus*.

—Me gustan los perros.

—Pero es un trabajo que no está muy bien remunerado.

—No necesito mucho dinero.

—Las jornadas pueden ser largas.

—Ya lo suponía.

—¿Ha trabajado antes en una residencia canina?

—No.

—Ya veo.

Él sonrió.

—Usa esa expresión muy a menudo.

—Sí, es verdad —admitió ella, con una recomendación para sí misma: «Tengo que dejar de utilizarla»—. ¿Y está seguro de que no conoce a nadie en el pueblo?

—No.

—Acaba de llegar a Hampton y ha decidido que quiere quedarse.

—Sí.

—¿Dónde está su coche?

—No tengo coche.

—¿Cómo ha llegado hasta aquí?

—Andando.

Beth pestañeó, sin acabar de comprender lo que acababa de oír.

—¿Me está diciendo que ha venido caminando desde Colorado?

—Sí.

—¿Y no le parece que eso es bastante extraño?

—Supongo que depende de los motivos.

—¿Cuál es su motivo?

—Me gusta caminar.

—Ya veo. —No podía pensar en nada más que decir. Beth asió el bolígrafo, buscando una evasiva—. Supongo que no está casado.

—No.

—¿Tiene hijos?

—No. Solo tengo a *Zeus*. Pero mi madre todavía vive en Colorado.

Beth se apartó de la frente un mechón de pelo empapado de sudor, sin poder ocultar su sorpresa y su sofoco a la vez.

—Todavía no lo entiendo. Atraviesa todo el país, llega a Hampton, decide que le gusta el pueblo, ¿y ahora quiere trabajar aquí?

—Sí.

—¿No quiere añadir nada más?

—No.

Ella abrió la boca para decir algo, pero cambió de idea.

—Discúlpeme un momento. Tengo que hablar con una persona.

Beth podía encargarse de un montón de cosas, pero aquella situación la desbordaba. Por más que lo intentara, no podía comprender todo lo que él le acababa de contar. En cierto modo, tenía sentido, pero si lo analizaba detenidamente…, había algo que fallaba. Si ese tipo estaba diciendo la verdad, entonces era un bicho raro; si estaba mintiendo, contaba mentiras bastante raras. De un modo u otro, era un tipo pintoresco. Y precisamente por eso quería hablar con Nana. Si alguien podía averiguar qué se proponía ese individuo, esa era, sin lugar a dudas, su abuela.

Lamentablemente, mientras se acercaba a la casa, Beth se dio cuenta de que todavía no había acabado el partido. Podía oír a los comentaristas deportivos que debatían si era correcto que los Mets hubieran buscado el apoyo de un *pitcher* de relevo y cosas por el estilo. Cuando abrió la puerta, se quedó sorprendida al ver que la silla de Nana estaba vacía.

—¿Nana?

Ella asomó la cabeza por la puerta de la cocina.

—Estoy aquí, preparando una limonada. ¿Quieres un poco? Puedo exprimir limones con una mano.

—La verdad es que necesito hablar contigo. ¿Tienes un minuto? Sé que el partido todavía no se ha acabado, pero…

Nana ondeó la mano enérgicamente.

—¡Bah, no te preocupes! Ya no quiero seguir viendo el partido. Puedes apagar la tele. Los Braves no pueden ganar, y lo último que me apetece es escuchar sus excusas. Odio las excusas. No tienen ningún motivo para perder, y lo saben. Dime, ¿qué pasa?

Beth entró en la cocina y se apoyó en la encimera mientras Nana se servía el zumo del limón del exprimidor.

—¿Tienes hambre? Puedo prepararte un bocadillo en un periquete.

—Acabo de comerme un plátano.

—Pero con eso no basta. La verdad, estás más flaca que un palo de golf.

«Mira quién habla» pensó Beth.

—Quizá más tarde. En el despacho hay un chico interesado en el puesto de trabajo.

—¿Te refieres a ese chico tan majo con el pastor alemán? Ya suponía que esa era su intención. ¿Qué tal es? No me digas que su sueño ha sido siempre limpiar jaulas de perros.

—¿Lo has visto?

—¡Pues claro!

—¿Y cómo sabías que venía por lo del trabajo?

—¿Por qué otro motivo querrías hablar conmigo?

Beth sacudió la cabeza. Nana siempre se le adelantaba un paso.

92

—Bueno, de todos modos, creo que será mejor que hables con él. No sé qué pensar.

—¿Tienes prejuicios a causa de sus greñas?

—¿Qué?

—Sus greñas. Lleva el pelo como Tarzán, ¿no te parece?

—La verdad es que no me había fijado.

—Vamos, cielo, no me mientas. ¿Qué pasa? ¿Qué es lo que te preocupa?

Rápidamente, Beth le resumió la entrevista. Cuando terminó, Nana permaneció sentada en silencio.

—¿Ha venido andando desde Colorado?

—Eso dice.

—¿Y tú te lo crees?

—¿Esa parte en particular? —Beth vaciló—. Sí, creo que dice la verdad.

—Pero Colorado queda muy lejos.

—Lo sé.

—¿A cuántos kilómetros, más o menos?

—No lo sé. Muchos.

—Es muy extraño, ¿no te parece?

—Sí —contestó Beth—. Y además hay otra cosa.

—¿Qué?

—Ha sido marine.

Nana suspiró.

—Será mejor que esperes aquí. Iré a hablar con él.

Durante los siguientes diez minutos, Beth los estuvo espiando a través de las cortinas de la ventana del comedor. Nana no se había quedado en el despacho para llevar a cabo la entrevista; en vez de eso, lo había invitado a seguirla hasta el banco de madera a la sombra del magnolio. *Zeus* dormitaba a sus pies, y su oreja se movía instintivamente de vez en cuando para espantar alguna que otra mosca. Beth no acertaba a descifrar lo que decían, pero a veces veía que Nana fruncía el ceño, un posible indicador de que la entrevista no discurría por buen camino. Al final, Logan Thibault y *Zeus* retomaron el caminito de gravilla hacia la carretera, mientras Nana los observaba con expresión taciturna.

Pensó que su abuela regresaría directamente a la casa, pero en vez de eso enfiló hacia el despacho. Fue entonces cuando Beth se fijó en el Volvo monovolumen azul que ascendía por el camino.

¡El cocker spaniel! Se había olvidado por completo de que tenían que pasar a recogerlo, pero era obvio que Nana podía hacerse cargo de la situación. Beth utilizó aquellos minutos para refrescarse con un paño húmedo y beber otro vaso de agua con hielo.

Desde la cocina, oyó el chirrido de la puerta principal al abrirse antes de que entrara Nana.

—¿Qué tal ha ido?

—Oh, muy bien.

—¿Qué opinas?

—Ha sido… interesante. Es un chico inteligente y educado, pero tienes razón. Definitivamente, oculta algo.

—Entonces, ¿qué hacemos? ¿Pongo otro anuncio en la prensa?

—Primero veamos qué tal trabaja.

Beth no estaba segura de si había oído bien a Nana.

93

—¿Me estás diciendo que piensas contratarlo?

—No, lo que digo es que ya lo he contratado. Empezará el miércoles a las ocho.

—¿Por qué lo has hecho?

—Me fío de él. —Nana esbozó una sonrisa melancólica, como si supiera exactamente lo que Beth estaba pensando—. Aunque haya sido marine.

8

Thibault

*T*hibault no quería regresar a Iraq, pero en febrero de 2005 volvieron a llamar a filas a todos los soldados del Primero-Quinto. Esta vez, el regimiento fue enviado a Ramadi, la capital de la provincia de Al Anbar, un lugar situado en el punto más al suroeste de lo que denominaban «el Triángulo de la Muerte». Él se pasó siete meses en la zona.

Los coches bomba y los AEI —artefactos explosivos improvisados— eran el pan de cada día. Unos mecanismos sencillos pero peligrosos: normalmente se trataba de un proyectil de mortero activado a distancia con un teléfono móvil. Sin embargo, la primera vez que uno de esos artefactos impactó en el Humvee en el que viajaban, Thibault tuvo la certeza de que las consecuencias podrían haber sido mucho peores.

—Me alegro de que oyéramos la bomba —le comentó Victor más tarde. Por entonces, patrullaban casi siempre juntos—. Eso significa que todavía estoy vivo.

—Que todavía estamos vivos —lo rectificó Thibault.

—Ya, pero de todos modos, prefiero no sufrir ningún otro atentado.

—Los dos lo preferimos.

Sin embargo, no era fácil evitar las bombas. Al día siguiente, mientras patrullaban, volvieron a sufrir otro nuevo atentado. Una semana más tarde, un coche bomba estalló junto a su Humvee, pero eso no significaba que Thibault y Victor tuvieran mala suerte. En cada patrulla, algún que otro Humvee siempre resultaba alcanzado por alguna explosión. La mayoría de los marines en el pelotón podían decir sin exagerar que habían sobrevivido a dos o tres atentados con bomba antes de regresar a Pendleton. Un par de ellos incluso habían sobrevivido a cuatro o cinco explosiones. Su sargento había salido vivo de seis. Simplemente era el pan de cada día, y casi todos habían oído la historia de Tony Stevens, un marine del Veinticuatro UEM —la Unidad Expedicionaria de la Marina— que había sobrevivido a nueve bombas. Uno de los periódicos más importantes había escrito un artículo sobre «el marine más afortunado». Se trataba de un récord que nadie deseaba superar.

Thibault lo superó. Cuando abandonó Ramadi, había sobrevivido a once explosiones. Hubo una explosión en particular de la que se libró, pero que no olvidaría jamás.

La octava. Victor estaba con él. La misma vieja historia pero con un final más desgarrador. Formaban parte de un convoy de cuatro Humvee que patrullaba por una de las carreteras principales de la zona. Una granada propulsada por cohete impactó en la parte frontal del Humvee y provocó pocos desperfectos, afortunadamente, pero los suficientes como para obligar al convoy a detenerse. A ambos lados de la carretera había filas de coches calcinados y abandonados. De repente, empezaron los disparos. Thibault saltó desde el segundo Humvee en la línea del convoy para disponer de una mejor visión. Victor lo siguió. Se pusieron a cubierto y prepararon las armas. Veinte segundos más tarde, estalló un coche bomba y la detonación los derribó y destrozó el Humvee en el que iban montados apenas unos momentos antes. Tres marines murieron. Victor cayó al suelo inconsciente. Thibault lo arrastró hasta el convoy. Después de recoger a los muertos, el convoy regresó a la zona segura.

Fue por aquella época cuando Thibault empezó a oír los cuchicheos. Se dio cuenta de que los otros marines de su pelotón empezaban a tratarlo de un modo diferente, como si creyeran que él era de alguna manera inmune a las reglas de la guerra. Los otros podían morir, pero él no. Peor aún: sus compañeros parecían sospechar que mientras que Thibault era especialmente afortunado, los que patrullaban con él eran especialmente desafortunados. No era un comportamiento descarado, pero Thibault no podía negar el cambio de actitud de los miembros de su pelotón respecto a él. Estuvo en Ramadi dos meses más

96

después de que murieran aquellos tres marines. Las últimas bombas a las que sobrevivió solo intensificaron los cuchicheos. Algunos marines empezaron a evitarlo. Solo Victor parecía tratarlo como siempre. Hacia el final de su estancia en Ramadi, mientras se hallaban de servicio patrullando cerca de una gasolinera, Thibault notó que a Victor le temblaban las manos mientras encendía un cigarrillo. Por encima de sus cabezas, el cielo nocturno resplandecía iluminado por un centenar de estrellas.

—¿Estás bien? —le preguntó.

—Quiero volver a casa —explicó Victor—. Creo que ya he cumplido mi parte.

—¿No piensas volver a renovar tu compromiso con el Ejército el año que viene?

Victor dio una larga calada al cigarrillo.

—Mi madre quiere que vuelva a casa, y mi hermano me ha ofrecido un trabajo. Repararé tejados. ¿Crees que se me dará bien?

—Sí, seguro que sí. Serás un gran reparador de tejados.

—Mi chica, Maria, me espera. Nos conocemos desde que teníamos catorce años.

—Lo sé. Ya me has hablado de ella.

—Voy a casarme con ella.

—Eso también me lo has dicho.

—Quiero que vengas a mi boda.

Por encima del brillo de la punta de su cigarrillo, Victor detectó una leve sonrisa.

—No me la perdería por nada del mundo.

Victor dio otra larga calada y los dos se quedaron en silencio, considerando un futuro que parecía increíblemente distante.

—¿Y tú qué piensas hacer? —le preguntó. Sus palabras se mezclaron con una bocanada de humo—. ¿Renovarás tu compromiso con el Ejército?

Thibault sacudió la cabeza.

—No. Yo también quiero retirarme.

—¿Qué piensas hacer cuando te licencies?

—No lo sé. Durante un tiempo no pienso hacer nada. Quizá me vaya a pescar a Minnesota… Sí, iré a algún sitio verde y fresco, donde simplemente me pueda relajar sentado en una barca.

Victor suspiró.

—Parece idílico.

—¿Quieres venir?

—Sí.

—Entonces te llamaré cuando haya planeado el viaje —le prometió Thibault.

Podía oír la risa en la voz de Victor.

—Iré. —carraspeó—. ¿Quieres saber una cosa? ¿Recuerdas el tiroteo en el que murieron Jackson y los otros cuando explotó el Humvee?

Thibault cogió una piedrecilla y la lanzó en la oscuridad.

—Sí.

—Me salvaste la vida.

—No, solo te saqué de allí.

—Thibault, yo te seguí. Cuando saltaste del Humvee. Yo iba a quedarme, pero al ver que te apeabas, supe que no tenía alternativa.

—¿Se puede saber de qué diantre estás hablan…?

—La foto —lo interrumpió Victor—. Sé que la llevas encima. Yo seguí tu suerte y por eso me salvé.

De entrada, no lo comprendió, pero cuando finalmente acertó a entender lo que le estaba diciendo, sacudió la cabeza con incredulidad.

—Solo es una foto, Victor.

—Te trae suerte —insistió su amigo, acercando aún más su cara—. Tú eres el afortunado. Y cuando te licencies del Ejército creo que deberías buscar a la mujer de la foto. Tu historia con ella todavía no ha terminado.

—No…

—La foto me salvó.

—Pero no salvó a los demás. Ni a muchas vidas más.

Todo el mundo sabía que el Primero-Quinto había sufrido más bajas en Iraq que cualquier otro regimiento en el Cuerpo de Marines.

—Porque te protege a ti. Y cuando yo salté del Humvee, también creí que me salvaría, del mismo modo que tú crees que te salvará.

—Eso no es verdad —empezó a replicar Thibault.

—Entonces, mi querido amigo, ¿por qué siempre la llevas en el bolsillo?

Era viernes, su tercer día de trabajo en la residencia canina. A pesar de que había ocultado cualquier cosa sobre su vida, siempre era consciente de la fotografía que guardaba en el bolsillo. Del mismo modo que siempre pensaba en lo que le había dicho Victor aquel día.

Estaba paseando a un mastín inglés por un sendero a la sombra, fuera del alcance de la vista desde el despacho pero dentro de los confines de la propiedad. El perro era enorme, al menos del tamaño de un dogo alemán, y mostraba una tendencia a lamerle la mano a Thibault. Un perrazo inofensivo.

Ya dominaba las rutinas más sencillas: dar de comer y sacar a pasear a los perros, limpiar los caniles, coordinar las visitas. No era difícil. Tenía la certeza de que Nana estaba considerando la posibilidad de implicarlo en los cursos de educación canina. El día anterior le había pedido que se fijara en el modo en que ella entrenaba a uno de los perros, y a Thibault le recordó cómo había adiestrado a *Zeus*: con órdenes claras, simples y concisas, con indicaciones visuales y guiándolo con firmeza con la correa, y con muchos —muchísimos— elogios. Cuando Nana acabó, le pidió que caminara a su lado mientras ella llevaba al perro de vuelta al canil.

—¿Crees que podrías hacerlo? —le preguntó.

—Sí.

Nana echó un vistazo por encima del hombro a *Zeus*, que los seguía a cierta distancia.

—¿Es así como adiestraste a *Zeus*?

—Más o menos.

Cuando Nana lo entrevistó para el puesto de trabajo, Thibault solo expuso dos condiciones: primero le pidió que le dejara llevar a *Zeus* con él cada día. Le contó que, después de pasar tanto tiempo juntos, seguramente el perro no reaccionaría bien frente a una separación durante tantas horas diarias. Por suerte, Nana lo comprendió.

—Hace mucho tiempo trabajé con pastores, así que te entiendo —comentó la anciana—. Mientras *Zeus* no sea un estorbo, no tengo ningún inconveniente en que esté aquí.

Zeus no era ningún estorbo. Thibault pronto había comprendido que no debía entrar con él en los caniles cuando ponía la comida o limpiaba los espacios, ya que la presencia de *Zeus* incomodaba a otros perros. Pero aparte de eso, su mascota se adaptó sin ningún problema. Seguía a Thibault mientras este sacaba a pasear a los perros o limpiaba el patio vallado donde Nana realizaba el adiestramiento, y se tumbaba en el porche cerca del umbral cuando Thibault se ponía a revisar papeles en el despacho. Cuando llegaba algún cliente, *Zeus* siempre se mostraba alerta, tal y como le habían enseñado a reaccionar. Su imponente presencia bastaba para que la mayoría de los clientes se detuvieran en seco, pero un rápido «quieto» bastaba para que *Zeus* se quedara como una estatua.

La segunda condición fue que Nana le permitiera empezar a trabajar el miércoles para disponer de un par de días para instalarse en el pueblo. Nana tampoco se opuso. Aquel domingo, después de abandonar la residencia canina, Thibault compró el periódico y se puso a buscar una casa de alquiler en la sección «Clasificados». No le costó nada repasar la lista entera, pues solo contenía cuatro casas, e inmediatamente eliminó dos por ser excesivamente grandes; no necesitaba tanto espacio.

Ironías de la vida, las otras dos casas de alquiler estaban en la otra punta del pueblo. Decidió ir a verlas. La primera estaba situada en el casco histórico, en pleno centro y a dos pasos del río. Una ubicación privilegiada, un vecindario agradable, pero no para él. En aquella zona las casas estaban demasiado juntas entre sí. La segunda, sin embargo, le pareció una buena opción. Estaba situada al final de una carretera sin asfaltar, a unos tres kilómetros de la residencia canina, en una zona rural que lindaba con el bosque, lo que le pareció muy conveniente, ya que podría tomar un atajo por el bosque para ir a la residencia canina. No ganaría mucho tiempo, pero por lo menos eso le permitiría a *Zeus* campar a sus anchas. La casa constaba de una sola planta, estaba construida según el típico estilo rústico sureño, y tenía, cuando menos, un siglo de antigüedad, pero estaba en bastante buen estado. Después de limpiar el polvo de una ventana con la manga, echó un vistazo al interior. Era evidente que necesitaba una buena reforma. La cocina estaba anticuada: en una esquina distinguió un horno antiguo, de los que funcionaban con leña. El suelo, hecho con tablas de madera de pino, estaba rayado y manchado, y los armarios debían de ser los originales de la casa, pero todo eso parecía añadir una nota de carácter al lugar, en vez de afearlo. Y lo más importante era que parecía estar amueblado con todo lo básico: un sofá y unas mesas rinconeras, una lámpara, e incluso una cama.

Thibault llamó al número de teléfono que aparecía en el cartel, y un par de horas más tarde oyó que se acercaba un vehículo, del que se apeó el dueño del inmueble. Empezaron a hablar de menudencias, como es la costumbre. Thibault supo que aquel hombre había pasado veinte años en el Ejército, los últimos siete en Fort Bragg. Le explicó que aquella casa pertenecía a su padre, que había fallecido dos meses antes. Thibault pensó que era una buena noticia, ya que las casas eran como los coches, en el sentido de que, si no se utilizaban con regularidad, empezaban a decaer aceleradamente. Eso quería decir que, probablemente, aquella todavía estaba en buenas condiciones. La fianza y el alquiler le parecieron un poco elevados, pero necesitaba un sitio rápidamente. Pagó dos meses de alquiler y la fianza por adelantado. A juzgar por la expresión de sorpresa en la cara del dueño, Thibault supo que no esperaba recibir tanto dinero en efectivo.

El lunes por la noche ya durmió en su nueva casa, en su saco de dormir, que desplegó encima del colchón; el miércoles se acercó al pueblo y encargó un colchón en una tienda en la que le aseguraron que se lo entregarían en casa esa misma tarde, y después se dedicó a comprar otros enseres que le hacían falta. Cuando regresó, llevaba la mochila cargada de sábanas y toallas y bártulos para la limpieza. Todavía tuvo que realizar dos viajes más al pueblo para elegir la nevera y comprar platos, vasos y otros utensilios de cocina, junto con un saco de veinte kilos de comida para perros. Al final del día, y por primera vez desde que había salido de Colorado, deseó tener coche. Pero ya estaba instalado, y con eso le bastaba para empezar. Estaba listo para ir a trabajar.

Desde su primer día de trabajo, el miércoles, se había pasado la mayor parte del tiempo con Nana, aprendiendo todo lo

101

que necesitaba saber sobre la residencia canina. No había visto mucho a Beth, o Elizabeth, como le gustaba llamarla. Por las mañanas, ella se marchaba impecablemente vestida y no regresaba hasta la tarde. Nana había mencionado algo acerca de reuniones de profesores, lo cual era lógico, ya que el curso escolar empezaría a la semana siguiente. Aparte de algún saludo esporádico, la única vez que había tenido la oportunidad de hablar con ella fue en su primer día de trabajo, cuando ella se lo llevó disimuladamente hasta un rincón para pedirle que no perdiera de vista a su abuela. Thibault comprendió enseguida el porqué. Era obvio que Nana había sufrido una parálisis. Las sesiones de adiestramiento por la mañana la dejaban prácticamente extenuada, respirando fatigosamente, y de regreso a casa, su cojera se acentuaba. Aquella situación puso a Thibault nervioso.

Le caía bien Nana. Tenía una forma única y divertida de expresar sus pensamientos. Se preguntó hasta qué punto ese comportamiento era simplemente una fachada. Excéntrica o no, se trataba de una mujer inteligente, de eso no le cabía la menor duda. Con frecuencia tenía la impresión de que ella lo estaba evaluando, incluso mientras conversaban plácidamente. Nana siempre expresaba su opinión acerca de cualquier tema, sin reparos, y tampoco vacilaba a la hora de hablar abiertamente de su propia vida. En los últimos días, Thibault se había enterado de bastantes detalles acerca del pasado de Nana. Le había contado anécdotas sobre su esposo y la residencia de perros, acerca de los cursos de educación canina que impartían antes, sobre algunos de los lugares que había visitado. Ella le preguntó por su vida, y él respondió educadamente a las cuestiones acerca de su familia y su infancia. Sin embargo, le pareció extraño que jamás le preguntara por los años de servicio militar ni si lo habían destinado a Iraq. Thibault no habló de ello, pues él tampoco deseaba hablar de esos temas.

La actitud de Nana de evitar hablar sobre lo que él había hecho en los últimos cuatro años de su vida le daba a entender que la anciana comprendía sus reticencias, e incluso que quizá pensaba que su paso por Iraq tenía algo que ver con sus motivos para estar allí, en Hampton.

Una señora sabia.

Oficialmente, se suponía que él tenía que trabajar desde las ocho de la mañana hasta las cinco de la tarde, pero en realidad aparecía por el recinto a las siete de la mañana y solía trabajar hasta las siete de la tarde. No le gustaba marcharse con la impresión de que todavía quedaban cosas por hacer. Además, eso también le daba la oportunidad de que Elizabeth lo viera cuando regresaba a casa. La proximidad era una aliada de la familiaridad, y esta era una aliada del bienestar. Y cuando él la veía, siempre recordaba que había ido hasta allí por ella.

Aparte de eso, sus motivos para permanecer en Hampton se le antojaban en cierto modo imprecisos. Sí, había llegado al final de su viaje, pero ¿por qué? ¿Qué era lo que quería de ella? ¿Pensaba contarle algún día la verdad? En su larga caminata desde Colorado, cada vez que se había planteado esas mismas preguntas, simplemente había supuesto que ya averiguaría las respuestas cuando encontrara a la mujer de la foto. Pero ahora que la había encontrado, no estaba más cerca de la verdad que cuando había iniciado el viaje.

Mientras tanto, había averiguado ciertas cosas de su vida. Por ejemplo, sabía que tenía un hijo. La noticia lo había pillado un poco por sorpresa, ya que jamás había considerado aquella posibilidad. Se llamaba Ben y, por lo que había podido ver, parecía un buen chico. Nana había mencionado que jugaba al ajedrez y que era un ávido lector, pero nada más. Desde el primer día que empezó a trabajar en la residencia canina, Thibault se dio cuenta de que Ben lo espiaba a través de las cortinas o que lo miraba con disimulo mientras estaba con Nana. Pero el muchacho mantenía la distancia. Se preguntó si lo hacía porque eso era lo que él quería o porque se lo había ordenado su madre.

Probablemente era lo segundo.

Thibault sabía que en su primer encuentro no le había causado una buena impresión a Beth, a lo que había contribuido su evidente estupefacción al verla. Ya sabía que era atractiva, pero la foto desgastada no transmitía la calidez de su sonrisa ni la seriedad con que lo escrutaba, como si buscara defectos ocultos.

Ensimismado en aquellos pensamientos, llegó al patio vallado, situado detrás del despacho. El mastín inglés jadeaba cansado. Thibault lo guio hacia el recinto donde dormían los perros. Le ordenó a *Zeus* que se sentara y que no se moviera, entonces encerró al mastín en su correspondiente canil. Llenó su cuenco de agua e hizo lo mismo con otros cuencos; luego fue al despacho a recoger el almuerzo frugal que se había preparado en casa por la mañana. Acto seguido, enfiló hacia el arroyo.

Le gustaba comer allí. El agua cristalina y la magnífica sombra de un majestuoso roble que tenía las ramas más bajas revestidas de musgo conferían al lugar una sensación de paz que les encantaba tanto a él como a *Zeus*. A través de los árboles, a lo lejos, se vislumbraba una cabaña erigida en la copa de un árbol y un puente colgante de cuerda que parecía haber sido construido a palmos, como si lo hubieran montado sin tener realmente claro el propósito final. Como de costumbre, *Zeus* se metió en el arroyo para refrescarse. Cuando el agua le cubrió las ancas, hundió la cabeza bajo el agua y se puso a ladrar. Perro loco.

—¿Qué hace? —preguntó una vocecita.

Thibault se dio la vuelta y vio a Ben, de pie, en el extremo del claro del bosque.

—No tengo ni idea. —Se encogió de hombros—. Supongo que ladra a los peces.

Ben empujó las gafas sobre el puente de su naricita con el dedo índice para colocárselas correctamente.

—¿Y lo hace a menudo?

—Cada vez que viene aquí.

—Qué raro —concluyó el muchacho.

—Lo sé.

Zeus se dio cuenta de la presencia de Ben, y al constatar que el muchacho no suponía ninguna amenaza, volvió a hundir la cabeza en el agua y volvió a ladrar. Ben permaneció en la punta del claro del bosque. Sin saber qué más decir, Thibault propinó otro mordisco al bocadillo.

—Ayer también te vi aquí —comentó Ben.

—¿Ah, sí?

—Te seguí.

—Vaya, vaya…

—Es que ahí está mi cabaña, en ese árbol —adujo, señalando con el dedo—. Es mi escondite particular.

—Eso está muy bien, me refiero a disponer de un escondite particular —apuntó Thibault. Señaló hacia la rama caída en la que estaba sentado—. ¿Quieres sentarte?

—No puedo acercarme a ti.

—¿Por qué no?

—Mi mamá dice que no te conocemos.

—Es una buena idea, hacer caso a tu mamá.

Ben parecía satisfecho con la respuesta de Thibault, pero inseguro acerca de qué hacer a continuación. Apartó la vista de Thibault y la enfocó en *Zeus*, debatiéndose, antes de que finalmente decidiera sentarse en un árbol caído cerca de donde había permanecido de pie hasta entonces, manteniendo la distancia entre ellos.

—¿Te quedarás a trabajar aquí? —le preguntó el muchacho.

—Ya trabajo aquí.

—No. Me refiero a si piensas marcharte.

—No es mi intención. —Enarcó una ceja—. ¿Por qué?

—Porque los últimos dos chicos se marcharon. No les gustaba limpiar las cacas de perro.

—A nadie le gusta.

—¿Te molesta hacer ese trabajo?

—No, no mucho.

—Yo no soporto la peste. —Ben esbozó una mueca de asco.

—La mayoría de la gente tampoco. Yo simplemente intento no pensar en ello.

Ben volvió a empujar las gafas sobre su naricita con el dedo índice.

—¿Por qué le pusiste ese nombre a tu perro?

Thibault no pudo ocultar la sonrisa. Había olvidado lo preguntones y curiosos que podían ser los niños.

—Ya se llamaba así cuando me lo quedé.

—¿Por qué no lo cambiaste por el nombre que tú querías?

—No lo sé. Supongo que en ese momento no se me ocurrió hacerlo.

—Nosotros teníamos un pastor alemán. Se llamaba *Oliver*.

—¿Ah, sí?

—Murió.

—Lo siento.

—No pasa nada —le aseguró Ben—. Era muy viejo.

Thibault se acabó el bocadillo, guardó el envoltorio de plástico en la mochila y abrió la bolsa de frutos secos que había preparado en casa. Vio que Ben lo estaba mirando fijamente e hizo un gesto hacia la mochila.

—¿Te apetecen unas almendras?

Ben sacudió la cabeza.

—Siempre me han dicho que no acepte comida de desconocidos.

—De acuerdo. ¿Cuántos años tienes?

—Diez. ¿Y tú?

—Veintiocho.

—Pues pareces mayor.

—Tú también.

Ben sonrió ante aquella réplica.

—Me llamo Ben.

—Encantado de conocerte, Ben. Yo soy Logan Thibault.

—¿De verdad has venido hasta aquí caminando desde Colorado?

Thibault se lo quedó mirando fijamente.

—¿Cómo lo sabes?

—Oí que mamá lo comentaba con Nana. Decían que una persona normal habría hecho ese trayecto en coche.

—Tienen razón.

—¿Se te cansaron mucho las piernas?

—Al principio sí. Pero después de unos días, me acostumbré. Y lo mismo le pasó a *Zeus*. Incluso creo que le gustó la caminata. Siempre había algo nuevo que ver, y tuvo la oportunidad de cazar millones de ardillas.

Ben movía los pies hacia delante y hacia atrás, y mantenía una expresión seria.

—¿A *Zeus* le gusta que le tiren un palo o una pelota?

—Es un campeón. Pero solo las coge al vuelo al principio. Luego se cansa. ¿Por qué? ¿Quieres lanzarle un palo para que lo vaya a buscar?

—¿Puedo hacerlo?

Thibault se cubrió la parte superior de la boca con la mano y llamó al perro; el animal salió trotando del agua alegremente, se detuvo a escasos metros y se sacudió vigorosamente el agua del pelaje. Acto seguido, fijó toda su atención en Thibault.

—¡Trae un palo!

Zeus clavó inmediatamente el hocico en el suelo y buscó entre un montón de ramas caídas. Al final, eligió un palo pequeño y trotó feliz hacia Thibault.

Él sacudió la cabeza.

—Más grande —dijo, y *Zeus* se lo quedó mirando con unos ojitos que parecían expresar su decepción antes de darse la vuelta. Soltó el palo y reanudó la búsqueda—. Se emociona cuando juega, y si el palo es demasiado pequeño, lo parte por la mitad rápidamente —explicó Thibault—. Siempre le pasa lo mismo.

Ben asintió, con cara solemne.

Zeus regresó con un palo más largo y se lo llevó a Thibault. Él le tronchó las ramitas de los lados para que quedara más liso y se lo devolvió a *Zeus*.

—Llévaselo a Ben.

Zeus no comprendió la orden y ladeó la cabeza, con las orejas bien tiesas, como si pretendiera aguzar el oído. Thibault señaló a Ben.

—Ben —dijo—. Palo.

Zeus trotó hacia Ben, con el palo en la boca. Lo soltó a los pies de Ben. Husmeó al chico, se acercó más a él y permitió que el muchacho lo acariciara.

—¿Sabe mi nombre?

—Ahora sí.

—¿Y ya no lo olvidará nunca?

—Probablemente no. Ahora que te ha olido, creo que no.

—¿Cómo puede haberlo aprendido con tanta rapidez?

—Tiene buenos reflejos. Está acostumbrado a aprender cosas rápidamente.

Zeus se colocó de lado, pegando el lomo a Ben, y le lamió la cara, luego se apartó, mientras su mirada iba de Ben al palo y de nuevo a Ben.

Thibault señaló el palo.

—Quiere que se lo tires. Es su forma de pedírtelo.

Ben agarró el palo y pareció dudar sobre qué tenía que hacer a continuación.

—¿Puedo lanzárselo al agua?

—Seguro que le encantará.

107

Ben lo lanzó hacia el plácido arroyo. *Zeus* se precipitó dentro del agua y empezó a remar con las patas delanteras. Recogió el palo, salió del agua, se detuvo a unos pasos de Ben para sacudirse el agua del pelaje, luego se acercó y soltó el palo a los pies del muchacho.

—Lo he adiestrado para que se sacuda el agua antes de que se acerque demasiado. No me gusta que me salpique —explicó Thibault.

—¡Qué guay!

Thibault sonrió mientras Ben volvía a lanzar el palo.

—¿Qué más puede hacer? —preguntó por encima del hombro.

—Muchas cosas. Como…, por ejemplo, le encanta jugar al escondite. Si tú te escondes, él te encontrará.

—¿Algún día podremos jugar?

—Cuando quieras.

—¡Qué pasada! Oye, ¿lo has adiestrado también para que ataque?

—Sí, pero, por lo general, siempre se comporta pacíficamente.

Thibault contempló cómo Ben seguía lanzando el palo mientras se acababa el resto del almuerzo. La última vez que Ben tiró el palo, *Zeus* lo recogió pero no trotó hacia Ben. En lugar de eso, enfiló tranquilamente hacia el tronco de un árbol y se tumbó. Colocó una pata sobre el palo y empezó a mordisquearlo.

—Eso significa que ya no quiere jugar más —explicó Thibault—. Eres buen lanzador. ¿Juegas al béisbol?

—El año pasado. Pero no sé si jugaré este año. Quiero aprender a tocar el violín.

—Yo también tocaba el violín cuando era pequeño —dijo Thibault.

—¿De veras? —Los ojillos de Ben expresaron su sorpresa.

—Y también el piano. Durante ocho años.

A un lado, *Zeus* alzó la cabeza del palo, en actitud alerta. Un momento más tarde, Thibault oyó el sonido de alguien que se acercaba por el sendero mientras que la voz de Elizabeth flotaba entre los árboles.

—¿Ben?

108

—¡Estoy aquí, mamá! —gritó Ben.

Thibault alzó la palma de la mano hacia *Zeus* y acto seguido le dijo: «Quieto».

—¡Ah! Estás aquí —exclamó ella, emergiendo al claro—. ¿Qué estás haciendo?

Su expresión gentil se trocó en una mueca de desconfianza cuando vio a Thibault, y él pudo leer sin ningún problema la pregunta en sus ojos: «¿Qué está haciendo mi hijo en el bosque con un hombre al que apenas conozco?». Thibault no sintió la necesidad de excusarse. No había hecho nada malo. En lugar de eso, la saludó cordialmente con la cabeza.

—¿Qué tal?

—Hola —contestó ella, con cautela.

En ese momento, Ben ya se había apresurado a colocarse a su lado.

—¡Tendrías que ver lo que puede hacer este perro, mamá! ¡Es superinteligente! ¡Incluso más que *Oliver*!

—Ah, fantástico. —Ella lo rodeó con un brazo—. Pero ya es hora de volver a casa. La comida está servida.

—Incluso me conoce.

—¿Quién?

—El perro. *Zeus*. Sabe mi nombre.

Ella se giró para mirar a Thibault.

—¿De veras?

Thibault asintió.

—Sí.

—Vaya…, fantástico.

—¿Y a que no sabes otra cosa? Él tocaba el violín.

—¿*Zeus*?

—No, mamá. El señor Thibault. De niño. Tocaba el violín.

—¿De veras? —Beth parecía sorprendida ante aquella noticia.

Thibault asintió.

—Mi madre era una gran amante de la música clásica. Quería que yo llegara a interpretar a la perfección composiciones de Shostakóvich, pero no era tan superdotado. Aunque Mendelssohn no se me daba mal.

La sonrisa de Beth era forzada.

—Ya veo.

109

A pesar de la aparente incomodidad de la mujer, Thibault rio.

—¿Qué pasa? —inquirió ella, obviamente recordando su primer encuentro.

—Nada.

—¿Qué pasa, mamá?

—Nada —contestó ella—. Pero otra vez recuerda que has de decirme adónde vas para que yo esté más tranquila.

—Sabes que suelo venir aquí a menudo.

—Lo sé —dijo ella—, pero la próxima vez, dímelo, ¿de acuerdo?

«Para que no te pierda de vista», pensó Beth.

Nuevamente, Thibault comprendió el mensaje, a diferencia de Ben.

—Será mejor que regrese al despacho —dijo él, al tiempo que se ponía de pie. Recogió el resto de la comida—. No quiero que el mastín se quede sin agua. Estaba muy acalorado, y estoy seguro de que se ha bebido toda la que le he puesto. Hasta luego, Ben. —Dio media vuelta—. ¡Vamos, *Zeus*!

Zeus se levantó de su sitio y se colocó al lado de Thibault; un momento más tarde, ambos caminaban por el sendero de regreso a la residencia canina.

—¡Adiós, señor Thibault! —gritó Ben.

Thibault se dio la vuelta, y se puso a caminar de espaldas.

—¡Me ha encantado hablar contigo, Ben! ¡Ah! ¡Y otra cosa! ¡No me llames señor Thibault! ¡Llámame Thibault!

Tras la sugerencia, volvió a darse la vuelta, notando el peso de la mirada de Elizabeth sobre él hasta que se perdió de vista.

9

Clayton

Aquella noche, Keith Clayton se tumbó en la cama fumando un cigarrillo, aliviado de que Nikki estuviera en la ducha. Le gustaba el aspecto que ella tenía después de la ducha, con la melena húmeda y despeinada. La imagen consiguió alejar de su pensamiento la idea de que, realmente, habría preferido que ella agarrara los bártulos y se largara a su casa.

Era la cuarta vez en los últimos cinco días que pasaba la noche con él. Nikki era la cajera del colmado donde él solía comprar sus Doritos, y durante el último mes, más o menos, Clayton se había estado preguntando si debía pedirle para salir o no. La chica no presumía de una bonita dentadura y tenía la piel de la cara marcada con cicatrices como de viruela, pero poseía un cuerpazo capaz de echar a cualquiera de espaldas, y con eso bastaba, teniendo en cuenta que él necesitaba rebajar un poco el estrés.

Y todo porque había visto a Beth el domingo anterior por la noche, cuando fue a dejar a Ben. Había salido al porche con aquellos pantalones cortos y ese top sin mangas y había saludado a Ben con la mano, luciendo aquella clase de sonrisa a lo Farrah Fawcett. Aunque iba dirigida a Ben, Clayton no pudo evitar pensar que su ex estaba cada año más atractiva.

Si hubiera sabido que eso iba a ser así, probablemente no le habría concedido el divorcio. Aquella noche se marchó de allí pensando en lo guapa que era Beth, y unas horas más tarde acabó en la cama con Nikki.

Aunque, en realidad, no le apetecía volver con Beth. Sabía

que eso era simplemente imposible. Ella era demasiado terca, y además tenía la desagradable costumbre de discutir cuando él tomaba una decisión que a ella no le gustaba. Hacía mucho tiempo que se había dado cuenta de los defectos de su exmujer, e intentaba no olvidarlos cada vez que la veía. Justo después del divorcio, lo único que no deseaba hacer era pensar en ella, y durante mucho tiempo, no lo había hecho. Clayton había vivido la vida intensamente, se había divertido con un montón de chicas diferentes, sin la intención de volver nunca la vista atrás. Excepto por su hijo, claro. Sin embargo, cuando Ben tenía tres o cuatro años, empezó a oír cuchicheos de que Beth había empezado a salir con un chico, y eso le molestó de un modo incontenible. Una cosa era que él saliera con chicas, pero la situación cambiaba radicalmente si era ella la que salía con chicos. Lo último que quería era que un día se presentara un tipo y actuara como si fuera el padrastro de Ben. Además, se dio cuenta de que no soportaba la idea de que otro hombre pudiera acostarse con Beth. Simplemente le parecía inadmisible. Conocía a los hombres y sabía lo que buscaban, y Beth era en cierto sentido muy ilusa respecto a esas cuestiones, dado que él había sido su primer y único amor. Estaba prácticamente seguro de que él, Keith Clayton, era el único hombre con el que ella se había acostado, y eso era bueno, ya que mantenía las prioridades de Beth en el lugar donde debían estar. Ella estaba ocupada criando a su hijo, y a pesar de que Ben era un poquito afeminado, estaba haciendo un excelente trabajo con él. Además, era una buena persona, y no se merecía que un tipo desalmado le rompiera el corazón. Beth siempre necesitaría que él, su Clayton, cuidara de ella.

Pero la otra noche…

Se preguntó si Beth se había vestido de aquella forma tan provocativa porque sabía que él iba a pasar a dejar a Ben. De ser así, ¿significaba algo aquel gesto? Un par de meses antes incluso lo había invitado a pasar mientras Ben preparaba la maleta. Cierto, aquel día llovía a raudales, y Nana no había dejado de mirarlo con cara de pocos amigos durante todo el rato, pero Beth se había comportado de un modo muy afable, por lo que él pensó que igual la había subestimado. Beth tenía necesidades, como todo el mundo. ¿Y qué daño había en que él pudiera ayudarla a saciar sus necesidades de vez en cuando? ¡Ni que nunca la hubiera visto desnuda! Y además, era cierto que ya no estaban juntos, pero tenían un hijo en común. ¿Cómo llamaban hoy día a esa clase de relación? ¿Amigos con derecho a roce? No le costaba imaginarse gozando de una relación similar con Beth. Siempre que ella no hablara demasiado ni lo atosigara con un puñado de ilusiones. Mientras apagaba el cigarrillo, se preguntó cómo podía proponerle esa clase de relación a su ex.

Clayton sabía que, a diferencia de él, ella había estado sola durante mucho, muchísimo tiempo. De vez en cuando aparecía algún chico con intenciones de salir con ella, pero él sabía cómo alejarlos. Recordó la pequeña charla que había mantenido un par de meses antes con Adam, ese tipo que combinaba una americana con una camiseta, como si fuera un famoso de Hollywood. Pero famoso o no, se quedó completamente lívido cuando Clayton se le acercó a la ventanilla del coche tras ordenarle que parara en el arcén un día que volvía a casa, después de su tercera cita con Beth. Sabía que habían compartido una botella de vino durante la cena, pues los había estado observando desde el otro lado de la calle. Cuando le propuso realizar la prueba de la alcoholemia con el inhalador que llevaba en el coche de patrulla para tales circunstancias, la piel del muchacho pasó de un color cetrino a completamente blanco.

—Me parece que has tomado una copa de más, ¿eh? —lo acusó, exhibiendo la reglamentaria expresión dudosa cuando el chico juró y perjuró que solo había tomado una copa.

Cuando le mostró las esposas, pensó que el muchacho iba a desmayarse o a orinarse encima, por lo que tuvo que contenerse para no echarse a reír a mandíbula batiente.

Pero no rio. En vez de eso, rellenó un cuestionario, lentamente, antes de soltarle el pequeño sermón —el que tenía reservado para aquellos en los que Beth parecía interesada—: que él había estado casado con ella y que tenían un hijo en común, y lo importante que era comprender que él tenía un deber que cumplir, o sea, cuidar de ellos y velar por su seguridad. Y que la última cosa que Beth necesitaba en su vida era a alguien que la distrajera de su tarea de criar a su hijo o que ella se implicara en una relación con alguien que quizá solo quería aprovecharse de ella. Que se hubieran divorciado no significaba que él ya no se preocupara por su exmujer.

El muchacho captó el mensaje, por supuesto. Todos lo hacían. No solo gracias a la familia de Clayton y a su círculo de amistades poderosas, sino porque le ofreció perder el inhalador y el cuestionario si prometía olvidarse de ella y no contar nada sobre aquella conversación. Sabía que si ella descubría lo del pequeño sermón, no sacarían nada bueno: «Podría causarle problemas al niño, ¿entiendes?». Y Clayton no pensaba tener piedad con nadie que le causara problemas a su hijo.

Al día siguiente, por supuesto, Clayton aparcó el coche justo delante de la gestoría donde trabajaba Adam, y allí se quedó sentado, esperando a que acabara la jornada. El chico se puso pálido cuando vio a Clayton jugueteando con el inhalador. Supo que había comprendido el mensaje antes de poner el coche en marcha y desaparecer de escena. Cuando volvió a ver a Adam, este estaba con una secretaria pelirroja que trabajaba en la misma gestoría que él. Así pues, por supuesto, no se había equivocado: ese tipo jamás había albergado unas intenciones serias respecto a Beth. Solo era un pobre idiota que quería echar un polvo, nada más.

Pues no iba a ser con Beth.

Si llegaba a enterarse de su intromisión, su ex lo estrangularía, pero, afortunadamente, no había tenido que recurrir a esas argucias con demasiada frecuencia. Solo de vez en cuando, y de momento todo estaba saliendo bien.

Más que bien, a decir verdad. Incluso aquella historia de las fotos de las universitarias desnudas había acabado bien. Desde el fin de semana previo, nadie había depositado ni la cámara ni la tarjeta de memoria encima de la mesa del *sheriff*, ni ningún periódico se había hecho eco de la noticia. Clayton no había tenido la oportunidad de buscar a ese *hippie* piojoso el lunes por la mañana porque tuvo que rellenar pilas de documentos que debía presentar en las oficinas del condado, pero averiguó que ese tipo se había alojado en el Holiday Motor Court. Lamentablemente —o quizás afortunadamente, según como se mirara— se había largado, y desde entonces nadie lo había visto, lo cual quería decir que lo más probable era que ya estuviera muy lejos del pueblo.

En general, por consiguiente, todo iba bien. La mar de bien. Clayton estaba especialmente satisfecho ante la posibilidad de que Beth y él se convirtieran en amigos con derecho a roce. ¿Podía ser el principio de una nueva relación? Entrelazó las manos detrás de la nuca y permaneció tumbado sobre las almohadas hasta que Nikki salió del cuarto de baño, envuelta en una toalla que desprendía vapor a sus espaldas. Clayton sonrió.

—Ven aquí, Beth.

Ella se quedó paralizada.

—Me llamo Nikki.

—Ya lo sé. Pero esta noche quiero llamarte Beth.

—¿Se puede saber de qué estás hablando?

Clayton la despreció con la mirada.

—Cierra el pico y ven.

Tras vacilar unos momentos, Nikki dio un paso indeciso hacia él.

10

Beth

«Quizás he sido injusta con él», admitió Beth. Por lo menos en lo que concernía al trabajo. En las últimas tres semanas, Logan Thibault había sido el empleado perfecto. Incluso más que perfecto. No solo no había faltado ni un solo día, sino que además llegaba temprano para poner la comida a los perros —una tarea de la que siempre se había encargado Nana hasta que sufrió la embolia— y se quedaba hasta tarde para barrer el suelo del despacho. Una vez, incluso lo había visto limpiando las ventanas con un limpiacristales y una hoja de periódico arrugada. Los caniles nunca habían estado tan limpios, el césped del patio donde realizaban los cursos de educación canina siempre estaba como recién cortado, e incluso había empezado a reorganizar los archivos de los clientes. Cuando Beth le entregó su primer cheque por el pago de aquel mes de trabajo, se sintió en cierta manera culpable. Sabía que aquella paga mensual apenas daba para vivir. Pero cuando se lo entregó, él simplemente sonrió y dijo:

—Gracias. Es fantástico.

Beth tuvo que hacer un esfuerzo para murmurar un «De nada».

Aparte de eso, no se habían visto demasiado. El curso escolar ya había empezado, y ella todavía se estaba adaptando a la rutina de las clases, lo cual le exigía pasar un montón de horas encerrada en su pequeño despacho en casa, preparando las nuevas lecciones y corrigiendo los deberes. Ben, por otro lado, salía disparado del coche cuando llegaba a casa para jugar con

Zeus. Por lo que había podido observar a través de la ventana, su hijo consideraba a ese perro su nuevo mejor compinche, y el animal parecía sentir lo mismo por él. Tan pronto como el coche se detenía delante de la puerta, *Zeus* empezaba a rastrear el suelo en busca de un palo; cuando se abría la puerta del coche, le daba la bienvenida a Ben con el palo en la boca. El crío salía corriendo, y mientras ella subía hasta el porche, oía a Ben reír alegre al tiempo que atravesaba el patio corriendo con *Zeus.* Logan —le parecía que ese nombre le quedaba mejor que Thibault, a pesar de lo que él había dicho aquel día en el arroyo— también los observaba, con una complaciente sonrisa en los labios, antes de reanudar las labores que estaba haciendo.

A pesar de sus reticencias, a Beth le gustaba aquella sonrisa y la facilidad con que Logan sonreía cuando estaba con Ben o con Nana. Sabía que a veces la guerra podía afectar psicológicamente a los soldados de manera que les costara mucho volver a adaptarse al mundo civilizado, pero Logan no mostraba ninguna señal de síndrome de estrés postraumático. Parecía casi normal —a no ser, por supuesto, por el hecho de que había atravesado todo el país andando—. Quizás eso significaba que jamás había sido enviado a ningún destino en el extranjero. Nana le había asegurado que todavía no le había formulado esa pregunta. Y era extraño, conociendo a su abuela, pero aquella era otra cuestión. Sin embargo, Logan parecía estar encajando bien en el pequeño negocio familiar, mucho mejor de lo que ella habría pensado que pudiera ser posible. Un par de días antes, cuando Logan estaba acabando sus tareas diarias, Beth oyó que Ben entraba corriendo en casa y enfilaba hacia su habitación. Al cabo de unos segundos volvió a salir disparado como un rayo por la puerta principal. Cuando echó un vistazo por la ventana, vio que Ben había ido a buscar la pelota de béisbol para jugar con Logan en el patio. Observó cómo se lanzaban la pelota una y otra vez, mientras *Zeus* intentaba apoderarse de la bola cada vez que fallaban y antes de que Ben pudiera recuperarla.

Si su ex hubiera estado allí para ver con qué alegría jugaba Ben cuando no se sentía presionado ni criticado...

No le sorprendía que Logan y Nana se llevaran tan bien. Su abuela hablaba de él con tanta frecuencia cada noche (des-

117

pués de que él se marchara) y sus comentarios destilaban tanto entusiasmo que Beth se sentía un poco incómoda. «Te encantará», solía decirle, o «Me pregunto si conocía a Drake», que era su forma de darle a entender a Beth que debería realizar un esfuerzo por conocerlo mejor. Nana incluso había empezado a permitirle que adiestrara perros, y eso era algo que jamás había consentido a ningún otro empleado. De vez en cuando, mencionaba alguna anécdota interesante acerca del pasado del joven, como que había dormido junto a una familia de armadillos en el norte de Texas, por ejemplo, o que una vez había soñado con trabajar en el proyecto de los yacimientos arqueológicos de Koobi Fora, en Kenia, investigando los orígenes del hombre. Cuando explicaba esas anécdotas, no podía ocultar la fascinación que sentía por Logan y por las cosas que le gustaban.

Lo más importante era que la actividad en la residencia canina había empezado a calmarse. Después de un verano frenético, los días habían empezado a adoptar una especie de ritmo más pausado, lo que explicaba las miradas de aprensión que Beth le lanzó a Nana durante la cena después de que su abuela le anunciara sus planes.

—¿Qué quieres decir con eso de que te vas a visitar a tu hermana?

Nana añadió una bolita de mantequilla al cuenco con gambas y las tortitas fritas de maíz que tenía delante.

—Desde el incidente no he tenido la oportunidad de visitarla, y me apetece verla. Es mayor que yo, ya lo sabes. Y ahora que tú estás completamente inmersa en las clases y que Ben se pasa el día en la escuela, creo que es el momento oportuno para ir a verla.

—¿Y quién se encargará de la residencia canina?

—Thibault. Ya domina todas las tareas, incluso los ejercicios de adiestramiento. Me ha dicho que estará encantado de trabajar unas horas extras. Y también me ha dicho que me llevará en coche hasta Greensboro, así que tampoco tendrás que preocuparte por eso. Ya está todo planeado. Incluso se ha ofrecido voluntario para empezar a ordenar los archivos. —Separó una gamba y se la llevó a la boca, luego la masticó vigorosamente.

—¿Sabe conducir? —inquirió Beth.

—Según él, sí.

—Pero no tiene carné.

—Me ha dicho que lo tiene caducado, pero que lo renovará sin falta. Por eso hoy se ha marchado antes. He llamado a Frank, y me ha confirmado que estará encantado de arreglarlo todo para que Thibault pueda examinarse hoy mismo.

—No tiene coche.

—Utilizará mi furgoneta.

—¿Cómo ha ido hasta allí?

—Conduciendo.

—¡Pero si no tiene carné!

—Te lo acabo de explicar. —Nana la miró como si pensara que su nieta se había vuelto tonta de repente.

—¿Y qué me dices del coro? Prácticamente te acabas de reincorporar.

—No pasa nada. Ya le he comentado a la directora que me ausentaré unos días para visitar a mi hermana, y me ha dicho que no había problema. De hecho, cree que es una excelente idea. Ten en cuenta que llevo mucho tiempo en el coro, incluso mucho más que ella, así que no puede negarse.

Beth sacudió la cabeza, intentando no perder la calma.

—¿Cuándo empezaste a planear todo esto? Quiero decir lo de la visita.

Nana tomó otro bocado al tiempo que fingía considerar la pregunta.

—Cuando mi hermana me llamó y me lo pidió, por supuesto.

—¿Cuándo te llamó? —la presionó Beth.

—Esta mañana.

—¿Esta mañana? —Con el rabillo del ojo, Beth se fijó en que Ben seguía el intercambio de palabras como un espectador en un partido de tenis. Le lanzó una severa mirada de aviso antes de volver a centrar su atención en Nana—. ¿Estás segura de que es una buena idea?

—Como una golosina en un barco de guerra —contestó Nana con un aire de firme determinación.

—¿Y eso qué significa?

—Significa que pienso ir a ver a mi hermana. Me ha dicho

119

que se aburre y que me echa de menos. Me ha pedido que vaya a verla, y le he prometido que iré. Así de sencillo.

—¿Cuántos días piensas estar fuera? —Beth intentó dominar su creciente sensación de pánico.

—Supongo que una semana, más o menos.

—¿Una semana?

Nana desvió la vista hacia Ben.

—Me parece que a tu madre se le ha metido algo en la oreja. Repite todo lo que digo como si no oyera bien.

Ben soltó una risita y se llevó una gamba a la boca. Beth los miró a los dos con estupor. A veces tenía la impresión de que cenar con ese par no resultaba más satisfactorio que comer con los alumnos de primaria en la cantina de la escuela.

—¿Y qué pasa con tu medicación? —preguntó.

Nana añadió más gambas y tortitas del maíz a su cuenco.

—Me llevaré los medicamentos a casa de mi hermana. No veo dónde radica el problema. Puedo tomarme las pastillas tanto allí como aquí.

—¿Y si te pasa algo?

—En ese caso, probablemente allí esté mejor atendida, ¿no te parece?

—¿Cómo puedes decir eso?

—Ahora que ha empezado el curso escolar, Ben y tú estáis fuera la mayor parte del día y yo me quedo sola en casa. Thibault ni se enteraría si me pasara algo. Pero en Greensboro estaré todo el día con mi hermana. Y lo creas o no, ella dispone de teléfono y de todos los adelantos necesarios. Ya hace un año que dejó de comunicarse con señales de humo.

Ben volvió a soltar otra risita insolente, aunque sabía que lo mejor era no decir nada. En vez de eso, clavó la vista en el contenido del cuenco, con expresión divertida.

—Pero no has dejado la residencia canina desde que murió el abuelo...

—Exactamente —la atajó Nana.

—Pero...

Nana se inclinó sobre la mesa para propinarle a su nieta unas palmaditas en la mano.

—Mira, ya sé que estás preocupada porque tendrás que pasar unos días sin mi ingeniosa y vivaz compañía, pero eso te dará la oportunidad de conocer a Thibault. Él estará aquí este fin de semana, también, para ayudarte con la residencia canina.

—¿Este fin de semana? ¿Cuándo piensas marcharte?

—Mañana —dijo.

—¿Mañana? —A Beth la voz se le quebró en forma de gritito histérico.

Nana le guiñó el ojo a Ben.

—¿Ves lo que te decía? Se le ha metido algo en la oreja.

Después de lavar los platos de la cena, Beth salió al porche para estar unos minutos sola. Sabía que Nana había tomado una decisión inamovible, y también sabía que se había excedido con su reacción ante la noticia. Con embolia o sin ella, Nana podía cuidar de sí misma, y tía Mimi estaría encantadísima de verla. Últimamente Mimi tenía dificultades para desplazarse hasta la cocina, y quizá sería la última oportunidad para que pasaran unos días juntas.

Pero aquel cambio en la rutina la angustiaba. No era el viaje en sí lo que le preocupaba, sino lo que anunciaba aquella pequeña discrepancia durante la cena: el inicio de un nuevo papel para ella en los años venideros, un papel para el que no se sentía todavía lista. Era fácil jugar a hacer de papá de Ben. Su papel y sus responsabilidades quedaban perfectamente claros. Pero ¿hacer de papá de Nana? Ella siempre había estado tan llena de vida, tan llena de energía, que hasta unos pocos meses antes para Beth era inconcebible que su abuela empezara a bajar el ritmo. Y lo llevaba bien, francamente bien, especialmente teniendo en cuenta la embolia. Pero ¿qué pasaría la próxima vez que Nana quisiera hacer algo que Beth considerara que podía ser peligroso para ella? Algo simple, como conducir de noche, por ejemplo. Nana ya no gozaba de tan buena vista como antes, ¿y qué pasaría dentro de unos años, cuando insistiera en conducir hasta la verdulería después del trabajo?

Sabía que al final no le quedaría más remedio que lidiar con aquello. Pero detestaba pensar en ello. Ya había sido bastante difícil mantener a raya a su abuela durante el verano, cuando sus problemas físicos habían sido obvios incluso para Nana. ¿Qué pasaría cuando Nana se negara a admitirlos?

121

Sus pensamientos se vieron interrumpidos por la imagen de la furgoneta de Nana, que se acercaba lentamente hasta detenerse cerca de la entrada trasera de la residencia canina. Logan se apeó y se dirigió directamente al maletero. Vio que se cargaba en el hombro un saco de veinticinco kilos de comida para perros y enfilaba hacia el despacho. Cuando volvió a salir, *Zeus* apareció trotando a su lado, buscándole la mano con el hocico. Supuso que él había dejado al perro encerrado en el despacho mientras estaba en el pueblo.

Logan tardó unos minutos más en acabar de descargar el resto de los sacos de comida para perros y cuando terminó se encaminó hacia la casa. Empezaba a anochecer. A lo lejos se oyó un trueno. Beth oyó los grillos, que empezaban a entonar su canto nocturno. Vaticinó que la tormenta pasaría de largo. Con la excepción de un par de chubascos aislados, el verano había sido terriblemente seco. Pero la brisa que llegaba desde el océano traía el aroma a pino y a sal. Beth evocó de repente unas escenas de aquel día en la playa, muchos años atrás. Recordó que los cangrejos araña corrían frenéticamente cuando ella, Drake y el abuelo los enfocaban con la luz de las linternas que sostenían; recordó la cara de su madre iluminada por el destello de una pequeña hoguera que su padre había encendido, cómo se incendió la nube de golosina que Nana tenía ensartada en un palo con la intención de asarla. Era uno de los escasos recuerdos que guardaba de sus padres, y ni siquiera estaba segura de si todo aquello había sucedido de verdad. Dado que Beth era muy pequeña en aquella época, sospechaba que los recuerdos de Nana se habían entremezclado con los suyos. Nana le había contado la historia de aquella noche un sinfín de veces, quizá porque era la última vez que habían estado todos juntos. Los padres de Beth fallecieron en un accidente de tráfico unos días después.

—¿Estás bien?

Distraída por sus recuerdos, Beth no se había dado cuenta de que Logan había llegado hasta el porche. Bajo la tenue luz del atardecer, sus rasgos parecían más finos que como los recordaba.

—Sí, estoy bien. —Irguió la espalda y se alisó la blusa—. Solo estaba un poco distraída.

—Traigo las llaves de la furgoneta —dijo, pausadamente—. Quería devolverlas antes de marcharme a casa.

Cuando se las mostró, Beth sabía que únicamente podía darle las gracias y desearle que pasara una buena noche, pero —quizá porque todavía estaba preocupada por la decisión que Nana había tomado de marcharse sin consultárselo antes, o quizá porque quería tomar su propia decisión acerca de Logan— aceptó las llaves y deliberadamente le sostuvo la mirada.

—Gracias —dijo—. Un día muy largo, ¿eh?

Si él se sorprendió ante aquella invitación para charlar, no lo demostró.

—No ha estado mal. Me ha dado tiempo de hacer un montón de cosas.

—¿Como renovar el carné de conducir?

Él le ofreció una vaga sonrisa.

—Entre otras cosas.

—¿Has tenido problemas con los frenos?

—Ni uno, bueno, eso cuando me he acostumbrado al tacto del pedal.

Beth esbozó una sonrisita.

—Supongo que el examinador habrá estado encantado, con un alumno tan avezado.

—Seguro que sí. Te habría gustado ver cómo se aferraba al asiento, con las manos crispadas.

Beth rio ante la ocurrencia y, por un momento, ninguno de los dos dijo nada. En el horizonte, un relámpago iluminó el cielo. Pasaron unos segundos antes de que resonara el trueno. La tormenta aún estaba bastante lejos.

En el silencio, Beth se dio cuenta de que Logan estaba observándola de nuevo con aquella expresión de *déjà vu*. Él pareció darse cuenta y rápidamente desvió la vista. Beth siguió su mirada y vio que *Zeus* se había alejado hacia los árboles. El perro se detuvo en actitud alerta, con la vista fija en Logan como sugiriendo: «¿Vamos a dar un paseo?». Para enfatizar su petición, *Zeus* ladró y Logan sacudió la cabeza.

—No tan rápido, muchacho —le contestó Logan. Acto seguido volvió a girarse hacia Beth—. Ha estado encerrado varias horas y ahora quiere dar un paseo.

—¿No es eso lo que ya está haciendo?

—No. Me refiero a que quiere que yo vaya con él. No se alejará de mí para no perderme de vista.

—¿Nunca se separa de ti?

—No puede evitarlo. Es un pastor y cree que yo soy su rebaño.

Beth enarcó una ceja.

—Digamos que un rebaño muy reducido.

—Sí, pero poco a poco va creciendo. *Zeus* ya ha incorporado a Ben y a Nana.

—¿Y a mí no? —Beth fingió estar ofendida.

Logan se encogió de hombros.

—Todavía no le has lanzado ningún palo.

—¿Eso es todo lo que tengo que hacer para ganarme su simpatía?

—¿A que es un chollo? No todos salimos tan baratos.

Ella volvió a reír. En realidad no había esperado que Logan tuviera sentido del humor. Tomándola por sorpresa, él hizo una señal por encima del hombro con la cabeza.

—¿Te apetece dar un paseo con nosotros? Para *Zeus*, eso es tan significativo como lanzarle un palo.

—¿Y tú cómo lo sabes? —replicó ella, mostrándose esquiva.

—Bueno, yo no escribo las normas. Solo sé interpretarlas. Y no me gustaría que te sintieras abandonada, como si te dejáramos fuera del rebaño.

Beth vaciló solo unos instantes antes de aceptar que él simplemente intentaba ser amable. Echó un vistazo por encima del hombro.

—Será mejor que avise a Nana y a Ben.

—Adelante, aunque no iremos muy lejos. *Zeus* solo quiere ir hasta el arroyo y chapotear unos minutos en la orilla antes de regresar a casa. Si no, se muere de calor —se apoyó únicamente en los talones, con las manos metidas en los bolsillos—. ¿Vienes?

—Vale, de acuerdo.

Bajaron del porche y se dirigieron hacia el caminito de gravilla. *Zeus* trotaba delante de ellos, revisando periódicamente si los dos lo seguían. Logan y Beth caminaban uno al lado del otro, dejando la debida distancia entre ellos para no rozarse de forma involuntaria.

—Nana me ha dicho que eres maestra, ¿no? —inquirió Logan.

Beth asintió.

—Sí, de primaria.

—¿Qué tal es tu clase este año?

—Parecen buenos chicos. Por lo menos, de momento. Y ya se han presentado siete madres como voluntarias para las actividades que lo requieran. Eso siempre es una buena señal.

Dejaron atrás el recinto de los caniles y se acercaron al sendero que llevaba hasta el arroyo. El sol ya se había ocultado detrás de los árboles, y el sendero quedaba prácticamente a oscuras. Mientras caminaban, oyeron otro trueno.

—¿Hace mucho que te dedicas a dar clases?

—Tres años.

—¿Y te gusta?

—En general, diría que sí. Tengo la suerte de trabajar rodeada de un gran equipo, y eso facilita la labor.

—¿Pero?

Ella no pareció entender la pregunta. Logan hundió las manos en los bolsillos antes de volver a hablar.

—Siempre hay un pero cuando se trata de trabajo. Por ejemplo: «Me encanta mi trabajo y mis compañeros son geniales, pero… hay un par que se visten como superhéroes los fines de semana, y por eso me parece que les falta un tornillo».

Beth se rio.

—No, son geniales, de verdad. Y me encanta dar clases. Solo es que, de vez en cuando, aparece algún alumno que viene de una familia desestructurada, y entonces sé que no podré hacer nada por ayudarlo. A veces me parte el corazón. —Caminó unos pasos en silencio—. Y a ti, ¿te gusta trabajar aquí?

—Sí, me gusta. —Parecía sincero.

—¿Pero?

Logan sacudió la cabeza.

—No hay ningún pero.

—Eso no es justo. Yo te he contado el mío.

—Ya, pero tú no estabas hablando con la hija del jefe. Y hablando de mi jefe, ¿sabes a qué hora quiere marcharse mañana?

—¿No te lo ha dicho?

—No. Iba a preguntárselo cuando le devolviera las llaves.

—Pues no me lo ha dicho, pero estoy segura de que querrá que saques a pasear a los perros y hagas el adiestramiento antes de que os marchéis, para que los animales no se queden inquietos.

Los dos avistaron el arroyo, y *Zeus* trotó directamente hacia el agua; unos segundos más tarde, estaba chapoteando y ladrando como un loco. Los dos contemplaron cómo se divertía antes de que Logan señalara hacia la rama caída. Beth se sentó y él la imitó, procurando respetar el espacio de separación entre ellos.

—¿A qué distancia queda Greensboro de aquí? —se interesó.

—A unas dos horas y media en coche.

—¿Sabes qué día piensa volver?

Beth se encogió de hombros.

—Me ha dicho que dentro de una semana.

—Ah. —Logan parecía estar procesando los datos.

«Conque está todo planeado, ¿eh? ¡Ja!», pensó Beth. Logan parecía menos informado que ella.

—Tengo la impresión de que Nana no te ha detallado sus planes.

—Solo me ha dicho que se iba a ver a su hermana y que yo tenía que llevarla, por lo que me aconsejaba que me renovara el carné de conducir. ¡Ah! Y que tendría que trabajar este fin de semana.

—Ahora lo entiendo… Mira, sobre lo de trabajar el fin de semana, no te preocupes, ya me apañaré yo sola, si tienes cosas que hacer…

—No me importa —la interrumpió Logan—. No tenía planes. Y además, todavía quedan algunas cosas que no he tenido tiempo de hacer. Pequeñas cosas que hay que arreglar.

—¿Como por ejemplo instalar un aparato de aire acondicionado en el despacho?

—Bueno, yo estaba pensando más en pintar el marco de la puerta y ver si puedo desatrancar la ventana del despacho.

—¿La que está sellada con pintura? Buena suerte. Mi abuelo intentó desatrancarla hace años. Una vez se pasó un día entero rascando con una cuchilla, y acabó con los dedos llenos de tiritas durante una semana. Y la ventana sigue sin poder abrirse.

—No me das muchos ánimos, que digamos —dijo Logan.

—Solo intento prevenirte. Y es divertido, porque precisamente fue mi abuelo quien la pintó para sellarla. Tenía un cuarto lleno de todas las herramientas habidas y por haber. Era uno de esos hombres que pensaba que podía arreglar cualquier cosa, aunque normalmente los planes no le salían tan bien como esperaba. En realidad era más visionario que manitas. ¿Has visto la cabaña de Ben en el árbol y el puente colgante?

—De lejos —admitió Logan.

—Es un claro ejemplo que ilustra lo que acabo de decir. Mi abuelo invirtió casi todo un verano en construirlos, y cada vez que a Ben se le ocurre ir allí, se me ponen los pelos de punta. No me gusta que suba, pero a él le encanta ese sitio, especialmente cuando está angustiado o nervioso por algún motivo. Lo llama su escondite particular. Suele ir muy a menudo. —Cuando Beth hizo una pausa, él detectó su preocupación, pero duró solo un instante antes de que ella volviera a hablar—. Sí, mi abuelo era una persona muy especial. Con un gran corazón. Y nos regaló la infancia más idílica que uno pueda imaginar.

—¿Os regaló?

—A mi hermano y a mí. —Ella desvió la vista hacia las hojas del árbol, que habían adoptado un tono argentino bajo la luz de la luna—. ¿Te ha contado Nana lo que les pasó a mis padres?

Logan asintió.

—Brevemente. Lo siento.

Ella esperó, preguntándose si él iba a añadir algo más, pero no lo hizo.

—¿Qué se siente al atravesar el país andando? —Beth decidió cambiar de tema.

Logan se tomó su tiempo para contestar.

—Es una experiencia… relajante. Ser capaz de ir adonde desees, cuando quieras, sin prisas para llegar a ningún sitio en particular.

—Tal como lo cuentas, parece un remedio terapéutico.

—Y lo es, supongo. —Una melancólica sonrisa fugaz cruzó

127

sus facciones, pero se desvaneció tan rápido como se había formado—. En cierto modo.

Mientras Logan contestaba, la tenue luz del atardecer se reflejaba en sus ojos, otorgándoles un tono misterioso, como si cambiaran de color paulatinamente.

—¿Encontraste lo que buscabas? —le preguntó ella, con la expresión seria.

Logan no respondió de inmediato.

—Sí.

—¿Y?

—Todavía no lo sé.

Beth evaluó su respuesta, sin saber cómo interpretarla.

—Espero que no me malinterpretes, pero, por alguna razón, no te veo quedándote en el mismo lugar durante mucho tiempo.

—¿Lo dices porque he llegado aquí caminando desde Colorado?

—En parte… sí.

Logan rio, y por primera vez, Beth fue consciente de cuánto tiempo hacía que no mantenía una conversación distendida como aquella. Se le antojaba llana y natural. Con Adam, la conversación había sido forzada, como si ambos estuvieran excesivamente tensos. Todavía no estaba segura de cómo veía a Logan, pero le parecía bueno que finalmente pudieran ser amigos. Antes de volver a hablar, carraspeó para aclararse la garganta.

—En cuanto a mañana, creo que será mejor que cojas mi coche; yo usaré la furgoneta para ir a la escuela. Estoy un poco preocupada por los frenos de la furgoneta.

—He de admitir que yo también he pensado en ello. Pero estoy prácticamente seguro de que puedo arreglarlos. No para mañana, pero durante el fin de semana.

—¿También sabes reparar coches?

—Sí. Aunque la verdad es que es sencillo arreglar los frenos. Necesitan cojinetes nuevos, pero creo que las pastillas están bien.

—¿Hay algo que no sepas hacer? —le preguntó Beth, sin poder ocultar su admiración.

—No.

Ella rio.

—No está mal. De acuerdo, hablaré con Nana y estoy segura de que no le importará que uséis mi coche. No me fío de esos frenos si vas a gran velocidad por la autopista. Y también echaré un vistazo a los perros cuando regrese de la escuela, ¿vale? Estoy segura de que mi abuela tampoco te lo había comentado, pero lo haré.

Logan asintió justo en el momento en que *Zeus* salía del arroyo. Se sacudió el agua del pelaje y luego se acercó para husmear a Beth antes de lamerle las manos.

—Me parece que le gusto.

—Solo quiere saber a qué sabes.

—Una buena deducción —admitió ella. Era la clase de comentario que habría hecho Drake, y de nuevo se sintió invadida por un repentino deseo de estar sola. Se puso de pie—. Será mejor que regrese. Estoy segura de que se estarán preguntando dónde me he metido.

Logan se fijó en que las nubes habían seguido condensándose.

—Sí, yo también. Quiero llegar a casa antes de que llueva. Parece que se acerca la tormenta.

—¿Quieres que te lleve en coche?

—No, gracias, no hace falta. Me gusta caminar.

—¡No me digas! —exclamó Beth con una sonrisa.

Enfilaron por el sendero hacia la casa, y cuando llegaron al caminito de gravilla, Beth sacó una mano del bolsillo de sus pantalones vaqueros y se despidió de él con un leve saludo con la mano.

—Gracias por el paseo, Logan.

Ella esperaba que él la corrigiera igual que había hecho con Ben —para recordarle que se llamaba Thibault—, pero no lo hizo. En vez de eso, alzó la barbilla ligeramente y sonrió:

—Gracias a ti, Elizabeth.

129

Ella sabía que la tormenta no duraría demasiado, a pesar de que todos esperaban la lluvia desesperadamente. Había sido un verano muy caluroso y seco, y parecía que el calor seguía negándose a darles un respiro. Allí sentada, escuchando el sonido de las últimas gotas de la lluvia que caían sobre el tejado de hojalata, empezó a pensar en su hermano sin proponérselo.

Antes de que Drake se marchara, le había dicho que el tintineo de la lluvia en el tejado sería el sonido que más echaría de menos. Beth se preguntó si en aquellos áridos territorios donde acabó Drake solía soñar con aquellas tormentas de verano de Carolina del Norte. El pensamiento le provocó una enorme tristeza y una opresora sensación de vacío.

Nana estaba en su habitación preparando la maleta para el viaje; hacía muchos años que no la veía tan eufórica. Ben, por otro lado, se estaba encerrando cada vez más en sí mismo, lo que significaba que seguramente debía de estar pensando que le tocaba pasar el fin de semana con su padre. Y eso significaba que ella se quedaría el fin de semana sola en casa, su primer fin de semana sola desde hacía mucho, muchísimo tiempo.

Salvo por Logan.

No le costaba entender por qué Nana y Ben se habían sentido atraídos hacia él. Desprendía una apacible confianza, nada ostentosa, que no era habitual en muchas personas. Solo fue cuando regresó a casa que se dio cuenta de que no sabía muchos más detalles de él que los que él ya le había contado durante su entrevista inicial. Se preguntó si siempre había sido tan reservado o si eso se debía al tiempo que había pasado en Iraq.

Sí, Beth tenía la certeza de que Logan había estado destinado allí. A pesar de que él no lo había mencionado, había detectado algo en su expresión cuando mencionó a sus padres: la respuesta simple de Logan era un indicio de que estaba familiarizado con la tragedia y su aceptación, como una parte ineludible de la vida.

Beth no sabía si eso le suscitaba más o menos simpatía hacia él. Al igual que Drake, era un marine. Pero Logan estaba allí, y Drake no, y por esa razón, así como por otras más complejas, no estaba segura de si algún día sería capaz de mirar a Logan con absoluta franqueza.

Alzó la vista hacia las estrellas que emergían entre las nubes de tormenta y sintió la pérdida de Drake como una herida recién abierta de nuevo. Tras la muerte de sus padres, se habían hecho inseparables, incluso durmieron juntos en la misma cama durante un año. Drake solo era un año menor que ella. Beth recordaba particularmente aquel día que habían ido andando a la escuela, en su primer día de clase para él. Para que dejara de llorar, le prometió que haría muchos amigos y que lo esperaría en los columpios cuando acabaran las clases. A diferencia de muchos hermanos, jamás habían sido rivales. Ella era su más ferviente animadora, y él era su apoyo incondicional. Durante la etapa del instituto, ella iba a todos los partidos de fútbol, de baloncesto y de béisbol que él jugaba y le ayudaba en los estudios cuando lo necesitaba. Por su parte, él era el único que se mostró impasible ante los repentinos cambios de humor de Beth durante la etapa de la pubertad. La única disputa que mantuvieron fue a causa de Keith; sin embargo, a diferencia de Nana, Drake era muy reservado con sus sentimientos. Pero Beth sabía lo que pensaba. Cuando ella y Keith se separaron, fue Drake quien le ofreció todo su apoyo mientras ella intentaba reencontrar el equilibrio en su nuevo papel de madre soltera. Y Beth sabía que era Drake quien se aseguró de que Keith no se acercara a su casa por la noche en los meses que siguieron al divorcio. Que ella supiera, Drake había sido la única persona con la que Keith había tenido miedo a cruzarse.

131

Por aquella época, su hermano se había convertido en un hombre hecho y derecho. No solo había sido un excelente atleta en virtualmente todos los deportes, sino que además había empezado a practicar boxeo cuando tenía doce años. A los dieciocho, había ganado tres veces los Guantes de Oro de Carolina del Norte, y a menudo entrenaba a las tropas destinadas en Fort Bragg y en Camp Lejeune. Fue durante aquellos entrenamientos cuando Drake empezó a considerar la posibilidad de alistarse.

Nunca había destacado en los estudios, y solo aguantó un año en una pequeña universidad antes de decidir que aquello no estaba hecho para él. Beth era la única persona a la que Drake le confesó su idea de alistarse. Ella se había sentido enormemente orgullosa de su decisión de servir al país, y su corazón se llenó de amor y de admiración la primera vez que lo vio ataviado con el uniforme militar. A pesar de que se asustó cuando supo que lo habían destinado a Kuwait, y más tarde a Iraq, siempre tuvo la seguridad de que no le pasaría nada. Pero Drake Green no regresó.

Tenía un recuerdo borroso de los días que siguieron a la noticia de la muerte de su hermano, y no le gustaba pensar en esos momentos. Su muerte le dejó un vacío que ella sabía que jamás podría llenar. Pero el tiempo había paliado el dolor. Inmediatamente después de su muerte, Beth no habría creído a nadie que le dijera que eso era posible, pero no podía negar que cuando pensaba en Drake ahora, lo que solía recordar eran los momentos felices que habían pasado juntos. Incluso cuando iba al cementerio para hablar con él, ya no notaba la angustia que aquellas visitas le habían provocado al principio. Ahora sentía que su tristeza no era tan visceral como su rabia.

Sin embargo, en aquellos precisos momentos, el sentimiento volvía a ser muy real, al darse cuenta de que tanto ella como Nana y Ben se sentían atraídos por Thibault simplemente porque se sentían más cómodos con él que con nadie desde la muerte de Drake.

Y además había otra cosa curiosa: solo su hermano la llamaba por su nombre completo. Sus padres, Nana, el abuelo o sus amigas de la infancia no la llamaban de otro modo que no fuera Beth. Keith tampoco lo había hecho nunca, aunque la verdad era que ni tan siquiera estaba segura de que él supiera su nombre real. Solo Drake la llamaba Elizabeth, y únicamente cuando estaban solos. Era su secreto, un secreto que no compartían con nadie más. De hecho, jamás había sido capaz de imaginar cómo sonaría su nombre completo en boca de otra persona.

Sin embargo, y aunque le sorprendiera, no le había sonado extraño en voz de Logan.

11

Thibault

*E*n otoño del año 2007, un año después de licenciarse de su carrera militar, Thibault organizó un encuentro con Victor en Minnesota, un estado que ninguno de los dos conocía. Para ambos era el momento idóneo para verse de nuevo. Victor llevaba seis meses casado, y Thibault había estado a su lado como padrino. Había sido el único día que se habían visto desde que se habían licenciado del Cuerpo de Marines. Cuando Thibault lo llamó para proponerle el viaje, tuvo la impresión de que lo que precisamente le convenía a Victor era pasar un tiempo solo.

El primer día, mientras se hallaban sentados en un bote de remos en medio del lago, fue su amigo quien rompió el silencio.

—¿Has tenido pesadillas? —le preguntó a su amigo.

Thibault sacudió la cabeza.

—No, ¿y tú?

—Sí —respondió Victor.

Hacía un día típicamente otoñal, con el aire frío y seco, y la neblina matinal flotaba por encima del agua. Pero el cielo estaba despejado de nubes, y Thibault sabía que la temperatura ascendería, por lo que probablemente podrían gozar de una magnífica tarde.

—¿Las mismas que antes? —preguntó Thibault.

—Peor —admitió. Recogió el hilo en el carrete y volvió a lanzar—. Veo muertos. —Esbozó una leve sonrisa crispada, con la fatiga escrita en las líneas de su rostro—. Como en *El sexto sentido*, ¿recuerdas esa película de Bruce Willis?

Thibault asintió.

—Pues más o menos igual. —Se quedó un momento callado, y su semblante adoptó un aire sombrío—. En mis sueños, revivo todo lo que pasamos en Iraq, aunque con algunos cambios. Casi siempre me abaten de un tiro, y yo pido ayuda a gritos, pero nadie viene a socorrerme, y entonces me doy cuenta de que el resto de mis compañeros también están heridos. Y noto que me muero poco a poco. —Se frotó los ojos antes de continuar—. Por más duro que parezca, todavía es peor cuando los veo durante el día, a los muertos, quiero decir. A veces estoy en una tienda y los veo a todos, de pie, bloqueando el pasillo. O están tumbados en el suelo, desangrándose, mientras los médicos intentan salvarles la vida. Pero jamás emiten ningún sonido. Lo único que hacen es mirarme fijamente, como si yo fuera el culpable de que ellos estuvieran heridos, o de que estuvieran muriéndose. Y entonces parpadeo varias veces y aspiro aire hondo y desaparecen. —Se detuvo—. Me parece que me estoy volviendo loco.

—¿Se lo has comentado a alguien? —le preguntó Thibault.

—No, a nadie. Excepto a mi esposa, claro, pero cuando le cuento esas cosas, se asusta y empieza a llorar. Así que he decidido no volver a comentárselo.

Thibault no dijo nada.

—Está embarazada, ¿sabes? —prosiguió Victor.

Thibault sonrió, aferrándose a aquel rayo de esperanza.

—Enhorabuena.

—Muchas gracias. Será un niño. Pienso llamarlo Logan.

Thibault irguió la espalda e hizo un gesto solemne con la cabeza.

—Me siento muy honrado.

—A veces me da miedo, lo de tener un hijo. Me preocupa pensar que quizá no esté a la altura. —Fijó la vista en el agua.

—Serás un padre estupendo —le aseguró Thibault.

—A lo mejor.

Thibault esperó.

—¿Sabes? Ahora pierdo la paciencia con mucha facilidad. Hay tantas cosas que me irritan… Pequeñeces, cosas a las que no debería prestar atención, pero me cuesta mucho contenerme. Por más que intento tragarme la rabia, a veces estalla con fuerza. De momento no me ha causado ningún problema, pero me pregunto cuánto tiempo podré dominarla antes de que se me escape de las manos. —Ajustó el hilo con el carrete—. ¿A ti te pasa lo mismo?

—A veces —admitió Thibault.

—Pero ¿no muy a menudo?

—No.

—Lo suponía. Había olvidado que para ti todo es distinto, por la foto, me refiero.

Thibault sacudió la cabeza.

—Eso no es cierto. Tampoco ha sido fácil para mí. Soy incapaz de andar por la calle relajado, sin mirar con desconfianza por encima del hombro, o escrutar las ventanas encima de mi cabeza para asegurarme de que nadie me apunta con un fusil. Y la mitad de las veces es como si no pudiera mantener una conversación distendida con la gente. No me siento identificado con sus preocupaciones. Que quién trabaja aquí y cuánto gana, o qué es lo que dan por la tele, o quién está saliendo con quién. Siento el impulso de preguntar: «¿Y a quién le importa?».

—Jamás se te ha dado muy bien hablar de banalidades —resopló Victor.

—Gracias.

—Pero en cuanto a eso de mirar por encima del hombro, es normal. Yo también lo hago.

—¿Ah, sí?

—Y de momento, no he visto ningún fusil.

Thibault se rio sin alegría.

—Pues qué bien. —Entonces, para cambiar de tema, preguntó—: ¿Qué tal se te da eso de arreglar tejados?

—¡Uf! Se pasa mucho calor en verano.

—¿Como en Iraq?

—No. No existe un sitio tan caluroso como Iraq. Pero diría que sí, que hace bastante calor. —Sonrió—. Me han ascendido, ¿sabes? Ahora dirijo el equipo de montaje.

—Me alegro. ¿Cómo está Maria?

—Engordando por momentos, pero feliz. Y es mi vida. Me siento inmensamente afortunado de haberme casado con ella. —Sacudió varias veces la cabeza en señal de admiración.

—Lo celebro.

—No hay nada como el amor. Deberías probarlo.

Thibault se encogió de hombros.

—Quizás algún día.

Elizabeth.

Había detectado una extraña reacción en su cara cuando la había llamado así, cierta emoción que no podía identificar. El nombre capturaba su esencia mucho mejor que simple y vulgarmente «Beth». Elisabeth destilaba una elegancia que hacía juego con su distinguida forma de caminar, y a pesar de que él no había planeado llamarla de ese modo, las sílabas se habían escapado de su boca sin poder hacer nada por detenerlas.

De camino a casa, Logan volvió a evocar su conversación sin proponérselo, y se maravilló de lo normal que le había parecido estar allí sentado con ella. Ella estaba más relajada de lo que había imaginado, aunque podía notar que, al igual que Nana, no estaba segura de qué pensar acerca de él. Más tarde, tumbado en la cama con la vista fija en el techo, se preguntó qué debía pensar ella sobre él.

El viernes por la mañana, Thibault se aseguró de que todo estaba bajo control antes de llevar a Nana hasta Greensboro en el coche de Elizabeth. *Zeus* iba montado en el asiento trasero y se pasó la mayor parte del trayecto sacando la cabeza por la ventana, con las orejas hacia atrás a causa del viento, intrigado por los constantes cambios de olor y de escenario. Thibault no había esperado que Nana accediera a viajar con *Zeus*, pero fue ella la que lo invitó a subir en el coche.

—A Beth no le importará. Además, mi equipaje cabe en el maletero.

El trayecto de vuelta hasta Hampton pareció transcurrir más rápido. Cuando aparcó el coche, se sintió contento de ver a Ben cerca de la casa, lanzando una pelota al aire. *Zeus* saltó del coche tan pronto como pudo y corrió hacia Ben, y el muchacho lanzó la pelota muy lejos. El perro salió disparado como una flecha tras la pelota, con las orejas echadas hacia atrás y la lengua colgando. Cuando Thibault se apeó, vio que Elizabeth salía al porche y tuvo la absoluta convicción de que era una de las mujeres más bellas que jamás había visto. Ataviada con una blusa veraniega y unos pantalones cortos que revelaban sus piernas bien modeladas, levantó la mano para saludarlo con naturalidad cuando lo vio, y él se quedó allí plantado, mirándola sin pestañear.

—¡Hola, Thibault! —lo saludó Ben desde el patio. Estaba persiguiendo a *Zeus*, que se escapaba con la pelota en la boca, orgulloso de su habilidad por mantenerse un par de pasos por delante de Ben, por más que el chico acelerase la marcha.

—¡Hola, Ben! ¿Qué tal el cole?

—¡Uf! ¡Aburrido! —gritó—. ¿Qué tal el trabajo?

—¡Fantástico!

—¡Anda ya!

Ben continuó corriendo.

Desde que Ben había empezado la escuela, prácticamente habían intercambiado las mismas palabras cada día. Thibault sacudió la cabeza, divertido, justo en el momento en que Elizabeth bajaba del porche.

—¿Qué tal, Logan?

—¡Ah! Hola, Elizabeth.

Ella se apoyó en la barandilla y le regaló una sonrisa cordial.

—¿Qué tal el viaje?

—Muy bien.

—Debe de haberte resultado raro, ¿no?

—¿Por qué lo dices?

—¿Cuándo fue la última vez que condujiste cinco horas seguidas?

Logan se rascó la nuca.

—No lo sé. Hace mucho.

—Nana me ha dicho que parecías un poco tenso mientras conducías, como si no acabaras de estar cómodo. —Beth señaló por encima del hombro—. Acabo de hablar con ella. Es la segunda vez que llama.

—¿Está aburrida?

—No, la primera ha llamado para hablar con Ben, para preguntarle cómo le había ido en el cole.

—¿Y?

—Ben le ha dado la misma respuesta de siempre: muy aburrido.

137

—Por lo menos tiene las ideas claras.

—Ya, pero me gustaría que algún día dijera algo diferente. Como por ejemplo: «Me han enseñado un montón de cosas y me he divertido mucho aprendiendo». —Sonrió—. Supongo que es lo que soñamos todas las madres, ¿no?

—Si tú lo dices, seguro que será verdad.

—¿Tienes sed? —le preguntó—. Nana ha dejado una jarra de limonada en la nevera. La ha preparado antes de marcharse.

—Me encantaría. Pero antes será mejor que revise si todos los perros tienen agua.

—Ya me he encargado yo. —Ella dio media vuelta y enfiló hacia la puerta. La mantuvo abierta para que él entrara—. Entra. Solo será un minuto.

Logan subió los peldaños hasta el porche, se detuvo un momento para limpiarse el lodo de la suela de los zapatos y entró. Una vez dentro, en el comedor, se fijó en el mobiliario antiguo y en los lienzos colgados en la pared. «Como el vestíbulo de un hotel de estilo rústico», pensó, nada parecido a lo que había esperado.

138

—Qué casa más acogedora —confesó Logan, alzando la voz.

—Gracias. —La cabecita de Beth asomó por la puerta de la cocina—. ¿No habías entrado antes?

—No.

—¡Ah! No sé por qué pensaba que no era la primera vez. Si quieres, puedes echar un vistazo.

Beth salió de la estancia. Thibault deambuló por el comedor, impresionado ante la colección de material deportivo de la marca Hummel expuesto en las estanterías. Sonrió. Siempre le habían gustado esos objetos.

Encima de la repisa de la chimenea descansaba una colección de fotografías. Se acercó para mirarlas de cerca. Había dos de Ben; en una de ellas le faltaban los dos dientes superiores. Al lado había una bonita foto de Elizabeth el día de su graduación, con la toga y el birrete, con sus abuelos, y un retrato de Nana y su esposo. En la esquina vio un retrato de un marine vestido con el uniforme azul, sonriente y relajado.

¿El joven marine que había perdido la foto en Iraq?

—Ese es Drake —comentó ella a sus espaldas—. Mi hermano.

Thibault se dio la vuelta.

—¿Mayor o menor?

—Un año menor.

Le pasó el vaso con limonada sin añadir ningún comentario más. Thibault dedujo que ella no quería hablar del tema. Beth dio un paso hacia la puerta principal.

—¿Qué tal si nos sentamos en el porche? Me he pasado todo el día metida en casa, y además, así podré vigilar a Ben. Le gusta merodear por ahí.

Elizabeth tomó asiento en los peldaños del porche y se puso un mechón de pelo detrás de la oreja. El sol se filtraba a través de las nubes, pero ellos quedaban resguardados por la sombra del porche.

—Lo siento. No te puedo ofrecer un asiento más cómodo. He intentado convencer a Nana para que compremos un par de mecedoras, pero dice que no le gustan porque es un mobiliario excesivamente provinciano.

A lo lejos, Ben y *Zeus* corrían por el campo. El chico reía e intentaba quitarle el palo al perro de la boca. Elizabeth sonrió.

—Me gusta ver cómo descarga toda su energía. Hoy ha tenido su primera clase de violín, así que no había podido corretear después del cole.

—¿Le ha gustado?

—Sí. O al menos eso es lo que me ha dicho. —Beth se giró hacia él—. ¿A ti te gustaba tocar el violín cuando eras pequeño?

—Sí, la verdad es que sí. Por lo menos hasta que fui un poco más mayor.

—A ver si lo adivino… ¿Entonces tu interés se enfocó en las chicas y los deportes?

—Y no te olvides de los coches.

—Típico —resopló—. Pero normal. Estoy muy contenta porque es una actividad que ha elegido él. Siempre ha mostrado interés por la música, y su maestra es una joya. Tiene una paciencia de santa.

—Eso es bueno. Y será muy positivo para Ben.

Ella lo observó con descaro.

—No sé por qué, pero tienes más pinta de tocar la guitarra eléctrica que el violín.

139

—¿Porque he venido andando desde Colorado?

—Y por las greñas.

—Durante muchos años lo he llevado casi rapado al cero.

—Y entonces tu peluquero se declaró en huelga, ¿no?

—Algo parecido.

Ella sonrió y cogió el vaso. En el silencio que siguió a continuación, Thibault se dedicó a contemplar el paisaje. Al otro lado del patio, una bandada de estorninos levantó el vuelo, moviéndose al mismo tiempo antes de volver a posarse en el lado opuesto. Unas nubes algodonosas se desplazaban lentamente por el cielo, cambiando de forma mientras se movían en la brisa de la tarde. Notó que Elizabeth lo estaba mirando.

—No sientes la necesidad de hablar todo el rato, ¿no? —dedujo ella.

Logan sonrió.

—No.

—La mayoría de la gente no sabe apreciar el silencio. Por eso siente la necesidad de hablar todo el rato.

140
—Yo también hablo. Pero primero necesito tener algo que decir.

—Lo pasarás mal en Hampton. La mayoría de la gente de por aquí solo sabe hablar de su familia, de los vecinos, del tiempo o de las posibilidades de que el equipo de fútbol del instituto gane algún campeonato.

—¿Ah, sí?

—Te aseguro que puede ser muy aburrido.

Logan asintió.

—No me extraña. —Tomó otro sorbo y apuró el contenido del vaso—. Así pues, ¿qué expectativas hay para el equipo de fútbol este año?

Ella rio.

—Veo que lo has entendido. —Alzó la mano para coger el vaso de Logan—. ¿Te apetece un poco más de limonada?

—No, gracias. Es muy refrescante.

Beth dejó el vaso de Logan junto al suyo.

—Limonada casera. Nana ha exprimido los limones.

Él asintió con la cabeza.

—Ya me he fijado en que tiene el bíceps tan desarrollado como Popeye.

Ella deslizó el dedo índice por encima del borde del vaso, admitiéndose a sí misma en secreto que admiraba las salidas ingeniosas de Logan.

—Así que estaremos solos tú y yo este fin de semana...

—¿Y Ben?

—Mañana se va con su padre. Le toca ir cada dos fines de semana.

—¡Ah!

Beth suspiró.

—Pero no quiere ir. Nunca quiere ir.

Thibault asintió, estudiando a Ben a distancia.

—¿No tienes ningún comentario al respecto? —lo incitó ella.

—No sé qué decir.

—Pero si hubieras querido decir algo...

—Habría dicho que probablemente Ben tiene un buen motivo.

—Y yo te habría contestado que tienes razón.

—¿No te llevas bien con tu ex? —preguntó Thibault con prudencia.

—La verdad es que sí. No creas que en plan idílico, pero bastante bien. Son Ben y su padre los que no se llevan bien. Mi ex tiene problemas con el niño —explicó ella—. Creo que quería un hijo diferente.

—Entonces, ¿por qué dejas que vaya con él? —Logan la miró a los ojos fijamente, con una sorprendente intensidad.

—Porque no tengo alternativa.

—Siempre hay una alternativa.

—En este caso no. —Se inclinó hacia un lado y arrancó una caléndula que había junto a los peldaños—. Tenemos la custodia compartida, y si intentara arrebatársela, el juez probablemente dictaría a su favor. Por consiguiente, Ben tendría que pasar incluso más días con su padre de los que pasa ahora.

—No me parece justo.

—Y no lo es. Pero por ahora no puedo hacer nada más que decirle a Ben que intente pasárselo bien cuando está con él.

—Tengo la impresión de que esta historia es como un culebrón.

Ella se rio.

141

—Ni te lo figuras.

—¿Quieres hablar de ello?

—No, la verdad es que no.

Thibault tuvo que contenerse y no insistir más sobre la cuestión porque vio que Ben se acercaba corriendo. Estaba empapado de sudor y con la cara arrebolada. Llevaba las gafas un poco torcidas. *Zeus* lo seguía, jadeando ruidosamente.

—¡Hola, mamá!

—Hola, cielo. ¿Te lo estás pasando bien?

Zeus le lamió la mano a Thibault antes de desplomarse pesadamente a sus pies.

—¡*Zeus* es genial! ¿Has visto cómo jugábamos al pillapilla?

—Sí —contestó ella, abrazando amorosamente a su hijo. Le pasó una mano por el pelo—. Estás sudando. Será mejor que bebas un poco de agua.

—Lo haré. ¿*Zeus* y Thibault se quedarán a cenar?

—Todavía no hemos hablado de ello.

Ben empujó las gafas sobre el puente de su naricita con el dedo índice, ignorando la varilla torcida.

—Cenaremos tacos —anunció a Thibault—. Están buenísimos. Mamá prepara la carne y una salsa que está de rechupete.

—Vaya, vaya —dijo Thibault, con un tono neutral.

—Bueno, ya hablaremos, ¿vale? —Beth le quitó unas briznas de hierba de la camisa—. Y ahora ve a beber un poco de agua. Y no te olvides de lavarte las manos y la cara.

—Pero quiero jugar al escondite con *Zeus* —protestó Ben—. Thibault me ha dicho que podíamos jugar.

—Ya hablaremos —repitió Elizabeth.

—¿Puede *Zeus* entrar en casa conmigo? Él también tiene sed.

—Será mejor que se quede aquí, ¿de acuerdo? Ya le sacaremos un cuenco con agua. ¿Qué les ha pasado a tus gafas?

Sin prestar atención a las protestas de Ben, ella se las quitó.

—Solo será un momento, cielo. —Ajustó la varilla, examinó si estaba recta y volvió a doblarla un poco más antes de entregarle de nuevo las gafas a Ben—. ¿A ver ahora?

Después de ponerse las gafas, el niño clavó la vista en Thibault, que fingió no darse cuenta. Se puso a acariciar a *Zeus*, que continuaba tumbado plácidamente a su lado. Elizabeth se echó hacia atrás para ver mejor a su hijo.

—Perfecto —dijo.

—*Vaaaale* —cedió Ben. Subió los peldaños, abrió la puerta mosquitera y la cerró de un portazo. Cuando hubo desaparecido, Elizabeth se giró hacia Thibault.

—Me parece que lo he avergonzado.

—Eso es lo que suelen hacer las madres.

—Gracias —contestó, sin ocultar el sarcasmo—. Y ahora cuéntame, ¿qué es eso de jugar al escondite con *Zeus*?

—Oh, se lo comenté un día, en el arroyo. Me preguntó qué podía hacer *Zeus* y le dije que podía jugar al escondite. Pero no tiene que ser esta noche.

—No, está bien —respondió ella, cogiendo de nuevo el vaso de limonada. Lo zarandeó suavemente para remover los cubitos de hielo, debatiéndose, antes de finalmente alzar la vista y mirarlo a los ojos—. ¿Te apetece quedarte a cenar?

Él le sostuvo la mirada.

—Será un placer.

—No esperes gran cosa, solo son unos tacos —aclaró ella.

—Sí, ya me lo ha dicho Ben. Y gracias. Me parece perfecto. —Sonrió y se puso de pie—. Pero, si no te importa, antes quiero darle un poco de agua a este muchacho. Y probablemente también esté hambriento. ¿Te importa si cojo un poco de comida de la residencia canina?

—No, por supuesto que no. Hay mucha. Por lo visto, alguien descargó varios sacos ayer.

—¿Quién puede haber sido?

—No lo sé. Creo que un chico con greñas.

—Pensaba que se trataba de un veterano del Cuerpo de Marines con un título universitario.

—Y yo también. —Recogió los vasos y se puso de pie—. Quiero asegurarme de que Ben se asee como es debido. Normalmente se olvida de hacerlo. Nos vemos dentro de un rato, ¿vale?

En el despacho, Thibault llenó los cuencos de *Zeus* con agua y comida, luego se sentó sobre una de las cajas vacías y esperó. *Zeus* se tomó su tiempo, bebiendo un poquito y luego engullendo lentamente. De vez en cuando alzaba la vista hacia Thi-

143

bault como si quisiera preguntarle: «¿Se puede saber qué miras?». Thibault no decía nada; sabía que cualquier comentario únicamente conseguiría que *Zeus* comiera más despacio.

Después revisó los caniles, a pesar de que Elizabeth le había dicho que ya lo había hecho ella, para asegurarse de que a los otros perros no les faltara agua. Y no les faltaba. Tampoco estaban demasiado nerviosos. Perfecto. Apagó las luces del despacho y cerró la puerta con llave antes de dirigirse hacia la casa. *Zeus* lo seguía con el hocico pegado al suelo.

En la puerta, hizo una señal a *Zeus* para que se tumbara y no se moviera, luego abrió la puerta mosquitera.

—¿Hola?

—¡Pasa! ¡Estoy en la cocina!

Thibault atravesó el umbral y enfiló hacia la cocina. Elizabeth se había puesto un delantal y estaba frente a los fogones, dorando la carne picada en una sartén. Sobre la encimera había una botella abierta de Michelob Light.

—¿Dónde está Ben? —preguntó Thibault.

—En la ducha. Ahora baja. —Añadió un sobre con especias y un poco de agua a la carne de ternera picada y luego se lavó las manos. Después de secárselas en la parte frontal del delantal, cogió la cerveza.

—¿Te apetece una cerveza? Siempre me tomo una cuando cenamos tacos.

—Sí, gracias.

Ella sacó una cerveza de la nevera y se la pasó.

—Lo siento, es *light*. Es lo único que tengo.

—Gracias.

Él se apoyó en la encimera y echó un vistazo a la cocina. En cierto sentido, le recordaba a la cocina de la casa que había alquilado. Los armarios eran los originales de la casa, con un lavamanos de acero inoxidable, electrodomésticos viejos, y justo debajo de la ventana había una mesita con varias sillas, aunque todo estaba relativamente en mejor estado, con algún que otro toque femenino: flores en un jarrón, un cuenco de fruta, un visillo en la ventana… Más acogedor.

Elizabeth sacó una lechuga, varios tomates de la nevera y un trozo de queso cheddar, y lo depositó todo sobre la encimera. A continuación cogió un par de pimientos verdes y unas cebollas, colocó todos los ingredientes cerca de la tabla de cortar y sacó un cuchillo y un rallador de queso de uno de los cajones situados debajo de la encimera. Empezó a trocear la cebolla con unos movimientos rápidos y ágiles.

—¿Quieres que te eche una mano?

Ella le lanzó una mirada escéptica.

—No me digas que, además de adiestrar perros, arreglar coches y ser músico, también eres un experto cocinero.

—No me atrevería a decir tanto. Pero se me da bien la cocina. Cocino cada noche.

—¿De veras? A ver, ¿qué preparaste anoche?

—Un bocadillo de lonchas de pavo cocido con pan de trigo. Con pepinillos.

—¿Y la noche previa?

—Un bocadillo de lonchas de pavo cocido con pan de trigo. Sin pepinillos.

Beth se rio, divertida.

—¿Cuál ha sido el último plato de cuchara que has preparado?

Él fingió que se devanaba por un momento los sesos.

—Ejem…, judías con salchichas. El lunes.

Ella esbozó una exagerada mueca de horror.

—¡No me lo puedo creer! ¿Qué tal se te da rallar queso?

—En eso me considero un verdadero experto.

—Vale. Coge un cuenco del armario de ahí arriba, debajo de la licuadora. No tienes que rallar todo el trozo. Ben normalmente se come dos tacos, y yo solo me tomaré uno. El resto es para ti.

Thibault dejó la cerveza en la encimera y sacó el cuenco del armario. Después se lavó las manos y desenvolvió el trozo de queso. Mientras lo rallaba iba mirando a Elizabeth con disimulo. Ella, que había acabado de picar la cebolla, había empezado a cortar los pimientos verdes. Luego hizo lo mismo con el tomate. El cuchillo bailaba en su mano con firmeza, con unos movimientos precisos.

—Lo haces muy rápido.

Ella contestó sin interrumpir el ritmo de sus movimientos.

—Hubo una época en que soñé con abrir mi propio restaurante.

145

—¿Y cuándo fue eso?

—Cuando tenía quince años. Para mi cumpleaños, incluso pedí un cuchillo Ginsu.

—¿Te refieres al del famoso anuncio que daban por la tele? ¿Ese en el que aparecía un chico que lo utilizaba para cortar una lata?

Ella asintió.

—El mismo.

—¿Y te lo regalaron?

—Es el que estoy utilizando ahora.

Logan sonrió.

—Eres la primera persona que he conocido que admite abiertamente que se ha comprado uno.

—Pues no me avergüenzo —contestó ella. Echó una rápida mirada a Logan—. Mi sueño era abrir un enorme local en Charleston o en Savannah, y escribir un montón de libros de cocina y tener mi propio programa televisivo. Sueños de adolescente, lo sé. Pero, bueno, me pasé el verano practicando con el cuchillo, troceando verduras sin parar. Cortaba todo lo que podía, tan rápido como podía, hasta que llegué a ser tan rápida como el chico del anuncio. Siempre teníamos la nevera llena de fiambreras con calabacines y zanahorias y otras hortalizas del huerto. Nana se desesperaba, ya que eso significaba que tendríamos que pasarnos todo el verano comiendo guisos.

—¿Qué clase de guisos?

—Cualquier guiso. Lo importante era mezclar las hortalizas con arroz o pasta.

Logan sonrió al tiempo que apartaba una pila de queso rallado a un lado.

—¿Y qué pasó luego?

—Se acabó el verano, y nos quedamos sin hortalizas.

—Ah —dijo él, preguntándose cómo era posible que alguien pudiera estar tan atractivo con un delantal.

—Bueno, ahora voy a preparar la salsa. —Sacó un recipiente del horno.

Vertió una lata grande de salsa de tomate, luego añadió las cebollas y los pimientos y una pizca de tabasco, y después lo condimentó con sal y pimienta. Lo removió todo y encendió el horno a temperatura media.

—¿Tu propia receta?

—No, es de Nana. A Ben no le gusta la comida demasiado picante, así que mi abuela ideó esta receta pensando en él.

Thibault había acabado de rallar el queso, así que envolvió el trozo restante.

—¿Qué más puedo hacer?

—Nada más, relájate. Solo tengo que lavar la lechuga y ya está. Ah, y calentar las tortitas en el horno. Dejaré reposar la carne y la salsa un ratito.

—¿Quieres que me encargue yo de las tortitas?

—De acuerdo. —Ella le pasó una bandeja para el horno—. Solo tienes que colocar las tortitas en la bandeja. Tres para nosotros, y las que quieras para ti. Pero no las metas todavía. Aún nos quedan unos minutos. A Ben le gustan recién salidas del horno.

Thibault hizo lo que Beth le había dicho. Mientras tanto ella acabó de lavar la lechuga. Apiló tres platos en la encimera. Cogió nuevamente su cerveza y se dirigió hacia la puerta.

—Ven. Quiero enseñarte algo.

Thibault la siguió hasta la puerta, y se quedó fascinado al ver el patio trasero rodeado por el macizo de setos. Unos pequeños senderos empedrados conducían directamente a varios parterres circulares hechos de ladrillo, cada uno contenía su propio cornejo; en medio del patio, sirviendo de punto focal, destacaba una fuente de tres tazas circulares que abastecía de agua un estanque Koi de considerables dimensiones.

—¡Caramba! ¡Increíble! —murmuró él.

—¿A que nunca te habrías figurado que esto estuviera aquí? Es bastante espectacular, pero deberías verlo en primavera. Cada año, Nana y yo plantamos miles de tulipanes, narcisos y azucenas, y empiezan a florecer justo después de las azaleas y los cornejos. Desde marzo hasta julio, este jardín se convierte en uno de los lugares más bellos de la tierra. ¿Y ves allí? ¿Detrás del seto más bajo? —Ella señaló hacia la derecha—. Allí tenemos nuestro ilustre huerto de hortalizas y hierbas aromáticas.

—Nana nunca ha mencionado que le guste la jardinería.

—Ni lo hará. Es una afición que compartía con mi abuelo, algo así como su pequeño secreto. Puesto que la residencia ca-

147

nina está justo al lado, decidieron crear esta especie de oasis donde poder escapar del negocio, de los perros, de los clientes…, incluso de los empleados. Por supuesto, Drake y yo, y después Ben, colaboramos en el mantenimiento, pero ellos se encargaban de casi todo. Fue el único proyecto en el que mi abuelo realmente logró superarse. Después de su muerte, Nana decidió mantenerlo en perfecto estado en memoria de su difunto esposo.

—Es increíble —repitió él.

—A que sí, ¿eh? Cuando éramos pequeños no estaba tan bien cuidado. A no ser que estuviéramos plantando bulbos, no nos dejaban corretear por aquí. Siempre celebrábamos nuestras fiestas de cumpleaños en el patio vallado que hay entre la casa y la residencia canina. Lo que implicaba que dos días antes teníamos que dedicarnos a recoger todos los excrementos de perro para que ningún niño pisara uno sin querer.

—Es que no es agradable pisar…

—¡Mamá, Thibault! ¿Dónde estáis? —gritó una vocecita desde la cocina.

Elizabeth se giró al reconocer la voz de Ben.

—¡Aquí fuera, cielo! Le estoy enseñando al señor Thibault el jardín.

Ben atravesó el umbral, ataviado con una camiseta negra y unos pantalones de camuflaje.

—¿Dónde está *Zeus*? Ya estoy listo para jugar al escondite.

—Será mejor que cenemos primero. Ya jugarás después.

—Mamá…

—Es más divertido jugar cuando es oscuro —se entrometió Thibault—. De ese modo es más fácil esconderte. Y para *Zeus* también será más divertido.

—¿Y qué haremos hasta que oscurezca?

—Nana me ha comentado que juegas al ajedrez.

Ben lo miró con escepticismo.

—¿Sabes jugar al ajedrez?

—Quizá no sea tan buen jugador como tú, pero me defiendo.

—De acuerdo. —Se rascó el brazo—. ¿Dónde has dicho que está *Zeus*?

—Fuera, en el porche.

—¿Puedo ir a jugar con él?

—Primero has de poner la mesa —le ordenó Elizabeth—. Y solo tienes un par de minutos. La cena ya casi está lista.

—Vale —respondió el niño al tiempo que daba media vuelta.

Mientras se marchaba veloz como una flecha, ella se inclinó delante de Thibault y puso las manos a ambos lados de la boca antes de gritar:

—¡No te olvides de la mesa!

Ben frenó en seco. Abrió un cajón y agarró tres tenedores, los lanzó sobre la mesa como si estuviera repartiendo las cartas de una baraja y luego hizo lo mismo con los platos que Elizabeth había apilado antes en la encimera. En total solo dedicó unos diez segundos, antes de desaparecer de vista. Elizabeth sacudió la cabeza.

—Hasta que llegó *Zeus*, Ben era un niño tranquilo y dócil. Cuando regresaba de la escuela solía leer y estudiar; ahora, en cambio, lo único que desea es divertirse con tu perro.

Thibault la miró con cara contrita.

—Lo siento.

—¿Por qué? Créeme, me gustaría que fuera un poco más calmado, como nos pasa a todas las madres, pero es fantástico verlo tan contento.

—¿Por qué no le regalas un perro?

—Lo haré. En el futuro. Cuando tenga la certeza de que todo va bien con Nana. —Tomó un sorbo de cerveza y señaló con la cabeza hacia la casa—. ¿Vamos a ver cómo está la cena? Creo que el horno ya estará caliente.

De nuevo en el interior, Elizabeth metió la bandeja en el horno y removió la carne y la salsa antes de verter la mezcla en un par de cuencos. Mientras los llevaba a la mesa junto con un paquete de servilletas de papel, Thibault se dedicó a colocar correctamente los cubiertos y los platos, y cogió el queso, la lechuga y los tomates. Cuando Elizabeth dejó su cerveza en la mesa, Thibault se quedó de nuevo fascinado ante su belleza natural.

—¿Quieres llamar a Ben, o lo hago yo? —se ofreció ella.

Thibault tuvo que realizar un enorme esfuerzo para apartar la vista de ella antes de contestar:

149

—Ya lo hago yo.

Ben estaba sentado en el porche, acariciando a *Zeus* desde la frente hasta la cola de una sola pasada. El pobre perro no cesaba de jadear pesadamente.

—Me parece que lo has dejado exhausto —observó Thibault.

—Es que corro mucho —se jactó Ben.

—¿Estás listo para comer? La cena está servida.

Ben se levantó. *Zeus* alzó la cabeza.

—Quieto aquí —le ordenó Thibault.

El perro bajó las orejas como si lo estuvieran castigando. Y agachó nuevamente la cabeza mientras Ben y Thibault entraban en la casa.

Elizabeth ya estaba sentada a la mesa. Tan pronto como Ben y Thibault se sentaron, Ben empezó a rellenar inmediatamente su tortita con la carne picada condimentada.

—Me gustaría que nos contaras algo acerca de tu increíble viaje desde Colorado hasta aquí —le pidió Elizabeth.

—¡Sí, a mí también me gustaría! —apuntó Ben, cogiendo un poco de salsa con la cuchara.

Thibault tomó la servilleta y se la extendió sobre el regazo.

—¿Queréis que os cuente algo en particular?

Ella también se colocó la servilleta sobre la falda.

—¿Por qué no empiezas por el principio?

Por un momento, Thibault consideró la verdad: que todo comenzó cuando encontró una foto en el desierto kuwaití. Pero no les podía contar esa parte de la historia. En lugar de eso, empezó por describir una fría mañana de marzo, cuando se colgó la mochila a la espalda y comenzó a andar por la carretera. Les habló sobre cosas que había visto —para no aburrir a Ben, se aseguró de describir toda la fauna que había encontrado a su paso— y habló sobre algunas de las personas más pintorescas con las que se había topado. Elizabeth pareció darse cuenta de que no estaba acostumbrado a hablar tanto sobre sí mismo, por lo que lo ayudaba con preguntas cada vez que él parecía quedarse estancado, sin saber qué decir. Poco a poco fue preguntándole acerca de otros temas, como por ejemplo la universidad, y se rio al ver la cara de Ben cuando este se enteró de que el invitado sentado a la mesa incluso había desenterrado es-

150

queletos de verdad. El chico, por su parte, le formuló unas cuantas preguntas:

—¿Tienes hermanos o hermanas?

—No.

—¿De niño te gustaban los deportes?

—Sí, aunque nunca destaqué en ninguno en particular.

—¿Cuál es tu equipo de fútbol americano favorito?

—Los Denver Broncos, por supuesto.

Mientras Ben y Thibault charlaban animadamente, Elizabeth seguía su conversación con interés.

La tarde dio paso al atardecer; la mortecina luz del sol que se filtraba a través de la ventana cambiaba de ángulo y se desvanecía, inundando lentamente la cocina de sombras. Terminaron de comer, y después de pedir permiso, Ben salió nuevamente al porche para reunirse con *Zeus*. Thibault ayudó a Elizabeth a quitar la mesa, envolviendo los restos y metiendo los platos y los cubiertos en el lavavajillas. Infringiendo su propia norma, ella abrió una segunda cerveza y ofreció otra a Thibault antes de que ambos decidieran salir fuera para escapar del bochorno en la cocina.

En el porche, el aire era más fresco. Las hojas de los árboles se agitaban suavemente gracias a la brisa. Ben y *Zeus* estaban jugando otra vez, y la risa de Ben quedaba suspendida en el aire. Elizabeth se apoyó en la barandilla, observando a su hijo, y Thibault tuvo que hacer un esfuerzo para no mirarla descaradamente. Ninguno de los dos sentía la necesidad de hablar. Thibault tomó un largo y lento sorbo de cerveza, preguntándose adónde lo llevaría aquella situación.

151

12

Beth

Caía la noche. En el patio trasero, Beth observaba a Logan, que estaba completamente concentrado en el tablero de ajedrez, mientras pensaba que aquel hombre le caía bien, que se sentía a gusto con él. Le parecía algo sorprendente y natural a la vez.

Ben y Logan estaban concentrados en su segunda partida de ajedrez. Thibault se estaba tomando su tiempo antes de mover ficha. Ben había ganado la primera partida sin dificultad, y ella había podido leer la sorpresa en la expresión de Logan. Él se había tomado bien la derrota, incluso le había preguntado a Ben en qué se había equivocado. Habían vuelto a colocar las fichas tal y como estaban en una de las jugadas previas, y el niño le había mostrado la serie de errores que había cometido, primero con la torre y la reina y, por último, con el caballo.

—Vaya, vaya… —Logan le sonrió—. Te felicito.

Beth no quería ni imaginar cómo habría reaccionado Keith si hubiera perdido. De hecho, no tenía que imaginarlo. Padre e hijo habían jugado una partida un par de años antes, y cuando Ben ganó, Keith derribó el tablero de la mesa antes de salir de la habitación hecho una verdadera furia. Unos pocos minutos más tarde, mientras Ben estaba recogiendo las fichas esparcidas por el suelo, su padre volvió a entrar en la habitación. En lugar de pedir disculpas, declaró que el ajedrez era una pérdida de tiempo y que sería mucho mejor que Ben invirtiera su tiempo en algo importante, como por ejemplo en hacer los deberes del cole o practicar con el bate de béisbol, ya que «un ciego jugaba a béisbol mil veces mejor que él».

¡Cuántas veces se había contenido Beth para no estrangular a ese botarate!

Con Logan, en cambio, todo era distinto. Beth podía ver que estaba perdiendo de nuevo en aquella segunda partida. Y no lo sabía porque estuviera pendiente del tablero —no dominaba tanto el juego como para discernir la complejidad que separaba a un buen jugador del mejor—, pero cada vez que Ben escrutaba a su adversario más que a sus fichas, ella sabía que se aproximaban al final de la partida, a pesar de que Logan no parecía ser consciente de ello.

Lo que más le gustaba de aquella escena era que, a pesar de la concentración que el juego requería, Logan y Ben todavía conseguían… conversar. Sobre el cole y los maestros de Ben y acerca de cómo era *Zeus* cuando era un cachorro, y puesto que Logan parecía genuinamente interesado, Ben le reveló varios secretos que la sorprendieron, como que uno de los chicos de su clase le había quitado el almuerzo un par de veces y que a Ben le gustaba una chica que se llamaba Cici. Logan no le dio ningún consejo; en vez de eso, le preguntó cómo había actuado en ambas circunstancias. Basándose en su experiencia con los hombres, Beth sabía que la mayoría de ellos pensaba que cuando les hablabas de un problema o un dilema tenían que darte su opinión, a pesar de que lo único que quisieras fuera simplemente que te escucharan.

Por lo visto, la natural reticencia de Logan le brindaba a Ben un espacio para expresarse abiertamente. Era evidente que aquel hombre se sentía a gusto consigo mismo. No estaba intentando impresionar ni a Ben ni a ella demostrándole lo bien que podía llevarse con su hijo.

A pesar de que Beth no había salido con muchos hombres en los últimos años, había descubierto que en la mayoría de los casos se comportaban siempre igual: o bien actuaban como si Ben no existiera y prácticamente ni le hablaban, o bien se excedían en la camaradería con él, como si intentaran hacer alarde de su gran habilidad para ganarse su confianza. Desde que era muy pequeño, el niño había demostrado una increíble capacidad para catalogarlos en una o en otra categoría casi de inmediato. Igual que ella, y eso normalmente bastaba para que Beth decidiera poner fin a la relación. Bueno, eso cuando no eran ellos los que decidían romper con ella.

153

Era obvio que Ben se sentía cómodo con él. Sin embargo, lo que más le alegraba era que Logan también parecía estar a gusto con su hijo. En el silencio reinante en mitad de la partida, Logan continuaba con la vista fija en el tablero. Apoyó un momento el dedo índice en el caballo antes de moverlo hacia uno de sus peones. Ben enarcó las cejas levemente. Ella no sabía si su hijo pensaba que el movimiento de Logan era acertado o no, pero en su siguiente turno Logan movió el peón. Ben hizo su siguiente movimiento casi de inmediato, y Beth supo que aquello era una mala señal para Logan. Unos pocos minutos más tarde, él se dio cuenta de que, por más que moviera una ficha u otra, su rey no tenía escapatoria. Sacudió la cabeza.

—Me has vuelto a ganar.

—Sí —confirmó Ben.

—Pensaba que esta vez estaba jugando mejor.

—Y así es —admitió Ben.

—¿Hasta cuándo?

—Hasta tu segunda jugada.

Logan se rio.

—¡Pues vaya!

—No te preocupes —lo animó Ben, visiblemente orgulloso. Señaló hacia el patio—. ¿Crees que ya ha oscurecido bastante?

—Sí, creo que sí. ¿Estás listo para jugar, *Zeus*?

Zeus alzó las orejas y ladeó la cabeza. Cuando Logan y Ben se pusieron de pie, el perro los imitó.

—¿Vienes, mamá?

Beth se levantó de la silla.

—No me lo perdería por nada en el mundo.

Se abrieron paso entre la oscuridad hasta la parte frontal de la casa. Beth se detuvo junto a los peldaños del porche.

—Quizá será mejor que vaya a buscar una linterna.

—¡Eso es trampa! —protestó Ben.

—No para el perro, sino para ti. Para que no te pierdas.

—No se perderá —le aseguró Logan—. *Zeus* lo encontrará.

—Ya, es fácil hablar cuando no se trata de tu hijo.

—No me pasará nada, mamá —terció Ben.

Ella miró primero a Ben y luego a Logan antes de sacudir la

154

cabeza. No estaba completamente convencida, pero Logan no parecía preocupado.

—De acuerdo —convino, suspirando—. Pero de todos modos iré a buscar una linterna para mí. ¿Os parece bien?

—*Vaaaale* —aceptó Ben—. ¿Qué tengo que hacer?

—Esconderte —dijo Logan—. Y yo le pediré a *Zeus* que te busque.

—¿Puedo esconderme donde quiera?

—¿Por qué no te escondes por esa zona? —sugirió Logan, señalando hacia un espacio boscoso que quedaba a la izquierda del arroyo, al otro lado de la carretera y de los caniles—. No me gustaría que te cayeras al agua sin querer. Y además, seguro que tu olor es más fresco en esa zona. ¿Recuerdas que antes de cenar los dos estabais correteando precisamente por allí? ¡Ah! Y una última cosa: cuando él te encuentre, síguelo, ¿de acuerdo? Así no te perderás.

Ben clavó la vista en el bosque.

—Vale. ¿Y cómo sé que no hará trampa y me mirará mientras me escondo?

—Lo encerraré dentro y contaré hasta cien antes de soltarlo.

—¿Y no dejarás que mire?

—Te prometo que no. —Logan centró su atención en *Zeus*—. Vamos —le dijo. Enfiló hacia la puerta y la abrió antes de hacer una pausa—. ¿Te importa si *Zeus* entra unos minutos en tu casa?

Beth sacudió la cabeza.

—No, adelante.

Logan le hizo una señal al perro para que entrara y se tumbara, luego cerró la puerta.

—¿Estás listo?

Ben salió disparado hacia el bosque mientras Logan empezaba a contar en voz alta. Al cabo de unos segundos, Ben gritó por encima del hombro:

—¡Cuenta más despacio!

Su silueta se fundió gradualmente con la oscuridad, e incluso antes de llegar al bosque, ya había desaparecido de vista.

Beth se abrazó, inquieta.

—No me gusta este juego.

155

—¿Por qué no?

—¿Mi hijo escondiéndose en el bosque por la noche? No me da buena espina.

—No le pasará nada. *Zeus* lo encontrará en dos o tres minutos. Como máximo.

—Veo que tienes una fe ciega en tu perro, y eso no es muy usual.

Logan sonrió. Por un momento permanecieron en el porche, dejándose envolver por las sombras de la noche. El aire, cálido y húmero, ya no era sofocante y olía como el campo que los rodeaba: una mezcla a roble, pino y tierra, un aroma que siempre le hacía recordar a Beth que, a pesar de que el mundo sufría cambios constantemente, aquel lugar en particular siempre parecía inalterable.

Era consciente de que Logan la había estado observando todo el rato desde la cena, realizando un enorme esfuerzo por no parecer descarado. Pero ella había estado haciendo lo mismo con él. Le gustaba que le prestara aquella atención, que la encontrara atractiva, y que, además, aquella atracción no se mezclara con una irreprimible necesidad animal, aquel obvio deseo carnal que a menudo notaba cuando los hombres la miraban. En lugar de eso, Logan parecía darse por satisfecho con estar a su lado, justo lo que Beth necesitaba.

—Me alegro de que te hayas quedado a cenar —comentó ella, sin saber qué más decir—. Ben se lo está pasando fenomenal.

—Yo también me alegro.

—Gracias por haber sido tan considerado con Ben, me refiero a cuando estabais jugando al ajedrez.

—No me cuesta nada. Es un chico encantador.

—Qué bien que pienses así.

Logan dudó unos instantes.

—¿De nuevo estás pensando en tu exmarido?

—No sabía que fuera tan obvio. —Beth se apoyó en la columna—. Tienes razón. Estaba pensando en el botarate de mi exmarido.

Logan se apoyó en la columna al otro lado de los peldaños, de cara a ella.

—¿Y?

—Nada, solo que desearía que las cosas fueran distintas.

Él vaciló. Beth se dio cuenta de que estaba preguntando si debía añadir algo más o no. Al final, no dijo nada.

—No te gustaría —agregó ella—. De hecho, a mí tampoco me gusta.

—¿Ah, no?

—No. Y considérate afortunado. No te pierdes nada.

Logan la miró con insistencia, sin decir nada.

Al recordar cómo ella misma había decidido cambiar de tema antes, Beth supuso que él no quería aventurarse a tantear nuevamente la cuestión. Se apartó unos mechones rebeldes que le cubrían parte de la visión, preguntándose si debía continuar.

—¿Quieres que te lo cuente?

—Solo si tú quieres —la alentó él.

Beth sintió que sus pensamientos volaban del presente al pasado y suspiró.

—La típica historia: yo era una estudiante poco espabilada en el último curso del instituto cuando conocí a un chico un par de años mayor que yo, pero lo cierto es que nos conocíamos de vista desde que éramos críos, ya que íbamos a misa a la misma iglesia, así que sabía perfectamente quién era él. Unos meses antes de graduarme del instituto empezamos a salir. Su familia es muy rica, y él siempre había salido con las chicas más populares del pueblo; supongo que me dejé llevar por lo idílico de la situación. Pasaba por alto sus defectos, o los excusaba, y de repente, supe que estaba embarazada. Súbitamente, mi vida cambió de una forma radical, ¿sabes? Aquel otoño tenía que empezar mis estudios en la universidad, pero no tenía ni idea de lo que significaba ser madre, y menos aún madre soltera: se me hizo una montaña. Lo último que esperaba era que él me pidiera que nos casáramos. Pero lo hizo, aunque no sé por qué, y yo acepté. Quería creer que todo iba a salir bien y me esforcé por convencer a Nana de que sabía dónde me metía, pero creo que los dos sabíamos que habíamos cometido un error antes de que se secara la tinta del certificado de matrimonio. No teníamos nada en común. Nada. Nos peleábamos constantemente, y al poco de que naciera Ben nos separamos. Y entonces, perdí el norte.

157

Logan entrelazó las manos.

—Pero eso no te detuvo.

—¿A qué te refieres?

—A que finalmente fuiste a la universidad y te convertiste en maestra. Y aprendiste a ser madre soltera. Y a salir adelante.

Beth le regaló una sonrisa de agradecimiento.

—Con la ayuda de Nana.

—Seguramente, pero el hecho es que al final lo lograste. —Logan cruzó una pierna por encima de la otra, estudiándola detenidamente antes de sonreír burlonamente—. Conque poco espabilada, ¿eh?

—¿En el instituto? Sí, era muy poco espabilada.

—Me cuesta creerlo.

—Lo creas o no, es la verdad.

—¿Y qué tal en la universidad?

—¿Con Ben, te refieres? No resultó fácil. Pero me preparé asistiendo a clases en la universidad local mientras Ben todavía iba en pañales. Asistía a clases dos o tres días por semana mientras Nana cuidaba de mi hijo, y también estudiaba en casa en mis ratos libres. E hice lo mismo cuando me aceptaron en la Universidad de Carolina del Norte en Wilmington, que estaba lo bastante cerca de aquí como para poder ir por la mañana y volver cada noche. Necesité seis años para sacarme la carrera, pero no quería abusar de Nana ni darle a mi ex ningún motivo por el que pudiera solicitar la custodia de nuestro hijo. Y con lo poderosa que es su familia, si se lo hubiera propuesto, lo habría conseguido.

—Por lo que cuentas de él, no parece un tipo entrañable.

Beth torció el gesto.

—No tienes ni idea.

—¿Quieres que le rompa las piernas?

Ella se rio.

—Tiene gracia. Hubo una época en la que seguramente habría aceptado tu ofrecimiento sin pensarlo dos veces, pero ahora no. Él es… simplemente inmaduro. Cree que todas las mujeres que conoce se enamoran locamente de él, y siempre que las cosas le salen mal echa la culpa a los demás. A sus treinta y un años tiene la mentalidad de un adolescente, ¿me entiendes? —De soslayo, podía ver a Logan, que la observaba con atención—. Pero, bueno, ya está bien de hablar de él. Cuéntame algo de ti.

—¿Como qué?

—No sé… Lo que sea. ¿Por qué decidiste estudiar antropología?

Logan consideró la pregunta.

—Por mi personalidad, supongo.

—¿Y eso qué quiere decir?

—Sabía que no quería estudiar nada práctico, como ciencias empresariales o ingeniería, así que antes de empezar la universidad se me ocurrió hablar con algunos universitarios que estudiaban artes liberales. Los más interesantes que conocí estudiaban antropología, y yo quería ser un tipo interesante.

—¿Bromeas?

—No. Por eso decidí asistir a las primeras clases introductorias. Entonces me di cuenta de que la antropología era una magnífica mezcla entre historia, hipótesis y misterio, y puesto que me gustan las tres materias, me quedé enganchado.

—¿Y qué tal las fiestas nocturnas?

—No estaban hechas para mí.

—¿Y los partidos de fútbol?

—Tampoco.

—¿No tenías la impresión de que te estabas perdiendo la esencia de la universidad?

—No.

—Yo tampoco —convino ella—. Desde luego, no después de tener a Ben.

Logan asintió y señaló con la cabeza hacia el bosque.

—¿Crees que debería enviar ya a *Zeus* a buscarlo?

—¡Dios mío! —exclamó ella, con un poco de pánico—. ¡Claro, será mejor que vaya a buscarlo! ¿Cuánto rato ha pasado?

—No mucho. Cinco minutos, quizá. Voy a buscar a *Zeus*. Y no te preocupes. Lo encontrará enseguida.

Logan se desplazó hasta la puerta y la abrió. *Zeus* salió disparado, moviendo la cola, y bajó los peldaños al trote. Inmediatamente levantó una pata al lado del porche, luego volvió a subir los peldaños corriendo para colocarse al lado de Logan.

—¿Dónde está Ben? —preguntó Logan.

159

Zeus puso las orejas tiesas. Él le señaló hacia adonde había ido el niño.

—¡Encuentra a Ben!

Zeus se giró y empezó a correr describiendo unos amplios arcos, con el hocico pegado al suelo. En tan solo unos segundos, encontró la pista y desapareció en la oscuridad.

—¿Tenemos que seguirlo? —inquirió Beth.

—¿Quieres hacerlo?

—Sí.

—Entonces vamos.

Tan solo habían llegado a la primera línea de árboles cuando oyeron los ladridos de *Zeus*. Justo después, sonó la vocecita de Ben, que gritaba con alegría. Cuando ella se giró hacia Logan, él se limitó a encogerse de hombros.

—Ya veo que no exagerabas, ¿eh? ¿Cuánto ha tardado? ¿Dos minutos?

—No ha sido difícil para él. Yo ya sabía que Ben no se alejaría demasiado.

—¿Hasta qué distancia es capaz de seguir a alguien?

—Una vez siguió la pista de un ciervo unos…, unos trece kilómetros, más o menos. Y quizá lo habría seguido aún más lejos, pero el ciervo quedó acorralado contra una empalizada. Eso fue en Tennessee.

—¿Por qué seguíais al ciervo?

—Para practicar. Es un perro muy inteligente. Le gusta aprender, y le encanta poner en práctica sus habilidades. —En aquel momento, *Zeus* emergió contento entre los árboles, con Ben justo detrás de él—. Por eso *Zeus* se divierte tanto como el niño.

—¡Ha sido increíble! —gritó el niño—. ¡Ha venido derechito hacia mí! ¡Sin que yo hiciera el más mínimo ruido!

—¿Quieres volver a jugar? —preguntó Logan.

—¿Puedo? —suplicó Ben.

—Si tu madre te deja…

El muchacho se giró hacia su madre, y ella alzó las manos.

—Adelante.

—¡Vale! ¡Vuelve a encerrarlo dentro! ¡Esta vez no me encontrará! —declaró Ben.

—Ya veo que empiezas a entender el juego —apuntó Logan.

Υ

La segunda vez que Ben se escondió, *Zeus* lo encontró dentro del tronco hueco de un árbol. La tercera, el niño se propuso ir más lejos, y el perro lo encontró a trescientos metros, en su cabaña en el árbol cerca del arroyo. Beth no se mostró muy satisfecha con aquella última elección: el puente y la plataforma inestables parecían mucho más peligrosos durante la noche, pero por entonces Ben ya empezaba a acusar el cansancio y estaba listo para abandonar el juego.

Logan los siguió de nuevo hasta la parte trasera de la casa. Después de darle las buenas noches a Ben, que estaba completamente exhausto, se giró hacia Beth y carraspeó nervioso.

—Gracias por esta velada. Ahora será mejor que me vaya.

A pesar de que eran casi las diez, Beth no quería que se marchara todavía.

—¿Quieres que te lleve? —le ofreció—. Ben se quedará dormido dentro de un par de minutos, y yo estaré encantada de llevarte a casa.

—Gracias, pero no. Me gusta caminar.

—Lo sé. No es que sepa muchas cosas sobre ti, pero al menos eso sí que lo sé. —Sonrió—. Entonces, hasta mañana.

—Sí, vendré a las siete.

—Puedo dar de comer a los perros, si prefieres venir un poco más tarde.

—No me importa. Y además, me gustaría ver a Ben antes de que se marche a pasar el fin de semana con su padre. Y estoy seguro de que *Zeus* también querrá verlo. El pobre no sabrá qué hacer, sin Ben a la zaga.

—De acuerdo. —Beth se abrazó por la cintura, sintiéndose repentinamente decepcionada de que Logan hubiera decidido irse ya.

—¿Te importa si mañana tomo prestada vuestra camioneta un rato? Necesito ir al pueblo para comprar varias cosas para arreglar los frenos. Si no, no pasa nada; puedo ir andando.

Ella sonrió.

—Sí, lo sé. Pero coge la furgoneta. Yo iré a dejar a Ben y luego he de hacer algunos recados, pero, por si no nos vemos, te dejaré las llaves debajo de la alfombrilla del conductor.

161

—De acuerdo —dijo él. La miró directamente a los ojos—. Buenas noches, Elizabeth.

—Buenas noches, Logan.

Cuando se hubo marchado, Beth fue a ver a Ben y le dio otro beso en la mejilla antes de retirarse a su habitación. Rememoró la velada mientras se desvestía, reflexionando sobre el misterio que rodeaba a Logan Thibault.

Era diferente a cualquier otro hombre que había conocido, e inmediatamente se recriminó a sí misma emitir un juicio tan obvio. «Por supuesto que es diferente —se dijo—. Todavía no sé nada de él. Aún no hemos pasado suficiente tiempo juntos.»

De todos modos, se consideraba lo bastante inteligente como para reconocer la verdad cuando la tenía delante.

Sí, sin lugar a dudas, Logan era distinto. Keith no se le parecía en nada, en absoluto. Ni tampoco ninguno de los otros hombres con los que había salido desde que se había divorciado. La mayoría de ellos se habían comportado de un modo predecible; no importaba si eran educados y encantadores, o bruscos y poco refinados: sus intenciones resultaban tan transparentes como para dejar palpable sus ganas de acostarse con ella. Nana lo describía como «chorradas masculinas». Y Beth sabía que su abuela no se equivocaba.

Pero con Logan… Esa era la cuestión. No sabía qué era lo que quería de ella. Era evidente que la encontraba atractiva, y parecía estar a gusto con ella. Pero aparte de eso, no tenía ni la más remota idea de cuáles podían ser sus intenciones, ya que también parecía disfrutar de la compañía de Ben. Pensó que, en cierto sentido, la trataba igual que bastantes hombres casados que conocía: «Eres guapa e interesante, pero no estoy disponible».

De repente se le ocurrió que quizá no estaba disponible. Quizá tenía una novia en Colorado, o quizás acababa de romper con el amor de su vida y se estaba recuperando del duro golpe. Al recordar lo que él le había dicho, se dio cuenta de que, a pesar de que les había descrito las cosas que había visto y hecho durante su larga caminata a través del país, Beth seguía sin saber por qué había emprendido el viaje o por qué había decidido acabarlo en Hampton. La historia de Logan no destacaba tanto por su misterio como por la omisión de información, y eso era extraño. Si algo había aprendido de los hombres era que les gustaba hablar de sí mismos: de su trabajo, sus pasatiempos, sus logros en el pasado, sus motivaciones. Logan no hacía nada de eso. Y le parecía curioso.

Beth sacudió la cabeza, pensando que tal vez le estuviera dando demasiadas vueltas. Después de todo, ni siquiera habían disfrutado de una cena romántica. La velada había transcurrido como una reunión entre amigos, con tacos, ajedrez y una conversación amena. Una grata velada familiar.

Se puso el pijama y cogió una revista de la mesita de noche. Empezó a ojear las páginas con desgana antes de apagar la luz. Pero cuando cerró los ojos, siguió viendo cómo las comisuras de los labios de Logan se curvaban levemente hacia arriba cuando ella decía algo que a él le parecía divertido, o cómo sus cejas se juntaban en el centro cuando se concentraba en una tarea. Durante un buen rato, se movió inquieta en la cama, sin poder dormir, preguntándose si quizá, y solo quizá, Logan también estaba despierto y pensando en ella.

163

13

Thibault

*T*hibault observaba a Victor mientras este lanzaba la caña en las frías aguas de Minnesota. Aquel sábado por la mañana no había ni una sola nube en el cielo. El aire no se movía, y en las cristalinas aguas del lago se reflejaba el cielo. Habían salido a pescar temprano porque querían llegar antes de que el lago quedara invadido por un montón de lanchas y de jóvenes practicando esquí náutico. Era su último sábado de vacaciones; a la mañana siguiente, ambos tomarían un vuelo para regresar a sus respectivos hogares. Para la última noche juntos, habían planeado ir a cenar a un restaurante cuya especialidad era la carne a la brasa y que, según les habían dicho, era el mejor en la localidad.

—Creo que encontrarás a esa mujer —anunció Victor sin ningún preámbulo.

Thibault estaba recogiendo el hilo en el carrete.

—¿Qué mujer?

—La de la foto que te trae suerte.

Thibault miró fijamente a su amigo.

—¿Se puede saber de qué estás hablando?

—Cuando la busques. Creo que la encontrarás.

Thibault inspeccionó el anzuelo antes de lanzarlo otra vez al agua.

—No pienso ir a buscarla.

—Eso lo dices ahora. Pero lo harás.

Thibault sacudió la cabeza.

—No. No lo haré. Y aunque quisiera, no podría hacerlo.

—Hallarás el modo. —Victor parecía muy seguro de sí mismo.

Thibault volvió a mirar a su amigo sin parpadear.

—¿Por qué se te ha ocurrido sacar el tema?

—Porque tu vínculo con ella aún no ha terminado —aseveró Victor.

—Créeme, se ha acabado.

—Eso es lo que crees. Pero no es cierto.

Thibault había aprendido mucho tiempo atrás que, cuando a Victor se le metía una idea entre ceja y ceja, no cesaba hasta que tenía la seguridad de haber dejado claro su punto de vista. Puesto que no deseaba pasar su último día con su amigo hablando de ese tema, pensó que lo mejor era zanjar la cuestión lo antes posible.

—A ver —dijo, suspirando—, ¿por qué crees que no se ha acabado?

Victor se encogió de hombros.

—Porque no habéis alcanzado el punto de equilibrio.

—No hemos alcanzado el punto de equilibrio —repitió Thibault, en un tono cansino.

—Así es —afirmó Victor—. Exactamente. ¿Lo entiendes?

—No.

Su amigo resopló ante la poca agilidad mental de Thibault.

—Digamos que alguien viene a colocarte un tejado en tu casa, ¿vale? El hombre trabaja duro y al final tú le pagas. Solo cuando ha acabado. Pero en este caso, con la fotografía, es como si alguien hubiera colocado el tejado, pero el dueño aún no hubiera pagado el trabajo. Hasta que no realice el pago, las dos personas implicadas en la historia no alcanzarán el punto de equilibrio.

—¿Me estás diciendo que le debo algo a esa mujer? —le preguntó con escepticismo.

—Sí. La foto te mantuvo a salvo y te trajo suerte. Pero hasta que no realices el pago, vuestra relación no habrá concluido.

Thibault sacó una tónica de la nevera portátil y se la ofreció a Victor.

—¿Te das cuenta de que tu argumento carece de sentido?

El otro aceptó la lata con un movimiento afirmativo de la cabeza.

—Para algunos, quizá. Pero te aseguro que tarde o temprano acabarás por salir a buscarla. Existe algo mucho más importante en todo este asunto. Se trata de tu destino.

—Mi destino.

—Sí.

—¿Y eso qué significa?

—No lo sé. Pero lo averiguarás cuando la encuentres.

Thibault se quedó callado, deseando que Victor no hubiera sacado el tema a colación. En el silencio reinante, Victor se dedicó a estudiar a su amigo.

—Quizá vuestro destino es estar juntos —especuló.

—No estoy enamorado de ella, Victor.

—¿No?

—No.

—Y sin embargo, piensas en ella a menudo —concluyó Victor.

Thibault guardó silencio.

166

El sábado por la mañana, llegó temprano y se encaminó directamente hacia el recinto de los caniles para limpiarlos y dar de comer e iniciar el adiestramiento de los perros, como cada día. Mientras trabajaba, Ben se pasó un buen rato jugando con *Zeus* hasta que Elizabeth lo llamó para que entrara en casa y se preparara para marchar. Ella saludó con la mano a Thibault desde el porche, pero incluso a distancia, pudo distinguir su semblante abstraído.

Elizabeth ya había vuelto a entrar en casa cuando él sacó los perros a pasear. Normalmente los sacaba de tres en tres, con *Zeus* a la zaga. Cuando estaba a cierta distancia de la casa, los soltaba para que corretearan libremente, pero los perros solían seguirlo sin importar qué dirección tomara. Le gustaba variar de ruta, ya que con ello conseguía que los animales no se alejaran demasiado para explorar el terreno. Al igual que las personas, los perros se aburrían si cada día hacían lo mismo. Normalmente, el paseo duraba una media hora por grupo. Después del tercer grupo de perros, se fijó en que el coche de Elizabeth ya no estaba, y supuso que había ido a dejar a Ben a casa de su exmarido.

No le caía bien aquel hombre, básicamente porque a Ben y a Elizabeth no les gustaba. Ese tipo parecía una mala pieza, pero Thibault no estaba en condiciones de hacer nada más que escuchar a Elizabeth cuando le hablaba de él. No tenía suficiente información como para ofrecerle consejo, y aunque la tuviera, eso no era lo que ella le estaba pidiendo. De todos modos, tampoco era asunto suyo.

Pero ¿cuál era su objetivo, entonces? ¿Por qué estaba allí? A pesar de que no quería hacerlo, evocó nuevamente la conversación que había mantenido con Victor, y supo que estaba allí por lo que su amigo le había dicho aquella mañana en el lago. Y, por supuesto, por lo que sucedió después.

Intentó borrar esas imágenes de su mente. No quería rememorarlas. Otra vez no.

Thibault llamó a los perros y emprendió el camino de regreso a los caniles. Después de encerrarlos, fue a explorar el cobertizo de herramientas. Cuando encendió la luz del cobertizo, se quedó mirando las paredes y las estanterías con estupefacción. El abuelo de Elizabeth no tenía solo una docena de herramientas; aquel espacio parecía una ferretería abigarrada. Avanzó unos pasos, examinando los estantes y los cajones con herramientas catalogadas y las pilas de objetos sobre el banco de trabajo. Al final cogió un juego de llaves de carraca, un par de tipo Allen y un gato mecánico, y se lo llevó todo a la furgoneta. Tal y como Elizabeth había prometido, las llaves estaban debajo de la alfombrilla. Thibault puso la furgoneta en marcha y condujo hasta la tienda de recambios para coches, que vagamente recordaba haber visto en el centro del pueblo.

Allí encontró todo lo que necesitaba: cojinetes de recambio, una llave en cruz y grasa lubricante; al cabo de menos de media hora estuvo de vuelta en casa. Colocó el gato mecánico en su sitio y elevó el coche, luego sacó la primera rueda. Aflojó el pistón con la llave en cruz, sacó el cojinete viejo, revisó las pastillas para comprobar si estaban gastadas y reinstaló un nuevo cojinete antes de volver a colocar la rueda en su sitio y repetir el proceso con las otras ruedas.

Estaba acabando de arreglar el tercer freno cuando oyó el coche de Elizabeth, que se detenía cerca de la vieja furgoneta.

167

Echó un vistazo por encima del hombro justo en el momento en que ella se apeaba del automóvil, y entonces Thibault se dio cuenta de que ella había estado fuera varias horas.

—¿Qué tal? —preguntó.

—Casi ya he terminado.

—¿De veras? —Parecía impresionada.

—Solo eran los cojinetes. No es nada del otro mundo.

—Ya, estoy segura de que es lo mismo que alegaría un cirujano: «Oh, solo se trataba de extirpar el apéndice».

—¿Quieres aprender a hacerlo? —preguntó Thibault, mirando fijamente la silueta enmarcada por el cielo.

—¿Cuánto tiempo se necesita para arreglar una rueda?

—No mucho. —Él se encogió de hombros—. Unos diez minutos, más o menos.

—¿De veras? —volvió a repetir Elizabeth—. Vale. Iré a la cocina a dejar la comida que he comprado. Dame un minuto.

—¿Quieres que te ayude?

—No, son solo un par de bolsas.

168

Thibault colocó la tercera rueda en su sitio y acabó de apretar los tornillos antes de prepararse para quitar la última rueda. Estaba aflojando los tornillos cuando Elizabeth se colocó a su lado. Ella se acercó mucho a él para no perderse ningún detalle, y él pudo notar el leve aroma a loción de coco que ella se había puesto unas horas antes.

—Primero, sacas la rueda… —empezó a explicar, y metódicamente fue especificando todo el proceso, asegurándose de que ella comprendía cada paso. Cuando aflojó el gato mecánico y empezó a recoger las herramientas, ella sacudió la cabeza.

—Pues tienes razón. Parece demasiado sencillo. Creo que incluso yo sería capaz de hacerlo.

—Probablemente sí.

—Entonces, ¿por qué si lo hace un mecánico te cobra tanto?

—No lo sé.

—Me parece que me he equivocado de trabajo —concluyó ella, al tiempo que se levantaba y se recogía el pelo en una cola de caballo holgada—. Pero gracias por ocuparte. Hace tiempo que quería arreglar esos frenos.

—Ha sido un placer.

—¿Tienes hambre? He comprado unas lonchas de pavo para preparar bocadillos. Y pepinillos.

—Mmm… Delicioso.

Almorzaron en el porche trasero, con vistas al jardín. Elizabeth todavía parecía un poco abstraída, pero charlaron sobre la experiencia de crecer en un pueblecito del sur, donde todos se conocían y lo sabían todo respecto a los demás. Algunas de las anécdotas eran divertidas, pero Thibault admitió que él prefería una existencia más anónima.

—No sé por qué, pero no me sorprende.

A continuación, Thibault volvió a su trabajo mientras Elizabeth pasaba la tarde limpiando la casa. A diferencia de su abuelo, fue capaz de desatrancar la ventana del despacho que estaba sellada con pintura, aunque le costó mucho más que arreglar los frenos. Tampoco consiguió que se abriera y se cerrara con facilidad, por más que limó los bordes. Después, pintó el marco.

Cuando acabó, reemprendió la rutina con los perros. Cuando hubo acabado sus tareas en la residencia canina, ya eran casi las cinco, y a pesar de que se habría podido marchar a casa, no lo hizo. En vez de eso, se puso a archivar ficheros, con la intención de aligerar el duro y largo trabajo que le esperaba al día siguiente. Se encerró en el despacho durante un par de horas, procurando organizarlo todo debidamente —aunque, ¿quién podía estar seguro del orden correcto?— y no oyó a Elizabeth cuando esta se acercó. Pero sí que vio que *Zeus* se ponía de pie y enfilaba hacia la puerta.

—No esperaba encontrarte todavía aquí —dijo ella desde el umbral—. He visto luz y he pensado que te habías olvidado de apagarla.

—Nunca se me olvida apagarla.

Ella señaló hacia la pila de ficheros sobre la mesa.

—No sé cómo darte las gracias por este trabajo. Nana intentó convencerme para que ordenara los ficheros durante el verano, pero yo me mostré completamente reacia.

—¡Qué suerte la mía! —respondió él, con un tono burlón.

—No. Soy yo la que tengo suerte. Me sentía culpable porque no lo había hecho.

169

—Te creería si no fuera por esa risita maliciosa que intentas ocultar. ¿Alguna noticia sobre Ben o Nana?

—Sí. Nana está feliz, y Ben, infeliz. No es que me lo haya dicho abiertamente, pero lo he notado en su tono de voz.

—Lo siento —dijo él, con absoluta sinceridad.

Ella se encogió de hombros bruscamente, antes de apoyar la mano en el tirador de la puerta. Lo hizo rotar en ambas direcciones, como si estuviera interesada en el mecanismo. Finalmente soltó un suspiro.

—¿Te apetece un helado casero?

—¿Cómo dices? —Él depositó sobre la mesa el fichero que iba a clasificar.

—Me encanta el helado casero. No hay nada mejor cuando aprieta el calor, pero no es divertido prepararlo si no tienes con quién compartirlo.

—Me parece que nunca he probado helado casero...

—Entonces no sabes lo que te pierdes. ¿Te apuntas?

Su entusiasmo infantil era contagioso.

—De acuerdo —convino él—. Parece divertido.

—Deja que vaya un momentito a la tienda a comprar lo que necesito. Solo tardaré unos minutos.

—¿Y no sería más fácil comprar el helado hecho?

A Elizabeth le brillaron los ojos.

—No es lo mismo. Ya lo verás. Vuelvo enseguida, ¿vale?

Efectivamente, tal y como había dicho, solo tardó unos minutos. Thibault apenas tuvo tiempo de ordenar la mesa y echar un vistazo a los perros por última vez antes de oír de nuevo el coche de Elizabeth, ya de vuelta. Salió a recibirla justo en el momento en que ella se apeaba del coche.

—¿Te importa llevar a la cocina la bolsa de hielo picado? —le pidió ella—. Está en el asiento trasero.

Él la siguió hasta la cocina con la bolsa de hielo, y ella señaló con la cabeza hacia el congelador mientras depositaba una botellita de nata líquida sobre la encimera.

—¿Puedes bajar la máquina de hacer helados? Está en la despensa. En la estantería superior, a la izquierda.

Thibault volvió de la despensa con una máquina con manivela que parecía tener como mínimo cincuenta años.

—¿Te refieres a este cacharro?

—Sí.

—¿Y todavía funciona? —Se preguntó en voz alta.

—Perfectamente. Sorprendente, ¿no? Se la regalaron a Nana el día de su boda, pero todavía la usamos. Hace un helado delicioso.

Él la colocó sobre la encimera y se puso al lado de Elizabeth.

—¿Qué puedo hacer?

—Sí te parece bien, yo prepararé la mezcla y luego tú solo tendrás que darle vueltas a la manivela.

—De acuerdo —aceptó él.

Ella sacó una batidora eléctrica y un cuenco, junto con una taza de medir. Del armario de las especias, sacó azúcar, harina y extracto de vainilla. Puso tres tazas de azúcar y una taza de harina en el cuenco y lo mezcló todo a mano, luego vertió la mezcla en el vaso de la batidora. A continuación, batió tres huevos, añadió la nata líquida y tres cucharas de extracto de vainilla antes de poner en marcha la batidora. Por último, echó un poco de leche y vertió la mezcla en un molde con tapa para helados, acopló el molde a la máquina de hacer helados y agregó el hielo picado y una pizca de sal gorda por los costados.

—Estamos listos —anunció ella, pasándole a él el relevo. Recogió el resto del hielo y de sal gorda—. Salgamos al porche. Tienes que hacerlo allí. Si no, no es lo mismo.

—¡Ah! —dijo él.

Ella tomó asiento a su lado en los peldaños del porche, sentándose un poquito más cerca de él que el día antes. Inmovilizando el molde con los pies, Thibault empezó a rotar la manivela, sorprendido de que no costara apenas esfuerzo.

—Gracias por tu colaboración —comentó ella—. De verdad, hoy necesitaba un poco de helado. He tenido un día horroroso.

—Vaya, vaya…

Elizabeth se giró hacia él con una sonrisa en los labios.

—Lo haces muy bien.

—¿El qué?

—Eso de contestar «Vaya, vaya…» cuando alguien suelta un comentario. Es una buena forma de incitar a tu interlocutor a que siga hablando, sin que parezca que insistes demasiado ni que te implicas excesivamente en el tema.

171

—Vaya, vaya...

Ella rio divertida.

—Vaya, vaya... —lo imitó—. En cambio, la mayoría de la gente habría dicho algo como: «¿Qué te ha pasado?» o «¿Por qué?».

—De acuerdo. ¿Qué te ha pasado? ¿Por qué ha sido un día horroroso?

Elizabeth esbozó una mueca de cansancio.

—Primero, Ben estaba realmente gruñón esta mañana, mientras preparaba la maleta, y al final no he podido contenerme y le he dado un cachete para que fuera más deprisa, porque iba a paso de tortuga. A su padre no le gusta que llegue tarde, pero ¿hoy? Bueno, hoy era como si se hubiera olvidado de que a Ben le tocaba estar con él. Me he pasado un par de minutos llamando al timbre antes de que finalmente él haya abierto la puerta, y tenía pinta de acabarse de levantar. Si hubiera sabido que todavía lo encontraríamos durmiendo, no habría sido tan dura con Ben, y aún me siento culpable. Y cómo no, mientras ponía el motor en marcha, he visto que Ben salía de nuevo a la calle a tirar la basura porque su queridito papá es demasiado vago para hacerlo. Y luego, encima, me he pasado todo el día limpiando, lo cual no ha estado mal durante las primeras dos horas. Pero ahora lo que realmente necesito es un helado.

—La verdad es que no parece que hayas disfrutado de un sábado relajado.

—No, en absoluto —murmuró ella. Logan se dio cuenta de que se estaba debatiendo entre seguir desahogándose o no. A juzgar por su aspecto decaído, había algo más. Elizabeth aspiró aire antes de soltar un largo suspiro—. Hoy es el cumpleaños de mi hermano —anunció con un leve temblor en la voz—. Por eso he ido a verlo hoy, después de dejar a Ben. Le he llevado flores al cementerio.

Thibault notó una opresión en el pecho al recordar el retrato en la repisa de la chimenea. A pesar de que sospechaba que su hermano había muerto, era la primera vez que Nana o Elizabeth se lo confirmaban. Inmediatamente comprendió por qué ella no había querido quedarse sola aquella noche.

—Lo siento.

—Yo también. Te habría gustado. A todo el mundo le caía bien.

—Te creo.

Ella retorció las manos en su regazo.

—A Nana se le había olvidado. Pero esta tarde se ha acordado y me ha llamado rápidamente para decirme lo mucho que siente no estar hoy aquí, conmigo. Se sentía culpable por haberse olvidado, pero le he dicho que no pasa nada, que no tiene importancia.

—Sí que tiene importancia. Era tu hermano, y lo echas de menos.

En su cara se dibujó una sonrisa risueña unos instantes, antes de volverse a poner taciturna.

—Me recuerdas a él —admitió, con una voz suave—. No tanto por tu apariencia como por tus gestos. Me di cuenta la primera vez que entraste en el despacho para solicitar el empleo. Es como si os hubieran hecho con el mismo molde. Supongo que es por el hecho de ser marines, ¿no?

—Quizás. Aunque he conocido a toda clase de marines.

—Seguro que sí. —Elizabeth hizo una pausa, llevándose las rodillas hacia el pecho y rodeándolas con sus brazos—. ¿Te gustó la experiencia en el Cuerpo de Marines?

—A veces.

—¿No siempre?

—No.

—A Drake le encantaba. De hecho, le gustaba todo lo que tenía que ver con ellos. —A pesar de que parecía hipnotizada por el movimiento de la manivela, Thibault podía ver que estaba perdida en sus pensamientos—. Recuerdo cuando empezó la invasión. Con Camp Lejeune a menos de una hora de aquí, fue una gran noticia. Yo tenía miedo por él, sobre todo cuando oí rumores acerca de armas químicas y ataques suicidas, pero ¿sabes de qué tenía miedo él? ¿Antes de la invasión, quiero decir?

—¿De qué?

—De una foto. De una maldita foto mía. ¿Puedes creerlo?

A Thibault le dio un vuelco el corazón, pero se esforzó por no perder la calma.

—Aquel año me hizo una foto cuando llegamos a la feria

173

—continuó ella—. Era el último fin de semana que pasábamos juntos antes de que él se alistara, y decidimos dar una vuelta por la feria, con la intención de pasar un rato agradable, sin pensar en nada. Recuerdo que me senté con él cerca de un enorme pino y estuvimos charlando durante horas mientras contemplábamos la noria. Era una de esas norias grandes, toda iluminada, y podíamos oír los gritos de emoción de los niños mientras las cestas de la noria subían y bajaban bajo aquel perfecto cielo de verano. Hablamos sobre nuestros padres, y nos preguntamos cómo serían si todavía vivieran, o qué aspecto tendrían, con el pelo gris, o si nos habríamos quedado en Hampton o nos habríamos ido a vivir a otro sitio, y recuerdo que alcé la vista al cielo. De repente vi una estrella fugaz, y lo primero que se me ocurrió fue que ellos nos estaban escuchando desde algún sitio.

Hizo una pausa, perdida en sus recuerdos, antes de proseguir.

—Él tenía la foto plastificada, y durante la primera instrucción militar siempre la había llevado encima. Después lo destinaron a Iraq. Un día me escribió un correo electrónico pidiéndome que le enviara una copia porque la había perdido. A mí me parecía una ridiculez, pero yo no estaba allí, y no sabía lo que él estaba pasando, así que le dije que le enviaría otra. Pero no se la envié de inmediato. No me preguntes el porqué. Era como si tuviera un bloqueo mental, algo que me empujara a no hacerlo. Me metí la tarjeta en el bolsillo, pero cada vez que pasaba por delante de la tienda de revelado de fotos, me olvidaba de revelarla. Y de repente, la invasión ya había empezado. Al final se la envié, pero me devolvieron la carta sin abrir. Drake murió durante la primera semana de la invasión.

Ella lo miró fijamente por encima de sus rodillas.

—Cinco días. Solo aguantó cinco días. Y nunca le concedí lo único que me había pedido. ¿Sabes cómo me siento?

A Thibault le entraron ganas de vomitar.

—No sé qué decir.

—No hay nada que puedas decir. Es un infortunio, una trastada de la vida. Y hoy… me duele pensar que poco a poco nos estamos olvidando de él. Nana no se ha acordado, Ben tampoco. Al menos, en su caso, puedo entenderlo en cierto modo.

Él aún no había cumplido los cinco años cuando mataron a Drake, y ya sabes cómo es la memoria a esa edad. Recordamos muy pocas cosas en esa etapa. Pero Drake era tan bueno con él..., le encantaba estar con él... —Elizabeth se encogió de hombros—. Más o menos como tú.

Thibault deseó que ella no hubiera dicho eso. Se sentía incómodo.

—¿Sabías que no quería contratarte? —continuó ella, sin darse cuenta del creciente estado incómodo de Thibault.

—Sí.

—Pero no porque hubieras llegado andando desde Colorado, aunque eso también influyera, claro, sino básicamente porque habías sido marine.

Él asintió, y en el silencio ella echó un vistazo a la máquina de hacer helados.

—Probablemente necesita un poco más de hielo. —Abrió la tapa, añadió más hielo y después le pasó el recipiente nuevamente a Thibault.

—¿Por qué estás aquí? —le preguntó Elizabeth.

A pesar de que él sabía a qué se refería, fingió no entenderla.

—Porque me has pedido que me quede.

—No. Quiero decir, ¿por qué estás aquí, en Hampton? Y esta vez quiero la verdad.

Thibault se debatió en busca de la explicación adecuada.

—Me pareció un sitio agradable, y de momento, lo es.

Podía adivinar por su expresión que ella sabía que había algo más, y esperó. Cuando él no agregó nada más, Elizabeth frunció el ceño.

—Tiene algo que ver con tu paso por Iraq, ¿no es cierto?

Su silencio lo delató.

—¿Cuánto tiempo estuviste allí? —lo interrogó.

Thibault se movió inquieto, sin ganas de hablar del tema, pese a saber que no le quedaba otra opción.

—¿Cuál de las veces?

—¿Cuántas veces estuviste allí?

—Tres.

—¿Tuviste que entrar en combate?

—Sí.

—Pero lograste sobrevivir.

—Sí.

A Elizabeth se le tensaron los labios y de repente su rostro adoptó un semblante sombrío, como si estuviera a punto de romper a llorar.

—¿Por qué tú, y no mi hermano?

Thibault hizo girar la manivela cuatro veces antes de contestar con lo que sabía que era una mentira.

—No lo sé.

Cuando Elizabeth se levantó para ir en busca de un par de cuencos y de cucharas para el helado, Thibault combatió la insoportable necesidad que sentía de llamar a *Zeus*, largarse de allí y regresar a Colorado, en ese mismo momento, antes de cambiar de parecer.

No podía dejar de pensar en la foto que tenía en el bolsillo, la fotografía que Drake había perdido. Thibault la había encontrado, Drake había muerto, y ahora él estaba allí, en la casa donde aquel chico se había criado, en compañía de su hermana.

En apariencia todo parecía improbable, así que, mientras combatía la repentina sequedad que sentía en la boca, se concentró en aquellas cosas que sabía que eran verdad. La fotografía era simplemente eso: un retrato de Elizabeth que le había hecho su hermano. Los amuletos de la suerte no existían. Thibault había sobrevivido en Iraq, igual que la mayoría de los marines que habían sido destinados a aquel lugar. Y tenía el ejemplo de los soldados en su pelotón; prácticamente todos habían regresado, incluido Victor. Aunque algunos marines habían muerto —Drake entre ellos— y a pesar de que eso fuera realmente trágico, no tenía nada que ver con la foto. Así era la guerra. En cuanto a él, estaba allí porque había tomado la decisión de ir en busca de la mujer de la foto. No tenía nada que ver con el destino ni con conjuros mágicos.

Pero había ido en su busca por Victor…

Thibault parpadeó incómodo y se recordó a sí mismo que no creía nada de lo que Victor le había dicho.

Lo que su amigo le decía era simplemente una superstición. No podía ser verdad. Por lo menos no en su totalidad.

Zeus pareció percibir su incomodidad y alzó la cabeza para mirarlo. Con las orejas tiesas, emitió un suave gemido y subió los peldaños para lamerle la mano. Thibault le alzó la cabeza, y el perro se dejó acariciar.

—¿Qué hago aquí? —susurró Thibault—. ¿Por qué estoy aquí?

Mientras aguardaba una respuesta que nunca llegaría, oyó la puerta mosquitera que se cerraba de un portazo a sus espaldas.

—¿Estás hablando contigo mismo o con tu perro? —inquirió Elizabeth.

—Con ambos —respondió él.

Ella se sentó a su lado y le pasó una cuchara.

—¿Qué decías?

—Nada importante. —Hizo una señal a *Zeus* para que se tumbara, y el perro intentó tumbarse en el peldaño con el cuerpo encogido para estar cerca de ellos.

Elizabeth abrió la máquina de hacer helados y sirvió unas cucharadas en cada uno de los cuencos.

—Espero que te guste —dijo, pasándole un cuenco.

Ella hundió su cuchara y lo probó antes de girarse hacia él, con una expresión cohibida.

—Te pido perdón —le dijo.

—¿Por qué?

—Por lo que he dicho… Cuando he preguntado por qué tú sobreviviste y mi hermano no.

—Es una pregunta lógica. —Él asintió, incómodo bajo su escrutinio.

—No, no lo es. Y no tenía derecho a decirlo. Lo siento.

—No pasa nada.

Ella tomó otra cucharada, vacilando antes de continuar:

—¿Recuerdas cuando te he dicho que no quería contratarte porque habías sido marine?

Thibault asintió con la cabeza.

—No es por lo que piensas. No era porque me recordaras a Drake. Es por la forma en que murió. —Dio unos golpecitos en el cuenco con su cuchara—. Drake murió por fuego amigo.

Thibault desvió la vista mientras ella continuaba.

—Al principio no nos lo dijeron, claro. Siempre nos daban evasivas. «La investigación sigue abierta» o «Estamos inda-

177

gando los sucesos», ya sabes, excusas por el estilo. Pasaron varios meses antes de que descubriéramos finalmente cómo había muerto, e incluso entonces, nunca supimos realmente quién había sido el responsable.

Elizabeth se esforzó como si buscara las palabras adecuadas.

—Solo es que… las explicaciones no encajaban, ¿sabes? Quiero decir, sé que fue un accidente, sé que quien lo cometió no pretendía matarlo, pero si algo similar hubiera sucedido aquí, en Estados Unidos, alguien habría sido acusado por homicidio. En cambio, si pasa en Iraq, nadie quiere que se sepa la verdad. Y nunca se sabrá.

—¿Por qué me cuentas todo esto? —preguntó Thibault, con la voz templada.

—Porque esa es la verdadera razón por la que no quería contratarte. Cuando descubrí lo que había sucedido, cada vez que veía un marine me preguntaba: «¿Fue él quien mató a Drake?» o «¿Está encubriendo a quien lo hizo?». Sabía que no era justo, que no era correcto, pero no podía evitarlo. Y al cabo de un tiempo, la rabia empezó a consumirme lentamente, como si esa fuera la única forma que tenía de controlar la pena. No me gustaba la clase de persona en la que me había convertido, pero estaba acorralada en aquel horrible ciclo de preguntas y de sentimiento de culpa. Y entonces, de repente, apareciste tú en el despacho y solicitaste el empleo. Y Nana, a pesar de que sabía perfectamente cómo me sentía yo —y quizá precisamente por cómo me sentía— decidió contratarte.

Elizabeth dejó el cuenco a un lado.

—Por eso no tenía prácticamente nada que decirte las primeras dos semanas. No sabía qué decir. Pensé que realmente no era necesario hablar contigo, ya que probablemente te marcharías al cabo de unos días, como hacían todos. Pero no lo hiciste. En vez de eso, has trabajado duro y te has quedado hasta muy tarde, eres fantástico con Nana y con mi hijo…, y de repente, he dejado de verte como un marine y solo te veo como un hombre. —Hizo una pausa como si nuevamente estuviera perdida en sus pensamientos, y luego le rozó la pierna con la rodilla cariñosamente—. Y no solo eso, eres un hombre que permite que las mujeres se desahoguen emocionalmente sin mandarles que se callen.

Él le acarició la espalda para infundirle ánimos y dijo:

—Es el cumpleaños de Drake.

—Así es. —Ella alzó el cuenco—. ¡A la salud de mi hermanito pequeño, por Drake!

Thibault hizo chocar su cuenco con el de ella.

—Por Drake —repitió.

Zeus gimoteó y los miró a los dos con ojitos ansiosos. A pesar de la tensión, ella alargó el brazo y le acarició el lomo.

—Tú no necesitas que brindemos por ti. Hoy es el cumpleaños de Drake.

Zeus ladeó la cabeza como si no la comprendiera, y ella rio.

—Bla-bla-bla. No entiende ni jota de lo que le digo.

—Es cierto, pero se da cuenta de que estás triste. Por eso gime.

—Es un perro sorprendente. Jamás había visto un perro tan intuitivo y tan bien adiestrado. Nana me comentó lo mismo, y créeme, eso significa mucho.

—Gracias. *Zeus* proviene de una buena estirpe.

—Bueno, ahora te toca hablar a ti. Prácticamente ya lo sabes todo sobre mí.

—¿Qué quieres saber?

Elizabeth cogió el cuenco y comió un poco más de helado antes de preguntarle:

—¿Alguna vez has estado enamorado?

Cuando él enarcó una ceja ante la forma descarada en que ella había decidido interrogarlo, Beth agitó una mano como para restarle importancia a su pregunta.

—Ni se te ocurra pensar que pretendo entrar en un territorio demasiado personal contigo. Desde luego, no después de todo lo que te he contado.

—Una vez —admitió él.

—¿Hace poco?

—No. Hace muchos años. Cuando estaba en la universidad.

—¿Cómo era ella?

Thibault pareció buscar la palabra correcta.

—Práctica —contestó.

Elizabeth no dijo nada, pero su expresión denotaba que quería saber más.

—Vale —cedió al final—. Era una estudiante del último

179

curso, y siempre iba con faldas campestres y zapatos cómodos de la marca Birkenstock. Jamás usaba maquillaje. Escribía una columna de opinión en la gaceta estudiantil y siempre estaba en la primera línea de cualquier causa que apoyara a cualquier grupo sociológico en el mundo, excepto a los hombres blancos y a los ricos. Ah, y también era vegetariana.

Ella escrutó su cara.

—No sé por qué, pero nunca te habría imaginado con una mujer de tales características.

—Ni yo tampoco. Y ella tampoco. Al menos no por mucho tiempo. Pero durante unos meses resultó sorprendentemente sencillo no prestar atención a nuestras diferencias tan obvias. Y lo conseguimos.

—¿Cuánto duró vuestra relación?

—Un poco más de un año.

—¿Y sigues en contacto con ella?

Thibault sacudió la cabeza.

—No.

—¿Y eso es todo?

—Aparte de un par de flechazos en el instituto, sí, eso es todo. Pero no olvides que en los últimos cinco años no he gozado realmente de muchas oportunidades para iniciar nuevas relaciones.

—No, supongo que no.

Zeus se incorporó y fijó la vista en la carretera, moviendo las orejas levemente. Alerta. Apenas pasaron unos momentos antes de que Thibault oyera el ruido del motor de un vehículo que se acercaba, y en la distancia, un amplio y disperso halo de luz iluminó los árboles antes de que el foco empezara a reducirse. Elizabeth frunció el ceño, confusa, antes de que un sedán torciera lentamente la esquina y se dirigiera directamente hacia su casa. A pesar de que las luces del porche no iluminaban la calle, Thibault reconoció el coche y se sentó con la espalda completamente erguida. Era o bien el *sheriff*, o bien uno de sus oficiales.

Elizabeth también lo reconoció.

—Esto no pinta nada bien —murmuró tensa.

—¿Qué crees que quieren?

Ella se levantó de su asiento en el porche.

—No se trata de ellos. Sino de él. Mi exmarido. —Empezó a bajar los peldaños y avanzó hacia la calle—. Espera aquí. Ya me encargo yo.

Thibault hizo una señal a *Zeus* para que se sentara y se quedara quieto mientras el coche se detenía junto al de Elizabeth, lejos del porche. A través de los arbustos, Thibault vio que se abría la puerta del pasajero y Ben salía, cabizbajo. Cuando la puerta del conductor se abrió, apareció el oficial Keith Clayton.

Zeus lanzó un gruñido, alerta y tenso, esperando la orden de ataque. Elizabeth observó a *Zeus* con cara de sorpresa hasta que Ben llegó a un espacio iluminado. Thibault se fijó en que el muchacho no llevaba las gafas, y vio los morados alrededor de su ojo. Elizabeth también lo vio.

—¿Qué ha pasado? —gritó ella, corriendo hacia su hijo. Se detuvo junto a él para examinarle la cara con atención—. ¿Qué le has hecho?

—No es nada —respondió Clayton, mientras se les acercaba—. Solo es un morado.

Ben se dio la vuelta para evitar que su madre lo viera.

—¿Y dónde están sus gafas? —quiso saber Elizabeth, todavía intentando comprender qué había pasado—. ¿Le has pegado?

—¡Por el amor de Dios! ¡Por supuesto que no le he pegado! ¿Por quién me tomas?

Elizabeth no parecía oírlo y continuó centrando toda su atención en su hijo.

—¿Estás bien, cielo? ¿Qué ha pasado? ¿Se te han roto las gafas?

Ella sabía que Ben no diría ni una palabra hasta que Clayton se hubiera marchado. Al levantar la cara hacia ella, Elizabeth vio que se le habían roto unos vasos oculares, y su córnea se hallaba estriada de venitas rojas.

—¿Con qué fuerza le has lanzado la bola? —le recriminó a Clayton, con expresión horrorizada.

—No muy fuerte. Y solo es un morado. Su ojo está bien, y hemos conseguido reparar las gafas.

—¡Esto es más que un morado! —Elizabeth alzó la voz, sin apenas poderse contener.

181

—¡Deja de actuar como si fuera culpa mía! —ladró Clayton.

—¡Es culpa tuya!

—¡Él no la ha cogido al vuelo! Solo estábamos pasándonos la pelota. ¡Ha sido un accidente, por el amor de Dios! ¿A que sí, Ben? Nos estábamos divirtiendo, ¿no es cierto, muchacho?

Ben clavó la vista en el suelo.

—Sí —murmuró.

—Anda, cuéntale lo que ha pasado. Dile que no ha sido culpa mía. ¡Vamos, hazlo!

Ben apoyó todo el peso de su cuerpo primero en un pie y luego en el otro.

—Nos estábamos pasando la pelota. Se me ha escapado una y me ha dado en el ojo. —Alzó el brazo para mostrarle las gafas a su madre, pegadas grotescamente por el puente y por la parte superior de una de las lentes con esparadrapo—. Papá me ha arreglado las gafas.

Clayton alzó las palmas de las manos.

—¿Lo ves? No ha sido nada. Son cosas que suceden. Forma parte del juego.

—¿Cuándo ha pasado? —le exigió Elizabeth.

—Hace unas horas.

—¿Y no me has llamado?

—No. Lo he llevado al hospital, de urgencias.

—¿De urgencias?

—¿Y adónde querías que lo llevara? Sabía que no te lo podía devolver sin antes confirmar que estaba bien, así que eso es lo que he hecho. He actuado como haría cualquier padre responsable, igual que hiciste tú cuando se cayó del columpio y se rompió el brazo. Y por si no te acuerdas, yo no me puse histérico contigo, igual que tampoco me enfado contigo porque lo dejes jugar en la cabaña del árbol. Eso sí que es una trampa mortal.

Ella parecía demasiado afrentada para contestar. Él sacudió la cabeza con prepotencia.

—Bueno, la cuestión es que me ha dicho que quería ir a casa.

—Muy bien —contestó ella, haciendo un gran esfuerzo por contenerse. Se le tensó un músculo en la mandíbula inferior antes de hacer con la mano un gesto despectivo hacia Clayton—. Ya está hecho. Ahora vete. Ya me encargo yo de él.

Rodeando a Ben con el brazo, empezó a guiarlo hacia la casa, y fue en aquel instante cuando Clayton avistó a Thibault sentado en el porche, que no apartaba la vista de él. Los ojos de Clayton se abrieron como un par de naranjas antes de que refulgieran peligrosamente. Avanzó hacia el porche con actitud agresiva.

—¿Qué haces aquí? —gritó encolerizado.

Thibault simplemente lo miró sin moverse. Zeus empezó a ladrar de una forma más amenazadora.

—¿Qué hace este tipo aquí, Beth?

—Lárgate, Keith. Ya hablaremos de esto mañana. —Ella le dio la espalda.

—¡Te he hecho una pregunta! —bramó él, cogiéndola bruscamente del brazo.

En aquel momento, Zeus se puso a ladrar y a gruñir como si estuviera a punto de atacar, y sus patas traseras empezaron a temblar. Por primera vez, Clayton pareció darse cuenta de la presencia del perro, de sus dientes afilados y del pelaje de su lomo completamente erizado.

—Si yo estuviera en tu lugar, le soltaría el brazo —apuntó Thibault, con una voz sosegada y tranquila, más en un tono de sugerencia que de orden—. Ahora mismo.

Clayton, sin apartar los ojos del perro, la soltó inmediatamente. Mientras Elizabeth y Ben se encaminaban hacia el porche rápidamente, Clayton miró a Thibault con inquina. Zeus dio un paso adelante, sin dejar de gruñir.

—Me parece que será mejor que te vayas —dijo Thibault, sin alterar el tono de voz.

Clayton se debatió un instante, luego retrocedió un paso y dio media vuelta. Oyó cómo los maldecía en voz baja mientras regresaba al coche, abría la puerta y la cerraba de un portazo después de entrar.

Thibault alargó la mano para acariciar a Zeus.

—Buen chico —le susurró.

Clayton arrancó con tanta brusquedad que la gravilla saltó debajo de las ruedas del automóvil, que chirriaron escandalosamente. Las luces traseras se perdieron de vista, y solo entonces el pelaje en el lomo de Zeus volvió a su estado normal. El perro movió la cola cuando Ben se acercó.

—Hola, *Zeus* —lo saludó Ben.

El perro miró a Thibault como si le pidiera permiso.

—De acuerdo —dijo Thibault, soltándolo. *Zeus* trotó hacia Ben como si quisiera decirle: «¡Qué contento estoy de que hayas vuelto a casa!». Buscó la mano de Ben con el hocico, y el muchacho lo acarició.

—Me echabas de menos, ¿eh? —dijo Ben, con una sonrisa en los labios—. Yo también te echaba de menos…

—Vamos, cielo —lo interrumpió Elizabeth, empujándolo suavemente—. Entra en casa. Te pondré un poco de hielo en el ojo. Y además quiero examinarlo con más luz.

Mientras abrían la puerta mosquitera, Thibault se puso de pie.

—Hola, Thibault —lo saludó Ben con la mano.

—Hola, Ben.

—¿Mañana podré jugar con *Zeus*?

—Si a tu madre le parece bien, por mí no hay ningún problema. —Thibault podía leer en la expresión de Elizabeth que quería quedarse a solas con su hijo—. Será mejor que me vaya —dijo, preparándose para bajar del porche—. Se está haciendo tarde, y mañana he de empezar a trabajar temprano.

—Gracias —le dijo ella—. Te lo agradezco mucho. Y perdona por este numerito tan desagradable.

—No tienes que disculparte de nada.

Thibault se alejó por el caminito de gravilla, pero de repente se giró hacia la casa. Solo acertó a vislumbrar cierto movimiento detrás de las cortinas de la ventana del comedor.

Con la vista fija en las dos siluetas en la ventana, sintió por primera vez que finalmente estaba empezando a comprender por qué estaba allí.

14

Clayton

De todos los sitios en el mundo, tenía que encontrar a ese tipo asqueroso en casa de Beth. ¿Cuántas posibilidades había para que ocurriera esa coincidencia? ¡Una jodida posibilidad entre un millón, eso seguro!

¡Oh! ¡Cómo lo odiaba! No, eso no era del todo exacto. Lo que realmente deseaba era estrangular a este tipo. No solo porque le había robado la cámara y le había pinchado las ruedas, aunque solo por eso ya merecía compartir celda unos días con un par de gallitos violentos adictos a las metanfetaminas. Y no era porque temiera que *Tai-bolt* le hiciera chantaje con las fotos indiscretas. La cuestión era que ese tipo, el mismo que una vez ya se había reído de él, lo había dejado en ridículo delante de Beth.

Como si la frasecita «Si yo estuviera en tu lugar, le soltaría el brazo» no hubiera bastado. Pero ¿y después? Entonces era cuando ese desgraciado se había excedido. «Ahora mismo… Me parece que será mejor que te vayas…», y todo pronunciado con ese tono serio, inalterable, el tono prepotente de «Mira, no me marees más» que Clayton utilizaba con los delincuentes. ¡Y él lo había hecho! Se había largado como un perro con la cola entre las piernas, lo que había sido extremamente humillante.

Por lo general no habría tolerado ni por un segundo que nadie lo tratara de ese modo, incluso con Beth y Ben cerca. Nadie le daba órdenes ni lo ridiculizaba, y no habría dudado en dejar perfectamente claro que el tipo había cometido el peor

185

error de su vida. ¡Pero no podía hacerlo! Ese era el problema. No podía. No con *Cujo* cerca, con los ojos fijos en su escroto como si fuera un aperitivo en el bufé del domingo. En la oscuridad, ese bicho parecía un lobo sanguinario, y lo único que le venía a la mente eran las historias que Kenny Moore le había contado sobre *Panther*.

De todos modos, ¿qué diantre hacía ese tipo con Beth? ¿Cómo era posible? Le parecía una maléfica conspiración cósmica para echar a perder lo que había sido en su mayor parte una mierda de día, empezando con el niñito resentido y enfurruñado, que se había presentado al mediodía y ya desde el primer momento había protestado porque no quería sacar la basura.

Se consideraba a sí mismo un hombre paciente, pero estaba cansado de la actitud de ese chico, muy cansado, y por eso no había dado el brazo a torcer después de que Ben sacara la basura. Le había ordenado que limpiara la cocina y los baños, también, pensando que así aprendería cómo funcionaba el mundo de verdad, donde lo importante era mostrar una actitud mínimamente decente. El poder del pensamiento positivo y todos esos rollos. Y además, todo el mundo sabía que mientras que las mamás se encargaban de malcriar a sus hijos, de los papás se esperaba que enseñaran a sus hijos que en la vida no había nada gratis, ¿no era cierto? Y a ese chico se le daba muy bien limpiar, sin lugar a dudas, así que para Clayton estaba más que claro qué lugar debía ocupar cada uno. Después de unas horas, había considerado que ya era hora de que el muchacho se tomara un respiro, así que llamó a Ben para que saliera al jardín a jugar. ¿A qué niño no le gustaría jugar a la pelota con su padre una esplendorosa tarde de un sábado cualquiera?

Ben. ¡Quién si no!

«Estoy cansado. Tengo calor, papá. ¿De verdad tenemos que jugar?»

Una queja tras otra, a cual más estúpida, hasta que finalmente habían salido al jardín, y entonces el chico va y se encierra en sí mismo como una ostra y no dice ni mu. Peor aún, por más veces que Clayton le pedía que mirara la maldita pelota, Ben seguía sin cazarla al vuelo porque no le daba la real gana. Lo hacía a propósito, sin duda. ¿Salir corriendo tras la pelota cuando se le escapaba? ¡No, por supuesto que no! Su hijo no hacía esas cosas. Él estaba demasiado ocupado poniendo morros porque el mundo era tan injusto y jugaba a la pelota como un ciego.

Al final, Clayton no había podido soportarlo más. Estaba intentando pasar un buen rato con su hijo, pero este se había propuesto desafiarlo, y sí, de acuerdo, quizá le había lanzado la pelota con demasiada fuerza la última vez. Pero lo que sucedió a continuación no fue culpa suya. Si el chico hubiera estado atento, la pelota no habría rebotado en su guante y Ben no habría acabado berreando como un bebé, como si se estuviera muriendo o algo parecido. ¡Ni que fuera el único chaval en la historia del mundo que hubiera recibido un pelotazo!

Pero todo eso estaba de más. La verdad es que Ben se había hecho daño. No era una herida seria, y los morados desaparecerían al cabo de un par de semanas. Dentro de un año, Ben se habría olvidado por completo del incidente o fanfarronearía con sus amigos recordando el día en que recibió un fuerte pelotazo.

187

Beth, en cambio, jamás lo olvidaría. Le guardaría rencor durante mucho, muchísimo tiempo, a pesar de que la culpa hubiera sido más de su hijo que suya. Ella no comprendía el simple hecho de que todos los chicos recordaban sus heridas deportivas con orgullo.

Ya esperaba la reacción histérica de Beth, y la verdad es que no la culpaba por ello. Eso era lo que las mamás hacían, y Clayton ya estaba preparado para soportar ese numerito. Le parecía que había controlado la cuestión bastante bien, casi hasta el final, hasta que vio a ese tipo con el chucho sentado en el porche, como si fuera el dueño y señor de la casa.

Logan *Tai-bolt*.

Había recordado el nombre al instante, claro. Durante varios días había estado buscando a ese tipo infructuosamente, hasta que al final había desistido pensando que lo más probable era que se hubiera largado del pueblo. De ninguna manera un tipo con esa pinta y con ese perro podrían pasar desapercibidos en Hampton, ¿no? Por eso al final había dejado de preguntar por ahí si alguien los había visto.

Imbécil.

¿Y ahora qué iba a hacer? ¿Qué pensaba hacer con ese… nuevo giro inesperado?

Ya se encargaría de Logan *Tai-bolt*, de eso estaba seguro, y esta vez no lo pillaría desprevenido. Lo que quería decir que, antes de actuar, necesitaba información. Dónde vivía ese tipo, dónde trabajaba, dónde pasaba sus ratos libres. Dónde podía encontrarlo solo.

Por más que le costara, averiguaría dónde podía encontrarlo solo, especialmente sin el perro. Tenía el presentimiento de que *Tai-bolt* y ese chucho nunca, o casi nunca, se separaban. Pero ya se le ocurriría un remedio para eso.

Obviamente, necesitaba saber qué había entre Beth y *Tai-bolt*. Desde que había asustado a ese mequetrefe de Adam, no tenía conocimiento de que Beth estuviera saliendo con nadie más. Le costaba creer que pudiera estar liada con un tipo como aquel, teniendo en cuenta que Clayton siempre conocía todos los pasos que daba Beth. Francamente, no podía imaginar qué era lo que había podido ver en alguien como *Tai-bolt*. Beth había ido a la universidad; seguramente lo último que deseaba en su vida era a un piojoso recién llegado al pueblo. ¡Ese tipo ni tan solo tenía coche!

Sin embargo, allí estaba un sábado por la noche, y eso obviamente significaba algo. De todos modos, había alguna cosa que no encajaba. Se preguntó por un momento si no sería que ese tipo estaba trabajando en la residencia canina… Bueno, fuera lo que fuese, lo averiguaría, y cuando lo hiciera, tomaría cartas en el asunto, y el señor Logan *Tai-bolt* se arrepentiría del día en que había pisado por primera vez su pueblo.

15

Beth

Aquel domingo estaba siendo sin lugar a dudas el día más caluroso de todo el verano, con una elevada humedad y unas temperaturas que superaban los cuarenta grados. En la meseta del Piedmont, los lagos se habían comenzado a secar, los ciudadanos de Raleigh se habían visto obligados a racionar el agua y en la zona más al este de Carolina del Norte las cosechas se estaban malogrando por culpa de la brutal sequía. En las últimas tres semanas, los bosques se habían convertido en una hoguera en potencia, y todos esperaban algún que otro inevitable incendio forestal a causa de una colilla mal apagada o de algún rayo. La única incógnita era cuándo y dónde se iba a generar el incendio.

A menos que estuvieran encerrados en los caniles, los perros lo pasaban realmente mal, e incluso Logan había empezado a acusar los efectos del asfixiante calor. Había acortado las sesiones de adiestramiento cinco minutos menos, y cuando sacaba a pasear a los perros siempre se dirigía directamente al arroyo, donde los perros podían chapotear y refrescarse. *Zeus* había entrado y salido del agua por lo menos una docena de veces, y a pesar de que Ben había intentado atraer su atención para que jugaran con la pelota tan pronto como había regresado de misa, el perro había mostrado un escaso interés en la actividad. Al final, el chico optó por sacar un ventilador y emplazarlo en el porche frontal de la casa, enfocando la brisa hacia *Zeus*, luego se sentó al lado del perro a leer *El asesinato de Roger Ackroyd*, uno de los pocos libros de Agatha Christie que todavía no había acabado. Únicamente abandonó la lectura unos instantes para ir a ver qué hacía Logan, con una absoluta apatía, antes de volver a su libro.

Era la típica tarde perezosa de domingo que tanto le gustaba a Beth, aunque cada vez que veía el morado en la cara de su hijo y sus gafas reparadas de un modo tan antiestético sentía una incontenible rabia por lo que Keith había hecho. El lunes sin falta pensaba llevarlo al óptico para que le repararan las gafas. A pesar de lo que había dicho, Keith había lanzado la pelota con una fuerza excesiva, y se preguntó qué clase de padre cometería tal barbaridad con un niño de diez años.

Obviamente, un padre como Keith Clayton.

Una cosa era cometer un error casándose con él, y otra muy distinta era tener que cargar con ese error el resto de su vida. La relación entre Ben y su padre parecía empeorar en vez de mejorar. Cierto, Ben necesitaba una figura paterna en su vida, y Keith era su padre, pero…

Apesadumbrada, sacudió la cabeza. En parte deseaba alejar a Ben de Keith y marcharse a vivir a otro lugar. Buscar un nuevo hogar en otra parte del país y empezar de nuevo. Resultaba fácil fantasear con la idea; si tuviera agallas para hacerlo, sus problemas se acabarían. Pero la realidad era distinta. No le faltaba valor, pero escapar no era una posibilidad viable. Aunque Nana se encontrara bien para hacerse cargo de todo —y la verdad era que no lo estaba—, Keith acabaría por encontrarla, por más lejos que se marchara. Gramps insistiría en que lo hiciera, y el tribunal, incluyendo al juez Clayton, tomaría cartas en el asunto. Sin lugar a dudas, en su ausencia, le concederían a Keith la custodia de Ben. El tío de Keith lo conseguiría, estaba segura; esa había sido la amenaza implícita desde el divorcio, una amenaza que tenía que tomarse muy en serio en aquel condado. Quizá conseguiría recuperar la custodia, pero ¿cuánto tardaría? ¿Doce, dieciocho meses? No pensaba arriesgarse a perder a Ben durante tanto tiempo. Y lo último que deseaba era que Ben tuviera que pasar más tiempo con Keith.

La verdad era que él deseaba tan poco que le concedieran la custodia total de su hijo como ella, y a lo largo de los años habían llegado a una solución tácita: Keith estaría con Ben tan poco tiempo como fuera posible, aunque solo fuera para tener contento a Gramps. No era justo que usaran a Ben como un peón, pero ¿qué más podía hacer? Beth no quería arriesgarse a perderlo. Keith haría lo que tuviera que hacer con tal de que su familia no le cerrara el grifo y siguiera pasándole dinero, y Gramps no quería perder a Ben.

A la gente le gustaba imaginar que disponía de libertad para elegir su propia vida, pero ella había aprendido que a veces eso no era más que una ilusión. Por lo menos en Hampton, donde la familia Clayton lo controlaba prácticamente todo. Gramps siempre se mostraba educado cuando se veían en la iglesia, y a pesar de que el anciano llevaba años intentando comprar las tierras de Nana, no les había hecho la vida imposible. De momento. Pero en un mundo en el que todo era, o bien blanco, o bien negro, no había duda de que los miembros de la familia Clayton, incluyendo a Gramps, eran los reyes de la gama de los grises, y que usaban su poder cuando les convenía. Cada uno de ellos se había criado con la idea de que eran unos seres especiales —ungidos, incluso—, por lo que a Beth le sorprendía la rapidez con que Keith se había marchado de su casa la noche anterior.

191

Estaba contenta de que Logan y *Zeus* hubieran estado allí. Él había manejado la situación de una forma intachable, y apreciaba que no se hubiera quedado mucho más rato después del altercado. Se había dado cuenta de que ella quería quedarse a solas con Ben y lo había aceptado con la misma facilidad con la que había echado a Keith.

Realmente, era un tipo tranquilo y moderado. Cuando ella le había hablado de Drake, él no le había dado la vuelta a la conversación para enfocarla hacia sí mismo ni en cómo se sentía a causa de ello, ni tampoco le había dado consejos. Esa era una de las razones por las que confiaba en él y por eso había acabado contándole tantas cosas sobre sí misma. Estaba bastante desanimada por la cuestión del olvido del cumpleaños de Drake, pero la verdad era que sabía exactamente lo que hacía. Ella había sido la que le había pedido que se quedara en primer lugar, y suponía que, en el fondo, había querido compartir su tristeza con él.

—¿Mamá?

Beth se giró hacia Ben. Su ojo tenía un aspecto terrible, pero ella fingió no darse cuenta.

—¿Qué quieres, cielo?

—¿Tenemos bolsas de basura? ¿Y pajitas?

—Sí, ¿por qué?

—Thibault me ha dicho que me enseñará a hacer una cometa y que cuando esté acabada la haremos volar.

—¡Vaya, suena divertido!

—Me ha dicho que solía hacer cometas cuando era pequeño y que vuelan muy alto.

Ella sonrió.

—¿Es eso todo lo que necesitáis? ¿Bolsas de basura y cañas?

—Ya he encontrado el hilo de pescar. Y la cinta aislante. Estaban en el cobertizo del abuelo.

Al otro lado del patio, Beth vio a Logan, que se encaminaba hacia ellos. El crío se fijó en él al mismo tiempo.

—¡Eh, Thibault! —gritó contento—. ¿Estás listo para hacer la cometa?

—Por eso venía, para preguntarte si ya tienes todo lo que necesitamos —gritó Logan a modo de respuesta.

—¡Casi! ¡Solo me faltan las bolsas de basura y las pajitas!

Logan asintió con la cabeza para indicarle que lo había oído. Mientras se acercaba, Beth se fijó en la musculatura desarrollada de sus brazos y hombros, y en su cintura ceñida. No era la primera vez que se fijaba en su cuerpo, pero hoy era como… si no pudiera apartar la vista de él. Con un enorme esfuerzo, desvió los ojos y apoyó una mano en el hombro de Ben, sintiéndose repentinamente ridícula.

—Las bolsas de basura están debajo del lavamanos en la cocina; y las pajitass, en la despensa, junto con las galletas. ¿Las vas a buscar tú o quieres que vaya yo?

—¡Ya iré yo! —respondió Ben, y luego se giró hacia Logan—. ¡Solo tardaré un segundo!

Logan llegó a los peldaños justo en el momento en que Ben desaparecía por la puerta.

—Así que vais a montar una cometa, ¿eh? —preguntó, sorprendida e impresionada a la vez.

—Me ha dicho que se aburría.

—¿De verdad sabes hacer una?

—No es tan difícil como parece. ¿Te apetece ayudarnos?

—No —contestó ella. Ahora que lo tenía más cerca, Beth se fijó en el modo en que se le adhería la camiseta al pecho a causa del sudor, y rápidamente desvió la vista—. Os dejo que lo hagáis los dos. Me parece un proyecto más propio para chicos. Pero prepararé limonada. Y luego, si tienes hambre, te invito a comer. No esperes nada del otro mundo, Ben me ha dicho que le apetecen perritos calientes y macarrones con queso.

Logan asintió.

—Me gusta el menú.

Ben volvió a salir por la puerta, sosteniendo las bolsas en una mano y las pajitas en la otra. Su cara, a pesar de los morados y las gafas torcidas, expresaba un enorme entusiasmo.

—¡Ya lo tengo todo! ¿Listo?

Logan continuó mirando a Beth más rato que el necesario, y Beth sintió un insoportable sofoco en el cuello antes de darse la vuelta. Logan le sonrió a Ben.

—Cuando quieras.

193

Beth no podía evitar apartar la vista de Logan mientras este montaba la cometa con Ben. Estaban sentados en la mesa de madera cerca del enorme roble centenario, con *Zeus* a sus pies, y el viento transportaba de vez en cuando el sonido de sus voces —Logan que le indicaba a Ben lo que tenía que hacer a continuación, o Ben preguntándole si lo estaba haciendo bien—. Era evidente que disfrutaban con el proyecto; Ben charlaba animadamente, y de vez en cuando cometía algún que otro pequeño error, que Logan corregía pacientemente añadiendo más cinta aislante.

¿Cuánto tiempo hacía que no se ruborizaba cuando un hombre la miraba fijamente? Se preguntaba si esas nuevas emociones que estaba descubriendo eran a causa de la ausencia de Nana. Las últimas dos noches se había sentido como si estuviera realmente sola por primera vez en su vida. Después de todo, había salido de casa de Nana para ir a vivir a casa de Keith, y luego había regresado a la casa de su abuela y ya no se había movido de allí. Y a pesar de que disfrutaba de la compañía de

Nana y que le gustaba la estabilidad, no era exactamente la vida que había imaginado. De pequeña había soñado con tener su propia casa, pero todavía no había encontrado el momento idóneo para hacerlo. Tras separarse de Keith, había necesitado que Nana la ayudara con Ben; cuando el niño fue lo bastante mayor, murieron Drake y el abuelo, y Beth necesitó el apoyo de Nana, del mismo modo que esta necesitó el suyo. ¿Y después? Justo cuando empezaba a pensar que ya estaba finalmente preparada para encontrar una casa para ella y su hijo, Nana había sufrido la embolia, y de ninguna manera pensaba abandonar a la mujer que la había criado.

Pero en aquel momento, Beth tuvo una inesperada imagen de cómo podría haber sido su vida en unas circunstancias completamente distintas. Mientras los estorninos volaban de árbol en árbol, ella estaba sentada en el porche de la casa que la había visto crecer, contemplando una escena entrañable que le hacía creer que todo podía salir bien en el mundo. Incluso a distancia, podía ver a Ben concentrado, mientras Logan le mostraba cómo aplicar los últimos retoques. De vez en cuando, se inclinaba hacia delante para darle algún consejo, con cordialidad y paciencia, pero dejaba que el chaval se encargara de las partes más divertidas. El hecho de que simplemente interviniera en el proyecto para rectificar los errores de Ben sin frustración ni rabia la llenó de una intensa gratitud y afecto hacia él. Beth todavía estaba extasiada ante la novedad de todas aquellas emociones cuando vio que los dos se incorporaban y se dirigían al centro del patio. Logan mantenía la cometa en alto, por encima de su cabeza, y Ben comenzó a extender el hilo de pescar. Acto seguido, el niño se puso a correr. Logan lo siguió, permitiendo que el aire elevara la cometa antes de soltarla. El hombre se detuvo y alzó la vista hacia el cielo mientras la cometa se elevaba lentamente. Cuando se puso a aplaudir ante la evidente alegría de Ben, ella se quedó impresionada por la constatación de que, a veces, las cosas más sencillas y normales podían convertirse en acontecimientos extraordinarios, simplemente si las llevaban a cabo las personas adecuadas.

Y

Nana llamó aquella noche para anunciar que quería que la pasaran a recoger el viernes. Logan se quedó a cenar con Beth y Ben cada noche. Casi siempre era el niño quien le suplicaba que se quedara, pero el miércoles ya era evidente para Beth que Logan no solo estaba encantado de pasar un rato con ellos, sino que se sentía más que contento de dejar que Ben continuara orquestando su vida. A veces se preguntaba a sí misma si quizás el problema estaba en que Logan tenía tan poca experiencia en relaciones íntimas como ella.

Después de la cena, normalmente salían a dar un paseo. Ben y *Zeus* se adelantaban corriendo por el sendero que conducía al arroyo, mientras ellos los seguían con un paso más sosegado. En una ocasión enfilaron hacia el pueblo para pasear por la orilla del South River y se sentaron debajo del puente que vadeaba el río. A veces charlaban sobre temas de escasa relevancia, como por ejemplo si les había pasado algo interesante en el trabajo o sobre el progreso de Logan en la reorganización de los ficheros; otras veces parecía que él prefería caminar junto a ella en silencio. Dado que no parecía tener la necesidad de hablar todo el rato, Beth también se sentía sorprendentemente cómoda.

Pero algo estaba pasando entre ellos, y Beth lo sabía. Se sentía atraída por él. A veces, en la escuela, rodeada por un montón de niños pequeños en medio de una clase, se preguntaba qué debía de estar haciendo él en aquellos instantes. Cada día que pasaba tenía más ganas de regresar a casa, para verlo.

El jueves por la noche, todos se montaron en la furgoneta de Nana y fueron al pueblo para cenar una pizza. *Zeus* iba en la parte trasera de la furgoneta, con la cabeza colgando por un lado y las orejas echadas hacia atrás. Aunque pareciera raro, Beth tenía la extraña sensación de que aquello era casi una cita, a pesar de que llevaban a un jovencito de diez años como carabina.

La pizzería Luigi's estaba ubicada en una de las calles más tranquilas en pleno centro del pueblo, encajonada entre una tienda de antigüedades y un bufete de abogados. Con el suelo de ladrillo sin pulir, sus mesas de madera con bancos incorporados y las paredes forradas con finas tablas de madera, el lugar ofrecía un ambiente agradable y familiar, en parte porque Luigi no había retocado la decoración desde que Beth era una niña. Las máquinas de videojuegos que Luigi tenía en la parte trasera del restaurante eran de principios de los años ochenta: comecocos, asteroides y otros juegos por el estilo, que eran tan concurridos ahora como lo habían sido en aquella época, probablemente porque no había ninguna otra sala de juegos en el pueblo.

A Beth le encantaba aquel lugar. Luigi y Maria, su esposa, tenían más de sesenta años, y no solo trabajaban siete días a la semana, sino que además vivían en un pisito justo encima del restaurante. Puesto que no tenían hijos, se habían convertido en los padres adoptivos de prácticamente todos los adolescentes de la localidad, y acogían a todo el mundo con una aceptación incondicional que conseguía que el local siempre estuviera abarrotado.

Aquella noche, estaba lleno a rebosar, con su típica clientela ecléctica: familias con niños, un par de hombres que iban vestidos como si acabaran de terminar su jornada de trabajo en el bufete de abogados situado justo al lado, varias parejas de ancianos y un montón de adolescentes por doquier. Cuando Maria vio a Beth y a Ben entrar en el local, los saludó con una franca alegría. Era una mujer bajita y rechoncha, con el pelo oscuro y una sonrisa genuinamente cálida. Avanzó hacia ellos, cogiendo un par de menús de paso.

—¡Hola, Beth! ¡Hola, Ben! —Al pasar por delante de la puerta de la cocina, metió la cabeza dentro—. ¡Eh! ¡Luigi! ¡Sal un momento! ¡Beth y Ben están aquí!

Siempre que Beth se pasaba por el local, Maria hacía lo mismo, y a pesar de que estaba segura de que daba la bienvenida a todo el mundo con la misma calidez, aquel trato la hacía sentirse especial.

Luigi salió atropelladamente de la cocina. Como de costumbre, el delantal que llevaba atado sobre su enorme barriga estaba cubierto de harina. Puesto que todavía se encargaba de preparar las pizzas y el restaurante siempre estaba lleno, solo la saludó rápidamente con la mano al tiempo que gritaba: «¿Cómo estás, guapa? ¡Me alegro de verte!», antes de volver a desaparecer en la cocina.

Maria emplazó una mano afectuosa en el hombro de Ben.

—¡Cómo has crecido, Ben! ¡Ya eres un hombrecito! Y tú estás tan bella y radiante como un día de primavera, Beth.

—Gracias, Maria —respondió Beth—. ¿Cómo estás?

—Igual que siempre. Con mucho trabajo. ¿Y tú? ¿Sigues dando clases?

—Sí, sigo con las clases —confirmó. Un momento más tarde, la expresión de Maria adoptó un aire de seriedad, y Beth fue capaz de predecir la siguiente pregunta. En los pueblos pequeños no existían secretos.

—¿Cómo está Nana?

—Oh, mejor. Ahora ya sale de casa.

—Ya, he oído que se ha ido a pasar unos días con su hermana.

—¿Y cómo lo sabes? —Beth no pudo ocultar su sorpresa.

—La gente habla, y yo tengo oídos. —Se encogió de hombros. Por primera vez, Maria pareció fijarse en Logan—. ¿Y quién es este chico?

—Te presento a mi amigo Logan Thibault —anunció Beth, deseando no ruborizarse.

—¿Eres nuevo en el pueblo? No te había visto antes. —Lo escrutó descaradamente de la cabeza a los pies, sin poder ocultar su inmensa curiosidad.

—Acabo de llegar.

—Bueno, estás con dos de mis clientes favoritos, así que eres bienvenido. —Les hizo una seña con la mano para que la siguieran—. Seguidme. Os buscaré un sitio en una de las mesas del fondo.

La mujer se abrió paso entre la gente y depositó los menús sobre la mesa al tiempo que los tres tomaban asiento.

—¿Os pongo una ronda de té dulce?

—Perfecto, gracias —convino Beth. Tan pronto como Maria se alejó apresuradamente hacia la cocina, miró a Logan—. Prepara el mejor té dulce de la localidad. Espero que no te importe.

—En absoluto.

—¿Me das unas monedas, mamá? —le pidió Ben—. Quiero jugar con los videojuegos.

—Lo suponía —dijo Beth, mientras asía el bolso—. He cogido unas cuantas de la jarra de monedas de la cocina antes de salir de casa. Que te diviertas. ¡Ah! Y no salgas a la calle con ningún desconocido.

—¡Mamá, por favor, que tengo diez años, y no cinco! —contestó Ben con exasperación.

Ella lo observó mientras se alejaba hacia la sección de los videojuegos, sorprendida por su respuesta. A veces Ben hablaba como si ya estuviera en el instituto.

—Este sitio tiene carácter —comentó Logan.

—Y además la comida es excelente. Preparan unas pizzas al estilo norteamericano deliciosas. ¿De qué la quieres?

Logan se rascó la barbilla.

—Hummm… De anchoas y con mucho ajo.

Beth arrugó la nariz.

—¿De veras?

—No, solo bromeaba. No sé. No me importa. ¿Qué me recomiendas?

—A Ben le gusta con salami.

—Entonces me pido una con salami.

Ella lo miró con ojitos divertidos.

—¿Te habían dicho antes que eres un tipo muy fácil de complacer?

—He de admitir que hacía mucho que no me lo decían. Pero ya sabes que me he pasado varios meses sin apenas hablar con nadie, durante mi viaje desde Colorado.

—¿Te sentías solo?

—No, con *Zeus* no. Es un excelente compañero.

—Pero no puede contribuir a la conversación.

—No, pero tampoco se quejaba de la caminata. La mayoría de la gente se habría quejado.

—Yo no. Ya lo sabes. —Beth se apartó un mechón de pelo del hombro.

Logan no dijo nada.

—Lo digo en serio —protestó ella—. Podría atravesar todo el país andando sin problemas.

Logan no dijo nada.

—Vale, de acuerdo. Quizá me habría quejado una o dos veces.

Él rio antes de echar un vistazo al restaurante.

—¿A cuánta gente conoces?

198

Ella también echó un rápido vistazo y se quedó pensativa unos segundos.

—Prácticamente los conozco a todos de vista, de tantos años en el pueblo, pero que conozca bien… diría que a unos treinta.

Logan consideró que eso equivalía a casi la mitad de la gente que había allí.

—¿Y cómo te sientes?

—¿Te refieres a cómo se siente uno en un lugar donde todo el mundo se conoce? Supongo que depende de cuántos errores hayas cometido, ya que de eso es de lo que la gente suele hablar. Aventuras amorosas, despidos laborales, abuso de alcohol o drogas, accidentes de tráfico. Pero, por otro lado, si eres como yo, una persona tan pura como la nieve recién caída del cielo, no resulta duro.

Él sonrió maliciosamente.

—Debe de ser muy agradable ser tú.

—¡Ya lo creo! De verdad, te aseguro que tienes mucha suerte de estar sentado en mi mesa.

—De eso no me cabe la menor duda.

Maria sirvió las bebidas. Mientras se alejaba nuevamente, enarcó ambas cejas con discreción para indicarle a Beth que le gustaba la pinta de Logan y que esperaba que más tarde le contara lo que había entre ellos.

Beth tomó un sorbo de té. Logan la imitó.

—¿Qué te parece?

—Definitivamente dulce —comentó Logan—. Y delicioso.

Beth asintió antes de limpiar la condensación de la parte exterior del vaso con una servilleta de papel. Luego hizo una bola con la servilleta y la dejó a un lado de la mesa.

—¿Cuánto tiempo piensas quedarte en Hampton? —se interesó.

—¿A qué te refieres?

—No eres de aquí, tienes un título universitario, estás realizando un trabajo que la mayoría de la gente no quiere hacer, y encima cobrando una miseria. Creo que mi pregunta es lógica.

—No tengo planes para cambiar de empleo —respondió.

—Eso no es lo que te he preguntado. Te he preguntado cuánto tiempo piensas quedarte en Hampton. De verdad.

Su tono no dejaba lugar a ninguna evasiva, y a Logan no le

costó nada imaginarla poniendo orden en una clase con veinte niños alborotados.

—¿De verdad? No lo sé. En los últimos cinco años he aprendido a no dar nada por sentado.

—Te entiendo, pero, de todos modos, no has contestado a mi pregunta.

Logan pareció darse cuenta de la nota de decepción en su voz y buscó una respuesta más acertada.

—¿Qué te parece si te digo que de momento me gusta estar aquí? Me gusta mi trabajo, creo que Nana es una persona excepcional, me encanta pasar el rato con Ben. De momento, no tengo ninguna intención de irme de Hampton. ¿He contestado ahora a tu pregunta?

Beth sintió una enorme alegría a medida que él hablaba y la miraba fijamente a los ojos. Se inclinó hacia él, con una sonrisa burlona en los labios.

—Me parece que te has dejado algo importante en la lista de cosas que te gustan.

—¿De veras?

—Sí. Yo. —Ella estudió su cara para ver la reacción, y se le elevaron las comisuras de los labios hacia arriba con una sonrisita pícara.

—Tienes razón. He olvidado citarte —contestó él, sin poder ocultar una leve sonrisa.

—No lo creo. Me parece que lo has hecho a propósito.

—¿Me estás diciendo que soy tímido?

—Inténtalo otra vez.

Logan sacudió la cabeza.

—Ahora me he bloqueado.

Beth le guiñó el ojo.

—Venga, te daré una oportunidad para que recapacites sobre esa lista otra vez, a ver qué se te ocurre. Te lo volveré a preguntar más tarde, ¿de acuerdo?

—De acuerdo. ¿Cuándo?

Ella rodeó su vaso con ambas manos, sintiéndose increíblemente nerviosa por lo que iba a decir a continuación.

—¿Tienes planes para el sábado por la noche?

Si Logan se quedó sorprendido ante tal pregunta, no lo demostró.

—No, no tengo planes para el sábado. —Alzó el vaso de té helado y tomó un sorbo muy largo, sin apartar los ojos de ella.

Ninguno de los dos se dio cuenta de que Ben había regresado a la mesa.

—¿Todavía no habéis pedido las pizzas?

Tumbada en la cama aquella noche, Beth se quedó contemplando el techo mientras se preguntaba: «¿Se puede saber en qué diantre estabas pensando?».

Había numerosas razones para evitar lo que había hecho. Apenas sabía nada respecto a él ni sobre su pasado. Logan todavía le ocultaba la razón por la que había ido a Hampton, lo que no solo significaba que no se fiaba de ella, sino que ella tampoco podía acabar de fiarse de él. Y además él trabajaba en la residencia canina, bajo las órdenes de Nana y cerca, muy cerca desde su casa. ¿Qué pasaría si lo suyo no funcionaba? ¿Y si él tenía… expectativas que ella no deseaba cumplir? ¿Aparecería nuevamente el lunes por la mañana? ¿Se quedaría Nana otra vez sola frente al negocio? ¿Tendría que abandonar su trabajo como maestra para ayudar a Nana en la residencia canina?

Aquella relación podía traerle un montón de problemas, y cuanto más pensaba en ello, más se convencía de que había cometido un grave error. Y sin embargo…, se sentía cansada de estar sola. Quería a Ben y a Nana, pero aquellas horas que había compartido con Logan en los últimos días le habían hecho recordar todo lo que se estaba perdiendo. Le gustaban los paseos que daban después de cenar, la forma en que él la miraba y, especialmente, cómo se comportaba con Ben.

Además, no le costaba nada imaginarse una vida junto a Logan. Sabía que aún no lo conocía lo suficiente, pero no podía negar su intuición.

¿Podía ser el hombre de sus sueños?

No se atrevía a ir tan lejos. Ni siquiera habían salido a cenar solos. Resultaba fácil idealizar a alguien a quien apenas se conocía.

Beth se sentó en la cama, alisó la almohada varias veces y luego volvió a tumbarse. Bueno, saldrían una vez y ya verían qué pasaba a continuación. Ella albergaba esperanzas, no podía negarlo, pero tampoco quería hacerse demasiadas ilusiones. Le gustaba Logan, pero era consciente de que no lo amaba. Al menos por el momento.

16

Thibault

*E*l sábado por la noche Thibault esperaba sentado en el sofá, preguntándose si estaba haciendo lo correcto.

En otro lugar y en otra época de su vida, no se lo habría pensado dos veces. Ciertamente se sentía atraído por Elizabeth. Le gustaba su franqueza y su inteligencia, su irónico sentido del humor y, por supuesto, su aspecto físico. No lograba entender cómo era posible que hubiera permanecido soltera durante tanto tiempo.

Pero no estaba ni en otro lugar ni en otra época de su vida, y en aquella situación nada era normal. Había llevado la foto encima durante más de cinco años. Había recorrido el país en busca de ella. Había llegado a Hampton y había aceptado un trabajo que le permitía estar a su lado. Se había hecho amigo de su abuela, de su hijo, y luego de ella. Ahora, en apenas unos diez minutos, saldría a cenar por primera vez a solas con ella.

Thibault había ido a Hampton por una razón. Lo había aceptado tan pronto como partió de Colorado. Había aceptado que Victor tenía razón. Todavía no estaba seguro, sin embargo, de que salir con ella —estrechar su amistad— fuera lo más apropiado. Aunque tampoco estaba seguro de que no lo fuera.

Lo único que sabía era que le hacía ilusión salir con ella. El día anterior había estado reflexionando sobre la cuestión mientras iba a recoger a Nana en coche. Durante la primera media hora del camino de vuelta a Hampton, Nana se había dedicado a parlotear animadamente sobre un sinfín de temas, desde política hasta de la salud de su hermana, antes de girarse hacia él con una sonrisa de satisfacción:

—Así que vas a salir con la nieta de tu jefa, ¿eh?

Thibault se puso tenso en el asiento.

—Te lo ha dicho.

—Claro que me lo ha dicho. Pero aunque no lo hubiera hecho, sabía que pasaría. ¿Dos jóvenes atractivos y solteros? Desde el mismo instante en que te contraté, sabía que pasaría.

Thibault no dijo nada, y cuando Nana volvió a hablar, su voz adoptó un tono melancólico.

—Beth es tan dulce como una sandía madura. A veces me preocupa.

—Lo sé —respondió Thibault.

El tema quedó zanjado en ese punto, pero él supo que gozaba del beneplácito de Nana, y sabía que eso era importante, dado el lugar que esta ocupaba en la vida de Elizabeth.

Ahora, cuando empezaba a atardecer, vio el coche de Elizabeth que se acercaba por la carretera, la suspensión delantera del automóvil botando ligeramente sobre los baches. Ella no le había revelado adónde iban, simplemente le había dicho que se vistiera de un modo informal. Thibault salió al porche cuando el coche se detuvo frente a la casa. *Zeus* lo siguió, con una perceptible curiosidad. Cuando Elizabeth salió del automóvil y su silueta quedó iluminada por la tenue luz del porche, la contempló sin pestañear.

Al igual que él, llevaba unos pantalones vaqueros, pero la blusa de color beis resaltaba el bello tono bronceado de su piel. Su melena de color miel reposaba sobre la línea del cuello de la blusa sin mangas, y Thibault se fijó en que se había puesto un poco de rímel. Elizabeth ofrecía un aspecto natural y seductor a la vez.

Zeus bajó los peldaños del porche alegremente, moviendo la cola y gimoteando, y se colocó a su lado.

—Hola, *Zeus*. Me echabas de menos, ¿eh? Solo ha sido un día. —Beth le acarició el lomo, y el perro gimoteó lastimeramente antes de lamerle las manos—. ¡Tú sí que sabes cómo recibir a los amigos! —lo halagó. Luego alzó la vista hacia Logan—. ¿Qué tal? ¿Cómo estás? ¿Llego tarde?

Él intentó contestar con un tono relajado.

—Estoy bien. Y llegas justo a tiempo. Me alegro de que hayas encontrado la casa.

—¿Pensabas que no lo conseguiría?

—No es fácil llegar hasta aquí.

—Te aseguro que si has vivido toda la vida en el pueblo, no es tan difícil. —Señaló hacia la casa—. Así que este es tu hogar, dulce hogar, ¿eh?

—Sí.

—Parece agradable —comentó ella, examinando el exterior de la casa.

—¿Es lo que esperabas?

—Más o menos. Una estructura sólida. Vigorosa. Un poco apartada del mundo.

Él aceptó el doble sentido de su descripción con una sonrisa, luego se giró hacia *Zeus* y le ordenó que se quedara en el porche. Acto seguido, bajó los peldaños para acercarse a ella.

—¿Estará bien aquí fuera?

—Sí. No se moverá.

—Pero seguramente tardaremos en volver.

—Lo sé.

—Pobrecito.

—Sé que te parece cruel. Pero los perros no tienen una buena percepción del tiempo. Dentro de un minuto no recordará nada más excepto la orden de que no se mueva. Aunque no sepa el motivo de esa orden.

—¿Cómo es que sabes tantas cosas sobre perros y sobre su adiestramiento? —inquirió Elizabeth, llena de curiosidad.

—Por un montón de libros.

—¿Los has leído?

—Sí. ¿Acaso te sorprende? —se extrañó Logan.

—Pues sí. No es fácil ir cargado con un montón de libros cuando uno se dedica a atravesar el país andando.

—Si te deshaces de ellos cuando los acabas, no resulta tan complicado.

Llegaron al coche, y cuando Thibault enfiló hacia la puerta del conductor para abrirle la puerta a ella, Beth sacudió la cabeza.

—Puede que te haya pedido que salgas conmigo, pero, sintiéndolo mucho, te toca conducir a ti.

—¡Y yo que pensaba que iba a salir con una mujer liberal! —protestó.

—Soy una mujer liberal. Pero, de todos modos, tú conduces. Y también pagas la cuenta.

Él se rio mientras la acompañaba hasta el otro flanco del coche. Cuando Logan se hubo acomodado detrás del volante, ella echó un vistazo hacia el porche. *Zeus* parecía confuso por lo que estaba pasando, y lo oyó gimotear de nuevo.

—Parece triste.

—Y probablemente lo está. Casi nunca nos separamos.

—Qué dueño más desalmado —lo reprendió ella con un tono burlón.

Él sonrió mientras daba marcha atrás.

—¿Hacia dónde he de ir, hacia el pueblo?

—No —contestó ella—. Esta noche no vamos al pueblo. Has de tomar la autopista en dirección a la costa. Tampoco vamos a la playa, pero hay un lugar donde se come muy bien que está de camino a la costa. Ya te avisaré cuando tengas que abandonar la autopista.

Thibault hizo lo que ella le había indicado, conduciendo por carreteras tranquilas bajo la mortecina luz del atardecer. Al cabo de unos minutos llegaron a la autopista, y a medida que el coche incrementaba su velocidad, las siluetas de los árboles a ambos lados empezaron a difuminarse. Las sombras se extendieron sobre la carretera, oscureciendo el interior del vehículo.

—Háblame de *Zeus* —le pidió ella.

—¿Qué quieres saber?

—Lo que tú desees contarme. Algo que aún no sepa.

Logan podría haber dicho: «Lo compré porque una mujer en una foto tenía un pastor alemán», pero no lo hizo. En vez de eso, contestó:

—Compré a *Zeus* en Alemania. Volé hasta allí para recogerlo en persona.

—¿De veras?

Él asintió.

—El pastor alemán en Alemania es como el águila en Estados Unidos. Es un símbolo del orgullo nacional, y los que se dedican a la cría de esta raza se toman su trabajo muy en serio. Quería un perro fuerte, obediente y trabajador, y el mejor lugar para encontrar los mejores perros con esas características es sin duda Alemania. *Zeus* desciende de una larga estirpe de campeones de Schutzhund.

—¿De qué?

—De los reputados campeonatos de Schutzhund, en los que los perros no solo tienen que superar pruebas de obediencia, sino también de rastreo y defensa. Y te aseguro que es un campeonato muy duro e intenso. Normalmente dura dos días y, como norma, los ganadores tienden a ser los perros más inteligentes y mejor adiestrados de todos los que compiten. Y puesto que *Zeus* proviene de una larga estirpe de campeones de Schutzhund, ha sido criado para ambas cosas.

—¿Y lo adiestraste tú? —preguntó ella, sin poder ocultar su sorpresa.

—Desde que tenía seis meses. Durante nuestro viaje hasta aquí desde Colorado, lo entrené cada día.

—Es un animal increíble. Cuando ya no lo quieras puedes dárselo a Ben. Él estará encantado, seguro.

Thibault no dijo nada.

Ella se fijó en su expresión y se acercó más a él.

—Solo estaba bromeando. Jamás te separaría de tu perro.

Thibault notó la calidez que irradiaba del cuerpo de Elizabeth a su lado.

—Y hablando de Ben, ¿cómo ha reaccionado cuando le has dicho que íbamos a salir juntos esta noche? —quiso saber él.

—Oh, le ha parecido bien. Él y Nana habían planeado pasar la noche viendo vídeos. Hace un par de días hablaron por teléfono y decidieron que montarían una larga sesión de cine de esas que tanto les gustan.

—¿Lo hacen a menudo?

—Solían, pero esta será la primera vez desde que Nana sufrió la embolia. Sé que Ben estaba entusiasmado con la idea. Nana prepara palomitas de maíz y normalmente accede a que Ben se acueste más tarde.

—A diferencia de su madre, por supuesto.

—Por supuesto. —Ella sonrió—. ¿Qué has hecho hoy?

—Oh, tareas domésticas. Limpiar, hacer la colada, la compra y cosas por el estilo.

Ella enarcó una ceja.

—Estoy impresionada. Eres un tipo realmente hogareño. Seguro que incluso sabes hacer pan, ¿no?

—Por supuesto.

—Tendrás que enseñar a Ben; seguro que le encantará.

—Eso está hecho.

En el exterior, las primeras estrellas empezaban a emerger y los focos del coche barrían las curvas de la carretera.

—¿Adónde vamos exactamente? —se interesó él.

—¿Te gusta el cangrejo?

—Me encanta.

—Bueno, por lo menos empezamos bien. ¿Y qué me dices de bailar *shag*?

—Ni siquiera sé qué es eso.

—Pues no te quedará más remedio que aprender rápidamente.

Cuarenta minutos más tarde, Thibault aparcó delante de un local que tenía toda la pinta de ser un antiguo almacén. Elizabeth lo había guiado hasta una zona industrial en pleno centro de Wilmington, y habían aparcado delante de una estructura de tres pisos con una fachada de ladrillo que por los lados estaba revestida por unos amplios tablones de madera. Apenas se diferenciaba de los edificios contiguos, a no ser porque había casi un centenar de coches en el aparcamiento y por la estrecha tarima con una barandilla de madera que circundaba el edificio, decorada con las típicas lucecitas blancas navideñas.

—¿Cómo se llama este sitio?

—Shagging for Crabs.

—Me cuesta creer que atraiga a muchos turistas.

—No, solo vienen los de la localidad. Una de mis amigas en la universidad me habló de él, y siempre había tenido ganas de venir.

—¿No has estado antes?

—No. Pero he oído que es muy divertido.

Acto seguido, Beth ascendió por la tarima de madera, que crujió bajo sus pies. Delante de ella, el río brillaba intensamente, como si lo hubieran iluminado por debajo del agua. El sonido de la música proveniente del interior del local se intensificó. Cuando abrieron la puerta, la música estridente los embistió como una ola, y los asaltó el aroma a cangrejo y a mantequilla que impregnaba el aire. Thibault se detuvo un instante para examinar el ambiente.

El local era amplio y sin adornos. La primera mitad de la sala estaba atestada de docenas de mesas de madera con sus respectivos bancos, cubiertas por manteles de plástico a cuadros rojos y blancos que parecían clavados a la madera. Las mesas estaban muy juntas entre sí y en fila, y Thibault vio numerosas camareras que se dedicaban a depositar cubos llenos de cangrejos en las mesas. En el centro de cada una habían colocado unos recipientes con mantequilla fundida, y unos cuencos pequeños delante de los asientos. Todo el mundo llevaba puesto un pechero de plástico y se dedicaba a pelar los cangrejos de los cubos comunitarios y a comérselos con los dedos. La cerveza parecía ser la bebida preferida.

Delante de ellos, en el lado más cercano al río, vio una larga barra, si se la podía denominar así. Más bien era un enorme y viejo tablón de madera colocado encima de varios barriles de madera. La gente intentaba abrirse paso hasta la barra, lo cual era difícil, dada la gran cantidad de personas amontonadas en aquel reducido espacio. En el lado opuesto del edificio estaba lo que parecía la cocina. Lo que más le llamó la atención fue el escenario situado al fondo del local, donde una banda tocaba *My girl*, de los Temptations. Por lo menos cien personas bailaban frente al escenario, siguiendo los pasos indicados de un baile que a Logan no le resultaba familiar.

—¡Caramba! —gritó por encima del bullicio.

En ese momento se les acercó una mujer delgada y pelirroja, de unos cuarenta años y con delantal.

—¿Qué tal, chicos? —los saludó arrastrando las sílabas—. ¿Queréis cenar o bailar?

—Las dos cosas —respondió Elizabeth.

—¿Cómo os llamáis?

Los dos se miraron sorprendidos.

—Elizabeth… —dijo él.

—Y Logan —acabó ella.

La mujer escribió los nombres en un trozo de papel.

—Y una pregunta más: ¿juerga o familiar?

Elizabeth la miró desconcertada.

—¿Cómo dices?

La mujer reventó el globo que acababa de hacer con el chicle que mascaba.

—Es la primera vez que venís, ¿verdad?

—Sí.

—Mirad, tendréis que compartir mesa. Es la costumbre. Podéis elegir entre una mesa de juerga, lo que significa que os sentaré con gente que tiene muchas ganas de divertirse, o podéis pedir una familiar, que acostumbra a ser un poco más tranquila. Pero no os puedo garantizar cómo será la gente con la que compartiréis mesa, claro. Solo hago la pregunta. Así que, ¿qué queréis? ¿Familiar o juerga?

Elizabeth y Logan se miraron nuevamente y llegaron a la misma conclusión.

—¡Juerga! —contestaron al mismo tiempo.

210   Acabaron sentándose en una mesa con seis jóvenes que estudiaban en la Universidad de Carolina del Norte. La camarera los presentó como Matt, Sarah, Tim, Allison, Megan y Steve, y los universitarios alzaron sus botellas de cerveza uno tras otro y los saludaron:

—¡Hola, Elizabeth! ¡Hola, Logan! ¿Os apetecen cangrejos?

Thibault soltó una carcajada nerviosa, pero se detuvo en seco al ver que los universitarios lo miraban fijamente.

La camarera le susurró:

—Tenéis que contestar: «Queremos cangrejos, especialmente si podemos compartirlos con vosotros».

Esta vez Logan rio con ganas, y Elizabeth también, antes de pronunciar las palabras, aceptando el ritual que todo el mundo seguía en el local.

Se sentaron uno delante del otro. Elizabeth acabó sentada al lado de Steve, que no ocultó su interés por su nueva compañera extremadamente atractiva, mientras que Thibault se sentó al lado de Megan, quien no mostró ni el más mínimo interés en él, porque era evidente que estaba encandilada con Matt.

Una camarera rolliza se les acercó deprisa y, sin apenas detenerse, gritó:

—¿Más cangrejos?

—¡Sí, más cangrejos! —replicaron los seis universitarios a coro.

A su alrededor, Thibault oyó la misma contestación una y otra vez. La respuesta alternativa que también escuchó fue: «¡No nos digas que traes más cangrejos!», que, por lo visto, quería decir que en aquella mesa ya no querían más cubos de cangrejos. A Thibault le recordó el musical de *The Rocky Horror Picture Show*, en el que los asiduos sabían todas las coletillas oficiales y los recién llegados las aprendían al vuelo.

La comida era de primera calidad. El menú únicamente ofrecía un producto, preparado según un único estilo, y cada cubo iba acompañado de servilletas y pecheros. Todos lanzaban los restos de cangrejo al centro de la mesa —una tradición—, y de vez en cuando, unos quinceañeros que llevaban delantales iban pasando a recoger los restos con una escobilla y una pala.

Tal y como les había advertido la camarera, sus compañeros de mesa tenían muchas ganas de juerga. No paraban de contar chistes y de mostrar un visible —aunque inocente— interés por Elizabeth, y de tomar cerveza, lo que avivaba su energía bulliciosa. Después de la cena, Thibault y Elizabeth fueron al lavabo para lavarse las manos. Cuando ella salió del baño, se colgó de su brazo.

—¿Estás listo para mover el esqueleto? —le preguntó sugestivamente.

—No estoy seguro. ¿Cómo se baila esto?

—Aprender a bailar *shag* es como hacerse con el espíritu del sur. Tienes que relajarte mientras escuchas las notas de la música del océano.

—Por la forma en que lo describes, supongo que ya has bailado este tipo de música antes.

—Una o dos veces —admitió con falsa modestia.

—¿Y piensas enseñarme?

—Seré tu pareja. Pero la clase empieza a las nueve.

—¿La clase?

—Cada sábado por la noche. Por eso hay tanta gente. Ofrecen una clase para principiantes mientras los asiduos del local se toman un descanso, y tendremos que hacer lo que nos digan. Empieza a las nueve.

211

—¿Y qué hora es?

Beth echó un vistazo a su reloj.

—Es hora de que te prepares para aprender a bailar *shag*.

Elizabeth era mejor bailarina de lo que había sugerido, lo que afortunadamente ayudó a que Logan se sintiera más cómodo en la pista de baile. Pero lo más fascinante de bailar con ella era la sensación de descarga eléctrica que sentía cada vez que se tocaban, y la fragancia de ella cuando él la hacía girar en sus brazos, una mezcla de calor y perfume. Su melena parecía haber cobrado vida propia en aquel ambiente húmedo, y su piel brillaba a causa de la transpiración, aportándole una imagen natural y salvaje. De vez en cuando, ella lo miraba a los ojos mientras daba vueltas, con los labios entreabiertos con una sonrisa segura, como si supiera exactamente el efecto que provocaba en Logan.

Cuando la banda decidió tomarse un descanso, el primer instinto de él fue abandonar la pista con el resto de la confluencia, pero Elizabeth lo retuvo y al cabo de unos segundos empezaron a sonar las primeras notas de *Unforgettable*, de Nat King Cole, por los altavoces. Ella alzó la vista hacia él, y él supo lo que tenía que hacer.

Sin hablar, Logan deslizó un brazo por su espalda y le buscó la mano, luego afianzó su posición. Ella le sostuvo la mirada mientras él la estrechaba con firmeza, y empezaron a moverse despacio al son de la música, dando vueltas lentamente.

Apenas era consciente de las otras parejas que ocupaban la pista de baile a su alrededor. Mientras la música sonaba en los altavoces, Elizabeth se acercó tanto a él que Logan incluso podía oír cada uno de sus lentos y lánguidos suspiros. Él entornó los ojos mientras ella se apoyaba en su hombro, y en un instante, ya nada le importó. Ni la canción, ni el local, ni las otras parejas a su alrededor. Solo ella. Se entregó a la agradable sensación de sentir el cuerpo de Elizabeth tan cerca, pegado al suyo, y se movieron lentamente en pequeños círculos sobre el suelo lleno de serrín, perdidos en un mundo que parecía estar creado solamente para ellos dos.

Y

Mientras conducía de vuelta a casa por las carreteras oscuras, Thibault le cogía la mano y sentía el dedo pulgar de ella que se deslizaba despacio sobre su piel en medio del silencio reinante en el coche.

Cuando aparcó al lado de su casa un poco antes de las once, *Zeus* seguía tumbado en el porche y alzó la cabeza en el momento en que Thibault apagó el motor. A continuación, él se giró para mirarla.

—Gracias por una noche tan especial —murmuró. Esperaba que ella dijera lo mismo, pero lo sorprendió con su respuesta.

—¿No piensas invitarme a entrar? —sugirió ella.

—Sí —contestó él simplemente.

Zeus se sentó cuando Thibault abrió la puerta de Elizabeth, y se levantó cuando ella salió del coche. Entonces empezó a mover la cola.

—Hola, *Zeus* —gritó Elizabeth.

—Ven —le ordenó Thibault.

El perro bajó los peldaños del porche y corrió hacia ellos. Los rodeó con muestras efusivas, gimoteando sin parar. Su boca quedó entreabierta mientras soltaba un prolongado gemido, como si buscara captar la atención de ambos.

—Nos echaba de menos —dijo ella, inclinándose hacia *Zeus*—. ¿A que sí, grandullón? —Al inclinarse hacia delante, el perro le lamió la cara. Rápidamente ella se apartó, arrugando la nariz antes de secarse la cara con la mano.

Thibault enfiló hacia la casa.

—Ven, entremos. Pero te prevengo: no esperes gran cosa.

—¿Tienes una cerveza en la nevera?

—Sí.

—Entonces no te preocupes.

Subieron los peldaños del porche. Thibault abrió la puerta y encendió el interruptor de la luz: una lámpara de pie iluminó tenuemente una butaca emplazada junto a la ventana. En el centro de la estancia había una mesita decorada únicamente con un par de velas, con un sofá de dos plazas a su lado. Tanto el sofá como la butaca estaban cubiertos por unas fundas de tela de color azul marino; detrás de ellos, una estantería albergaba una pequeña colección de libros. Un revistero vacío junto con otra lámpara de pie completaban el mobiliario minimalista.

No obstante, la estancia ofrecía un aspecto pulcro. Thibault se había esmerado en limpiarlo todo y en poner orden durante el día. El suelo de madera de pino estaba fregado, las ventanas lavadas, y no había ni una mota de polvo. A Logan no le gustaba el desorden y no soportaba la suciedad. El polvo constante en Iraq únicamente había reforzado esa tendencia a la limpieza.

Elizabeth examinó la escena antes de entrar en el comedor.

—Me gusta —dijo—. ¿Dónde has comprado los muebles?

—Ah, ya estaban en la casa —respondió él.

—Por eso tienes fundas en los sofás.

—Exactamente.

—¿No tienes televisor?

—No.

—¿Ni radio?

—No.

—¿Qué haces cuando estás aquí?

—Duermo.

—¿Y?

—Leo.

—¿Novelas?

—No —confesó, pero rápidamente cambió de parecer—. Bueno, un par. Pero normalmente leo biografías y libros de historia.

—¿Ninguno sobre antropología?

—Tengo uno de Richard Leakey, pero no me gustan excesivamente los libros de antropología posmodernista que parecen dominar el panorama actual, y de todos modos no es fácil adquirir esos libros en Hampton.

Ella rodeó los muebles, deslizando un dedo por las fundas de tela.

—¿Sobre qué escribe?

—¿Quién? ¿Leakey?

Ella sonrió.

—Sí. Leakey.

Logan frunció los labios un momento, como si estuviera organizando sus pensamientos.

—La antropología tradicional centra básicamente su interés en cinco áreas: cuando el hombre empezó a evolucionar, cuando empezó a caminar erguido, por qué existían tantas especies de homínidos, por qué y cómo evolucionaron esas especies y qué representa todo esto para la historia de la evolución del hombre moderno. El libro de Leakey trata principalmente sobre las últimas cuatro áreas, poniendo un énfasis especial en cómo influyó la elaboración de herramientas y armas en la evolución del *Homo sapiens*.

Ella no podía ocultar su sorpresa, y Logan supo que la había impresionado.

—¿Qué hay de esa cerveza que ibas a ofrecerme? —preguntó ella.

—Ah, sí, dame un minuto. Mientras tanto, ponte cómoda.

Logan regresó con dos botellas y una caja de cerillas. Elizabeth se había sentado en medio del sofá; él le pasó una de las botellas y se sentó a su lado, luego depositó las cerillas sobre la mesa.

Ella inmediatamente cogió la cajita y encendió una cerilla, observando cómo la pequeña llama temblaba en un intento por sobrevivir. Con un movimiento elegante, acercó la llama a las dos velas y las encendió, luego apagó la cerilla.

—Espero que no te importe. Me encanta el olor a cera.

—En absoluto.

Él se puso de pie para apagar la lámpara. La estancia quedó únicamente iluminada por el tenue y cálido resplandor de las velas. Cuando regresó al sofá, se sentó más cerca, mientras Elizabeth mantenía la vista fija en la llama de las velas. Un sugerente juego de sombras se proyectaba en su cara. Logan tomó un sorbo de cerveza, preguntándose qué debía de estar pensando ella.

—¿Sabes cuánto tiempo hace que no estoy con un hombre a solas en una habitación iluminada únicamente por un par de velas? —le dijo, girándose hacia él.

—No.

—Es una pregunta con trampa. La respuesta es que nunca he estado con un hombre a solas en una habitación iluminada únicamente por un par de velas. —Ella parecía sorprendida ante aquella constatación—. ¿No es extraño? He estado casada,

215

tengo un hijo, he salido con algunos chicos, y nunca antes me había encontrado en una situación similar. —Elizabeth vaciló. Parecía un poco turbada—. Y si quieres que te diga la verdad, es la primera vez que estoy en casa de un hombre desde que me divorcié. Dime una cosa —prosiguió ella, con la cara muy cerca de la de Logan—: ¿me habrías invitado a entrar si yo no te lo hubiera pedido? Contesta con sinceridad, por favor. No me mientas.

Logan hizo girar su botella un par de veces con una mano.

—No estoy seguro.

—¿Por qué no? —quiso saber ella—. ¿Qué pasa conmigo que...?

—No, no es por ti —la interrumpió él—. Es más por Nana y por lo que ella podría pensar.

—¿Porque es tu jefa?

—Porque es tu abuela. Porque la respeto. Pero, principalmente, porque te respeto a ti. Esta noche me lo he pasado fenomenal. No puedo pensar en ninguna otra ocasión que se pueda equiparar en los últimos cinco años.

—Y, sin embargo, no ibas a invitarme a entrar. —Elizabeth parecía confundida.

—Yo no he dicho eso. Digo que no estoy seguro.

—Lo que significa que no.

—Lo que significa que estaba intentando pensar en el modo de invitarte sin que te sintieras ofendida; en cambio, tú has sido muy directa. Pero si lo que realmente me estás preguntando es si quería invitarte a entrar, la respuesta es sí, sí que quería.

Logan le rozó la rodilla con la suya.

—¿A qué viene este interrogatorio?

—Digamos que no he tenido demasiada suerte en mis anteriores citas.

Él prefirió no contarle lo que ya sabía, pero cuando alzó el brazo, notó que ella se apoyaba en él.

—Al principio no me importaba —dijo finalmente Elizabeth—. Quiero decir que estaba tan ocupada con Ben y con la escuela que no le daba importancia. Pero más tarde, cuando siempre me pasaba lo mismo, empecé a preocuparme. Empecé a plantearme si el problema era yo. Y me empecé a formular un montón de preguntas absurdas. ¿Qué estaba haciendo mal? ¿Acaso no prestaba la debida atención? ¿Olía mal? —Elizabeth intentó sonreír, pero no pudo ocultar la sombra de la tristeza y de la duda—. Lo que decía, preguntas absurdas. Pero de vez en cuando conocía a algún chico y pensaba que la relación iba bien hasta que de repente él no volvía a llamarme. No solo no volvía a llamarme, sino que a veces me lo encontraba por casualidad unas semanas más tarde y él se comportaba conmigo como si fuera una apestada. No lo comprendía. Y todavía no lo comprendo. Y eso me preocupa. Me duele. A medida que acumulaba más y más decepciones, me daba cuenta de que no podía continuar echando siempre la culpa a los chicos, y al final llegué a la conclusión de que el problema era yo. Quizá simplemente tenía que hacerme a la idea de vivir sola el resto de mis días.

—Tú no tienes ningún problema —terció él, apretándole cariñosamente el brazo para reconfortarla.

—Dame una oportunidad. Ya verás como acabas por encontrarme algún defecto.

Thibault podía notar la aflicción que se ocultaba bajo aquella fachada.

—No. No creo que encuentre ninguno.

—Eres encantador.

—Soy sincero.

Ella sonrió y tomó un sorbo de cerveza.

—Normalmente sí que lo eres.

—¿Normalmente? ¿Acaso dudas de mí?

Ella se encogió de hombros.

—He dicho que normalmente lo eres.

—¿Y eso qué se supone que quiere decir?

Elizabeth depositó la botella de cerveza en la mesa e intentó reorganizar sus pensamientos.

—Me pareces un tipo estupendo. Eres listo, trabajador, amable, te portas maravillosamente con Ben. Todo eso lo sé, o al menos es lo que creo, porque es lo que veo. Pero es lo que no me cuentas lo que hace que no acabe de estar segura de ti. A veces me digo a mí misma que te conozco, y entonces, cuando realmente pienso en ello, me doy cuenta de que no es verdad. ¿Cómo eras en la universidad? No lo sé. ¿Qué pasó en tu vida después? No lo sé. Sé que fuiste a Iraq y sé que has llegado an-

217

dando hasta aquí desde Colorado, pero no sé el motivo. Cuando te pregunto por qué, simplemente me contestas que te gusta Hampton. Eres un chico inteligente, con un título universitario, pero te conformas con trabajar por un sueldo miserable. Cuando te pregunto por qué, alegas que te gustan los perros. —Elizabeth se pasó la mano por el pelo—. Y la cuestión es que tengo la impresión de que me dices la verdad, que no te lo estás inventando, pero que estás omitiendo una parte que me ayudaría a conocerte mejor.

Al escucharla, Thibault intentó no pensar en todas las cosas que le había ocultado. Sabía que no se lo podía contar todo, que nunca sería capaz. Ella no lo entendería, y sin embargo… quería que ella supiera quién era él en realidad. En ese momento se dio cuenta de que le importaba que ella lo aceptara.

—No hablo de Iraq porque no me gusta recordar aquellos días —contestó.

Ella sacudió la cabeza.

—No tienes que contármelo si no quieres…

—Sí que quiero —la interrumpió él, con una voz sosegada—. Sé que lees la prensa, así que probablemente te haces a la idea de lo que era aquello. Pero te aseguro que no es como te lo imaginas, y no hay manera de que pueda expresártelo para transmitirte la experiencia. Es algo que tienes que haber vivido por ti mismo. Quiero decir, normalmente la situación no era tan terrible como probablemente crees. Muchas veces (la mayoría de las veces) llevábamos una vida decente. Más fácil para mí que para otros, ya que yo no tenía esposa ni hijos. Tenía amigos, tenía rutinas. Me pasaba la mayor parte del tiempo cumpliendo órdenes. Pero algunas veces las cosas se ponían feas. Muy feas. Tanto como para desear olvidar mi paso por aquel lugar.

Ella se quedó callada antes de soltar un hondo suspiro.

—¿Y estás aquí en Hampton por lo que pasó en Iraq?

Logan empezó a arrancar la etiqueta de su botella de cerveza, tirando lentamente una de las puntas y rascando el vidrio con la uña.

—En cierto modo sí.

Ella notó su duda y emplazó una mano sobre su antebrazo. La calidez que le transmitió pareció liberar algo en su interior.

—Victor era mi mejor amigo en Iraq —empezó a relatar Thibault—. Estuvimos juntos en los tres viajes. Nuestra unidad sufrió varias bajas, y al final te aseguro que estaba listo para olvidarme de esa etapa de mi vida. Y lo conseguí, casi por completo, pero para Victor no fue tan fácil. Él no podía dejar de pensar en Iraq. Cuando nos licenciamos del Ejército, cada uno nos fuimos por nuestro camino, intentando encontrar una vida con sentido. Él regresó a su hogar en California, yo a Colorado, pero todavía nos necesitábamos el uno al otro, no sé si me entiendes. Hablábamos por teléfono con frecuencia, nos enviábamos mensajes de correo electrónico en los que intentábamos autoconvencernos de que nos sentíamos a gusto de vuelta en casa, de que, tras haber pasado todos los días de los últimos cinco años intentando evitar que nos mataran, no nos afectaba que la gente en Estados Unidos se comportara como si se acabara el mundo cada vez que no encontraba aparcamiento para el coche o que el café con leche que le servían en Starbucks no estaba a su gusto. Al final decidimos organizar un viaje, para pescar juntos, en Minnesota.

Logan se derrumbó. No quería evocar lo que pasó, pero sabía que tenía que hacerlo. Tomó un largo sorbo de su cerveza y dejó la botella sobre la mesa.

—Eso fue el otoño pasado, y yo… yo me sentí feliz de volver a verlo. No hablamos de nuestros recuerdos de Iraq, aunque no teníamos que hacerlo. Nos bastaba con pasar unos días con alguien que sabía lo que habíamos tenido que soportar allí. En esa época, Victor parecía más animado. No completamente, pero al menos un poco más. Se había casado y su mujer estaba embarazada, y recuerdo que pensé que, a pesar de que él me había contado que todavía sufría pesadillas nocturnas y que seguía traumatizado con aquellas imágenes tan duras, se recuperaría.

Logan la miró con una emoción que ella no logró descifrar.

—En nuestro último día, salimos a pescar temprano por la mañana. Estábamos solos, en un pequeño bote de remos, y el lago estaba completamente en calma, como un espejo, como si fuéramos las primeras personas en perturbar sus aguas. Recuerdo que contemplé un halcón que sobrevolaba el lago mientras su imagen se reflejaba directamente bajo él, y pensé

219

que nunca había visto algo tan bello. —Sacudió la cabeza ante tal recuerdo—. Nuestra intención era acabar de pescar antes de que el lago se llenara de gente, y luego queríamos ir al pueblo a comer y tomarnos unas cervezas. Una pequeña celebración de despedida de nuestro viaje. Pero las horas pasaron y al final nos quedamos en el lago más tiempo que el que nos habíamos propuesto.

Logan empezó a frotarse la frente, intentando no perder la compostura.

—Ya me había fijado en aquella lancha antes. No sé por qué, pero me fijé en ella, entre el montón de embarcaciones que surcaban el lago. Quizá mi experiencia en Iraq tuvo algo que ver, pero recuerdo que me dije a mí mismo que lo mejor era no perderla de vista. Se movía de un modo extraño. Era como si los tripulantes estuvieran haciendo todo lo contrario que el resto de las embarcaciones. Solo se trataba de un grupito de adolescentes con ganas de divertirse, ya sabes, practicar esquí acuático, hacer el tonto… En total había seis personas en la lancha, tres chicos y tres chicas, y parecía que habían decidido dar una última vuelta a toda velocidad por el lago mientras el agua aún estaba caliente.

El tono de Logan tras hacer una pausa se volvió más ronco.

—Los oí acercarse y supe que teníamos problemas incluso antes de verlos. Cuando una lancha viene directamente hacia ti a gran velocidad, el motor emite un ruido particular. Es como si el cerebro pudiera captar subconscientemente el sonido que se adelanta al movimiento del motor apenas una milésima de segundo, y supe que estábamos en apuros. Apenas tuve tiempo de girar la cabeza antes de ver cómo se nos echaba encima a cincuenta kilómetros por hora. —Cerró ambas manos hasta formar un puño, con los dedos tensos—. En ese momento, Victor ya se había dado cuenta de lo que pasaba, y todavía puedo recordar su expresión, entre una horrible mezcla de miedo y de sorpresa, exactamente la misma expresión que había visto en las caras de mis amigos en Iraq antes de morir.

Resopló pesadamente.

—La lancha se nos echó encima y partió el bote por la mitad. El casco golpeó con furia a Victor en la cabeza. Lo mató en el acto. Un minuto antes me estaba hablando de lo feliz que se sentía con su vida de casado, y al siguiente, mi mejor amigo (el mejor amigo que he tenido en mi vida) estaba muerto.

Elizabeth puso la mano en la rodilla de Logan y se la apretó con ternura. Se le había puesto la cara pálida.

—Cuánto lo siento…

Él no parecía oírla.

—No es justo, ¿sabes? Sobrevivir a tres viajes a Iraq, a algunas de las atrocidades que habíamos…, ¿solo para morir en un viaje de placer con un amigo? No tiene sentido. Después de eso, me desmoroné. No físicamente, pero sí desde un punto de vista anímico: era como si hubiera caído en un profundo pozo donde permanecí mucho tiempo. Tiré la toalla. No podía comer ni dormir más que un par de horas por las noches, y a veces no podía dejar de llorar. Victor me había confesado que sufría unas terribles pesadillas en las que veía a soldados muertos; después de su muerte, yo empecé a padecerlas. De repente, la guerra había cobrado vida nuevamente y me perseguía. Cada vez que intentaba dormir, veía a Victor o escenas de las ofensivas en las que habíamos intervenido y me ponía a temblar como un flan. Lo único que me ayudó a no volverme completamente loco fue *Zeus*.

Logan realizó una pausa para mirar a Elizabeth. A pesar de sus recuerdos, se quedó impresionado por la belleza de su cara y por la oscura cortina dorada de su pelo. Su cara reflejaba una enorme compasión.

—No sé qué decir.

—Ni yo tampoco. —Él se encogió de hombros—. Todavía no sé cómo encajarlo.

—Pero sabes que no fue culpa tuya, ¿verdad?

—Sí —murmuró él—. Pero ahí no acaba la historia. —Apoyó la mano sobre la de ella, consciente de que había ido demasiado lejos como para detenerse ahora—. A Victor le gustaba hablar de nuestro destino —dijo finalmente—. Creía fervorosamente en esas cosas, y en nuestro último día juntos, me dijo que yo sabría cuál era mi destino cuando lo encontrara. Por más que lo intenté, no pude quitarme esa idea de la cabeza. Seguía oyéndolo repetir una y otra vez la misma frase, y poco a poco, lentamente, me di cuenta de que, a pesar de que no estaba seguro de dónde lo encontraría, sabía que no sería en Colorado.

221

Un día decidí coger mi mochila y ponerme a caminar. Mi madre pensó que había perdido el juicio. Pero con cada nuevo paso que daba en la carretera, empecé a sentirme liberado de nuevo, como si el viaje fuera el remedio que realmente necesitaba para curarme. Y cuando llegué a Hampton, supe que ya no necesitaba seguir caminando. Este era el lugar al que tenía que llegar.

—Y te quedaste.

—Sí.

—¿Y tu destino?

Logan no respondió. Le había contado toda la verdad que podía, y no quería mentirle. Se quedó mirando la mano de Elizabeth debajo de la suya, y de repente, tuvo la impresión de que no estaba obrando debidamente. Sabía que tenía que acabar con aquella situación antes de que fueran más lejos. Levantarse del sofá y acompañarla al coche. Despedirse de ella y abandonar Hampton antes de que saliera el sol a la mañana siguiente. Pero no acertaba a articular las palabras, no podía levantarse del sofá. Una extraña fuerza se había apoderado de él, y se giró hacia ella con una creciente expresión de asombro. Había atravesado el país en busca de una mujer que solo conocía por una fotografía y había acabado enamorándose lentamente pero sin ninguna duda de aquella mujer real, vulnerable y hermosa, que lo hacía sentir vivo de una forma que no sentía desde la guerra. No lo comprendía completamente, pero en toda su vida jamás había estado más seguro de algo.

Lo que Logan vio en su expresión le bastó para confirmarle que ella sentía exactamente lo mismo, y con suavidad la atrajo hacia sí. Al acercar su cara a la de ella, pudo notar su respiración acelerada mientras él le rozaba los labios una y luego otra vez, antes de finalmente sellarlos con un beso.

Hundió la mano en su melena, y en su beso le ofreció todo lo que tenía, todo lo que quería ser. Oyó un suave gemido de satisfacción mientras deslizaba el brazo alrededor de su cintura. Abrió la boca levemente y sintió su lengua contra la suya. De repente, supo que ella era la mujer de su vida, que lo que les estaba pasando era bueno para los dos. La besó en la mejilla y en el cuello, mordisqueándole la piel con suavidad, y luego volvió a besarla en los labios. Se levantaron del sofá, todavía abrazados, y él la guio en silencio hasta la habitación.

Hicieron el amor lentamente. Thibault se movía sobre ella, deseando que aquella sensación no se acabara nunca, mientras le declaraba su amor entre susurros. Podía sentir cómo aquel cuerpo femenino temblaba de placer, una y otra vez. Después, ella se quedó acurrucada debajo de su brazo, con el cuerpo completamente relajado. Hablaron y rieron y se acariciaron, y después de hacer el amor una segunda vez, él se quedó tumbado a su lado, mirándola fijamente a los ojos antes de deslizar el dedo índice con ternura por su cuello. Logan sintió que las palabras tomaban forma en su interior, unas palabras que jamás se había imaginado que le diría a nadie.

—Te quiero, Elizabeth —le susurró, consciente de que era totalmente sincero.

Ella le buscó los dedos y luego empezó a besarlos uno a uno.

—Yo también te quiero, Logan.

17

Clayton

$\mathcal{K}$eith Clayton espió a Beth mientras ella salía de aquella casa. Sabía exactamente lo que había sucedido ahí dentro. Cuanto más vueltas le daba a la cuestión, más ganas le entraban de seguirla para mantener una pequeña charla con ella. Ansiaba explicarle el estado de la situación para que comprendiera, para que se diera cuenta de que esa clase de relación era simplemente inaceptable. Con un par de bofetones bastaría; su intención no era hacerle daño, solo avisarla de que no pensaba aceptar ningún jueguecito. Pero se dijo que con esa actitud tampoco conseguiría nada. Y además no era capaz de hacerlo. Nunca había pegado a Beth. No era su estilo.

Pero ¿qué diantre estaba sucediendo? ¿Acaso la situación podía empeorar aún más?

Primero había descubierto que ese tipo trabaja en la residencia canina. Luego habían pasado unos días cenando juntos en casa de ella, intercambiando las típicas miraditas de las películas de Hollywood. Y luego —y aquí era cuando la cosa alcanzaba realmente un punto inaceptable— salieron juntos a bailar a ese tugurio, y después, a pesar de que no había podido espiarlos a través de las cortinas, no le quedaba ninguna duda de que ella se había comportado como una desvergonzada. Probablemente lo habían hecho en el sofá. Quizá porque ella se había excedido con la bebida.

Recordó esos días. Solo hacía falta darle una copa de vino y continuar llenándosela cuando ella no miraba, o rociar sus cervezas con un poco de vodka, escuchar hasta que a ella se le empezaba a trabar la lengua y entonces acabar gozando de una buena sesión de sexo en el comedor. El alcohol era infalible en tales casos. Solo hacía falta emborracharla un poco, y entonces ella no solo no podía decir que no, sino que se convertía en una verdadera tigresa. Mientras montaba guardia fuera de la casa de *Tai-bolt*, no le costó nada imaginarse su espléndido cuerpo desnudo. Si no hubiera estado tan furioso, quizá se habría excitado, sabiendo que ella estaba ahí dentro, dándose un buen revolcón, excitada y empapada de sudor. Pero la cuestión era que no se estaba comportando exactamente como una buena madre, ¿no?

Keith sabía cómo funcionaban esas cosas. Cuando empezara a tener relaciones sexuales con un hombre, eso se convertiría en una práctica normal y aceptada. Cuando se convirtiera en una práctica normal y aceptada, ella actuaría del mismo modo con cada tipo con el que saliera. Así de simple. Uno llevaría a otro, y a otro, hasta que serían cuatro o cinco o diez o veinte, y lo último que quería era que ella montara un desfile de novios delante de Ben que le guiñaran el ojo cuando salieran por la puerta como queriéndole decir: «¡Tu madre está hecha una máquina de sexo, una verdadera máquina!».

No pensaba permitir que eso sucediera. Beth era tan ingenua como la mayoría de las mujeres, por eso precisamente la había estado vigilando de cerca durante todos esos años. Y por el momento había funcionado, hasta que ese maldito *Tai-bolt* había llegado al pueblo.

Ese tipo era una pesadilla andante. Como si su único objetivo fuera arruinarle la vida a Clayton.

Pues tampoco se lo iba a permitir. De ninguna manera.

En la última semana se había enterado de bastantes cosas sobre *Tai-bolt*. No solo que trabajaba en la residencia canina —aunque, ¿cómo diantre había podido suceder eso?—, sino que además vivía en una chabola ruinosa cerca del bosque. Y después de realizar algunas pesquisas con un tono oficial a los departamentos adecuados en Colorado, la cortesía profesional había obrado el resto. Se había enterado de que *Tai-bolt* se había graduado en la Universidad de Colorado. Y que luego se había alistado en el Cuerpo de Marines, había sido destinado a Iraq y había recibido un par de recomendaciones. Pero lo más curioso

225

era que un par de soldados de su pelotón hablaban de él como si hubiera hecho un pacto con el diablo para permanecer vivo.

Se preguntó qué pensaría Beth de esa historia.

Él no la creía. Había conocido a suficientes marines como para saber que la mayoría tenían el coeficiente intelectual de una lechuga. Sin embargo, albergaba el presentimiento de que algo extraño pasaba con ese tipo, si sus compañeros marines no acababan de fiarse de él.

¿Y por qué atravesar el país andando para acabar en Hampton? Ese pringado no conocía a nadie en el pueblo, y por lo visto, parecía que era la primera vez que pisaba ese lugar. Ahí también había gato encerrado. Clayton no podía zafarse de la sensación de que tenía la respuesta delante de sus propias narices, aunque no acertaba a descifrarla. Lo haría. Siempre lo hacía.

Continuó vigilando la casa, pensando que finalmente había llegado el momento de mantener una pequeña charla con ese tipo. Pero no aquella noche. No con el chucho suelto. La semana siguiente, quizá. Cuando *Tai-bolt* estuviera en el trabajo.

Evidentemente, esa era la diferencia entre él y el resto de la gente. La mayoría de las personas vivían su vida como delincuentes: primero actuaban, y más tarde se preocupaban de las consecuencias. Keith Clayton no. Él pensaba las cosas antes de actuar. Él planeaba, se anticipaba. Y esa era la principal razón por la que hasta ese momento no había actuado, aun cuando los había visto llegar a los dos juntos esa noche y entrar en aquella casa, aun cuando sabía lo que estaban haciendo ahí dentro, aun cuando había espiado a Beth mientras salía por la puerta, con la cara sofocada y la melena despeinada. Tenía la certeza de que en el mundo todo se resumía en quién llevaba las riendas del poder, y justo en ese momento, *Tai-bolt* tenía el poder. Por la tarjeta de memoria. La maldita tarjeta de memoria con las fotos que podían cerrarle el grifo del dinero por parte de su familia.

Pero el poder no suponía nada si no se usaba. Y *Tai-bolt* no lo había empleado. Lo que significaba, o bien que *Tai-bolt* no sabía lo que tenía entre las manos, o bien que ya no tenía la dichosa tarjeta, o bien que era de esa clase de tipos que no se metía en los asuntos ajenos.

O quizá las tres cosas a la vez.

Clayton tenía que estar seguro. Lo primero era lo primero, para no equivocarse. Y eso significaba que tenía que buscar la tarjeta. Si ese tipo todavía la tenía, la encontraría y la destruiría. Y entonces Clayton recuperaría el poder y podría vengarse de *Tai-bolt*. ¿Y si *Tai-bolt* había tirado la tarjeta justo después de encontrarla? Entonces incluso mejor: podría encargarse de *Tai-bolt* sin demora, y todo volvería a la normalidad entre él y Beth. Eso era lo más importante.

¡Maldita fuera! Ella estaba tan guapa cuando había salido de la casa de *Tai-bolt*... Pensar en lo que acababa de hacer le sugería un montón de imágenes eróticas, aunque lo hubiera hecho con *Tai-bolt*. Hacía mucho tiempo que Beth no se acostaba con un hombre, y ahora ofrecía un aspecto... diferente, muy sensual. Y lo más importante era que Clayton sabía que, después de aquella noche, seguramente ella estaría dispuesta a repetir la experiencia.

La idea de amigos con derecho a roce iba cobrando forma.

227

18

Beth

—*T*engo la impresión de que os lo pasasteis muy bien, anoche —comentó Nana, arrastrando las sílabas.

Era domingo por la mañana. Beth acababa de bajar a la cocina con aspecto risueño. Ben todavía dormía en el piso de
arriba.

—Sí —admitió ella, bostezando.

—¿Y?

—¿Y…? Nada.

—Llegaste bastante tarde, teniendo en cuenta que no hicisteis nada.

—Tampoco era tan tarde. Mira, me he levantado a una hora
prudente, y con una gran energía. —Metió la cabeza en la nevera, luego cerró la puerta sin sacar nada—. Eso no sería posible si hubiera vuelto demasiado tarde. Además, ¿por qué tienes
tanta curiosidad?

—Solo quiero saber si conservaré a mi empleado el lunes.
—Nana se sirvió una taza de café y se dejó caer pesadamente
en una silla delante de la mesa.

—No veo por qué no has de conservarlo.

—¿Así que salió bien?

Esta vez Beth tardó unos instantes en contestar, mientras
recordaba la velada. Removiendo su café, se sintió inmensamente feliz.

—Sí, salió bien.

Durante los siguientes días, Beth pasó tanto tiempo como
pudo con Logan, procurando que el cambio no resultara dema-

siado obvio para Ben. No estaba segura de por qué lo hacía. Le parecía una buena idea, teniendo en cuenta la clase de consejos que daban los asesores familiares y matrimoniales acerca del hecho de salir con alguien cuando había niños de por medio. Pero, en el fondo, estaba segura de que ese no era el único motivo. Resultaba divertido mantener las apariencias, como si nada hubiera cambiado entre ellos; le aportaba a la relación un toque ilícito, casi como de aventura amorosa.

Sin embargo, no pudo engañar a Nana. De vez en cuando, mientras Beth y Logan intentaban mantener aquella apariencia inocente, su abuela murmuraba algo que carecía de sentido como «camellos en el Sahara» o «pelos largos y zapatitos de cristal». Más tarde, a solas con Logan, Beth intentaba descifrar esos comentarios. El primero parecía implicar que estaban hechos el uno para el otro; le costó más comprender el segundo, y se quedó bloqueada hasta que Logan se encogió de hombros y sugirió: «¿Quizá tenga algo que ver con Rapunzel y Cenicienta?».

Cuentos de hadas. Pero de los buenos, con finales felices. Nana estaba dejando ver su lado romántico sin revelarse como una anciana de lágrima fácil.

Aquellos momentos robados cuando estaban solos adquirían una intensidad casi onírica. Beth comprendía a la perfección cada uno de sus movimientos y sus gestos, y se mostraba encantada con la forma silenciosa en que él le cogía la mano mientras caminaban detrás de Ben en sus paseos nocturnos, para luego soltarla disimuladamente cuando el niño se daba la vuelta para comentarles algo. Logan tenía un sexto sentido referente a la distancia que Ben se había alejado de ellos —Beth pensaba que debía de ser una habilidad que había adquirido en el Ejército— y ella se sentía agradecida de que él no se mostrara molesto ante su deseo de mantener, de momento, su relación en secreto.

Estaba encantada de que Logan continuara tratando a Ben del mismo modo como lo había hecho antes. El lunes apareció con un pequeño arco y unas flechas que había comprado en la tienda de deportes. Él y Ben se pasaron una hora intentando hacer diana en diferentes blancos y para experimentar con disparos enrevesados que provocaban que las flechas quedaran

229

atrapadas entre las espinosas hojas de acebo o colgadas en las ramas de los árboles, por lo que al final los dos acabaron completamente llenos de arañazos.

Tras la cena, se pusieron a jugar al ajedrez en el comedor mientras ella y Nana ordenaban la cocina. Cuando Beth estaba secando los platos, de repente se le ocurrió, sin ningún motivo en particular, que podría amar a Logan eternamente solo por la forma en que trataba a su hijo.

A pesar de su empeño en guardar las apariencias, todavía hallaban excusas para quedarse a solas. El martes, cuando ella llegó a casa de la escuela, descubrió que, con el permiso de Nana, él había instalado un balancín en el porche, «para que no tengamos que sentarnos en los peldaños». Mientras Ben estaba ocupado con su clase de música, ella se relajó junto a Logan con el rítmico movimiento del balancín. El miércoles fue al pueblo con él en coche para recoger otro saco de comida para perros. Actividades rutinarias, pero el mero hecho de estar a solas con él le bastaba. A veces, cuando estaban en la furgoneta juntos, él la rodeaba con su brazo y ella se apoyaba en su pecho, saboreando el momento.

Beth pensaba en él mientras trabajaba: se imaginaba lo que debía de estar haciendo o se preguntaba de qué debían de estar hablando Nana y él. Podía ver cómo se le pegaba la camisa a la piel por el sudor o cómo flexionaba los brazos mientras adiestraba a los perros. El jueves por la mañana, cuando Logan y *Zeus* subían por el sendero de gravilla para empezar a trabajar, ella los observó a través de la ventana de la cocina. Nana estaba en la mesa, calzándose lentamente las botas de caucho, un reto que le resultaba más arduo a causa de la debilidad de su brazo. Beth carraspeó antes de hablar.

—¿Te importa si Logan se toma el día libre? —le preguntó.

Nana no se molestó en ocultar su sonrisa socarrona.

—¿Por qué?

—Me gustaría estar con él. A solas.

—¿Y qué me dices de la escuela?

Beth ya estaba vestida, y también se había preparado la fiambrera con la comida.

—Me parece que llamaré y diré que estoy enferma.

—Ah —dijo Nana.

—Le quiero, Nana —confesó.

Su abuela sacudió la cabeza, pero sus ojos brillaron.

—Me preguntaba cuánto tardarías en decidirte a confesármelo abiertamente. Ya me estaba cansando de estar todo el día murmurando esas estúpidas frasecitas sobre zapatitos y camellos.

—Lo siento.

Nana se puso de pie y dio un par de pasos con firmeza, para confirmar que se había calzado correctamente las botas.

—Supongo que por un día podré apañarme sola. Tal vez sea bueno para mí. Últimamente me he pasado demasiadas horas repanchingada en el sofá, viendo la tele.

Beth se colocó un mechón de pelo detrás de la oreja.

—Gracias.

—No hay de qué. Pero no te acostumbres, ¿eh? Es el mejor empleado que he tenido.

Se pasaron la tarde abrazados, haciendo el amor. Cuando fue la hora de regresar a casa —deseaba estar allí cuando Ben llegara de la escuela—, Beth tenía la certeza de que Logan la amaba tanto como ella lo amaba, y que él también estaba empezando a considerar la posibilidad de pasar el resto de sus vidas juntos.

231

La única cosa que empañaba aquella perfecta felicidad era la impresión de que había algo que inquietaba a Logan. No era ella, de eso no le quedaba la menor duda. Ni tampoco el estado de su relación: su forma de comportarse cuando estaban juntos era la prueba. Pero había algo más, algo que no acertaba a comprender. Al analizar la cuestión más detenidamente, Beth se dio cuenta de que la primera vez que había notado aquel cambio había sido el martes por la tarde, justo después de que ella llegara a casa con Ben.

Para no perder la costumbre, el niño había salido disparado como una flecha del coche para jugar con *Zeus*, con ganas de quemar toda su energía después de la clase de música. Mientras Beth se hallaba de pie en el despacho de la residencia canina hablando con Nana, espió a Logan a través de la ventana; él deambulaba por el patio con las manos en los bolsillos y parecía perdido en sus pensamientos. Incluso en la furgoneta, cuando la estrechó con un brazo, pudo notar que seguía preocupado. Y aquella noche, después de la partida de ajedrez con Ben, Logan había salido al porche solo.

Beth salió a hacerle compañía unos minutos más tarde y tomó asiento a su lado en el balancín.

—¿Te preocupa algo? —le preguntó finalmente.

Logan no contestó de forma inmediata.

—No estoy seguro.

—¿Estás enfadado conmigo?

Él sacudió la cabeza y sonrió.

—No.

—¿Qué te pasa?

Él vaciló.

—No estoy seguro —volvió a repetir.

Beth se lo quedó mirando fijamente, sin pestañear.

—¿Quieres que hablemos de ello?

—Sí —contestó él—. Pero todavía no.

232

El sábado, con Ben en casa de su padre, los dos fueron a Sunset Beach, cerca de Wilmington, en coche.

A aquella hora, el hervidero de gente que solía amontonarse en la playa ya se había disipado. Con la salvedad de unas pocas personas que paseaban por la playa, tenían todo el espacio para ellos dos. El océano, alimentado por la corriente del Golfo, todavía estaba lo bastante atemperado como para disfrutar de un último baño. Se dedicaron a deambular por la orilla, disfrutando de la sensación de la espuma de las olas bajo sus pies, mientras Logan lanzaba una pelota de tenis al agua. *Zeus* estaba disfrutando enormemente, remando con las patas delanteras con furia y ladrando de vez en cuando como si intentara intimidar a la pelota para que esta no se moviera de sitio.

Beth había preparado una cesta con comida y llevaba un par de toallas. Cuando *Zeus* empezó a acusar el cansancio, se alejaron de la arena mojada y se instalaron en una duna para comer. Metódicamente, ella sacó todo lo necesario para preparar bocadillos y cortó trozos de fruta fresca. Mientas comían, un pesquero surcó la línea del horizonte. Durante un buen rato, Logan mantuvo la vista fija en la embarcación con el mismo semblante preocupado que ella había visto tantas veces durante aquella semana.

—Ya vuelves a poner esa cara —dijo finalmente ella.

—¿Qué cara?

—Vamos, suéltalo ya —lo animó, sin prestar atención a su pregunta—. ¿Qué es lo que te preocupa? Y esta vez no aceptaré ninguna excusa.

—No pasa nada —contestó él, girando la cara hacia ella para mirarla—. Sé que estos últimos días he estado un poco distante, pero es que estoy intentando entender una cosa.

—¿El qué?

—Por qué estamos saliendo juntos.

Beth notó que se le encogía el corazón. No era la respuesta que esperaba y no pudo ocultar el desaliento en su expresión.

—Perdona, no me he expresado correctamente —se apresuró a rectificar él, al tiempo que sacudía la cabeza—. No lo decía en el sentido que piensas. Estaba pensando en cómo es posible esta coincidencia. No tiene sentido.

Ella frunció el ceño.

—Sigo sin entenderte.

233

Zeus, que había permanecido tumbado a su lado, alzó la cabeza para observar una manada de gaviotas que acababa de posarse cerca de ellos en la arena. Más lejos, en la orilla, varios zarapitos se lanzaban en picado en busca de pequeños cangrejos. Logan los estudió antes de proseguir. Cuando volvió a hablar, su voz era firme, como un profesor elaborando una tesis sobre un tema para sus alumnos.

—Si lo enfocas desde mi perspectiva, así es como lo veo yo: una mujer inteligente, adorable, apasionada y guapa, que todavía no ha cumplido treinta años, y que además, cuando se lo propone, puede ser extremamente seductora. —Le regaló una sonrisa antes de continuar—: En otras palabras, una soltera de oro, según la definirían muchos. —Hizo una pausa—. Si te sientes incómoda, dímelo y cambiaré de tema.

Ella se inclinó hacia él y le dio unas palmaditas en la rodilla.

—No, sigue. De momento no me incomodas.

Logan se pasó la mano enérgicamente por el pelo.

—Esto es lo que he estado intentando comprender. Llevo días dándole vueltas.

Ella intentó sin éxito seguir su línea argumental. Esta vez, en lugar de propinarle unas palmaditas en la rodilla, se la apretó.

—Chico, tienes que aprender a expresarte con más claridad. Sigo sin entenderte.

Por primera vez desde que lo había conocido, detectó cierta impaciencia en su rostro. Algo que desapareció casi inmediatamente. Beth tuvo la impresión de que iba más dirigida hacia sí mismo que hacia ella.

—Lo que digo es que no tiene sentido que no hayas mantenido ninguna relación duradera con otro hombre desde tu divorcio. —Hizo una pausa, como si buscara las palabras adecuadas—. Sí, tienes un hijo, y para algunos eso puede suponer un obstáculo, hasta el punto de que no deseen iniciar una relación contigo. Pero por lo que veo no ocultas que eres madre, y supongo que la mayoría de la gente en esta pequeña localidad conoce tu situación. ¿Me equivoco?

Ella vaciló.

—No.

—Y los hombres que te han pedido salir, ¿todos sabían que tenías un hijo desde el principio?

—Sí.

La miró con expresión de incredulidad.

—Entonces, ¿qué pasó?

Zeus rotó la cabeza sobre el regazo de Beth; ella empezó a acariciarlo entre las orejas, notando cómo se iba despertando su instinto de defensa.

—¿Y eso qué importa? —replicó un poco enojada—. Además, para ser sincera, no estoy segura de que me fascine esa clase de preguntas. Lo que sucedió en el pasado es cosa mía, y no puedo hacer nada por remediarlo, así que no pienso continuar aquí sentada a tu lado mientras me interrogas acerca de con quién he salido previamente y qué pasó en cada una de esas relaciones. Soy tal y como me ves, y creía que tú, de entre todas las personas del mundo, lo comprenderías, míster-he-venido-andando-desde-Colorado-pero-no-me-preguntes-por-qué.

Logan se quedó callado, reflexionando acerca de lo que le acababa de decir. Cuando volvió a abrir la boca, intentó transmitirle una inesperada ternura.

—No tenía intención de enojarte. Lo digo porque creo que eres la mujer más especial que jamás he conocido. —Nuevamente, hizo una pausa antes de proseguir, como si intentara asegurarse de que ella había comprendido correctamente sus palabras—. La cuestión es que estoy casi seguro de que prácticamente todos los hombres sentirían lo mismo que yo. Y puesto que has salido con otros, especialmente en esta pequeña localidad donde no hay tantas chicas disponibles en tu franja de edad, estoy seguro de que alguno de ellos debería haber sabido apreciar que eres una persona muy especial. Vale, quizás algunos no fueran tu tipo, y por eso decidiste acabar la relación. Pero ¿qué pasa con el resto? ¿Los que te gustaban? Tuvo que haber alguno, un hombre entre todos ellos, por el que te sintieras genuinamente atraída.

Logan cogió un puñado de arena y abrió los dedos, permitiendo que los granos se escurrieran lentamente entre ellos.

—Esto es lo que he estado pensando. Porque no me parece lógico que no te hayas enamorado antes de alguien; sin embargo, recuerdo que un día me dijiste que no habías tenido mucha suerte con tu vida amorosa.

235

Se limpió la mano con la toalla antes de preguntarle:

—¿Me equivoco?

Ella se lo quedó mirando, preguntándose cómo podía comprender con tanta precisión sus sentimientos.

—No —admitió.

—Y tú también te has preguntado el porqué, ¿no es cierto?

—A veces —confesó—. Pero ¿no crees que le estás dando demasiadas vueltas al tema? Aunque fuera tan perfecta como tú me defines, tienes que recordar que los tiempos han cambiado. Probablemente hay miles o cientos de miles de mujeres que te describirían del mismo modo.

—Quizá. —Logan se encogió de hombros.

—Pero no pareces convencido.

—No. —Sus ojos azul cielo continuaron escrutándola firmemente.

—¿Acaso crees que se trata de una conspiración o algo parecido?

En lugar de contestar directamente, él cogió otro puñado de arena.

—¿Qué puedes contarme de tu ex? —le preguntó.

—¿Y eso qué importa?

—Tengo curiosidad por saber cómo se toma que salgas con otros hombres.

—Estoy segura de que no le importa lo más mínimo. Y no puedo comprender por qué crees que es importante.

Logan soltó toda la arena de golpe.

—Porque —sentenció, con una voz más cavernosa— estoy seguro de que fue él quien entró a robar en mi casa hace unos días.

19

Thibault

*E*l sábado por la noche, después de que Elizabeth se marchara, Thibault se encontró a Victor en el comedor, vestido con los mismos pantalones cortos y la misma camisa de safari que llevaba puesta el día en que murió.

Al verlo, Thibault se quedó petrificado. No era posible. Eso no estaba pasando de verdad. Sabía que su amigo había muerto y que estaba enterrado en una fosa cerca de Bakersfield. Sabía que *Zeus* habría reaccionado si una persona de verdad hubiera entrado en la casa, pero el perro simplemente avanzó hacia su cuenco de agua.

En el silencio abrumador, Victor sonrió.

—Aún hay más —sentenció, anunciando la promesa con una voz solemne.

Cuando Thibault parpadeó, Victor había desaparecido. Era obvio que nunca había estado allí.

Era la tercera vez que Thibault veía a Victor desde la muerte de su amigo. La primera había sido en el funeral, cuando se había apoyado en una columna al fondo de la iglesia y había visto a Victor mirándolo fijamente desde el final del pasillo de la nave central.

«No es culpa tuya», le había dicho Victor antes de desaparecer. A Thibault se le había obstruido la garganta, y tuvo que realizar un enorme esfuerzo para poder volver a respirar.

La segunda aparición ocurrió tres semanas antes de que

iniciara su caminata. En aquella ocasión, sucedió en una tienda, mientras Thibault hurgaba en su portamonedas, intentando calcular cuántas cervezas podía comprar. En aquella época solía excederse con la bebida, y mientras contaba los billetes, vio una silueta por el rabillo del ojo. Victor sacudió la cabeza pero no dijo nada. No tenía que hacerlo. Thibault sabía que le estaba pidiendo que dejara de beber.

Y ahora, esto.

No creía en fantasmas y sabía que la imagen de Victor no era real. No sufría ninguna persecución por parte de un espectro, ni estaba recibiendo visitas del más allá de un alma en pena que tenía que transmitirle un mensaje. Victor era producto de su imaginación, sabía que su subconsciente había fraguado aquella imagen. Después de todo, Victor había sido la única persona a la que siempre había escuchado.

Sabía que el accidente en el bote había sido simplemente eso: un accidente. Los adolescentes que iban montados en la lancha se habían quedado traumatizados, consternados. En cuanto a beber en exceso, en el fondo Thibault era consciente de que la bebida le estaba perjudicando. En cierto modo sabía que le resultaba más fácil escuchar a Victor.

Lo último que esperaba era ver a su amigo otra vez.

«Aún hay más.»

Reflexionó acerca de las palabras de Victor y se preguntó si estaban relacionadas con la conversación que había mantenido con Elizabeth. No estaba seguro, pero no lo creía; sin embargo, no podía descifrar el mensaje, y eso lo incomodaba. Pensó que cuantas más vueltas le diera al tema, menos probabilidades tendría de averiguar la respuesta. El subconsciente jugaba malas pasadas.

Avanzó hasta la pequeña cocina y se sirvió un vaso de leche, puso un poco de comida en el cuenco de *Zeus* y se fue a su cuarto. Tumbado en la cama, volvió a analizar lo que le había dicho a Elizabeth.

Llevaba días pensando en hablar con ella sobre la cuestión. Ni siquiera estaba seguro de cuál era el objetivo de aquel impulso, a no ser forzarla a abrir los ojos respecto a la posibilidad de que Keith Clayton estuviera controlando su vida de una forma que ella no podía ni imaginar.

Y eso era exactamente lo que ese hombre estaba haciendo. A Thibault no le quedó ninguna duda después del allanamiento de morada. Por supuesto, podría haber sido cualquier otra persona —alguien con la intención de robar objetos para luego venderlos en tiendas de animales—, pero la forma en que había entrado en su casa sugería todo lo contrario. Con mucho cuidado. Nada estaba fuera de su lugar. Ni tampoco le habían destrozado nada. Sin embargo, todo había sido «retocado».

La manta que cubría la cama fue lo primero que lo alertó. Estaba levemente arrugada, con un bultito propio de alguien que no sabía hacer la cama al estilo militar: con la manta completamente lisa, sin ningún bulto y sin una sola arruga —y eso era un matiz en el que muy pocos, por no decir nadie, repararían—. Pero él sí. La ropa en los cajones mostraba los mismos retoques: una arruga por aquí, una manga doblada incorrectamente por allá. No solo estaba seguro de que alguien había entrado en su casa mientras él estaba trabajando, sino que, además, quienquiera que fuese, se había dedicado a inspeccionar minuciosamente todas sus pertenencias.

Pero ¿por qué? Thibault no poseía nada de valor. Un rápido vistazo por la ventana de antemano dejaba claro que no había nada valioso en aquella casa. No solo no había ningún aparato eléctrico en el comedor, sino que la segunda habitación estaba completamente vacía, y el cuarto en el que él dormía solo contenía una cama, una mesita de noche y una lámpara. Aparte de los platos y de los utensilios y de un añoso abrelatas eléctrico sobre la encimera, la cocina también estaba vacía. La despensa contenía comida para perros, una barra de pan y un frasco de mantequilla de cacahuete. Pero alguien se había dedicado a registrar la casa de cabo a rabo, incluso debajo del colchón. Alguien había revisado diligentemente cada uno de sus cajones y luego lo había vuelto a dejar todo cuidadosamente ordenado.

Ninguna muestra de rabia por el hecho de no encontrar nada de valor. Ninguna frustración evidente de que la intentona había sido una pérdida de tiempo. En vez de eso, el ladrón había procurado borrar cualquier rastro.

Quienquiera que fuese había entrado en su casa no para ro-

239

bar, sino en busca de algo. Algo en concreto. A Thibault no le había costado demasiado comprender de qué se trataba y quién era el responsable.

Keith Clayton quería recuperar su cámara. O, más precisamente, quería la tarjeta de memoria. Probablemente porque las fotografías que contenía podían meterlo en un aprieto. No había que ser un genio para llegar a tal conclusión, teniendo en cuenta lo que había estado haciendo la primera vez que se toparon el uno con el otro.

De acuerdo, así que Clayton quería borrar su rastro. Pero todavía había algo más en aquel turbio asunto, algo evidente. Y estaba relacionado con Elizabeth.

No tenía sentido que ella no hubiera mantenido ninguna relación durante los últimos diez años. Y de repente le vino a la memoria su primera noche en el pueblo, en la sala de billares, cuando enseñó la foto de Elizabeth al grupo de jugadores. ¿Qué había dicho uno de ellos? Le costó recordar las palabras exactas. Se recriminó por no haber prestado más atención a la observación. Thibault había puesto todos sus esfuerzos en averiguar el nombre de la chica de la foto, y por eso no se había dedicado a analizar lo que le habían dicho. Menudo fallo. Sin embargo, ahora le parecía obvio que aquel comentario implicaba una amenaza: «No, digamos que no sale con nadie. A su ex no le gustaría, y créeme, es mejor que no le busques las cosquillas».

Repasó todo lo que sabía sobre Keith Clayton. Pertenecía a una familia muy poderosa. Era un déspota. Se enfadaba con facilidad. Estaba en una posición aventajada para abusar de su poder y autoridad. Posiblemente se trataba de un hombre que pensaba que merecía todo lo que quería y cuando lo quería.

Thibault no estaba completamente seguro de aquella última deducción, pero la descripción encajaba perfectamente en el rompecabezas.

Clayton no deseaba que Elizabeth saliera con otros hombres. Hacía años que no había mantenido ninguna relación seria. A veces ella se preguntaba el porqué, pero ni tan solo había considerado la posible conexión entre su exmarido y sus fracasos amorosos. Para Thibault, parecía completamente plausible que Clayton estuviera manipulando a la gente, y que en cierto modo siguiera controlando la vida de Elizabeth. Si sabía cuándo ella salía con alguien, eso significaba que llevaba años espiándola. Del mismo modo que la estaba espiando ahora.

No le costaba imaginar cómo se las había apañado para finalizar las relaciones previas de Elizabeth, pero de momento ese tipo corrupto se había mantenido a distancia en la relación que había nacido entre Thibault y Elizabeth. De momento, no lo había pillado espiándolos, ni tampoco había notado nada extraño. En vez de eso, Clayton había decidido entrar en su casa con alevosía en busca de la tarjeta de memoria cuando sabía que Thibault estaba ausente, en el trabajo.

¿Estaba planeando una jugada maestra?

Probablemente. Pero la cuestión era: ¿con qué finalidad? Para echarlo del pueblo, eso como mínimo. Sin embargo, no lograba zafarse de la impresión de que aquello no sería lo único. Tal y como Victor le había dicho: «Aún hay más».

Le habría gustado compartir con Elizabeth aquellas impresiones acerca de su ex, pero no podía soltarle simplemente que había oído un comentario de refilón en la sala de billares. Eso supondría tener que confesarle lo de la foto, y todavía no podía hacerlo. Lo que quería era orientarla hacia la dirección correcta, con la esperanza de que ella empezara a atar cabos por su cuenta. Cuando ambos fueran plenamente conscientes de la magnitud de la perfidia de Clayton y de hasta qué punto estaba dispuesto a llegar para sabotear cualquier relación amorosa de Elizabeth, juntos serían capaces de enfocar la situación de un modo conveniente. Se amaban. Se enfrentarían a lo que hiciera falta. Al final, todo saldría bien.

¿Era ese el motivo por el que había ido a Hampton? ¿Para enamorarse de Elizabeth e iniciar una vida juntos? ¿Era aquel su destino?

Por alguna razón que no acertaba a comprender, tenía la impresión de que aquella no era la respuesta correcta. Las palabras de Victor parecían confirmar sus sospechas. Existía otro motivo por el que había ido a Hampton. Quizás enamorarse de Elizabeth formaba parte de ello. Pero eso no era todo. Había algo más.

«Aún hay más.»

241

Y

Thibault durmió el resto de la noche sin despertarse ni una sola vez, igual que el día que había llegado a Carolina del Norte. Una habilidad militar, o, más precisamente, de combate, que había aprendido a la fuerza. Los soldados cansados cometen fallos. Su padre se lo había dicho. Cada oficial que había conocido se lo había dicho. Su experiencia castrense confirmaba la verdad de ese alegato. Había aprendido a dormir cuando tocaba dormir, sin importar el caos que reinara a su alrededor, confiando en que al día siguiente estaría más preparado para enfrentarse a cualquier adversidad.

Aparte del breve periodo que siguió a la muerte de Victor, nunca le había costado conciliar el sueño. Le gustaba dormir y la forma en que sus pensamientos parecían ordenarse mientras soñaba. El domingo, cuando se despertó, visualizó una rueda con radios que se desplegaban desde el centro. No estaba seguro de la razón, pero unos pocos minutos después, mientras paseaba a *Zeus*, súbitamente lo abordó la idea de que Elizabeth no era el centro de la rueda, como había asumido inconscientemente. En vez de eso, se dio cuenta de que todo lo que había sucedido desde que había llegado a Hampton parecía girar en torno a Keith Clayton.

Clayton, después de todo, había sido la primera persona con la que se había cruzado. Le había arrebatado la cámara a Clayton. Clayton y Elizabeth habían estado casados. Clayton era el padre de Ben. Clayton había saboteado las relaciones amorosas de Beth. Clayton los había visto pasar una velada juntos la noche que había llevado a Ben de vuelta a su casa con el ojo morado; en otras palabras, él había sido el primero en conocer su relación. Clayton había entrado a robar en su casa. Clayton —y no Elizabeth— era el motivo por el que había ido a Hampton.

A lo lejos estalló un trueno, potente y amenazador. Se avecinaba una tormenta. A juzgar por la pesadez en el aire, seguro que iba a caer con ganas.

Aparte de lo que Elizabeth le había contado acerca de Clayton, se dio cuenta de que apenas sabía nada sobre aquel hombre. Mientras las primeras gotas empezaban a estrellarse contra el suelo, regresó a su casa. Más tarde, se pasaría por la biblioteca. Necesitaba llevar a cabo una pequeña investigación, si pretendía comprender mejor la vida en Hampton y el papel que la familia Clayton desempeñaba en aquella localidad.

243

20

Beth

—*N*o me sorprendería —resopló Nana con desidia—, nunca me he fiado de tu difunto marido.

—Todavía no está muerto, Nana.

Nana suspiró.

—Lo último que se pierde es la esperanza.

Beth tomó un sorbo de café. Era domingo. Acababan de volver de misa. Por primera vez desde que había sufrido la embolia, su abuela había interpretado un breve solo en el repertorio musical de aquel día, y Beth no había querido distraerla. Sabía lo mucho que el coro significaba para ella.

—No me estás ayudando —se lamentó Beth.

—Pero ¿cómo quieres que te ayude?

—Te estaba diciendo que…

Nana se inclinó por encima de la mesa.

—Ya sé lo que me estabas diciendo. Ya me lo has contado, ¿o es que no te acuerdas? Y si lo que te interesa saber es si creo que fue Keith quien entró en la casa de Thibault, mi respuesta es que no me sorprendería en absoluto. Nunca me ha gustado ese tipo.

—¡No me digas!

—No hay motivos para que te pongas a la defensiva.

—No me pongo a la defensiva.

Nana no parecía haberla oído.

—Pareces cansada. ¿Quieres un poco más de café? ¿Prefieres que te prepare una tostada con canela?

Beth sacudió la cabeza.

—No tengo hambre.

—De todos modos, tienes que comer. No es un hábito saludable, eso de saltarse una comida, y ya sé que hoy no has desayunado… —Se levantó de la mesa—. Voy a prepararte una tostada.

Beth sabía que de nada serviría oponerse. Cuando a Nana se le metía algo en la cabeza, no había forma de disuadirla.

—¿Y qué hay de la otra cuestión? Sobre si Keith ha tenido algo que ver con… —No fue capaz de acabar la frase.

Nana se encogió de hombros mientras introducía dos rebanadas de pan en la tostadora.

—¿Con lo de espantar a tus pretendientes? No me sorprende nada de lo que pueda hacer ese tipo. Y además, eso explica muchas cosas, ¿no te parece?

—Pero no tiene sentido. Yo puedo decirte el nombre de al menos media docena de mujeres con las que él ha salido; además, nunca me ha dado a entender que desee volver conmigo. ¿Por qué tendría que importarle con quién salgo o con quién dejo de salir?

—Porque es un pobre niño mimado —declaró Nana. Puso un poco de mantequilla en una sartén y encendió el fuego. Una pequeña llama azul cobró vida repentinamente—. Tú eres su juguete. Puede que él tenga juguetes nuevos, pero eso no significa que quiera que nadie juegue con sus viejos juguetes.

Beth cambió de posición en la silla, visiblemente incómoda.

—Me parece que no me gusta la analogía.

—No es cuestión de si te gusta o no, sino de si es verdad.

—¿Y tú crees que es verdad?

—Yo no he dicho eso. Lo que he dicho es que no me sorprendería. Y tampoco me digas que a ti te sorprende. He visto el modo en que te repasa de arriba abajo. Me da repelús, y cada vez tengo que contenerme para no atizarle con el recogedor de cacas de los perros.

Beth sonrió, pero solo un instante. Cuando la tostadora se disparó, Nana cogió las tostadas y las puso en un plato. Las untó con la mantequilla fundida, luego añadió azúcar y canela. Tomó el plato y lo depositó en la mesa, delante de Beth.

—Vamos. Tienes que comer. Te estás quedando en los huesos.

—Peso lo mismo que siempre.

—Ya, pero estás demasiado flaca. Siempre has estado demasiado flaca. Si no vas con cuidado, saldrás volando con la tormenta. —Hizo un gesto hacia la ventana mientras volvía a sentarse—. Esta será de las grandes. Qué alivio. Necesitamos que llueva. Espero que no haya aulladores en los caniles.

Nana se refería a los perros que tenían miedo de las tormentas y que se pasaban todo el rato aullando, fastidiando al resto de los animales. Beth pensó que el cambio de tema de la conversación era una oportunidad para zanjar el asunto. Normalmente Nana le ofrecía otros temas propicios, pero mientras hincaba el diente a la tostada, se dio cuenta de que no tenía ganas de hablar de nada más.

—Creo que ya se conocían —concluyó finalmente.

—¿Quién? ¿Thibault y ese pobre diablo?

Beth alzó las manos.

—Por favor, no lo llames así. Ya sé que no es de tu agrado, pero es el padre de mi hijo. No quiero que cojas el hábito de llamarlo así cuando Ben puede oírte. Sé que ahora no está aquí, pero…

246

Nana esbozó una sonrisa socarrona.

—Tienes razón. Lo siento. No volveré a hacerlo. ¿Qué decías?

—¿Recuerdas cuando te conté lo de aquella noche, cuando Keith trajo a Ben con el ojo morado? Tú estabas en casa de tu hermana… —Vio que Nana asentía con la cabeza—. No sé por qué, pero ayer por la noche recordé la escena. En ese momento no le presté la debida atención, pero cuando Keith vio a Logan, no preguntó quién era. En lugar de eso, reaccionó instintivamente con una furia desmedida. Dijo algo como: «¿Qué haces aquí?».

—¿Y? —La expresión de Nana resultaba ininteligible.

—Fue la forma en que lo preguntó. Parecía tan sorprendido de que hubiera un hombre en mi casa como de que este hombre fuera precisamente Logan. Como si fuera la última persona que esperara encontrar aquí.

—¿Qué dice Thibault?

—Nada. Pero tiene sentido, ¿no? Me refiero a que sus caminos se hayan cruzado previamente. ¿Por qué si no supondría que fue Keith quien entró en su casa a robar?

—Quizá —respondió Nana, luego sacudió la cabeza—. No lo sé. ¿Te ha dicho Thibault qué es lo que cree que tu ex buscaba en su casa?

—No. Lo único que me ha dicho es que no había mucho que robar.

—Lo cual es una forma de contestar a tu pregunta sin mojarse realmente.

—Así es —convino Beth. Dio otro bocado a la tostada, pensando que se sentía incapaz de acabársela.

Nana se inclinó hacia delante.

—¿Y eso también te preocupa?

—Un poco —admitió Beth, asintiendo levemente con la cabeza.

—¿Porque crees que te oculta algo?

Cuando Beth no contestó, su abuela alargó el brazo para cogerle la mano.

—Me parece que te estás obcecando en cuestiones irrelevantes. Quizá tu ex entró a robar en casa de Thibault, o quizá no. Tal vez ya se conocían de antes, o tal vez no. Pero nada de eso es tan importante como averiguar si realmente tu ex ha estado manipulando tu vida. Si yo estuviera en tu lugar, solo me preocuparía de eso, porque esa es la parte que básicamente te afecta a ti. —Hizo una pausa, para permitir que su nieta recapacitara sobre lo que acababa de decirle—. Lo digo porque os he visto a ti y a Thibault juntos, y es obvio que él te quiere. Y creo que la razón por la que te ha comentado sus sospechas es porque no quiere que le pase lo mismo que les ha pasado a los otros hombres con los que has salido.

—¿Así que crees que Logan tiene razón?

—Sí —declaró Nana—. ¿Tú no?

Beth tardó un rato en contestar.

—Yo también lo creo.

Una cosa era pensar en esa posibilidad, y otra muy distinta era estar segura de ello. Después de aquella conversación, se puso unos pantalones vaqueros y un impermeable, se montó en su coche y se dirigió al pueblo. Hacía dos horas que había empezado a llover, una espectacular tormenta tropical que había ascendido por Georgia y se había abierto paso a través de Carolina del Sur. Según el parte meteorológico, se esperaban fuertes aguaceros en cualquier punto a lo largo de las siguientes veinticuatro horas. Y continuaría lloviendo más días. Otras dos tormentas que se habían formado en el golfo de México habían alcanzado la costa unos días antes, y se esperaba que también llegaran a la zona, trayendo más lluvia. El verano seco y caluroso estaba oficialmente tocando a su fin.

Beth apenas conseguía ver a través del cristal, a pesar de que había puesto el limpiaparabrisas a la máxima potencia. La lluvia había cubierto la cuneta, y mientras atravesaba el pueblo vio que se empezaban a formar canales por donde discurría el agua con una fuerza considerable en dirección al río. De momento, no se había desbordado, pero lo haría: el caudal estaba ascendiendo a ojos vista. El agua no tardaría en anegar las tierras colindantes. El pueblo estaba preparado para resistir una inundación; esa clase de tormentas eran frecuentes en aquella región del país, y la mayoría de los negocios se hallaban ubicados lo bastante lejos del río como para evitar los efectos más destructivos de cualquier tormenta, a no ser que esta fuera excepcional. La carretera que conducía hasta la residencia canina —dado que discurría en paralelo al río— era otra historia. Cuando caían fuertes tormentas, especialmente durante la época de los huracanes, a veces el río inundaba los campos y la carretera, por lo que resultaba peligroso transitar por ella. Hoy no sería un problema, pero la situación seguramente empeoraría en los días siguientes.

En el coche, continuó pensando en la conversación que había mantenido con Nana. El día antes, por la mañana, todo le había parecido mucho más simple, pero ahora no podía zafarse de las preguntas que plagaban su mente. No solo acerca de Keith, sino sobre Logan. Si era cierto que Logan y Keith ya se conocían, ¿por qué no se lo había dicho? ¿Y qué era lo que Keith buscaba en su casa? Como ayudante del *sheriff*, Keith tenía acceso a cualquier información personal, así que no podía tratarse de nada en esa línea. Entonces, ¿qué era? Por más que lo intentaba, no llegaba a comprenderlo.

Y Keith...

¿Y si Nana y Logan tenían razón? Y suponiendo que la tuvieran —porque, después de meditar acerca de la cuestión, sentía instintivamente que era verdad—, ¿cómo podía haber estado tan ciega como para no darse cuenta de nada?

Le costaba admitir que lo había juzgado mal. Llevaba más de diez años de relación con ese hombre, y a pesar de que jamás lo había tenido por un santo, nunca se le había pasado por la cabeza la idea de que él pudiera dedicarse a sabotear su vida personal. ¿Quién se atrevería a hacer semejante cosa? ¿Y por qué? El modo en que Nana lo había descrito, que él la veía como un juguete que se negaba a compartir con nadie más, le provocaba una incómoda tensión en el cuello mientras conducía.

Lo que más le sorprendía era que en aquella pequeña localidad, donde prácticamente era imposible mantener un secreto, jamás hubiera sospechado nada. El pensamiento hizo que se replanteara la actitud de sus amistades y de sus vecinos, pero sobre todo que se cuestionara la reacción de los hombres que le habían pedido una cita. ¿Por qué no habían sido capaces de decirle a Keith que no se metiera en sus asuntos?

«Porque es un Clayton», se recordó a sí misma. Y esos hombres preferían no discutir con él por la misma razón por la que ella no presionaba a Keith cuando se trataba de Ben. A veces resultaba más fácil seguirle la corriente.

¡Oh! ¡Cómo detestaba a aquella familia!

Por supuesto, se estaba excediendo con tales suposiciones. Se dijo que el hecho de que Logan y Nana sospecharan de su exmarido no implicaba que sus suposiciones fueran ciertas. Y precisamente por eso estaba detrás del volante en aquel momento.

Viró a la izquierda en el cruce principal y se dirigió hacia un antiguo vecindario en el que dominaban las casas de estilo colonial con amplios porches. Las calles estaban alineadas con enormes árboles, la mayoría centenarios, y recordó que de niña siempre había sido su barrio favorito. Entre las familias de la zona era tradición decorar exageradamente el exterior de las casas, lo que confería al lugar un ambiente alegre y festivo.

La casa estaba situada justo en la mitad de la calle. Rápidamente avistó el coche del dueño aparcado frente a la puerta del garaje. Había otro automóvil aparcado justo detrás. A pesar de

249

que eso podía significar que tenía compañía, Beth no se sentía con ánimos de dar media vuelta y volver más tarde. Tras aparcar delante de la casa, se puso la capucha del impermeable y se apeó del coche, dispuesta a plantar cara a la tormenta.

Sorteó los charcos profundos que se habían formado en la acera dando saltitos y subió los peldaños del porche. A través de las ventanas podía ver una lámpara encendida en una esquina del comedor; en un televisor cercano daban las tradicionales carreras automovilísticas NASCAR. La invitada debía de haber insistido en ver la última carrera; al dueño de la casa no se le habría pasado por la cabeza poner ese canal. Él odiaba ese deporte.

Llamó al timbre y retrocedió un paso. Cuando él asomó la cara por el umbral, solo necesitó un instante para reconocerla. En su expresión, ella vio una mezcla de sorpresa y de curiosidad, junto con un vestigio de algo más que no había esperado: miedo.

Él alzó la vista rápidamente para examinar la calle en ambas direcciones antes de volver a posar los ojos en ella.

—¿Qué haces aquí, Beth?

—Hola, Adam —le sonrió ella—. Me preguntaba si me podías dedicar solo un par de minutos. Necesito hablar contigo.

—No estoy solo —confesó él, bajando la voz—. No es el momento oportuno.

Enseguida se oyó la voz de una mujer que preguntaba detrás de él:

—¿Quién es?

—Por favor —insistió Beth.

Adam pareció sopesar si debía cerrarle la puerta en las narices o no y de repente lanzó un suspiro.

—Una amiga —gritó—. Dame un minuto, ¿vale?

En aquel momento, una mujer apareció por encima de su hombro, sosteniendo una cerveza y luciendo unos pantalones vaqueros y una camiseta demasiado ajustada. Beth la reconoció enseguida: era la secretaria del despacho de Adam. Se llamaba Noelle, o algo parecido.

—¿Qué quiere? —se interesó. Por su tono de fastidio, era obvio que ella también la había reconocido.

—No lo sé. No la he invitado, ¿vale?

—Pero yo quiero ver las carreras —se quejó, con la carita enfurruñada, estrechándolo por la cintura con un brazo posesivo.

—Lo sé —contestó él—. No tardaré. —Dudó al ver la expresión de Noelle—. Te lo prometo —le aseguró.

Beth se preguntó si Adam siempre utilizaba ese tono de súplica, y de ser así, por qué no se había fijado antes. O bien él había intentado ocultarlo, o bien Beth se había esforzado por no prestar atención a ese desagradable tono quejica. Tenía la impresión de que se trataba de la segunda posibilidad, cosa que la desmoralizó.

Adam salió al porche y cerró la puerta tras él. Cuando la miró, ella no acertó a adivinar si estaba asustado o enfadado. O ambas cosas a la vez.

—¿Qué es eso tan importante que no puede esperar? —le preguntó. Parecía un adolescente alarmado.

—No te preocupes, no es tan importante —lo calmó ella—. Solo he venido a hacerte una pregunta.

—¿Sobre qué?

Beth lo miró solemnemente a los ojos.

—Quiero saber el motivo por el que no volviste a llamarme después de aquella cena.

—¿Qué? —Adam se apoyó primero en un pie y luego en el otro. A Beth le recordó un caballo asustadizo—. ¿Bromeas?

—No.

—Simplemente no lo hice y ya está. No funcionó. Lo siento. ¿Por eso has venido? ¿Para que te pida perdón?

Las palabras se escaparon de su boca como un lamento:

—No vengo en busca de una disculpa.

—¿Entonces qué? Mira, tengo compañía. —Movió con nerviosismo un dedo por encima del hombro—. Tengo que irme.

Mientras la pregunta quedaba suspendida en el aire, él examinó la calle arriba y abajo. Beth se dio cuenta de lo que sucedía.

—Le tienes miedo, ¿verdad?

A pesar de que Adam intentó ocultarlo, ella sabía que había dado en el clavo.

—¿A quién? ¿De qué estás hablando?

251

—A Keith Clayton. Mi ex.

Adam abrió la boca para decir algo, pero no pudo pronunciar ni una sola palabra. En vez de eso, tragó saliva en un intento de negarlo.

—No sé de qué me estás hablando.

Ella dio un paso hacia él.

—¿Qué te hizo? ¿Te amenazó? ¿Te asustó?

—¡No! Mira, no quiero hablar de eso, ¿vale? —Se giró hacia la puerta y asió el tirador.

Ella lo agarró por el brazo para detenerlo. Acto seguido acercó más su cara a la de Adam en una actitud amenazadora. Los músculos del hombre se tensaron unos instantes.

—Lo hizo, ¿no es cierto? —insistió ella.

—No puedo hablar de ello. —Adam vaciló—. Él…

Aunque Beth había sospechado que tanto Logan como Nana tenían razón y a pesar de su propia intuición, que la había empujado a ir hasta aquella casa, sintió que algo se desmoronaba en su interior cuando Adam se lo confirmó.

—¿Qué te hizo?

—No puedo decírtelo. De todas las personas que viven en este pueblo, tú eres la que más debería comprenderlo. Ya sabes cómo es. Él me…

Adam retrocedió, como si de repente se hubiera dado cuenta de que había hablado más de la cuenta.

—Sigue.

Adam sacudió la cabeza.

—No, nada, déjalo. —Adam irguió más la espalda—. Mira, Beth, lo nuestro no funcionó y punto. Dejémoslo así, ¿de acuerdo?

Adam abrió la puerta. Se detuvo un instante, aspiró aire y lo soltó lentamente. Beth se preguntó si había cambiado de idea.

—Por favor, no vuelvas a venir —le pidió.

Beth permanecía sentada en el balancín del porche, con la vista fija en la cortina de lluvia, con la ropa todavía mojada. Nana la había dejado sola con sus pensamientos, interrumpiéndola solo unos breves momentos para ofrecerle una taza de té caliente y una galletita recién horneada hecha con mantequilla de cacahuete, pero su abuela se había mostrado extrañamente silenciosa mientras lo hacía.

Beth tomó un sorbo de té antes de darse cuenta de que no le apetecía acabárselo. No tenía frío. A pesar del pesado chaparrón, el aire era cálido e incluso se podían distinguir las finas capas de niebla que empezaban a extenderse alrededor de la propiedad. A lo lejos, la carretera parecía desvanecerse entre la neblina grisácea.

Su ex no tardaría en llegar. Keith Clayton. Desde que había regresado de casa de Adam, no había dejado de pronunciar aquel nombre repetidamente, haciendo que sonara como una blasfemia.

No podía creerlo. O mejor dicho, sí que se lo creía. Ya no tenía dudas. A pesar de que había deseado abofetear a Adam por haberse comportado como un pelele y haber tirado tan rápidamente la toalla, sabía que no podía culparlo. Era un buen chico, pero no era —ni nunca lo había sido— la clase de hombre que habrían seleccionado en un torneo de baloncesto o de béisbol. No había ninguna posibilidad de que se atreviera a plantarle cara a su ex.

253

Beth solo deseaba que Adam le hubiera revelado lo que Keith le había hecho. No le costaba nada imaginárselo; sabía que el despacho que tenía alquilado era propiedad de la familia Clayton. Casi todos los locales comerciales en el centro del pueblo les pertenecían. ¿Keith lo había amenazado con echarlo del local? ¿O quizá le había salido con el numerito: «Podemos ponerte las cosas difíciles»? ¿Hasta qué punto estaba dispuesto a llegar Keith?

Durante todo aquel rato que Beth había permanecido allí fuera sentada, había intentado calcular cuántas veces había sucedido exactamente lo mismo. Tampoco había tenido tantos pretendientes, quizá cinco o seis que habían acabado su relación con ella del mismo modo repentino e inexplicable como había acabado Adam. Eso contando a Frank, y eso había sucedido… ¿siete años atrás? ¿Keith la había estado siguiendo y espiando durante todo ese tiempo? La respuesta le provocó náuseas.

Y Adam…

¿Qué pasaba con los hombres que elegía? ¿Por qué todos se lanzaban al suelo y se hacían los muertos en el momento en que intervenía su ex? Sí, Keith pertenecía a una familia poderosa, y sí, era el ayudante del *sheriff*, pero ¿por qué ninguno de ellos se había comportado como un verdadero hombre y lo había enviado a paseo? O, como mínimo, ¿por qué no se habían atrevido a contarle la verdad? En lugar de eso, habían abandonado la escena con la cola entre las piernas. Entre ellos y Keith, Beth no había sido muy afortunada con los hombres. ¿Cómo decía el refrán?: «Cuando alguien te engaña, la primera vez es culpa suya, la segunda vez, la culpa es tuya». ¿Era culpa de Beth haber elegido a unos hombres tan cobardes?

«Quizás», acabó por admitir. Sin embargo, eso no era la cuestión. Lo era que Keith había estado manejando los hilos entre bambalinas para mantener las cosas tal y como él quería. Como si ella fuera una simple marioneta.

El pensamiento le provocó nuevamente arcadas, y por unos momentos deseó que Logan estuviera allí, a su lado. Y no porque Keith no tardaría en llegar para dejar a Ben. No lo necesitaba por eso. No temía a Keith. Jamás le había tenido miedo porque sabía que en el fondo no era más que un pobre diablo, un abusón, y los abusones enseguida se amedrentan cuando alguien les planta cara. Por eso tampoco Nana le había tenido miedo nunca. Drake también se había dado cuenta, y Beth sabía que su hermano siempre conseguía poner a Keith nervioso.

No, deseaba que Logan estuviera allí porque era un tipo estupendo que sabía escuchar, y ella sabía que él no interrumpiría su retahíla de insultos hacia su ex, ni intentaría resolver su problema, ni se hartaría si ella exclamaba: «¡No puedo creer que me haya hecho esto!» cien veces seguidas. Logan dejaría que se desahogara.

Pero entonces pensó que lo último que quería era transmitir su rabia a los demás. Lo mejor era calmarse. Necesitaba estar enfadada para plantarle cara a Keith —de ese modo podría ser más incisiva—, pero al mismo tiempo, no quería perder el control. Si empezaba a chillar, Keith simplemente lo negaría todo antes de marcharse sulfurado. Lo que Beth quería era que dejara de meter las narices en su vida —especialmente ahora que Logan había entrado en juego—, sin que eso repercutiera en los fines de semana que Ben tenía que pasar con su padre.

No, mejor que Logan no estuviera allí. Keith podría reaccionar con agresividad si volvía a verlo, incluso provocar a Logan para que cometiera alguna estupidez, y eso no haría más que complicar las cosas. Si se atrevía a tocarle un solo pelo a su ex, lo meterían en la cárcel durante bastante tiempo. Tendría que hablar con Logan acerca de esa cuestión, para asegurarse de que comprendía quién manejaba el timón en Hampton. Pero, de momento, lo importante era buscar una solución a su pequeño problema.

A lo lejos asomaron unos faros. El coche pareció primero licuarse y luego solidificarse mientras se aproximaba a la casa. Beth vio que Nana espiaba con curiosidad a través de las cortinas, y que luego se retiraba. Beth se levantó del balancín y avanzó hacia la punta del porche mientras la puerta del pasajero se abría. Ben salió disparado, con la mochila, y sin darse cuenta se metió en un charco y sus zapatos quedaron completamente empapados. Pero el pequeño incidente no pareció incomodarlo, ya que trotó hacia los peldaños y subió hasta el porche.

255

—¡Hola, mamá! —Los dos se abrazaron antes de que él alzara la vista hacia ella—. ¿Podemos cenar espaguetis?

—Por supuesto, cielo. ¿Qué tal el fin de semana?

Ben se encogió de hombros.

—Ya sabes.

—Sí, ya sé. ¿Por qué no entras y te cambias? Creo que Nana ha horneado unas galletas. Y quítate los zapatos, ¿de acuerdo?

—¿Y tú no entras?

—No tardaré. Pero primero quiero hablar con tu padre.

—¿Por qué?

—No te preocupes. No se trata de ti.

Ben intentó interpretar su expresión. Ella le apoyó una mano en el hombro.

—Vamos, entra. Nana te está esperando.

Ben entró mientras Keith bajaba la ventanilla un par de centímetros.

—¡Este fin de semana lo hemos pasado en grande! ¡No le hagas caso si dice lo contrario!

Su tono arrogante denotaba una absoluta confianza. Beth pensó que eso probablemente se debía a que Logan no estaba cerca.

Ella dio otro paso hacia delante.

—¿Tienes un minuto?

Keith la miró a través de la rendija de la ventana entreabierta antes de aparcar el coche y apagar el motor. Abrió la puerta y salió corriendo hacia los peldaños. Cuando estuvo en el porche, sacudió varias veces la cabeza y unas gotas de agua salieron despedidas en todas direcciones, luego le dedicó una sonrisita seductora. Probablemente pensaba que ofrecía un aspecto sensual.

—¿Qué pasa? —se interesó—. Ya te lo he dicho, Ben y yo lo hemos pasado fenomenal este fin de semana.

—¿Lo has obligado a limpiar tu cocina otra vez?

La sonrisita se borró de su cara.

—¿Qué quieres, Beth?

—No te pongas quisquilloso. Tan solo es una pregunta.

Keith continuó mirándola sin parpadear, intentando adivinar sus pensamientos.

—Yo no te digo lo que tienes que hacer con Ben cuando él está contigo, y espero la misma deferencia. Y ahora dime, ¿de qué quieres hablar?

—De varias cosas. —A pesar del asco que sentía, esbozó una sonrisa forzada y señaló hacia el balancín—. ¿Te apetece sentarte?

Él parecía sorprendido.

—Sí, aunque no puedo quedarme mucho rato. Esta noche he quedado.

«Por supuesto que has quedado. O bien es cierto, o es lo que quieres que crea», pensó ella. La clase de recordatorio de que, desde su divorcio, él siempre tenía la agenda personal muy ocupada.

Se acomodaron en el balancín. Después de sentarse, Keith se relajó impulsándose con suavidad hacia delante y hacia atrás, extendiendo los brazos.

—Qué agradable. ¿Lo has montado tú?

Ella intentaba mantener la máxima distancia entre ambos en el balancín.

—Lo ha montado Logan.

—¿Logan?

—Logan Thibault. Trabaja para Nana en la residencia canina. ¿Recuerdas? Lo viste una vez.

Él se rascó la barbilla.

—¿El tipo que estaba aquí la otra noche?

«No te hagas el tonto», pensó Beth, sin embargo dijo:

—Sí, el mismo.

—¿Y no le importa limpiar jaulas y recoger caca de perros? —preguntó Keith.

Ella ignoró la malicia que destilaba la pregunta.

—No.

Keith resopló pesadamente al tiempo que sacudía la cabeza.

—Mejor que lo haga él que yo. —Se giró hacia ella mientras se encogía de hombros—. Y bien, ¿qué quieres?

Beth escogió cuidadosamente las palabras que iba a pronunciar.

—Me cuesta decírtelo... —Se quedó un momento callada, sabiendo que de ese modo conseguiría avivar más su interés.

—¿Qué pasa?

Ella se sentó con la espalda más erguida.

—Hace unos días estaba hablando con una amiga y me contó algo que no me sentó nada bien.

—¿Qué te contó? —Keith se inclinó hacia ella, alerta.

—Bueno, antes de que te lo diga, quiero que sepas que solo se trata de uno de esos estúpidos rumores. Una amiga de una amiga de una amiga oyó algo, y al final ha llegado hasta mí. Es sobre ti.

La expresión de Keith denotaba su inmensa curiosidad.

—Me tienes intrigado.

—Lo que mi amiga me dijo es que... —Beth vaciló—. Me dijo que me has estado espiando siempre que he salido con algún hombre. Y que amenazaste a varios de ellos para que no siguieran saliendo conmigo.

Beth se contuvo para no mirarlo directamente a los ojos, pero por el rabillo del ojo vio que a él se le helaba la expresión. Su rostro no solo mostraba estupefacción, sino contrición. Beth frunció los labios para no estallar y ponerse a chillar histérica.

257

Keith relajó las facciones.

—No puedo creerlo. —Se propinó unos golpecitos en la pierna con los dedos—. ¿Quién te ha contado eso?

—Oh, no importa —procuró restar importancia a la cuestión—. No la conoces.

—Es que siento curiosidad —insistió él.

—Te digo que no importa —repitió Beth—. Pero no es verdad, ¿no?

—¡Por supuesto que no! ¿Cómo te atreves a pensar algo parecido?

«¡Mentiroso!», gritó en su interior, pero controló sus impulsos. En el incómodo silencio que los envolvió, él sacudió la cabeza.

—Tengo la impresión de que deberías elegir a tus amigas con más cuidado. Y para serte sincero, me siento un poco herido por el hecho de que hayas iniciado esta conversación.

Ella se esforzó por sonreír.

—Ya le dije que no era verdad.

—Pero claro, querías asegurarte preguntándomelo a mí en persona.

Beth detectó cierta rabia en su voz, y se recordó a sí misma que tenía que ir con mucho cuidado.

—Bueno, ya que hoy tenías que venir… —adujo, intentando mantener el tono desenfadado—. Y además, nos conocemos desde hace tanto tiempo que considero que podemos hablar con toda franqueza, como adultos. —Lo miró con los ojos muy abiertos, como si fuera la víctima de un inocente error—. ¿Así que te ha molestado que te lo haya preguntado?

—No, pero… solo con pensar que has podido dudar de mí… —Keith alzó las manos.

—No he dudado de ti. Pero deseaba contártelo porque quiero que sepas lo que la gente va diciendo acerca de ti a tus espaldas. No me gusta que hablen de ese modo del padre de mi hijo, y eso es precisamente lo que le dije a mi amiga.

Sus palabras obtuvieron el efecto deseado: él volvió a acomodarse en el balancín con una expresión de absoluto orgullo.

—Gracias por defenderme.

—No tienes que darme las gracias. Ya sabes cómo son los cotilleos. Son la serpiente mortífera de las pequeñas localidades. —Beth sacudió la cabeza—. Bueno, ¿y qué tal la vida? ¿Cómo te va el trabajo?

—Como de costumbre. ¿Y tú? ¿Qué tal tu clase este año?

—Ah, son unos niños encantadores. Por lo menos, de momento.

—Me alegro —dijo Keith. Señaló hacia el patio—. Menuda tormenta, ¿eh? Apenas podía ver la carretera.

—Precisamente estaba pensando lo mismo cuando venías hacia aquí. Qué tiempo más loco. Ayer se estaba la mar de bien en la playa.

—¿Fuiste a la playa?

Beth asintió satisfecha.

—Sí, con Logan. Hemos empezado a salir juntos.

—Ah —comentó él—. Por tu tono diría que parece que vais en serio.

Ella le ofreció una mirada de reprobación.

—No me digas que mi amiga tenía razón sobre ti.

—No, claro que no.

Ella esbozó una sonrisa burlona.

—Lo sé. Solo bromeaba. Y no, lo nuestro no va en serio, de momento, pero es un tipo estupendo.

Keith unió sus enormes manos sobre el regazo.

—¿Y qué opina Nana al respecto?

—¿Y eso qué importa?

Él cambió de postura en el balancín, visiblemente tenso por la pregunta.

—Solo digo que esta clase de situaciones puede ser complicada.

—¿De qué estás hablando?

—Él trabaja aquí. Y ya sabes cómo funciona eso de los flirteos hoy día. Te expones a que él te denuncie por acoso sexual en el trabajo.

—Él no haría eso...

Keith habló con paciencia, como si estuviera dando un sermón a una adolescente.

—Créeme. Eso dicen todos. Pero analízalo detenidamente. Él no tiene ningún vínculo con la comunidad, y si está trabajando para Nana, dudo que tenga mucho dinero. No es que eso importe, pero recuerda que tu familia posee muchas tierras.

—Se encogió de hombros—. Solo digo que si yo estuviera en tu lugar, iría con mucho cuidado.

El tono que utilizaba era persuasivo y, a pesar de que ella sabía que solo fingía, parecía denotar un genuino interés por ayudarla, como un amigo que se preocupara por su bienestar. Beth pensó que aquel energúmeno tendría que haber sido actor.

—Nana es la propietaria de las tierras y de la casa. Yo no.

—Ya sabes cómo pueden ser los abogados.

«Lo sé perfectamente —pensó ella—. Recuerdo lo que tu abogado hizo respecto a la custodia de Ben.»

Beth se mordió la lengua y le regaló una cándida sonrisa antes de contestar:

—No creo que eso suponga ningún problema. De todos modos, se lo comentaré a Nana —cedió falsamente.

—Probablemente es una buena idea. —Keith parecía satisfecho.

—Y yo me alegro de que no me haya equivocado respecto a ti.

260

—¿Qué quieres decir?

—Ya sabes, que no te importe que salga con alguien como Logan. Dejando de lado la cuestión del acoso sexual. Realmente me gusta.

Keith descruzó las piernas.

—No me atrevo a afirmar que no me importe.

—Pero acabas de decir que…

—He dicho que no me importa con quién salgas, y es verdad. Pero sí que me importa quién se cruza en la vida de mi hijo, porque él sí que me importa.

—Por supuesto que ha de importarte, eres su padre. Pero ¿qué tiene eso que ver con Logan? —protestó ella.

—Piénsalo bien, Beth; tú no estás acostumbrada a las atrocidades que a mí me toca ver cada día. En tu trabajo, me refiero. Pero yo las veo todo el tiempo, así que claro que me preocupa quién pasa mucho tiempo con Ben. Me gustaría saber si es un tipo violento o un pervertido…

—¡Qué va! —lo interrumpió Beth. Notó que se le encendían las mejillas, a pesar de que no quería mostrar sus sentimientos—. Ha presentado informes a Nana.

—Pueden ser falsos. No cuesta nada falsear una nueva identidad. ¿Cómo sabes que su verdadero nombre es Logan? No es que puedas preguntárselo a nadie por aquí, en la localidad, para confirmarlo, ¿no? ¿Has hablado con alguien vinculado a él? ¿Con algún miembro de su familia, por ejemplo?

—No...

—¿Lo ves? Solo te digo que tengas cuidado. —Keith volvió a encogerse de hombros—. Y no lo digo solo por Ben. También lo digo por ti. Hay mucha gente mala suelta por el mundo, y el motivo de que no estén en la cárcel es porque han aprendido a disimular.

—Hablas como si Logan fuera un delincuente.

—No lo sabemos. Podría ser el tipo más bueno y más responsable del mundo. Lo único que digo es que no sabes quién es en realidad. Y hasta que no tengas la certeza de que es un buen hombre, te recuerdo que es mejor prevenir que curar. No me dirás que no lees la prensa ni ves las noticias en la tele, ¿eh? No te estoy contando nada que no sepas. Solo es que no quiero que le pase nada a Ben. Y no quiero que nadie te haga daño.

Beth abrió la boca para decir algo, pero, por primera vez desde que se hallaba allí sentada con su ex, no se le ocurrió nada.

261

21

Clayton

Sentado tras el volante, Clayton se sentía inmensamente satisfecho consigo mismo.

Había tenido que reaccionar con celeridad, pero su sermón había salido mejor de lo que esperaba, especialmente teniendo en cuenta cómo se había iniciado la conversación. Alguien lo había traicionado. Mientras conducía, intentó averiguar quién podía ser. Generalmente no existían secretos en las pequeñas localidades, pero en ese caso él casi lo había conseguido. Los únicos que lo sabían eran los cuatro fantoches a los que había tenido que espantar para que dejaran de salir con Beth.

Se preguntó si podía ser uno de ellos, aunque lo dudaba seriamente. No eran más que unos pobres pardillos, desde el primero hasta el último, y todos habían seguido con sus vidas como si nada. No existía ninguna razón para que hablaran más de la cuenta. Incluso Adam, ese botarate, había encontrado una nueva novia, por lo que aún era menos probable que decidiera irse de la lengua justamente ahora.

Así que quizá sí que se trataba de un rumor. Era posible que alguien sospechara de sus maniobras y simplemente se hubiera limitado a encajar las piezas del rompecabezas. Una mujer guapa recibe calabazas una y otra vez sin ningún motivo aparente... Ahora que lo pensaba, era posible que hubiera mencionado algo a Moore o incluso a Tony sobre Beth y que alguien lo hubiera oído de refilón, aunque nunca había estado tan borracho como para no darse cuenta de lo que decía. Sabía que esos rumores le podrían ocasionar serios problemas con su padre, pero lo más importante era que alguien le había ido con el cuento a Beth.

No daba mucho crédito a eso de que se lo había contado una amiga. Podría haber alterado fácilmente ese pequeño detalle para desorientarlo. Tanto podía ser un hombre como una mujer. De lo que sí que estaba seguro era de que ella se había enterado del rumor recientemente. Conociéndola como la conocía, sabía que no había ninguna posibilidad de que se hubiera guardado esa información durante mucho tiempo.

Y allí era donde se complicaba el asunto. Había pasado a recoger a Ben el sábado por la mañana, y en aquel momento ella no le había dicho nada. Según había admitido Beth, se había pasado el sábado en la playa con *Tai-bolt*. El domingo la había visto en la iglesia, y después ella se había pasado el resto del día en casa.

Así que... ¿quién se lo había dicho? ¿Y cuándo?

Pensó que quizás había sido Nana. Esa mujer siempre había sido un incordio. Y para Gramps también. En los últimos cuatro o cinco años, este había intentado convencerla para que le vendiera sus tierras y así poder especular con ellas. No solo gozaban de unas impresionantes vistas junto al río, sino que además los dos arroyos que las cruzaban eran sumamente valiosos. Mucha gente que decidía irse del norte del país al sur, buscaba instalarse en tierras cercanas a arroyos. Gramps generalmente aceptaba las negativas de esa vieja; Keith no sabía por qué, pero a Gramps le gustaba Nana. Probablemente porque iban a la misma iglesia, algo que no parecía ser relevante cuando se trataba de la opinión de Nana respecto a su previo yerno —es decir, él—, que también iba al mismo templo.

De repente se le pasó por la cabeza que ese sería el tipo de rumor que *Tai-bolt* estaría encantado de difundir. Pero ¿cómo diantre podía saberlo? Solo se habían visto un par de veces, y no había ninguna posibilidad de que hubiera deducido la verdad a partir de esos dos encuentros. Aunque quizá, con lo del allanamiento de morada... Clayton pensó en esa posibilidad antes de rechazar la idea. Solo había estado en su casa veinte minutos, y ni tan solo había tenido que forzar la puerta, ya que ese tipo ni se había preocupado en cerrarla con llave. Y no se había llevado nada, así que, ¿cómo iba *Tai-bolt* a sospechar que alguien había entrado en su casa?

Y aunque hubiera deducido que alguien había estado allí, ¿por qué iba a establecer la conexión con Clayton?

No podía contestar a tales preguntas satisfactoriamente, pero no descartaba la teoría de que *Tai-bolt* tuviera algo que ver con su pequeño problema. Ese tipo solo le había causado quebraderos de cabeza desde que había llegado, así que decidió ponerlo en una posición destacada en su lista de sospechosos que habían metido las narices en su vida. Y eso le daba más motivos para aplastar a ese gusano de una vez por todas.

Sin embargo, de momento no pensaba invertir ni un minuto en ese plan. Seguía sintiéndose satisfecho de cómo había manejado la conversación con Beth. Podría haber resultado un verdadero fiasco. Lo último que se esperaba cuando le había dicho que quería hablar con él era que le preguntara si estaba involucrado en el fracaso de sus relaciones. Pero había conseguido salir airoso. No solo había sido capaz de negar los hechos de una forma creíble, sino que además había conseguido que su ex reflexionara sobre *Tai-bolt*. A juzgar por su expresión, estaba seguro de que había conseguido que ella recapacitara acerca de una serie de cuestiones que no había considerado antes acerca de ese tipo. Y lo mejor de todo era que la había convencido de que lo hacía por el bien de Ben.

«¿Quién sabe? ¡Igual acaba rompiendo con él y *Tai-bolt* se larga del pueblo!»

¿No sería maravilloso? Con eso pondría punto final a otra de esas relaciones indeseadas de Beth y *Tai-bolt* desaparecería de escena.

Condujo despacio, paladeando el sabor de la victoria. Se preguntó si debería salir a celebrarlo con unas cuantas cervezas, pero al final descartó la idea. No podía jactarse de lo que había sucedido. Precisamente hablar más de la cuenta era lo que quizá lo había metido en aquel lío.

Después de doblar la esquina y entrar en su calle, pasó por delante de varias casonas impecables que ocupaban vastas extensiones de terreno. Él vivía al final de la calle sin salida; sus vecinos eran un médico y un abogado. A veces se recordaba a sí mismo que la vida no lo había tratado mal, en absoluto.

Solo cuando aminoró la marcha para aparcar se fijó en que había alguien de pie en la acera frente a su casa. Cuando aguzó más la vista, vio al perro sentado junto al individuo y frenó de golpe. Luego pestañeó como si no creyera lo que estaba viendo. A pesar de la lluvia, salió del coche y enfiló directamente hacia *Tai-bolt*.

Cuando *Zeus* se puso a gruñir y las patas traseras le empezaron a temblar de rabia, Clayton se detuvo en seco. *Tai-bolt* alzó una mano y el perro se quedó inmóvil.

—¿Qué diantre haces aquí? —gritó Clayton, asegurándose de que su voz se oía por encima de la lluvia.

—Te estaba esperando. Me parece que ha llegado el momento de que hablemos.

—¿Y por qué diantre iba a querer hablar contigo? —espetó, apretando los dientes.

—Creo que lo sabes.

A Clayton no le gustó el tono, pero no pensaba dejarse intimidar por ese tipo. Ni ahora ni nunca.

—Lo que sé es que estás merodeando por este vecindario, y eso en este condado es un delito.

—No me arrestarás.

Clayton sintió el impulso de hacerlo.

—Yo de ti no estaría tan seguro.

Tai-bolt continuó mirándolo fijamente como si lo retara a hacerlo. Clayton deseaba borrar aquella expresión de la cara de aquel tipo de un puñetazo. Pero no podía olvidarse de la presencia de *Cujo*.

—¿Qué quieres?

—Ya te lo he dicho: hablar contigo. —Mantenía el tono sereno y relajado.

—No tengo nada que decirte —bramó Clayton, al tiempo que sacudía la cabeza—. Me voy a casa. Si cuando haya llegado al porche todavía estás aquí, te arrestaré por amenazar a un oficial con un arma letal.

Se giró y empezó a andar, hacia la puerta.

—No encontraste la tarjeta de memoria —declaró *Tai-bolt*.

Clayton se detuvo y se giró expeditivamente.

—¿Qué has dicho?

—La tarjeta de memoria —repitió—. Eso es lo que busca-

265

bas cuando entraste en mi casa a robar. Cuando revisaste todos mis cajones, miraste debajo el colchón, inspeccionaste los armarios.

—¡Yo no he entrado en tu casa! —espetó, mirando a *Tai-bolt* con ojos desafiantes.

—Sí que lo has hecho. El lunes pasado, cuando yo estaba trabajando.

—¡Pruébalo! —ladró Clayton.

—Ya tengo la prueba que necesito. El detector de movimiento que instalé en la chimenea activó la cámara de vídeo que te grabó. Estaba oculta. Suponía que tarde o temprano intentarías recuperar la tarjeta y que jamás se te ocurriría mirar en la chimenea.

Clayton notó que se le encogía el estómago mientras procuraba averiguar si *Tai-bolt* se estaba tirando un farol. Quizá sí o quizá no, no estaba seguro.

—Estás mintiendo.

—Entonces márchate. Por mi parte, no tendré ningún reparo en entregar una copia de la cinta con la grabación a la prensa y otra al departamento del *sheriff*, ahora mismo.

—¿Qué quieres?

—Ya te lo he dicho, ha llegado el momento de que mantengamos una pequeña charla.

—¿Sobre qué?

—Sobre la escoria humana que eres. —*Tai-bolt* silabeó las palabras lenta y lánguidamente—. ¿Haciendo fotos a universitarias desnudas? ¿Qué pensará tu abuelo de eso? Me pregunto qué pasaría si lo descubriera, o qué diría la prensa. O qué pensaría tu padre, quien, si no me equivoco, es el *sheriff* del condado, de que su hijo haya cometido un delito de allanamiento de morada.

A Clayton se le encogió aún más el estómago. Era imposible que ese tipo supiera esas cosas… ¡Pero las sabía!

—¿Qué quieres? —A pesar de su enorme esfuerzo, Clayton estaba seguro de que su tono delataba su creciente nerviosismo.

Tai-bolt continuó de pie delante de él, sin apartar los ojos de su interlocutor. Habría jurado que aquel tipo nunca parpadeaba.

—Quiero que seas mejor persona.

—No sé de qué diantre me estás hablando.

—Te hablo de tres condiciones. Para empezar, no te metas en la vida de Elizabeth.

Clayton pestañeó confuso.

—¿Quién es Elizabeth?

—Tu exmujer.

—¿Te refieres a Beth?

—Desde que os divorciasteis has estado coaccionando a cualquier tipo que se le ha acercado con la intención de salir con ella. Tú lo sabes y yo lo sé. Y ahora ella también lo sabe. No volverá a suceder. Nunca. ¿Entendido?

Clayton no contestó.

—Número dos: no te metas en mis asuntos. Y con ello me refiero a mi casa, mi trabajo y mi vida. ¿Queda claro?

Clayton se mantuvo en silencio.

—Y tres. Y esto es muy importante. —Alzó una mano hacia delante, como si se preparara para hacer un juramento—. Si te atreves a desahogarte con Ben, te prometo que tendrás que rendir cuentas por ello.

Clayton notó que se le erizaba el vello en la nuca.

—¿Me estás amenazando?

—No —contestó *Tai-bolt*—. No es una amenaza. Es la verdad. Si cumples esas tres condiciones, tú y yo no tendremos problemas. Y nadie sabrá lo que has hecho.

Clayton tensó la mandíbula.

En el silencio opresivo, *Tai-bolt* avanzó hacia él. *Zeus* se quedó en su sitio, con cara de frustración por tener que quedarse ahí quieto. *Tai-bolt* se acercó más hasta que quedaron cara a cara. Su voz seguía siendo tan serena como desde el principio de aquella conversación.

—Lo sabes, nunca antes te habías topado con nadie como yo. Y te lo advierto: no te conviene tenerme como enemigo.

Tras aquella contundente frase, *Tai-bolt* se dio la vuelta y empezó a alejarse, caminando por la misma acera. *Zeus* continuó con la vista fija en Clayton hasta que oyó la orden de su dueño, que lo llamaba. Entonces trotó hacia él. Clayton parecía petrificado bajo la lluvia, preguntándose cómo podía ser que todos sus planes, que hacía un rato parecían estar saliendo a pedir de boca, se hubieran vuelto súbitamente del revés.

267

22

Thibault

—Creo que quiero ser astronauta —dijo Ben.

Thibault estaba jugando al ajedrez con él en el porche trasero, concentrado en el siguiente movimiento que iba a realizar. Todavía no había ganado ninguna partida, y a pesar de que no tenía la absoluta certeza, le pareció una mala señal que Ben empezara a charlar. Últimamente jugaban mucho al ajedrez. Desde que había empezado el mes de octubre, nueve días antes, no había parado de llover, y además con fuerza. La zona más oriental del estado ya se había visto afectada por inundaciones y los caudales de los ríos seguían creciendo.

—Me parece genial.

—O bien astronauta, o bien bombero.

Thibault asintió.

—Conozco a un par de bomberos.

—O médico.

—Ah —dijo Thibault. Dirigió la mano hacia el caballo.

—Yo de ti no lo haría —le aconsejó Ben.

Thibault alzó la vista.

—Ya sé en qué jugada estás pensando —agregó Ben—, pero no funcionará.

—¿Y qué debo hacer?

—No muevas esa pieza.

Thibault retiró la mano. Una cosa era perder, y otra bien distinta era perder todo el rato. Peor aún, no parecía estar más cerca de una posible victoria. En cambio, Ben estaba mejorando extraordinariamente su técnica. La partida anterior solo habían ejecutado veintiún movimientos antes de que le ganara.

—¿Quieres ver mi cabaña en el árbol? —sugirió el muchacho—. Es muy chula. El suelo es una gran plataforma justo encima del arroyo, y además tiene un puente movedizo.

—Me encantaría verla.

—Ahora no. Me refiero a otro día.

—Me parece fantástico —aceptó Thibault. Dirigió la mano hacia la torre.

—Yo de ti tampoco movería esa ficha.

Thibault enarcó una ceja mientras Ben se acomodaba en la silla.

—Solo es un consejo —añadió el muchacho.

—¿Qué debería hacer?

Ben se encogió de hombros, con una expresión propia de un niño de diez años, y comentó:

—Lo que quieras.

—¿Excepto mover el caballo y la torre?

Ben señaló hacia otra ficha.

—Ni el otro caballo. Conociéndote, estoy seguro de que eso es lo que pensabas hacer a continuación, ya que has estado intentando abrirle el paso al alfil. Pero eso tampoco funcionará, ya que sacrificaré mi caballo por el tuyo, y moveré la reina para matar ese peón de ahí. —Señaló la ficha con el dedo—. Así conseguiré inmovilizar tu reina. Después enrocaré mi rey y moveré el alfil hasta aquí. Dos movimientos más y te haré jaque mate.

Thibault se llevó la mano a la barbilla.

—¿Tengo alguna oportunidad de ganar esta partida?

—No.

—¿Cuántos movimientos me quedan?

—De tres a siete.

—Entonces quizá sea mejor que empecemos una nueva partida.

Ben empujó las gafas sobre el puente de su naricita con el dedo índice para colocárselas correctamente.

—Sí, quizá sea mejor.

—Me lo podrías haber dicho antes.

—Parecías muy concentrado en la partida. No quería desalentarte.

Y

La siguiente partida no fue mejor. Al revés, fue peor porque Elizabeth decidió sentarse junto a ellos y la conversación siguió por los mismos derroteros. Thibault podía ver cómo ella intentaba contener la risita burlona.

En la última semana y media, habían establecido una rutina. Después del trabajo, con aquella incesante lluvia torrencial, Thibault subía hasta la casa para jugar varias partidas de ajedrez con Ben y se quedaba a cenar, momento en que los cuatro se sentaban a la mesa y charlaban de forma distendida. Después, Ben subía a ducharse y Nana los enviaba fuera para que se sentaran en el porche mientras ella limpiaba la cocina, aduciendo excusas como: «Limpiar para mí es como para un mono estar desnudo».

Thibault sabía que ella deseaba proporcionarles un poco de intimidad antes de que él se marchara. Todavía se sorprendía de que Nana fuera capaz de dejar de actuar como su jefa tan pronto como se acababa la jornada laboral y que no le costara nada adoptar el papel de abuela de la mujer con la que salía. No creía que hubiera muchas personas capaces de transformarse con tanta facilidad.

Se estaba haciendo tarde. Thibault sabía que había llegado la hora de marcharse. Nana estaba hablando por teléfono y Elizabeth había entrado para dar las buenas noches a Ben. Él, mientras permanecía sentado en el porche, notaba un tremendo cansancio en los hombros. Desde su confrontación con Clayton no había dormido bien. Aquella noche, sin estar seguro de cómo iba a reaccionar el exmarido de Elizabeth, regresó a su casa y simuló que pensaba pasar una apacible noche en casa. Pero en vez de eso, cuando apagó las luces, se escapó por la ventana de su habitación en la parte trasera de la casa y trotó hacia el bosque, con *Zeus* a su lado. A pesar de la lluvia, se quedó allí escondido prácticamente toda la noche, esperando a Clayton. A la noche siguiente, se dedicó a vigilar la casa de Elizabeth y la suya de forma alterna. Le traía sin cuidado la copiosa lluvia, y a *Zeus* tampoco le importaba. Llevaban un par de capas de camuflaje impermeables para no mojarse. Lo más duro era ir a trabajar después de dormir apenas un par de ho-

270

ras antes del amanecer. Desde entonces, Thibault se había dedicado a alternar las noches de vigilancia, pero aun así no conseguía recuperar las horas de sueño atrasadas.

Sin embargo, no pensaba desistir. Aquel hombre era impredecible. Buscaba señales de la presencia de Clayton cuando estaba en el trabajo y cuando deambulaba por el pueblo. Por la noche, variaba las rutas para regresar a su casa, tomando atajos por el bosque y realizando el trayecto a la carrera en vez de hacerlo andando plácidamente, y vigilaba la carretera para asegurarse de que Clayton no lo seguía. No le tenía miedo, pero tampoco era idiota. Clayton no solo era un miembro de la familia más poderosa del condado de Hampton, sino que además era el ayudante del *sheriff*, y el apoyo que le confería aquella posición aventajada respecto a la ley era lo que más le preocupaba. A ese chiflado no le costaría nada meter drogas, objetos robados o incluso un arma que alguien hubiera utilizado en un crimen en su casa. Y si eso sucedía, Thibault tenía la certeza de que cualquier jurado del condado se pondría de parte de él simplemente por una cuestión lógica: siempre apoyaría a las fuerzas de la ley antes que a un desconocido, por más que las pruebas fueran insuficientes o que Thibault tuviera una coartada. Si a eso añadía el poder y la influencia de la familia Clayton, seguro que no les costaría nada pagar a varios testigos para que identificaran a Thibault como el autor de diversos delitos.

Lo que más temía era que podía imaginar a Clayton cometiendo todas esas fechorías. Por eso había decidido ir a verle y amenazarlo con la tarjeta de memoria y la grabación de vídeo. A pesar de que no disponía de ninguna de esas dos pruebas —había entregado la cámara a las universitarias, y se había inventado lo de la grabación que se activaba mediante el movimiento—, marcarse el farol le había parecido la única opción factible para ganar tiempo y poder pensar en el siguiente paso que debía dar. La animadversión que Clayton sentía por él era peligrosa e impredecible. Si se había atrevido a entrar en su casa, si había manipulado la vida de Elizabeth, ese tipo sería probablemente capaz de hacer cualquier cosa que considerara necesaria para librarse de Thibault.

Las otras amenazas —acerca de ir con el cuento a la prensa

y al *sheriff*, y la indirecta de informar a su abuelo— simplemente reforzaban el farol. Sabía que Clayton estaba buscando la tarjeta de memoria porque creía que Thibault podía usarla en su contra. Eso significaba que, o bien tenía miedo de las consecuencias en su trabajo, o bien que temía la reacción de su familia. Las pocas horas que había dedicado en la biblioteca a investigar sobre la familia Clayton, el domingo por la tarde, le habían bastado para convencer a Thibault de que probablemente se trataba un poco de ambos motivos.

Sin embargo, el problema con los faroles era que funcionaban hasta que dejaban de hacerlo. ¿Cuánto tardaría Clayton en descubrirlo? ¿Unas semanas? ¿Un mes? ¿Un poco más? ¿Y cómo reaccionaría? ¿Quién iba a saberlo? En esos momentos, Clayton pensaba que Thibault tenía la sartén por el mango, y a él no le quedaba ninguna duda de que lo único que estaba consiguiendo con eso era que aquel tipo se enojase más. Al final, la rabia se apoderaría de él y reaccionaría, o bien contra él, o bien contra Elizabeth o Ben. Cuando Thibault no respondiera al ataque haciendo pública la tarjeta de memoria, Clayton se sentiría libre de actuar como quisiera.

272

Todavía no estaba seguro de qué hacer al respecto. No podía imaginar separarse de Elizabeth, ni de Ben ni de Nana. Cuanto más tiempo pasaba en Hampton, más se afianzaba la sensación de que aquel era su hogar, y eso significaba que no solo tenía que mantenerse alerta con Clayton, sino que debía evitarlo a toda costa. Albergaba la esperanza de que, con el tiempo, acabara simplemente por aceptar la situación y zanjar el tema. Sabía que era bastante improbable, pero por ahora era todo lo que tenía.

—¿Otra vez preocupado? —preguntó Elizabeth, después de abrir la puerta mosquitera del porche y ver la expresión abstraída de Thibault.

Él sacudió la cabeza.

—Solo es que acuso el cansancio de la semana. Pensaba que era duro soportar el calor, pero, por lo menos, podía encontrar alivio en algún lugar a la sombra. En cambio, con la lluvia, siempre estoy empapado.

Ella tomó asiento a su lado en el balancín.

—No te gusta estar todo el día mojado, ¿eh?

—Digamos que no es como estar de vacaciones.

—Lo siento.

—No pasa nada. Y no me quejo. La verdad es que la mayor parte del tiempo no me importa. Y es mejor que sea yo quien se moje, y no Nana. Además, mañana es viernes, ¿no?

Ella sonrió.

—Hoy te llevaré yo a casa. Y esta vez no acepto ninguna excusa.

—De acuerdo.

Elizabeth echó un vistazo por la ventana antes de volver a centrar su atención en Thibault.

—No mentías cuando dijiste que tocabas el piano, ¿verdad?

—No.

—¿Cuándo fue la última vez que lo tocaste?

Él se encogió de hombros.

—Hace dos o tres años.

—¿En Iraq?

Él asintió.

—En la fiesta de cumpleaños de un superior. Le encantaba Willie Smith, uno de los más grandes pianistas de jazz de los años cuarenta y cincuenta. Cuando corrió la voz de que yo sabía tocar el piano, me arrastraron hasta el escenario.

—En Iraq —repitió ella, sin ocultar su sorpresa.

—Incluso los marines necesitan divertirse.

Elizabeth se colocó un mechón de pelo detrás de la oreja.

—Entonces supongo que sabes leer una partitura.

—Por supuesto. ¿Por qué? ¿Quieres que le dé clases a Ben?

Ella no pareció oírlo.

—¿Qué te parecería tocar en la iglesia? ¿Eres creyente?

Por primera vez, él la miró directamente a los ojos.

—Tengo la impresión de que esta conversación no gira simplemente en torno a la idea de conocernos el uno al otro un poco mejor.

—Mientras estaba dentro, he oído un poco de la conversación de Nana, por teléfono. Ya sabes lo mucho que el coro significa para ella, ¿no? ¿Sabes que ha empezado de nuevo a cantar como solista?

Él consideró su respuesta, con la sospecha de que Elizabeth tramaba algo y sin preocuparse por ocultar su recelo.

273

—Sí.

—La pieza que interpretará este domingo es incluso más larga. Está entusiasmada.

—¿Y tú no?

—Más o menos. —Ella suspiró, con una expresión apesadumbrada—. Por lo visto, Abigail se cayó ayer y se rompió la muñeca. Por eso Nana está hablando por teléfono.

—¿Quién es Abigail?

—La pianista de la iglesia. Cada domingo acompaña al coro. —Elizabeth empezó a mover el balancín hacia delante y hacia atrás, con la vista fija en la tormenta—. La cuestión es que he oído que Nana ha sugerido que ya se encargará ella de buscar un sustituto de Abigail. Más bien dicho, lo ha prometido.

—¿Ah, sí?

—También ha dicho que, de hecho, ya sabe quién será.

—Entiendo.

Elizabeth se encogió de hombros.

—Solo he pensado que era mejor avisarte. Estoy segura de que querrá hablar contigo dentro de un rato, y no me gustaría que te pillara desprevenido. Por eso he creído que era mejor que te advirtiera.

—Gracias.

Durante un largo momento, Thibault no dijo nada. En el silencio reinante, Elizabeth puso una mano sobre su rodilla.

—¿Qué te parece?

—Tengo la impresión de que realmente no tengo alternativa.

—Claro que tienes alternativa. Nana no te obligará a hacerlo.

—¿Aunque lo haya prometido?

—Probablemente lo comprenderá. Tarde o temprano. —Se llevó una mano al corazón—. Cuando se haya recuperado de la puñalada, estoy segura de que incluso te perdonará.

—Ah.

—Y lo más probable es que tu rechazo no tenga un efecto negativo y no agrave su estado de salud. Es que con la embolia y con el resto de los disgustos que ha padecido, tengo miedo de que acabe de desmoronarse.

Thibault sonrió burlonamente.

—¿No te parece que estás exagerando?

A Elizabeth le brillaron los ojos con malicia.

—Quizá. Pero la cuestión es, ¿lo harás?

—Supongo que sí.

—Perfecto. Entonces ya sabes que mañana te tocará ensayar.

—De acuerdo.

—Seguramente serán muchas horas. Los ensayos de los viernes suelen ser largos. Realmente se lo toman muy en serio, ¿sabes?

—Fantástico —suspiró Logan.

—Míralo así: no tendrás que pasarte todo el día trabajando bajo la lluvia.

—Fantástico —repitió.

Ella le dio un beso en la mejilla.

—Eres un buen tipo. Estaré elogiándote en silencio desde el banco de la iglesia.

—Gracias.

—Ah, y cuando Nana salga a hablar contigo, haz como si no supieras nada, ¿de acuerdo?

—De acuerdo.

—E intenta mostrar entusiasmo. Incluso como si te sintieras halagado. Como si no pudieras creer que ella te haya ofrecido una oportunidad tan maravillosa.

—¿No puedo decir simplemente que sí?

—No. Nana esperará que te emociones. Ya te lo he dicho: el coro significa mucho para ella.

—Ah —volvió a decir. Tomó la mano de Elizabeth entre las suyas—. Pero para que lo sepas, podrías habérmelo pedido directamente, sin recurrir a toda esa artimaña para que me sienta culpable.

—Lo sé. Pero de esta manera era más divertido que si te lo pedía directamente.

En ese preciso instante, Nana salió afuera. Les lanzó una rápida sonrisa a los dos antes de pasearse por el porche. Finalmente se giró hacia él.

—¿Todavía tocas el piano? —le preguntó.

Thibault tuvo que contenerse para no echarse a reír.

Y

Al día siguiente, Thibault conoció a la directora del coro, y a pesar de que ella no ocultó su contrariedad inicial al verlo entrar ataviado con pantalones vaqueros, una camiseta vieja y el pelo largo, no tardó en darse cuenta de que no solo sabía tocar, sino que era un buen músico. Cometió muy pocos errores durante el ensayo, aunque eso se debía a que las piezas musicales no eran muy difíciles. Después del ensayo, cuando apareció el reverendo, la directora del coro le explicó a Thibault cómo se desarrollaría la misa, para que él supiera exactamente a qué atenerse.

Mientras tanto, Nana se dedicaba alternativamente a sonreír a Thibault y a charlar animadamente con sus amigas, explicándoles que él trabajaba en la residencia canina y que pasaba mucho tiempo con Ben. Thibault podía notar las miradas de las mujeres que lo repasaban descaradamente con un visible interés y, en la mayoría de los casos, con una evidente aprobación.

De camino a la puerta, Nana se colgó de su brazo.

—Lo has hecho mejor que un pato subido a un palo —lo halagó.

—Gracias —le contestó, divertido.

—¿Te apetece conducir un rato?

—¿Hasta dónde?

—Hasta Wilmington. Si salimos ahora, creo que estarás de vuelta a tiempo para salir a cenar con Beth. Yo cuidaré de Ben.

—¿Qué quieres comprar?

—Una americana deportiva y unos pantalones chinos. ¡Ah! Y una camisa más elegante. No me importa que vayas todo el día con pantalones vaqueros, pero si vas a tocar el piano en la misa del domingo, necesitas ir más formal.

—Ah —dijo él, pues no tenía opción.

Aquella noche, mientras cenaban en La Cantina, el único restaurante mexicano del centro del pueblo, Elizabeth alzó los ojos por encima de su cóctel Margarita y miró a Thibault fijamente.

—¿Sabes que ahora te has ganado definitivamente el afecto de Nana? —le comentó.

—¿De veras?

—No ha dejado de hablar de lo bien que tocas el piano, de lo educado que has sido con sus amigas y de lo respetuoso que te has mostrado cuando ha aparecido el reverendo.

—Hablas como si esperaras que me comportara como un troglodita.

Ella se echó a reír.

—Quizás era lo que esperaba. He oído que ibas cubierto completamente de lodo antes de ir a la iglesia.

—Pero me he duchado y me he cambiado.

—Lo sé. Nana también me lo ha contado.

—¿Ah, sí? ¿Y qué más?

—Sé que las otras mujeres del coro se han quedado embelesadas contigo.

—¿Eso te ha dicho Nana?

—No, no ha tenido que decírmelo, pero su cara lo decía todo. No todos los días un joven y apuesto forastero se pasa por la iglesia y las cautiva con el piano. ¿Cómo no habían de estar fascinadas?

—Me parece que exageras.

—Pues a mí me parece que todavía tienes mucho que aprender del hecho de vivir en una pequeña localidad del sur —replicó Elizabeth, al tiempo que deslizaba el dedo por el borde de su copa y probaba la sal—. Y es que no hay para menos; es un gran acontecimiento para ellas. Piensa que Abigail ha tocado el piano durante quince años ininterrumpidamente.

—No pienso usurparle el sitio. Esto es solo temporal.

—Aún mejor. Les dará a los feligreses la oportunidad de compararos. Seguro que hablarán de ello durante años.

—¿Esto es lo que hace la gente aquí?

—Por supuesto —le aseguró ella—. Y por cierto, no hay otra forma más rápida de que te acepten en el pueblo.

—No necesito más aceptación que la tuya.

—Siempre tan caballeroso. —Ella sonrió—. De acuerdo, pues a ver qué te parece esto: Keith se volverá loco de rabia.

—¿Por qué?

—Porque él es uno de los feligreses. De hecho, Ben estará con él cuando tú toques el piano. Se morirá de rabia cuando vea cómo todos aprecian tu contribución desinteresada.

—No estoy seguro de que me interese que se enfade más conmigo. De momento, ya me preocupa su posible reacción.

—No puede hacer nada. Sé lo que ha estado tramando.

—Yo no estaría tan seguro —la previno Thibault.

—¿Por qué lo dices?

Thibault se fijó en las mesas ocupadas a su alrededor. Ella pareció leerle el pensamiento y se deslizó por uno de los extremos del banco para sentarse a su lado.

—Sabes algo y no me lo quieres contar —susurró—. ¿De qué se trata?

Thibault tomó un sorbo de cerveza. Cuando volvió a depositar la botella sobre la mesa, le describió sus encuentros con su ex. Mientras le contaba la historia, las muecas de Elizabeth fueron trocándose de asco a sorpresa, hasta finalmente expresar algo parecido a preocupación.

—Deberías habérmelo contado antes —dijo, con el ceño fruncido.

—No me preocupé hasta que entró en mi casa a robar.

—¿Y realmente crees que es capaz de echarte del pueblo?

—Lo conoces mejor que yo.

A Elizabeth se le quitó el apetito de golpe.

—Creía que lo conocía.

Puesto que Ben estaba con su padre —algo que ahora le parecía raro, dadas las circunstancias—Thibault y Elizabeth fueron a Raleigh el sábado, para entretenerse y no pensar constantemente en lo que Keith Clayton era capaz de hacer. Almorzaron en un pequeño bar en el centro y visitaron el Museo de Historia Natural. Por la tarde fueron a Chapel Hill. El equipo de fútbol americano de la Universidad de Carolina del Norte jugaba contra los de Clemson, el equipo de la de Carolina del Sur, y estaban retransmitiendo el encuentro por la ESPN. A pesar de que el partido tenía lugar en Carolina del Sur, los bares en el centro de la localidad estaban abarrotados, llenos de estudiantes que seguían el partido a través de los gigantescos televisores de pantalla plana. Mientras Thibault oía los vítores de alegría y los pitidos de enfado, como si el futuro del mundo dependiera del resultado del partido, empezó a pensar en los chicos de aquella misma edad que estaban sirviendo en Iraq y se preguntó qué opinarían acerca de aquellos estudiantes universitarios.

No se quedaron mucho rato. Después de una hora, Elizabeth expresó sus ganas de marcharse. De camino al coche, mientras caminaban abrazados, ella apoyó la cabeza en su hombro.

—Ha sido muy divertido, pero había demasiado ruido ahí dentro.

—Eso quiere decir que te haces mayor.

Ella le pellizcó la cintura, encantada de encontrar únicamente piel y músculo.

—Cuidado, monada, o quizá no tendrás suerte esta noche.

—¿Monada?

—Es un término cariñoso. Lo uso con todos los chicos con los que salgo.

—¿Con todos?

—Sí, y también con desconocidos. Si se comportan caballerosamente y, pongamos por ejemplo, me ceden su asiento en el autobús, les digo: «Gracias, monada».

—Supongo que debería sentirme halagado.

—Desde luego.

Se abrieron paso entre los grupos de estudiantes arracimados en la calle Franklin, echando de vez en cuando un vistazo a los locales a través de las ventanas e impregnándose de la energía bulliciosa. Thibault comprendía que a ella le apeteciera pasear por allí. Era una experiencia que no había vivido a causa de la responsabilidad de tener que criar a Ben. Sin embargo, lo que más le impresionó fue que, a pesar de que era obvio que ella se lo estaba pasando bien, no parecía melancólica ni resentida por el hecho de haberse perdido todas aquellas juergas. Más bien actuaba como una antropóloga observadora, con ganas de estudiar culturas que acababa de descubrir. Cuando él expresó aquella idea en voz alta, ella esbozó una mueca de fastidio.

—No eches a perder la noche. Te lo aseguro, no estoy reflexionando tan profundamente. Solo quería salir del pueblo y divertirme un rato.

Fueron a casa de Thibault y se quedaron hasta tarde, hablando, besándose y haciendo el amor hasta bien entrada la noche. Cuando él se despertó por la mañana, encontró a Elizabeth tumbada a su lado, estudiando su cara.

—¿Qué haces? —murmuró él, con una voz rasposa.

—Te observo —contestó ella.

—¿Por qué?

—Porque me apetece.

Él sonrió y deslizó suavemente un dedo por su brazo, sintiéndose súbitamente agradecido por la presencia de Elizabeth en su vida.

—Eres maravillosa, ¿lo sabías?

—Sí, lo sabía.

—¿Ah, sí? ¿Solo se te ocurre contestar «Sí, lo sabía»? —le recriminó él, esbozando una mueca teatral como si estuviera realmente ofendido.

—No te pongas quisquilloso. No me gustan los chicos quisquillosos.

—Y yo no estoy seguro de que me gusten las mujeres que ocultan sus sentimientos.

Ella sonrió, inclinándose para besarlo.

—Ayer lo pasé estupendamente.

—Yo también.

—Hablo en serio. Estas últimas semanas contigo han sido las mejores de mi vida. Y ayer, solo por el hecho de estar junto a ti… No tienes ni idea de cómo me sentía. Simplemente como una… mujer. No como una madre, ni una maestra, ni una nieta. Simplemente era yo. Hace mucho tiempo que no me sentía así.

—Pero no es la primera vez que salimos solos.

—Lo sé. Pero ahora es diferente.

Thibault se dio cuenta de que ella estaba hablando del futuro; un futuro que había adquirido una lucidez y un objetivo que nunca antes había tenido. Mirándola fijamente, Thibault comprendió a qué se refería exactamente.

—¿Y cuál es el siguiente paso? —inquirió él, en un tono serio.

Ella volvió a besarlo, y él notó su respiración cálida y húmeda en los labios.

—El siguiente paso es levantarnos. Dentro de un par de horas has de estar en la iglesia. —Le propinó un golpecito cariñoso en la cadera.

—Pero dos horas es mucho tiempo.

—Quizá para ti. Pero yo estoy aquí y tengo la ropa en casa. Será mejor que te levantes y empieces a vestirte, así a mí me quedará bastante tiempo para arreglarme.

—Esto de la iglesia supone un gran esfuerzo.

—Ya lo creo —apuntó ella—. Pero no te queda alternativa. Ah, y por cierto… —Antes de acabar la frase le cogió de la mano—. Tú también eres maravilloso, Logan.

281

23

Beth

—¿*S*abes? Realmente me gusta —dijo Beth.

De pie en el cuarto de baño, estaba haciendo todo lo posible con la plancha rizadora, aunque sospechaba que con la lluvia todos sus esfuerzos serían en vano. Después de un breve respiro el día previo, la primera de las dos tormentas tropicales que se esperaban ya había penetrado en la zona.

—Creo que ha llegado la hora de que seas completamente sincera conmigo. No es que simplemente te guste, sino que crees que es el hombre de tu vida.

—¿Tanto se me nota? —se interesó Beth, que no quería creerlo.

—Sí. Solo te falta sentarte en el porche a deshojar la margarita.

Beth soltó una risita traviesa.

—Lo creas o no, esta vez te he entendido a la primera.

—A veces las casualidades ocurren. Sé que te gusta, pero la cuestión es, ¿y él, qué siente por ti?

—Lo mismo que yo por él.

—¿Te has preguntado qué significa eso?

—Sé lo que significa.

—Solo quería asegurarme —repuso Nana. Se miró al espejo y se acicaló un poco el pelo—. Porque a mí también me gusta.

Al cabo de un rato, se montaron en el coche y Beth condujo hasta la casa de Logan, preocupada porque de poco servía el limpiaparabrisas con tanta lluvia. Por lo visto, las numerosas tormentas habían conseguido que subiera muchísimo el caudal del río; a pesar de que el agua todavía no cubría los márgenes de la carretera, esta empezaba a tener un aspecto preocupante. Si seguía diluviando de ese modo unos días más, seguramente tendrían que cerrar la carretera. Los negocios más cercanos al río empezarían a apilar sacos de arena para evitar que el agua echara a perder las mercancías a ras del suelo.

—Me pregunto si la gente irá a misa hoy —remarcó Beth—. Apenas puedo ver más allá del parabrisas.

—Un poco de lluvia no conseguirá alejar a los feligreses del Señor —entonó Nana.

—Diría que esto es más que un poco de lluvia. ¿No has visto el río?

—Lo he visto. Está definitivamente enfadado.

—Si sigue creciendo, quizá no consigamos llegar al pueblo.

—Todo saldrá bien —declaró Nana.

Beth la miró sorprendida.

—Veo que hoy estás de un óptimo humor.

—¿Y tú no? Ayer por la noche no volviste a casa a dormir.

—¡Nana! —protestó Beth.

283

—No te estoy juzgando. Solo es un comentario. Ya eres adulta, y además es tu vida.

Beth estaba más que acostumbrada a las sentencias indulgentes de su abuela.

—Te lo agradezco.

—¿Así que lo vuestro va viento en popa? ¿A pesar de los problemas que os ha intentado ocasionar tu ex?

—Creo que sí.

—¿Te parece que puedes confiar en él?

—Me parece que todavía es temprano para eso. De momento nos estamos conociendo.

Nana se inclinó hacia delante y limpió la condensación del cristal. A pesar de que la humedad desapareció momentáneamente, las huellas de sus dedos quedaron visibles.

—¿Sabes? Desde el principio supe que tu abuelo era el hombre de mi vida.

—Él me contó que estuvisteis saliendo seis meses antes de que se te declarase.

—Así es. Pero eso no significa que no le habría dicho que sí, si me lo hubiera pedido antes. Solo necesité unos días para estar segura de que era el hombre de mi vida. Sé que te parecerá extraño, pero desde el principio tuve la impresión de que éramos como una tostada con mantequilla.

Su sonrisa era gentil y mantenía los ojos entornados mientras se dedicaba a recordar:

—Yo estaba sentada con él en el parque. Debía de ser nuestra segunda o tercera cita, y estábamos hablando sobre pájaros cuando un niño pequeño, que claramente no era del condado, se nos acercó para escuchar lo que decíamos. Tenía la carita sucia, no llevaba zapatos y su ropa estaba hecha jirones y le sobraba por todas partes. Tu abuelo le guiñó el ojo antes de continuar, como invitándolo a quedarse, y el chiquillo sonrió. La reacción de tu abuelo, de no juzgar al niño por su aspecto, me llegó profundamente al corazón. —Nana hizo una pausa—. Tu abuelo continuó hablando. Debía de saber el nombre de todos los pájaros que pueblan esta parte del condado. Nos contó cuándo emigraban y dónde hacían los nidos, e imitó el canto de cada uno de ellos. Al cabo de un buen rato, el niño pequeño decidió sentarse con nosotros y se quedó… hipnotizado, con cada nuevo sonido que emitía tu abuelo. Y no solo él. Yo también me sentía igual. Tu abuelo tenía una voz melodiosa y relajante, y mientras hablaba, yo tenía la impresión de que estaba ante la clase de persona a la que un enfado no le podía durar más que unos pocos minutos, porque simplemente era evidente que él no era así. No podía imaginarlo resentido o enfadado; sentí que era el tipo de hombre con el que podría compartir toda la vida. Y entonces decidí, allí mismo, que me casaría con él.

A pesar de que se sabía las historias de Nana de memoria, Beth se sintió fascinada.

—Qué historia más maravillosa.

—Tu abuelo sí que era un hombre maravilloso. Y cuando un hombre es tan especial, lo sabes mucho antes de lo que crees posible. Lo reconoces instintivamente, y tienes la certeza de que, pase lo que pase, nunca habrá otro como él.

En ese mismo instante, Beth había llegado a la carretera sin asfaltar que conducía directamente hasta la casa de Logan. Cuando viró la esquina y se acercó a la casa, con la suspensión delantera del automóvil botando ligeramente por los baches y salpicando lodo por doquier, lo vio de pie en el porche, vestido con una nueva americana deportiva y un par de chinos recién planchados.

Cuando él las saludó con la mano, ella sonrió de oreja a oreja.

El servicio empezó y acabó con música. El solo de Nana fue ovacionado con una lluvia de aplausos. El reverendo mencionó a Logan y a Nana, agradeciéndole a él su intervención desinteresada y a ella haber demostrado tanta fe en la bondad de Dios frente a las adversidades.

El sermón fue informativo, interesante y recitado con el humilde reconocimiento de que las obras misteriosas de Dios no siempre se comprenden. Beth pensó que aquel reverendo en particular era seguramente una de las razones de peso por las que seguía incrementándose el número de feligreses en aquella iglesia.

Desde su asiento, podía ver perfectamente a Nana y a Logan. Siempre que Ben pasaba el fin de semana con su padre, le gustaba sentarse en el mismo banco, para que su hijo supiera dónde encontrarla. Normalmente, él la miraba dos o tres veces durante el servicio; hoy, sin embargo, no paraba de girarse hacia ella constantemente, expresando su emoción al saberse amigo de alguien tan dotado para la música.

Pero Beth evitó mirar a su ex. No por lo que hacía poco había descubierto de él —a pesar de que eso ya era un motivo suficiente—, sino para facilitarle la vida a Ben. Keith se mostraba tenso, como si interpretara que la presencia de Beth en la misa suponía una fuerza negativa peligrosa que, de algún modo, podía importunar a su clan. Gramps se hallaba sentado en el centro de la primera fila, con toda su familia a ambos lados y en la fila de detrás. Desde su posición, Beth podía verlo leer los pasajes de la Biblia, tomar notas y escuchar atentamente las palabras del reverendo. Cantó todos los salmos, sin equivocarse en una sola sílaba. De toda la familia Clayton, era el miembro que más le gustaba a Beth: siempre había sido justo con ella y se había comportado de un modo correcto y educado, a diferencia del resto del clan. Después de misa, si coincidían por casualidad

285

en la puerta, Gramps siempre la ensalzaba por mantenerse tan joven y guapa, y le daba las gracias por el magnífico trabajo que estaba haciendo con Ben.

Beth sabía que él se lo decía con absoluta sinceridad, aunque siempre existiría una línea divisoria entre ellos: comprendía que no podía ser de otro modo. Gramps sabía que ella era mucho mejor madre que Keith padre, y que Ben se estaba convirtiendo en un jovencito encantador gracias a ella. No obstante, Ben era, y siempre sería, un Clayton.

Sin embargo, Gramps le gustaba —a pesar de todo, a pesar de Keith, a pesar de la línea divisoria que siempre los separaría—, igual que a Ben. De hecho, ella tenía la impresión de que Gramps exigía a su nieto que fuera a verlo con Ben para evitar que el crío tuviera que quedarse a solas con su padre durante todo el fin de semana.

Sin embargo, ahora todo aquello quedaba lejos de sus pensamientos, mientras observaba a Logan tocar el piano. No había sabido qué podía esperar. ¿Cuántas personas habían asistido a clases de piano? Sin embargo, no tardó en darse cuenta de que él era excepcionalmente bueno, mucho más de lo que había esperado. Sus dedos se movían sin apenas esfuerzo y de una forma fluida sobre las teclas; ni tan solo parecía leer la partitura que tenía delante. En vez de eso, mientras Nana cantaba, él mantenía la vista fija en ella sin perder el compás, más interesado en la actuación de la mujer que en la suya propia.

Mientras él seguía tocando, Beth no podía evitar pensar en la historia que Nana le había contado de nuevo en el coche. Por unos minutos desconectó del oficio y empezó a recordar conversaciones amenas que había mantenido con Logan, la agradable sensación de su sólido abrazo, su forma natural de comportarse con Ben. Tenía que admitir que todavía había muchos detalles que desconocía de él, pero de una cosa estaba segura: él la complementaba de una forma que nunca jamás habría pensado que fuera posible. Se dijo a sí misma que lo más importante no era saberlo todo acerca de él. En ese momento supo que, siguiendo la analogía de Nana, él era la tostada y ella la mantequilla.

Después del oficio, Beth se quedó de pie al fondo de la iglesia, sorprendida al ver que los feligreses trataban a Logan como a una estrella del rock. Bueno, una estrella del rock con fans mayorcitos. A juzgar por lo que veía, él se mostraba halagado y a la vez aturdido por la inesperada atención que estaba recibiendo.

Ella lo pilló mirándola, rogándole en silencio que lo rescatara. En vez de eso, Beth simplemente se encogió de hombros y sonrió. No quería entrometerse. Cuando el reverendo volvió a subir al altar por segunda vez, le sugirió a Logan la posibilidad de continuar tocando el piano incluso después de que Abigail se recuperara de su fractura de muñeca.

—Estoy seguro de que podríamos hallar la forma —insistió el reverendo.

Beth todavía se quedó más sorprendida cuando Gramps, con Ben a su lado, se abrió paso también hacia Logan. Del mismo modo que las aguas del mar Rojo se habían abierto para dejar paso a Moisés, Gramps no tuvo que esperar enmedio de la multitud para ofrecer sus cumplidos al pianista. Desde el fondo de la nave, Beth vio que Keith no podía ocultar una expresión que era una mezcla de rabia y asco.

—Buen trabajo, joven —lo felicitó Gramps, ofreciéndole la mano—. Tocas como si hubieras recibido la bendición de Nuestro Señor.

A juzgar por la expresión de Logan, Beth adivinó que había reconocido a ese hombre, a pesar de que ella no sabía cómo. Le estrechó la mano.

—Gracias, señor.

—Trabaja en la residencia canina con Nana —soltó Ben—. Y creo que él y mamá salen juntos.

Ante tal comentario, el amplio corrillo de admiradores quedó sumido en un incómodo silencio, únicamente roto por algún que otro carraspeo.

Gramps miró fijamente a Logan, a pesar de que ella no acertaba a leerle la expresión.

—¿Es eso cierto? —preguntó el patriarca.

—Sí, señor —contestó Logan.

Gramps no dijo nada.

—Y también sirvió en el Cuerpo de Marines —agregó Ben,

sin darse cuenta de la evidente tensión entre los que lo rodeaban. Cuando Gramps pareció sorprendido, Logan asintió.

—En el Primer Batallón del Quinto Regimiento de Marines, con base en Camp Pendleton, señor.

Después de una pausa que pareció interminable, Gramps
asintió.

—Entonces también te doy las gracias por el servicio que has
prestado a nuestro país. Hoy has hecho un estupendo trabajo.

—Gracias, señor —volvió a repetir.

—Has sido muy educado —comentó Beth, ya de vuelta a
casa. Ella no había comentado nada al respecto hasta que Nana
los dejó solos. En el exterior, la hierba empezaba a parecer un
lago y seguía lloviendo sin parar. Habían recogido a *Zeus* en el
camino de vuelta, y el perro permanecía acurrucado a sus pies.

—¿Y por qué no iba a serlo?

Ella esbozó una mueca de fastidio.

—Ya sabes por qué.

—No eres su ex. —Él se encogió de hombros—. Dudo que
sepa lo que su nieto está haciendo. Pero ¿por qué lo has dicho?
¿Habrías preferido que le diera la espalda?

—No, por supuesto que no.

—A mí tampoco me ha parecido una reacción adecuada ni
justificada. Pero de soslayo he visto cómo me miraba tu ex
mientras yo conversaba con su abuelo. Ponía una cara como si
acabara de tragarse un gusano.

—¿Tú también te has fijado? En cierto modo me ha parecido cómico.

—Seguro que en estos momentos no estará dando brincos
de alegría.

—Se lo merece —sentenció ella—. Después de lo que ha
hecho, se merece tragarse un gusano.

Logan asintió y se abrazaron.

—Estabas muy guapo, allí arriba, mientras tocabas.

—¿De veras?

—Sé que no debería de haber estado pensando en eso porque estábamos en la iglesia, pero no he podido evitarlo. Deberías ponerte americanas deportivas más a menudo.

—No tengo la clase de trabajo que requiera ese tipo de prenda.

—Quizá tienes la clase de novia que sí que lo requiere.

Logan fingió estar desconcertado.

—¿Tengo novia?

Beth le propinó un cariñoso empujón antes de alzar la vista para mirarlo a los ojos. Acto seguido, lo besó en la mejilla.

—Gracias por venir a Hampton. Y por decidir quedarte.

Él sonrió.

—No he tenido elección.

Dos horas más tarde, después de la cena, Beth vio que el coche de Keith se abría paso surcando los charcos del camino de gravilla. Ben salió disparado del automóvil. Antes de que el crío llegara a los peldaños del porche, Keith ya había dado marcha atrás con la intención de alejarse de allí rápidamente.

—¡Hola, mamá! ¡Hola, Thibault!

Logan lo saludó ondeando el brazo mientras Ben enfilaba hacia ellos.

289

—¡Hola, cielo! —Beth lo recibió con un cariñoso abrazo—. ¿Te lo has pasado bien?

—¡Esta vez no he tenido que limpiar la cocina! ¡Ni sacar la basura!

—Me alegro —dijo ella.

—¿Y sabes qué?

—¿Qué?

Ben se sacudió el agua del impermeable.

—Creo que quiero aprender a tocar el piano.

Beth sonrió, al tiempo que pensaba: «¿Por qué será que no me sorprende?».

—Oye, Thibault...

Logan alzó la barbilla.

—Dime.

—¿Quieres ver mi cabaña?

Beth interrumpió la conversación.

—Cielo, con esta tormenta, no creo que sea una buena idea.

—No pasará nada. El abuelo la construyó. Y hace un par de días estuve allí y no pasó nada.

—Pero ahora el nivel del agua ha subido.

—Por favor. No estaremos mucho rato. Y Thibault estará conmigo todo el tiempo.

En contra de su instinto maternal, Beth accedió.

24

Clayton

Clayton se negaba a creerlo, pero allí estaba Gramps, ensalzando a *Tai-bolt* después de la misa, estrechándole la mano, actuando como si fuera un auténtico héroe. Y además su propio hijo admiraba a *Tai-bolt* como un cachorro con los ojos muy abiertos.

Le costó mucho contenerse para no abrir una cerveza a la hora del almuerzo; desde que había dejado a Ben en casa de su madre, ya se había tomado cuatro. Estaba prácticamente seguro de que se acabaría el paquete de doce unidades antes de caer fulminado, completamente ebrio. En las últimas dos semanas, había estado tomando mucha cerveza. Sabía que se estaba excediendo, pero era el único remedio para enajenarse y no pensar en la trampa que le había tendido *Tai-bolt*.

El teléfono sonó a su espalda. Otra vez. La cuarta en las últimas dos horas, pero no estaba de humor para contestar.

De acuerdo, lo admitía. Había infravalorado a ese tipo. Desde el principio *Tai-bolt* había estado un paso por delante de él. Antes solía pensar que Ben sabía cómo pulsar el botón adecuado para fastidiarlo, pero ese tipo lanzaba bombas directamente. «No —pensó Clayton súbitamente—, no lanza bombas, dirige misiles de crucero con una impresionante precisión, con un objetivo claro: destruir mi vida.»

Y lo peor era que Clayton no había visto venir los ataques. Ni uno.

Se sentía frustrado, especialmente porque todo parecía ir a peor. Ahora era *Tai-bolt* quien tenía la sartén por el mango y le daba órdenes como si él fuera un monigote; Clayton no veía la forma de salir de aquel atolladero. Quería creer que lo de la grabación de vídeo el día que entró en su casa era un farol. Tenía que estar mintiendo, nadie podía ser tan sagaz. Seguro que se lo había inventado. Pero ¿y si no mentía?

Clayton enfiló hacia la nevera y abrió otra cerveza, sabiendo que no podía arriesgarse. ¿Quién sabía lo que ese tipo planeaba hacer a continuación? Tomó un sorbo muy largo, rezando para que el efecto de embriaguez no tardara en apoderarse de él.

No debería costarle tanto tomar el control de la situación. Después de todo, era el ayudante del *sheriff*, y ese tipo era nuevo en el pueblo. Debería ser capaz de controlar cuanto estaba ocurriendo, pero en vez de ello estaba sentado en una cocina mugrienta porque no se había atrevido a pedirle a Ben que la limpiara por miedo a que el chico le fuera con el cuento a *Tai-bolt*, y con ello se acabara la buena vida a la que Clayton estaba acostumbrado.

Pero ¿qué tenía ese tipo contra él? Eso era lo que deseaba averiguar. Clayton no era el que estaba causando problemas, *Tai-bolt* le estaba poniendo las cosas difíciles. Y, encima, para acabar de rematar la catástrofe, se acostaba con Beth.

Tomó otro sorbo, preguntándose cómo era posible que su vida hubiera adoptado un tono tan feo con aquella rapidez. Hundido en la miseria, apenas oyó los golpecitos de alguien que llamaba a la puerta. Se retiró de la mesa y atravesó el comedor dando tumbos. Cuando la abrió, vio a Tony de pie en el porche, con aspecto de rata mojada. Como si su vida no fuera suficientemente insoportable de por sí, resultaba que aquel gusano había venido a verlo.

Tony retrocedió un paso levemente.

—¡Caramba, chico! ¿Estás bien? Apestas a alcohol.

—¿Qué quieres? —No estaba de humor para sermones.

—Llevo horas llamándote por teléfono, pero no contestas.

—Ve al grano.

—Últimamente no se te ve el pelo.

—He estado ocupado. Y ahora también lo estoy, así que lárgate. —Empezó a cerrar la puerta.

Tony alzó la mano.

—¡Espera! Hay algo que quiero contarte —gimoteó—. Es importante.

—Desembucha.

—¿Recuerdas cuando te llamé hace un par de meses?

—No.

—Sí, hombre, te llamé desde la sala de billares Decker y te hablé de un tipo que iba por ahí enseñando una foto de Beth.

—¿Y?

—Eso es lo que quería decirte. —Se apartó un mechón grasiento de los ojos—. Lo he vuelto a ver hoy. Con Beth.

—¿De qué estás hablando?

—Después de misa. Estaba hablando con Beth y con tu abuelo. Era el tipo que tocaba el piano.

A pesar de su estado de embriaguez, Clayton notó que se le empezaba a despejar la cabeza. Primero lo recordó vagamente, y luego con más precisión. Coincidió con el fin de semana en que *Tai-bolt* le había robado la cámara.

—¿Estás seguro?

—Sí, seguro. Identificaría a ese tipo en cualquier lugar.

—¿Y dices que tenía una foto de Beth?

—Ya te lo he dicho. La vi con mis propios ojos. En ese momento me pareció raro, ¿sabes? Y hoy lo he vuelto a ver, con Beth. Creí que te interesaría saberlo.

Clayton se quedó pensativo por unos momentos.

—Quiero que me cuentes todo lo que recuerdes de esa foto.

Aquel gusano tenía una memoria sorprendente. Clayton no necesitó mucho rato para entender toda la historia: esa foto se la habían hecho a Beth unos años antes, en el recinto ferial. *Tai-bolt* no sabía su nombre. La estaba buscando.

Cuando Tony se marchó, él continuó dándole vueltas a aquello.

Era imposible que *Tai-bolt* hubiera estado en el pueblo cinco años antes y que se hubiera olvidado del nombre de la chica de la instantánea. Pero ¿de dónde había sacado la foto? ¿Había atravesado el país andando solo para encontrarla? Y si eso era cierto, ¿por qué?

¿Significaba eso que la había engañado?

293

Todavía no estaba seguro, pero había algo que no encajaba. Y Beth, ilusa como de costumbre, no solo se estaba acostando con él, sino que además había metido a ese tipo en su casa y en la vida de Ben.

Clayton frunció el ceño. No le gustaba la historia. No le gustaba en absoluto, y estaba seguro de que a Beth tampoco le haría ninguna gracia.

25

Thibault

—Así que esta es tu cabaña, ¿eh?

A pesar del techo protector que les habían conferido los árboles, Thibault estaba completamente empapado cuando llegaron a la casa del árbol. El agua le caía por el impermeable como si alguien lo estuviera regando con una manguera, y tenía los pantalones nuevos totalmente calados desde las rodillas hasta los pies. Dentro de las botas, notaba los calcetines encharcados de un modo extremamente desagradable. Ben, en cambio, iba protegido de la cabeza a los pies por un magnífico traje impermeable con capucha y calzaba las botas de caucho de Nana. A no ser por su cara, Thibault dudaba que el muchacho se percatara de la lluvia torrencial.

—Tenemos que subir por aquí. Increíble, ¿verdad? —Ben señaló hacia el tronco de un roble situado junto al arroyo. En el tronco había una serie de tablones de madera clavados, a modo de peldaños—. Lo único que tenemos que hacer es trepar por la escalera del árbol y luego cruzar el puente.

Thibault se fijó con aprensión en que el arroyo había doblado su caudal y en que el agua bajaba impetuosamente.

Centró toda su atención en el pequeño puente y vio que se componía de tres partes: unas sogas muy gruesas unían los precarios peldaños adosados al roble a una plataforma central situada justo encima del arroyo, que descansaba sobre cuatro pilares de madera. La plataforma estaba conectada con otra sección del puente de cuerda, que conducía directamente hasta una segunda plataforma, emplazada justo delante de la puerta de la cabaña. Thibault se fijó en los escombros arrastrados por la corriente que se habían ido depositando alrededor de los pilares de la plataforma central. Aunque no había inspeccionado el puente antes, sospechaba que las incesantes tormentas y la rápida corriente del agua habían debilitado la base. Antes de que pudiera decir nada, Ben empezó a trepar por la escalera del árbol animadamente.

Ben le dedicó una sonrisa traviesa cuando llegó al último peldaño.

—¡Vamos! ¿A qué esperas?

Thibault alzó el brazo a modo de escudo para protegerse la cara de la lluvia, sintiendo una repentina opresión en el pecho.

—No estoy seguro de que esto sea una buena idea…

—¡Gallina! —gritó Ben. El muchacho empezó a cruzar el puente, que se balanceaba de lado a lado mientras Ben lo atravesaba corriendo.

—¡Espera! —gritó Thibault, pero su orden no logró frenar al muchacho.

En ese momento, Ben ya había llegado a la plataforma central.

Thibault trepó por la escalera del árbol y pisó con cautela el puente de cuerda. Los tablones saturados de agua se combaron bajo su peso. Tan pronto como Ben lo vio llegar, empezó a recorrer la última sección del puente, hacia la cabaña. Thibault contuvo la respiración mientras observaba inquieto los movimientos del muchacho, hasta que este finalmente saltó y se encaramó a la plataforma exterior de la cabaña. Esta se combó bajo el peso de Ben, pero se mantuvo firme. El muchacho se giró, con una sonrisa triunfal.

—¡Baja! —gritó Thibault—. No creo que el puente pueda soportar mi peso.

—¡Lo aguantará! ¡Mi abuelo lo construyó!

—¡Por favor, Ben, baja!

—¡Eres un gallina! —volvió a provocarlo Ben.

Era obvio que el chico veía aquello como un juego más. Thibault echó otro vistazo al puente y llegó a la conclusión de que si avanzaba despacio, quizá no se partiría. Ben había corrido sobre él con fuertes zancadas. ¿Sería capaz de sostener el peso del cuerpo de Thibault?

Con su primer paso, los tablones, impregnados de agua y muy viejos, se combaron bajo su peso. Seguro que estaban completamente podridos. De repente Thibault recordó que llevaba la foto en el bolsillo. El arroyo se había convertido en un torrente que bajaba con mucha fuerza, formando pequeños remolinos bajo sus pies.

No había tiempo que perder. Avanzó despacio y llegó a la plataforma central, luego empezó la ascensión por la última sección del puente colgante. Miró la plataforma combada en el exterior de la cabaña y pensó que esta no soportaría el peso de los dos. En su bolsillo notaba un intenso calor, como si la fotografía estuviera ardiendo.

—Espérame dentro —dijo Thibault, intentando no delatar su creciente alarma en el tono de voz—. No hace falta que esperes bajo la lluvia a un pobre viejo como yo.

Por suerte, Ben rio y se metió en la cabaña. Thibault lanzó un suspiro de alivio mientras completaba la ascensión hasta la segunda plataforma con un incontrolable temblor de piernas. Dio un paso amplio y rápido para no pisar la plataforma y entró precipitadamente en la cabaña.

—Aquí es donde guardo mis cromos de Pokemon —dijo Ben, ignorando la atropellada entrada de su invitado y señalando hacia las cajas de hojalata apiladas en la esquina—. Tengo un cromo de un Charizard. Y un Mewtwo.

Thibault se enjugó el agua de la cara al tiempo que intentaba tranquilizarse y se sentaba en el suelo.

—Fantástico —comentó, mientras a su alrededor se iban formando charquitos con el agua que le chorreaba del impermeable.

Estudió la diminuta habitación. Los muñecos se amontonaban en las esquinas. Una ventana sin cristal exponía prácticamente todo el interior a las inclemencias del tiempo, empapando los tablones sin pulir. El único mobiliario era un puf relleno de arena en una esquina.

—Es mi escondite —proclamó Ben, orgulloso, dejándose caer pesadamente sobre el puf.

—¿De veras?

—Vengo aquí cuando me enfado o cuando estoy triste. Como, por ejemplo, cuando los niños me tratan mal en el cole.

297

Thibault apoyó la espalda en la pared y se sacudió el agua de las mangas.

—¿Qué te hacen?

—Cosas. Ya sabes. —Se encogió de hombros—. Me critican porque no juego bien al baloncesto o por lo mal que chuto la pelota o porque llevo gafas.

—Debe de ser francamente duro.

—¡Bah! No me importa.

Ben no pareció darse cuenta de su contradicción. Thibault continuó.

—¿Qué es lo que más te gusta de este sitio?

—El silencio —aseguró Ben—. Cuando estoy aquí, nadie me hace preguntas ni me pide que haga nada. Puedo estar sentado y pensar.

Thibault asintió.

—Tiene sentido. —A través de la ventana, podía ver que el viento, que había empezado a arreciar, empujaba la lluvia de un lado para el otro. La tormenta se estaba envalentonando.

—¿Y en qué piensas? —le preguntó.

Ben se encogió de hombros.

—En el hecho de crecer, de hacerme mayor… Cosas por el estilo. —Hizo una pausa—. Me gustaría ser más alto.

—¿Por qué?

—En clase hay un niño que siempre se mete conmigo. Es muy malo. Ayer me empujó en el comedor.

La cabaña osciló levemente a causa de una fuerte ráfaga de viento. De nuevo, Thibault tuvo la impresión de que la foto ardía en su bolsillo. Como un acto reflejo, metió la mano en el bolsillo. No comprendía aquel extraño impulso, pero antes de ser consciente de lo que estaba haciendo, sacó la foto.

Fuera, el viento continuaba aullando y podía oír que las ramas del árbol azotaban la estructura. Thibault sabía que cada minuto que pasaba aumentaba el caudal del arroyo. De repente, tuvo una visión en que la plataforma en la que estaban sentados cedía y Ben caía al agua.

—Quiero darte algo —anunció, y las palabras se le escaparon de la boca antes de tener tiempo de pensarlas conscientemente—. Creo que te ayudará a solventar tu problema.

—¿Qué es?

Thibault tragó saliva.

—Es una foto de tu madre.

Ben tomó la foto y la contempló, con una expresión llena de curiosidad.

—¿Y qué tengo que hacer con ella?

Thibault se inclinó hacia delante y propinó unos golpecitos en una de las esquinas de la foto.

—Solo llevarla siempre encima. Mi amigo Victor decía que era un amuleto de la suerte. No se cansaba de repetirme que estaba seguro de que esta foto me había salvado la vida en Iraq.

—¿De veras?

Esa era la cuestión, ¿no? Después de un largo momento, Thibault asintió.

—De veras.

—¡Qué guay!

—¿Me harás un favor? —le pidió Thibault.

—¿Qué?

—Quiero que no se lo cuentes a nadie. Este secreto es entre tú y yo. Y también quiero que me prometas que siempre la llevarás encima.

Ben consideró ambas peticiones.

—¿Puedo doblarla?

—No creo que eso importe.

Ben volvió a quedarse pensativo.

—De acuerdo —aceptó finalmente, doblándola y guardándosela en el bolsillo—. Gracias.

Era la primera vez en más de cinco años que se había alejado de la foto a una distancia superior a la que separaba la ducha del lavamanos, y la sensación de pérdida lo desorientó. En cierto modo, no había esperado sentir su ausencia de una forma tan intensa. Mientras observaba a Ben cruzar el puente y desviaba la vista hacia el violento torrente, la sensación de desasosiego solo se incrementó. Cuando el chico le hizo una señal con el brazo desde el otro lado del arroyo y empezó a descender por los peldaños adosados al árbol, Thibault pisó la plataforma exterior con recelo, antes de pasar al puente tan rápido como pudo.

Se sentía totalmente indefenso mientras cruzaba el puente paso a paso, procurando no pensar en que, si el puente se partía, irremediablemente caería al agua, procurando no pensar en que ya no llevaba la foto encima. Cuando alcanzó el roble, soltó un tembloroso suspiro de alivio. Sin embargo, mientras descendía por los peldaños, sintió la desapacible premonición de que, fuese el motivo que fuese por lo que había ido a Hampton, la historia no había terminado, sino que, al contrario, no había hecho más que empezar.

300

26

Beth

Aquel miércoles Beth estaba mirando hacia el exterior a través de la ventana de su clase a la hora del almuerzo. Nunca antes había visto nada similar: los huracanes y las tempestades intensas a las que estaban tan acostumbrados no tenían nada que ver con la serie de tormentas que últimamente habían asolado el condado de Hampton y el resto de condados desde Raleigh hasta la costa. El problema era que, a diferencia de la mayoría de las tormentas tropicales, estas no pasaban rápidamente de largo, sino que persistían día tras día con una fuerza descomunal, provocando que prácticamente todos los ríos de la zona este del estado estuvieran en elevado de riesgo de desbordamiento. El caudal de los ríos de las pequeñas localidades a lo largo de Pamlico, Neuse y Cape Fear ya había anegado los terrenos aledaños, y en Hampton estaban al borde de sufrir severas inundaciones. Si seguía lloviendo uno o dos días más de ese modo, lo más seguro era que solo se pudiera llegar a la mayoría de los establecimientos situados en pleno centro del pueblo en canoa.

Las autoridades del condado ya habían decidido cerrar las escuelas el resto de la semana, porque los autocares escolares no podían cubrir la ruta y solo un poco más de la mitad de los maestros conseguían llegar a los centros. Ben, por supuesto, estaba encantado con la idea de quedarse en casa y de poder pisotear los charcos con *Zeus*, pero Beth estaba preocupada. Tanto los periódicos como las noticias locales habían informado de que, a pesar de que el South River ya había crecido hasta unos niveles peligrosos, la situación todavía se iba a complicar más cuando los arroyos y los afluentes alimentaran el caudal. Los dos arroyos que rodeaban la residencia canina, que normalmente quedaban a cuatrocientos metros de las instalaciones, se podían ver ahora claramente desde las ventanas de la casa. Logan incluso tenía que mantener a *Zeus* encerrado por la enorme cantidad de escombros que arrastraba la fuerza de la corriente.

A los niños no les resultaba fácil pasarse todo el día encerrados, y esa era una de las razones por las que Beth había decidido quedarse en clase a la hora de comer, para organizar algunas actividades divertidas. Después del almuerzo, en vez de salir a jugar al fútbol o al baloncesto en el patio durante el recreo, los alumnos tendrían que ir directamente a sus aulas y pasarse el rato dibujando o pintando o leyendo en silencio. En realidad, los niños necesitaban descargar su energía, y ella lo sabía. Durante años no se había cansado de sugerir a la directora que en los días lluviosos retiraran las mesas del comedor y dejaran que los críos corretearan o jugaran por lo menos durante veinte minutos, para que luego estuvieran más sosegados cuando volvieran a encerrarse en las clases. Pero siempre recibía la misma respuesta: su sugerencia era simplemente inaceptable por motivos organizativos, de seguridad y sanitarios. Cuando preguntaba qué significaba todo eso, recibía una larga explicación que no la convencía en absoluto y en la que, a modo de ilustración, la directora siempre recurría a una patata frita: «No podemos permitir que los niños resbalen con una patata frita que ha caído al suelo del comedor del colegio», o «Si resbalan con una patata frita que hay en el suelo del comedor del colegio, los padres pueden denunciar a la escuela», o «Los conserjes tendrán que volver a negociar su contrato si no han barrido el suelo del comedor del colegio a la hora que debían haberlo hecho», y, finalmente «Si alguien resbala por culpa de una patata frita que hay en el suelo, los niños podrían quedar expuestos a un montón de gérmenes patógenos».

«¡Bienvenidos al mundo de los abogados!», pensó Beth. Los abogados, después de todo, no tenían que dar clase a niños que llevaban todo el día encerrados sin tan siquiera unos minutos de recreo.

Normalmente se habría retirado a la sala de profesores para comer el almuerzo, pero con tan poco tiempo para organizar las actividades, había decidido quedarse en la clase. Estaba en una esquina montando un juego que consistía en lanzarse sobre unos sacos llenos de arena —que guardaban en un armario solo para emergencias similares— cuando detectó cierto movimiento cerca de la puerta. Se giró en aquella dirección y solo necesitó un instante para identificar al recién llegado. Llevaba la parte superior del uniforme mojada y del cinturón donde le colgaba el arma caían unas gruesas gotas de agua. En su mano llevaba un archivador de color salmón.

—Hola, Beth —la saludó con una voz sosegada—. ¿Tienes un minuto?

Ella se puso de pie.

—¿Qué pasa, Keith?

—He venido a pedirte perdón —contestó. Unió sus enormes manos sobre el regazo, en una actitud de arrepentimiento—. Ya sé que no tienes mucho tiempo, pero quería hablar un momento contigo a solas. He pensado que quizás ahora era una buena ocasión, pero si no te va bien, dime cuándo podemos quedar.

Ella echó un vistazo al reloj.

—Tengo cinco minutos —dijo.

Keith atravesó el umbral de la clase y se dispuso a cerrar la puerta, pero súbitamente pareció reconsiderar la acción y la miró, como pidiéndole permiso. Ella asintió, deseando acabar con aquel asunto lo antes posible. Avanzó hacia ella y se detuvo a una distancia respetuosa.

—Tal y como he dicho, he venido a pedirte perdón.

—¿Por qué?

—Por los rumores que has oído. No he sido completamente sincero contigo.

Beth se cruzó de brazos.

—En otras palabras, me has mentido —concluyó ella.

—Sí.

—Me has mentido a la cara.

—Sí.

—¿Sobre qué?

—Me preguntaste si había espantado a algunos de los chi-

303

cos con los que habías salido. No soy consciente de haberlo hecho, aunque sí que es verdad que hablé con algunos de ellos.

—¿Hablaste, solo hablaste, con ellos?

—Sí.

Beth hizo un esfuerzo por contener la irritación.

—¿Y… qué? ¿Te arrepientes de haberlo hecho, o te arrepientes de haberme mentido?

—De ambas cosas. Me arrepiento de lo que he hecho y me arrepiento de haberte mentido. Estuvo mal. —Hizo una pausa—. Ya sé que nuestra relación no ha sido idílica desde el divorcio, y también sé que piensas que casarte conmigo fue un error. Tienes razón. No deberíamos habernos casado. Lo acepto. Pero de nuestra relación (y, para serte sincero, el mérito es más tuyo que mío) nos ha quedado un hijo maravilloso. Seguramente pensarás que no soy el mejor padre del mundo, pero nunca jamás me he arrepentido de haber tenido a Ben, o de que él haya vivido contigo la mayor parte del tiempo. Es un chico estupendo. Has hecho un magnífico trabajo con él.

Beth no sabía qué decir. Tras unos segundos en silencio, Keith continuó:

—Pero eso no significa que no me preocupe por él. Siempre lo haré. Tal y como te dije, me preocupa quién se cruza en su vida, ya sean amigos o familiares, o incluso personas que tú puedas presentarle. Sé que no es justo y que probablemente lo consideras una intrusión en tu vida personal, pero yo soy así. Y para serte sincero, no creo que pueda cambiar.

—¿Así que me estás diciendo que continuarás espiándome toda tu vida?

—No —se apresuró a contestar él—. No volveré a hacerlo. Solo te estaba explicando por qué lo hice antes. Y te aseguro que ni amenacé ni intenté intimidar a esos hombres. Solo hablé con ellos. Les expliqué lo mucho que Ben significaba para mí y que ser su padre era lo más importante en mi vida. Seguramente no siempre estás de acuerdo con la forma en que lo trato, pero si miras atrás, hace dos años, las cosas eran distintas. A Ben le gustaba venir a mi casa. Ahora no. Pero yo no he cambiado. Él ha cambiado. No en un sentido negativo; es normal que crezca. Eso es lo que sucede, que se está haciendo mayor.

Y quizá yo necesitaba darme cuenta y aceptar el hecho de que está creciendo.

Ella no dijo nada. Keith la observó y soltó un largo suspiro.

—También les dije a esos hombres que no quería que tú salieras perjudicada. Ya sé que te puede parecer un gesto muy posesivo, pero no lo decía en ese sentido. Hablaba como habría hablado un hermano. Como habría hecho Drake. Como diciendo: «Si te gusta, trátala bien y respétala». Eso fue todo lo que les dije a esos hombres. —Keith se encogió de hombros—. No lo sé. Quizás algunos de ellos lo interpretaron de un modo indebido porque soy policía y por mi apellido, pero no puedo evitar ni lo primero ni lo segundo. Créeme, lo último que quiero es que seas infeliz. Tal vez lo nuestro no haya funcionado, pero eres la madre de mi hijo, y siempre lo serás.

Keith bajó la vista hacia el suelo y movió los pies, incómodo.

—Tienes toda la razón del mundo de estar enfadada conmigo. No me he comportado debidamente.

—En eso estamos de acuerdo. —Beth continuó de pie, sin moverse, con los brazos cruzados.

—Ya te lo he dicho: lo siento y no volverá a suceder.

Ella no contestó rápidamente.

—De acuerdo —dijo al fin—. Te tomo la palabra.

Keith le lanzó una sonrisa fugaz, casi de derrota.

—De acuerdo.

—¿Eso es todo? —Ella se inclinó para sacar tres sacos del armario.

—Bueno, la verdad es que también quería hablarte de Logan Thibault. Hay algo que deberías saber acerca de él.

Ella alzó las manos en actitud defensiva, como ordenándole que se callara.

—Ni se te ocurra meterte con él.

Keith no se amedrentó. En vez de eso, dio un paso adelante, ladeando el ala de su sombrero.

—No hablaré con él a menos que tú me lo pidas. Quiero que eso te quede claro. Créeme, Beth. La situación es grave. No estaría aquí si no lo fuera. Estoy aquí porque me importas.

Beth se quedó de piedra. Realmente, su ex, aparte de otras cosas, era un verdadero caradura.

305

—¿De verdad esperas que crea que te preocupas por mí, después de haber admitido que me has estado espiando durante años? ¿Y de saber que tú eres el responsable del fracaso de mis relaciones, que has echado a perder cualquier oportunidad que he tenido de encontrar pareja?

—Esto no tiene nada que ver con mi comportamiento en el pasado.

—A ver si lo adivino… Crees que toma drogas, ¿no es cierto?

—No tengo ni idea. Pero quiero advertirte de que no ha sido sincero contigo.

—¡No tienes ni idea de si él ha sido sincero conmigo o no! ¡Y ahora lárgate! No quiero hablar contigo, no quiero oír nada más sobre este tema.

—Entonces pregúntaselo a él —la interrumpió Clayton—. Pregúntale si vino a Hampton con la intención de encontrarte.

—¡Basta! ¡Si tú no te marchas, lo haré yo! —declaró ella, al tiempo que enfilaba hacia la puerta—. ¡Y si se te ocurre ponerme la mano encima para detenerme, te aseguro que chillaré y pediré ayuda!

Ella pasó por delante de él. Cuando estaba a punto de cruzar el umbral, Keith resopló roncamente.

—Pregúntale por la foto.

El comentario consiguió que Beth se detuviera en seco.

—¿Qué has dicho?

Beth nunca había visto a su exmarido con una expresión tan seria.

—La foto que le dio Drake.

27

Clayton

*P*or la expresión de Beth, Clayton sabía que había conseguido captar su atención, pero no estaba seguro de si lo había entendido bien.

—Tiene una foto tuya —prosiguió Clayton—, y cuando llegó al pueblo fue directamente a la sala de billares Decker. Tony estaba allí esa noche y lo vio. De hecho, me llamó desde el mismo local porque le pareció que la historia que contaba ese tipo era bastante extraña, pero en ese momento no le di importancia. El fin de semana pasado, sin embargo, Tony pasó a verme para contarme que había reconocido a Thibault mientras tocaba el piano en la iglesia.

Beth lo miraba fijamente, sin pestañear.

—No sé si Drake se la dio, o si Thibault se la robó. Pero supongo que, o bien es una cosa, o bien la otra. Tanto Drake como Thibault eran marines. Según Tony, no era una foto muy reciente.

Clayton dudó antes de continuar.

—Ya sé que podrías creer que te cuento esto con la intención de espantarlo para que se aleje de ti, pero no pienso hablar con él. Sin embargo, creo que tú sí deberías hacerlo. No lo digo como tu exmarido. Lo hago como ayudante del *sheriff*.

Beth deseaba irse, pero no hallaba las fuerzas necesarias para reemprender la marcha.

—Piénsalo bien. Él tiene una foto tuya. Basándose únicamente en eso, cruzó el país andando para encontrarte. No sé por qué, pero creo que no cuesta tanto adivinarlo. Se obsesionó contigo incluso antes de conocerte, como quien se obsesiona con una estrella de cine. ¿Y qué hizo? Ir en tu busca. Sin embargo, no le bastó con verte de lejos o simplemente conocerte. En vez de eso, decidió convertirse en tu amante. Eso es lo que hacen los perturbados peligrosos, Beth.

Su tono era calmado y profesional, lo que únicamente intensificaba la angustia que se iba acrecentando dentro de ella.

—Por tu expresión, sé que todo esto es nuevo para ti. Te preguntas si te estoy contando la verdad o si estoy mintiendo, y admito que mi comportamiento hasta ahora contigo no ha sido ejemplar. Pero, por favor, por el bien de Ben (y por el tuyo propio) interrógalo. Yo puedo estar presente, si quieres, o incluso podría enviar a otro oficial, si lo prefieres. O puedes llamar a alguien más, a tu amiga Melody, por ejemplo. Solo quiero que comprendas la gravedad de la situación. Realmente es…, es un caso insólito. No pinta nada bien. Tenemos que ir con mucho cuidado. No sé cómo hacerte entender que no exagero, que realmente tienes que tomar precauciones.

Los labios de Clayton se cerraron hasta formar una fina línea al tiempo que depositaba el archivador de color salmón sobre el pupitre más cercano.

—Aquí tienes el expediente de Logan Thibault. No he tenido que mover muchos hilos para conseguirlo, aunque podría meterme en un buen lío si alguien se entera de que te he dejado ver esta información. Sin embargo, puesto que no sé qué más te ha dicho él… —Clayton se calló un instante antes de mirarla directamente a los ojos, y acto seguido remachó—: Piensa en lo que te he dicho. Y ten cuidado, ¿de acuerdo?

Beth

A duras penas podía ver a través del parabrisas, pero esta vez el problema tenía menos que ver con la lluvia que su incapacidad para mantener la concentración. Después de que Keith se marchara, Beth se había quedado con los ojos fijos en el archivador de color salmón, parpadeando desconcertada, intentando entender lo que su ex le acababa de contar.

Logan tenía la fotografía de Drake… Logan se había obsesionado con ella… Logan había decidido ir en su busca… Logan la había engañado.

Le costaba respirar y no estaba en condiciones de exponerse delante de una clase con más de veinte alumnos. Así que con las pocas fuerzas que le quedaban, se personó en el despacho de la directora para decirle que se iba a casa. La directora solo tuvo que mirarla unos momentos a la cara antes de darle permiso sin hacerle ninguna pregunta; lo único que le dijo fue que ella misma la reemplazaría durante el resto de la tarde. Beth informó a Ben de que Nana pasaría a recogerlo después de clase.

De camino a casa, su mente saltaba de una imagen a otra, como un caleidoscopio de imágenes, olores y sonidos. Intentó convencerse a sí misma de que Keith mentía. Trataba de buscarle una explicación a todo aquello. Era posible que no se tratara más que de una patraña, especialmente si tenía en cuenta cómo le había mentido en el pasado, pero, sin embargo…

Keith se había mostrado muy serio, con una actitud más profesional que personal. Además, le había contado algo que ella podía confirmar rápidamente. Él sabía que ella se lo preguntaría a Logan… y eso era precisamente lo que pretendía hacer, sin perder ni un segundo.

Sus manos se crisparon sobre el volante, poseída por una incontrolable necesidad de hablar con Logan. Él se lo aclararía todo. Estaba segura de que habría una explicación.

El río, desbordado, anegaba ahora la carretera, pero ella, dado su estado de alteración, no se dio cuenta hasta que el coche quedó atrapado en medio de la corriente. Beth se propulsó hacia delante cuando frenó bruscamente. Estaba rodeada de agua. Seguramente el motor se calaría, pero el vehículo continuó abriéndose paso incluso a través de aguas más profundas, hasta que al final alcanzó un trozo de la carretera que no estaba inundado.

Cuando llegó a su casa, no sabía cuál era su estado de ánimo, aparte de confundido. En un momento dado, se sentía enfadada y traicionada y manipulada; al siguiente, era capaz de convencerse de que aquello no podía ser cierto, de que Keith le había vuelto a mentir.

Aparcó el coche, sin apagar el motor, y se puso a examinar los campos encharcados en busca de Logan.

Más arriba del sendero, en medio de una baja neblina, podía divisar las luces de la casa. Por un momento pensó en la posibilidad de ir a hablar con Nana y buscar amparo en el sentido común y la claridad de aquella sabia mujer para aclararlo todo. Pero cuando vio las luces encendidas en el despacho y se fijó en la puerta entreabierta, notó una fuerte opresión en el pecho. Giró el volante hacia el despacho, diciéndose a sí misma que Logan no tenía la foto, que simplemente se trataba de un malentendido. Condujo sorteando los baches y los charcos de lodo, mientras la lluvia caía ahora de una forma tan implacable que el limpiaparabrisas no daba abasto. En el porche del despacho, vio a *Zeus* tumbado cerca de la puerta, con la cabeza alzada.

Detuvo el coche justo delante y corrió hasta el porche. La lluvia se le clavaba en la cara como finas agujas. El perro se le acercó, buscándole la mano con el hocico. Ella no le hizo caso y entró en el despacho, esperando encontrar a Logan detrás de la mesa.

No estaba allí. La puerta que conectaba el despacho con los

caniles estaba abierta. Procuró tranquilizarse, deteniéndose en medio del despacho y aspirando lentamente, mientras contemplaba el pasillo envuelto en sombras. Esperó hasta que Logan emergió a la luz.

—Hola, Elizabeth —la saludó—. No esperaba verte… —No acabó la frase—. ¿Qué pasa?

Mirándolo fijamente, Beth notó que las emociones contenidas estaban ahora a punto de estallar. De repente sintió una desagradable sequedad en la boca. No supo por dónde empezar ni qué decir. Logan, al intuir su estado alterado, prefirió no decir nada.

Ella cerró los ojos. Estaba a punto de llorar. Lentamente, soltó un profundo suspiro.

—¿Por qué has venido a Hampton? —preguntó—. Esta vez quiero la verdad.

Él no se movió.

—Te he dicho la verdad —contestó.

—¿Me lo has contado todo?

Él vaciló durante una fracción de segundo antes de contestar.

—Jamás te he mentido —pronunció, sosegadamente.

—¡Eso no es lo que te he preguntado! —espetó ella—. ¡Te he preguntado si me has ocultado algo!

Logan la escrutó con cuidado.

—¿A qué viene esto?

—¡No importa! —Esta vez, incluso ella detectó la rabia incontenible en su tono—. Solo quiero saber por qué has venido a Hampton.

—Ya te lo he dicho…

—¿Tienes una foto mía?

Logan no dijo nada.

—¡Contesta! —Beth dio un paso hacia él, sulfurada—. ¡Vamos, contesta!

No estaba segura de cómo esperaba que reaccionara él, pero aparte de soltar un leve suspiro, Logan ni pestañeó.

—Sí —admitió.

—¿La que yo le había dado a Drake?

—Sí.

Con aquella respuesta, Beth se sintió como si el mundo entero se desmoronara delante de ella, como una fila de fichas del dominó. De repente todo cobraba sentido: la forma en que se la había quedado mirando la primera vez que la vio, que hubiera aceptado trabajar a cambio de un sueldo tan bajo, que se hubiera hecho amigo de Nana y de Ben, y todos aquellos comentarios acerca del destino...

Logan tenía la foto. Había ido a Hampton para encontrarla. Había ido estrechando el círculo alrededor de ella hasta atraparla, como a una presa.

De repente, Beth notó que le costaba mucho respirar.

—Dios mío...

—No es lo que crees.

Logan alargó la mano hacia ella. Beth observó con mirada ausente la mano que se le acercaba hasta que finalmente se dio cuenta de lo que pasaba. Sobresaltada, retrocedió un paso, en un intento por marcar más la distancia entre ellos. Todo había sido mentira...

—¡No me toques!

—Elizabeth...

—¡Me llamo Beth!

Ella lo miró como si fuera un desconocido hasta que él bajó el brazo.

Cuando Logan intentó hablar de nuevo, su voz no era más que un susurro.

—Puedo explicártelo...

—¿Explicarme el qué? —le recriminó ella—. ¿Que le robaste la foto a mi hermano? ¿Que has atravesado el país para encontrarme? ¿Que te enamoraste de una imagen?

—Eso no es cierto —objetó él, sacudiendo la cabeza.

Beth no lo oyó. Lo miraba fijamente, preguntándose si algo de lo que le había dicho era verdad.

—¡Me has mentido! ¡Me has utilizado!

—No lo comprendes...

—¿Comprender? ¿Qué es lo que tengo que comprender?

—Yo no robé la foto —dijo. Su voz era firme—. Encontré la foto en Kuwait, y la colgué en un tablón de anuncios donde pensé que alguien la reclamaría. Pero nadie la reclamó.

—Así que decidiste adueñarte de ella, ¿no? —Beth sacudió la cabeza con incredulidad—. ¿Por qué? ¿Porque alimentabas alguna fantasía sobre mí?

—No —replicó él, alzando la voz por primera vez. Aquel cambio de tono la sobresaltó. Por un momento, se sintió desconcertada—. Vine aquí porque te lo debía.

—¿Me lo debías? —Ella pestañeó—. ¿Qué quieres decir con que me lo debías?

—La foto… me salvó la vida.

A pesar de que lo había expresado de una forma completamente inequívoca y clara, Beth no conseguía entender las palabras. Esperó que se explicara mejor. En el incómodo silencio que los envolvió, pensó que la breve explicación le provocaba grima. Se le erizó el vello en los brazos y retrocedió otro paso.

—¿Quién eres? ¿Qué quieres de mí?

—No quiero nada. Y ya sabes quién soy.

—¡No! ¡No lo sé! ¡No sé nada de ti!

—Deja que te lo explique…

—¡Entonces explícame por qué si todo era tan puro y verdadero no me contaste nada de la fotografía cuando llegaste! —gritó Beth; su voz resonó en la habitación. En su mente podía ver a Drake y todos los detalles de la noche en que le había hecho aquella foto. Señaló a Logan con un dedo acusador—. ¿Por qué no me dijiste: «Encontré esta foto en Iraq y pensé que igual querrías recuperarla»? ¿Por qué no me lo dijiste cuando estuvimos hablando de Drake?

—No lo sé…

—¡No tenías ningún derecho a quedarte con la foto! ¿No lo entiendes? ¡No iba dedicada a ti! ¡Era para mi hermano! ¡No para ti! ¡Era suya! ¡No tenías ningún derecho a quedártela!

La voz de Logan emergió casi como un susurro.

—No tenía intención de hacerte daño.

Beth lo fulminó con una mirada severa, taladrándolo con toda la fuerza de su ira.

—¡Esta historia apesta! ¿Lo sabías? Encontraste esta foto y viniste hasta aquí con… alguna fantasía perversa en la que tú desempeñabas el papel de protagonista. ¡Has jugado conmigo desde el primer momento en que nos conocimos! Te tomaste tu tiempo para descubrir qué era lo que podías hacer para mostrarte como el tipo perfecto para mí. Y pensaste que, dado que estabas obsesionado conmigo, podrías engatusarme para que me enamorase de ti.

Vio que Logan se ponía más tenso.

—¡Lo tenías todo planeado desde el principio! ¡Es repugnante! ¡Y no puedo creer que haya sido tan tonta como para caer en la trampa!

Logan tuvo que apoyarse firmemente en los talones para no perder el equilibrio, dolido por aquellas palabras.

—Admito que quería conocerte, pero te equivocas en cuanto a la razón. No vine aquí para engañarte ni para que te enamorases de mí. Ya sé que te parecerá un disparate, pero llegué a creer que la fotografía me había mantenido a salvo de cualquier peligro y que… te debía el favor, a pesar de que no sabía qué significaba eso ni cómo podría pagártelo. Pero no planeé nada después de llegar aquí. Acepté el trabajo, y entonces me enamoré de ti.

La expresión de Beth no se suavizó mientras él hablaba. En lugar de eso, ella empezó a sacudir la cabeza lentamente.

—¿Te estás oyendo?

—Ya sabía que no me creerías. Por eso no te lo conté…

—¡No intentes justificar tus mentiras! Te creaste una fantasía repugnante y no eres capaz de admitirlo.

—¡Deja de decir eso! —gritó él—. ¡Eres tú la que no escucha! ¡No estás haciendo ningún esfuerzo para entender lo que te digo!

—¿Y por qué tendría que intentar comprenderlo? ¡Me has mentido desde el principio! ¡Tú eres el que ha mentido, el que ha ido todo el tiempo con secretos! ¡Yo te lo he contado todo! ¡Te he abierto mi corazón! ¡He dejado que mi hijo se encariñe de ti! —bramó. Mientras seguía hablando, su voz se quebró y notó que empezaban a formarse las lágrimas en sus ojos—. Me he acostado contigo porque creía que podía confiar en ti. Pero ahora sé que no es cierto. ¿Puedes imaginarte cómo me siento, al saber que nuestra relación no ha sido más que una farsa?

—Por favor, Elizabeth… Beth… escúchame… —le suplicó él con un hilo de voz.

—¡No quiero escucharte! ¡Ya me has contado demasiadas mentiras!

—No hables así.

—¿Quieres que te escuche? —gritó—. ¿Escuchar el qué?

¿Que te obsesionaste con una foto y que viniste hasta aquí a buscarme porque creías que la fotografía te había salvado? ¡Esto es de locos! ¡Y lo más esperpéntico de todo es que ni tan solo reconoces que con esta explicación solo quedas como un verdadero chiflado!

Logan la miró sin parpadear. Ella vio la enorme tensión en su mandíbula.

Beth notó un escalofrío en la espalda. Quería terminar de una vez por todas con el tema. Y acabar con Logan.

—Devuélvemela —le exigió, apretando los dientes—. Quiero la foto que le di a Drake.

Cuando él no respondió, ella se giró hacia la ventana, agarró una pequeña maceta que había en la repisa y se la lanzó con rabia al tiempo que gritaba:

—¿Dónde está? ¡No te pertenece!

Logan apartó la cabeza para esquivar la maceta, que se estampó contra la pared detrás de él. Por primera vez, *Zeus* ladró, confundido.

—¡No es tuya! —siguió gritando Beth.

Logan volvió a erguir la espalda.

—No la tengo.

—¿Dónde está? —le pidió ella.

Logan vaciló antes de contestar.

—Se la di a Ben —admitió.

Ella achicó los ojos como un par de rendijas antes de espetar:

—¡Fuera de aquí!

Él se quedó un momento inmóvil antes de encaminarse finalmente hacia la puerta. Beth se apartó para dejarlo pasar, manteniendo la distancia. *Zeus* dirigió la mirada de Logan a Beth, y luego otra vez hacia su dueño, antes de ponerse en marcha y seguir a Logan despacio.

En la puerta, él se giró:

—Te juro por mi vida que no vine aquí con la intención de enamorarme de ti ni para intentar que tú te enamoraras de mí. Pero pasó.

Beth lo miró sin vacilar.

—Te he pedido que te marches. Hablo en serio.

Logan dio media vuelta y salió fuera para perderse bajo el chaparrón.

315

Thibault

A pesar de la lluvia, Thibault no podía pensar en volver a su casa. Quería estar fuera. No le parecía correcto estar a cobijo y seco. Quería purgarse por lo que había hecho, por todas las mentiras que había contado.

Beth tenía razón: no había sido sincero con ella. A pesar del intenso dolor que sentía por algunas cosas que ella había dicho y su absoluta negativa a escucharlo, estaba más que justificado que se sintiera traicionada. Pero ¿cómo podía explicárselo? Ni siquiera él comprendía exactamente por qué había ido a Hampton, ni siquiera cuando intentaba expresarlo con palabras. Podía comprender por qué ella interpretaba su comportamiento como el de un perturbado. Y sí, él estaba obsesionado, pero no del modo que ella imaginaba.

Debería haberle contado lo de la fotografía tan pronto como llegó, e hizo un gran esfuerzo por recordar por qué no lo había hecho. Posiblemente, ella se habría quedado sorprendida y le habría hecho algunas preguntas, pero allí habría acabado todo. Sospechaba que Nana le habría dado el empleo de todos modos, y entonces no habrían llegado a ese punto de desavenencia.

Más que nada, quería darse la vuelta y volver junto a ella. Quería explicárselo todo, contarle toda la historia desde el principio.

Sin embargo, sabía que no lo haría. Ella necesitaba tiempo para estar sola o, por lo menos, lejos de él. Tiempo para recuperarse y quizá, solo quizá, para comprender que el Thibault del que se había enamorado era el auténtico Thibault. Se preguntó si el tiempo le otorgaría lo que buscaba: su perdón.

Se hundió en el lodo. Un coche pasó muy despacio por su lado y él se fijó en que el agua le llegaba casi a la puerta. Más adelante vio el río que había invadido toda la carretera. Decidió tomar un atajo por el bosque. Quizás esa sería la última vez que realizaría aquel trayecto. Tal vez había llegado la hora de volver a Colorado.

Thibault siguió caminando. Las hojas otoñales, que todavía no se habían desprendido de los árboles, lo cobijaban parcialmente de la lluvia. Mientras se adentraba en el bosque, sintió que la distancia que lo separaba de ella se ensanchaba más a cada paso que daba.

317

30

Beth

*B*eth se hallaba en su habitación, recién duchada y vestida únicamente con una camiseta de una talla superior cuando Nana asomó la cabeza por la puerta.

—¿Quieres que hablemos? —le preguntó. Con el dedo pulgar señaló hacia la ventana—. Hace un rato que me llamaron de la escuela para decirme que venías hacia aquí. La directora parecía preocupada por ti, y luego te vi entrar en el despacho. Supongo que Logan y tú os habéis peleado, ¿no?

—Es más que una simple riña, Nana —anunció Beth, con un tono tajante.

—Eso ya lo supongo, a juzgar por el modo en que él se ha marchado, y por el que tú te has quedado un buen rato en el porche, después.

Beth asintió.

—¿Se trata de Ben? No le ha hecho daño, ¿no? Ni a ti...

—No, no es eso —contestó.

—Me alegro, porque esa sería la única cosa que no tendría solución.

—No creo que nuestro problema tenga solución.

Nana miró por la ventana antes de soltar un hondo suspiro.

—Me parece que esta noche me tocará a mí dar de comer a los perros, ¿eh?

Beth la fulminó con una mirada de indignación.

—Gracias por ser tan comprensiva.

—Ya, gatitos y arces —comentó, al tiempo que ondeaba la mano.

Beth reflexionó unos momentos acerca de la expresión antes de finalmente lanzar un gruñido de frustración.

—¿Qué quieres decir con eso?

—Oh, no significa nada, pero por un segundo estabas demasiado exasperada como para poder sentir pena por ti misma.

—No lo entiendes…

—A ver, explícame —la invitó a desahogarse Nana.

Beth alzó la vista.

—Me ha engañado, Nana. Durante cinco años, y luego ha atravesado el país en mi busca. Estaba obsesionado conmigo.

Nana permaneció inusualmente en silencio.

—¿Por qué no empiezas por el principio? —le sugirió, tomando asiento en la cama de su nieta.

Beth no estaba segura de querer hablar del tema, pero pensó que probablemente se sentiría mucho mejor después de hacerlo. Empezó por contarle la visita de Keith en la escuela. A lo largo de los siguientes veinte minutos, le contó su abrupta salida de la escuela, su asfixiante incertidumbre y su pelea con Logan. Cuando terminó, Nana entrelazó las manos encima del regazo.

—Así que Thibault ha admitido que tenía la foto y (según tus palabras) te ha soltado una tontería acerca de que se trataba de un amuleto de la suerte, y ha insistido en que por eso había venido hasta aquí, porque tenía la sensación de que estaba en deuda contigo, ¿no?

Beth asintió.

—Más o menos.

—¿A qué se refería con eso del amuleto de la suerte?

—No lo sé.

—¿No se lo has preguntado?

—Es que no me importa, Nana. La cuestión es que… todo esto es muy… muy extraño. No me gusta. ¿Quién haría algo parecido?

Las cejas de Nana se unieron hasta formar una sola línea.

—Admito que parece extraño, pero creo que yo habría deseado saber por qué creía que se trataba de un amuleto de la suerte.

—¿Y eso qué importa?

—Porque tú no estabas allí —enfatizó Nana—. Tú no has

tenido que soportar los horrores que ha sufrido él. Quizá te estaba contando la verdad.

Beth pestañeó desconcertada.

—¡Esa foto no es un amuleto de la suerte! ¡Menuda bobada!

—Quizá sí —respondió Nana—, pero he vivido lo bastante como para saber que en la guerra suceden cosas extrañas. Los soldados llegan a creer en todo tipo de cosas, y si creen que algo los mantiene a salvo, ¿qué hay de malo en ello?

Beth exhaló.

—Una cosa es creerlo, y otra cosa bien distinta es obsesionarse con una fotografía y mantener el secreto.

Nana apoyó la mano en la rodilla de Beth.

—A veces todos cometemos locuras.

—Pero no locuras como esta —insistió Beth—. Hay algo espeluznante en esta historia.

Nana se quedó callada antes de resoplar con fuerza.

—Quizá tengas razón. —Se encogió de hombros.

Beth estudió la cara de Nana. De repente, se sintió terriblemente cansada.

—¿Me harás un favor?

—¿Cuál?

—¿Te importa llamar a la directora y pedirle que traiga a Ben a casa después de clase? No quiero que conduzcas con este temporal, pero yo no me siento con fuerzas para ponerme detrás del volante.

31

Clayton

Clayton intentó sortear sin éxito el enorme charco que se había formado delante de la casa de Beth. Sus botas se hundieron en el lodo y tuvo que contenerse para no lanzar una retahíla de palabrotas. Podía ver las ventanas abiertas junto a la puerta principal. Sabía que Nana podría oírlo. A pesar de su edad, esa mujer tenía tan buen oído como una lechuza, y lo último que quería era causar una pobre impresión. Ya le caía lo bastante mal a esa vieja como para darle más motivos.

Ascendió los peldaños del porche y llamó a la puerta. Le pareció oír pasos en el interior, acto seguido vio la cara de Beth, que asomaba por la ventana. Esperó hasta que esta abrió la puerta.

—¿Qué haces aquí?

—Quería asegurarme de que estabas bien.

—Estoy bien.

—¿Todavía está aquí? ¿Quieres que hable con él?

—No. Se ha marchado. No sé dónde está.

Clayton se balanceó sobre sus pies, intentando ofrecer una imagen de corderito arrepentido.

—Lo siento. Y no me gusta que haya tenido que ser yo quien te haya dado la noticia. Sé que realmente te gustaba.

Beth asintió, con los labios prietos.

—También quería pedirte que no seas muy severa contigo misma. Tal y como te he dicho antes, esa clase de gente sabe cómo fingir para ocultar su maldad. Son sociópatas. No podías saberlo.

Beth se cruzó de brazos.

—No quiero hablar de ello.

Clayton alzó las manos, consciente de que se había excedido, de que tenía que dar marcha atrás.

—Lo suponía. Y tienes razón. No es asunto mío, y mucho menos teniendo en cuenta cómo te he tratado estos últimos años. —Hundió el dedo pulgar en el cinturón y esbozó una sonrisa forzada—. Solo quería asegurarme de que estabas bien.

—Estoy bien. Y gracias.

Clayton se giró para marcharse, pero se detuvo.

—Quiero que sepas que, por lo que Ben me había contado, Thibault parecía un buen tipo.

Ella lo miró sorprendida.

—Solo quería que lo supieras, pero si hubiera sido diferente..., si le hubiera pasado algo a Ben, Thibault se habría arrepentido del día en que nació. Me moriría antes de permitir que le pasara algo malo a nuestro hijo. Y sé que tú sientes lo mismo. Por eso eres una madre modélica. En una vida en la que he cometido un montón de errores, una de las mejores cosas que he hecho es permitir que tú te encargaras de criarlo.

Ella asintió, intentando contener las lágrimas, y se dio la vuelta. Cuando se secó los ojos, Clayton dio un paso hacia ella.

—Vamos —le dijo con voz melosa—, sé que no quieres oír esto precisamente ahora, pero te aseguro que has hecho lo mejor. Y con el tiempo encontrarás a tu media naranja. Estoy seguro de que será un tipo estupendo. Te lo mereces.

Beth hipó desconsolada. Clayton se acercó más a ella. Instintivamente, Beth aplastó la cara contra su pecho.

—Ya está, ya ha pasado —le susurró él, y por un largo momento, permanecieron de pie en el porche, con los cuerpos pegados mientras él la abrazaba.

Clayton no se quedó mucho rato. Pensó que no había ninguna necesidad: ya había conseguido lo que se proponía. Ahora ella lo veía como a un amigo entrañable, cariñoso y compasivo, alguien totalmente arrepentido de sus pecados. El abrazo era solo la guinda del pastel, nada que él hubiera planeado, pero un final feliz para aquel primer encuentro.

No pensaba presionarla. Eso sería un error. Ella necesitaba tiempo para olvidar a *Tai-bolt*. Aunque ese tipo fuera un sociópata, aunque ya se hubiera largado del pueblo, los sentimientos no se podían abrir y cerrar como un interruptor. Pero Beth lo superaría de una forma natural, del mismo modo que continuaría lloviendo. El siguiente paso era asegurarse de que *Tai-bolt* iniciaba su viaje de regreso a Colorado.

¿Y luego? Luego tocaba ser un chico bueno. Quizás invitar a Beth a quedarse un rato en su casa —o invitarla incluso a comer— un fin de semana que a Ben le tocara estar con él. Al principio, manteniendo un tono informal, para que ella no sospechara nada, y luego sugiriendo la posibilidad de hacer algo con Ben durante otra noche durante la semana. Lo esencial era mantenerse alejado de los ojos críticos de Nana, lo que significaba mantenerse lejos de aquella casa. A pesar de que sabía que Beth no estaría en condiciones de tomar decisiones serias durante, por lo menos, unas semanas, Nana sí que podía. Lo último que deseaba era que la vieja transmitiera a Beth sus sospechas acerca de sus verdaderas intenciones.

Después, cuando volvieran a sentirse cómodos juntos, quizá se tomarían algunas cervezas mientras enviaban a Ben a jugar al jardín, para poder quedarse solos un rato. Quizá le echaría un poco de vodka a la cerveza de Beth para que ella no estuviera en condiciones de conducir hasta su casa. Luego le ofrecería dormir en la cama mientras él se acomodaba en el sofá. Se comportaría como un perfecto caballero, pero no dejaría de servirle cerveza. Recordarían los viejos tiempos —los buenos tiempos— y la escucharía mientras ella se desahogaba llorando por *Tai-bolt*. Dejaría que las emociones la invadieran y deslizaría un brazo reconfortante alrededor de ella.

Clayton sonrió mientras ponía en marcha el coche, prácticamente seguro de lo que sucedería después de aquel abrazo.

32

Beth

*B*eth no durmió bien y se despertó exhausta.

La tormenta había descargado con una furia tremenda durante la noche, con vientos huracanados y cortinas de lluvia, superando con creces el diluvio anterior. Un día antes no habría imaginado que el nivel del agua pudiera crecer todavía más, pero cuando miró por la ventana, el despacho parecía una isla en medio del océano. La noche anterior había aparcado el coche en un terreno más elevado cerca del magnolio, y ahora se felicitaba por su sabia decisión. El automóvil también parecía un islote, mientras que el agua llegaba casi a la altura de los parachoques de la furgoneta de Nana. La furgoneta siempre había logrado sobrevivir a cualquier inundación, pero esta vez Beth pensó que tenían suerte de haber arreglado los frenos. De otro modo, en esta ocasión seguramente habría sido arrastrada por la fuerza de la corriente.

La noche anterior, Beth había ido en furgoneta hasta el pueblo para comprar una botella de leche y otras cosas básicas, pero el viaje había sido en vano. Todas las tiendas estaban cerradas. Los únicos vehículos que circulaban por la carretera eran camionetas de servicio o los todoterrenos del departamento del *sheriff*. La mitad de la población se había quedado sin electricidad, pero de momento en su casa no tenían ese problema. Afortunadamente, tanto en la tele como en la radio habían anunciado el fin del temporal. Al día siguiente, con un poco de suerte, el agua empezaría a retirarse.

Se sentó en el balancín del porche mientras Nana y Ben estaban jugando al Gin Rummy en la mesa de la cocina. Era el único juego de cartas en el que ambos tenían el mismo nivel. Así, por lo menos, Ben no se aburría como una ostra. Beth pensó que más tarde lo dejaría salir un rato al patio a juguetear con los charcos mientras ella iba a echar un vistazo a los perros. Había desistido de la idea de evitar que Ben se mojara la ropa y le había dicho que podía salir a jugar con la ropa apropiada. Cuando ella había salido un poco antes por la mañana a dar de comer a los perros, de poco le había servido protegerse con el impermeable.

Beth estaba escuchando el rítmico sonido de la lluvia sobre el tejado cuando de repente, y sin proponérselo, se puso a pensar en Drake. Deseó por enésima vez poder hablar con él. Se preguntó cuál había sido su opinión acerca de la foto. ¿Drake también había creído que era un talismán? Su hermano jamás había sido particularmente supersticioso, pero a Beth se le encogía el corazón cada vez que recordaba el inexplicable pánico de Drake cuando la perdió.

Nana tenía razón. Ella no sabía lo que Drake y Logan habían experimentado en Iraq. Por más informada que hubiera intentado estar, de ningún modo podía recrear lo que ellos habían soportado. Se preguntó por el estrés que sentían, a miles de kilómetros de sus hogares, llevando chalecos antibalas, viviendo entre personas que hablaban otro idioma, intentando sobrevivir. ¿Tanto le costaba creer que alguien fuera capaz de aferrarse a un objeto que pensaba que lo alejaría del peligro?

«No», decidió. No difería tanto de llevar una medalla de san Cristóbal o una pata de conejo en el bolsillo. No importaba si la cuestión carecía de lógica: en ese contexto, la lógica no importaba. Ni tampoco era relevante si uno creía o no en el poder de la magia. Lo único importante era si con ello alguien conseguía sentirse más seguro.

Pero ¿ir en busca de ella hasta el otro extremo del país? ¿Como si fuera a la caza y captura de un trofeo?

Aquello no podía entenderlo. A pesar de que se sentía completamente escéptica en cuanto a las intenciones de Keith —incluso respecto a la de mostrarse genuinamente preocupado por su bienestar—, Beth tenía que admitir que la situación la había dejado en una posición extremadamente vulnerable.

325

¿Qué había dicho Logan? ¿Algo referente a que le debía un favor? A cambio de su vida, seguramente, pero ¿cómo pensaba pagarle?

Sacudió la cabeza, exhausta de tanto darle vueltas a lo mismo. Alzó la vista cuando oyó el chirrido de la puerta al abrirse.

—Oye, mamá…

—Dime, cielo.

Ben se le acercó y se sentó a su lado en el balancín.

—¿Dónde está Thibault? Hoy no lo he visto.

—No lo esperes. No vendrá.

—¿Por la tormenta?

Beth no se lo había contado todavía; no estaba preparada para hacerlo.

—Tenía algunas cosas pendientes por hacer —improvisó.

—Ah. —Ben suspiró. A continuación, desvió la vista hacia el patio—. Casi ni se ve la hierba.

—Lo sé. Pero han dicho que hoy dejará de llover.

—¿Habías visto algo parecido antes? ¿Cuando eras pequeña?

—Un par de veces. Pero siempre con un huracán.

Él asintió antes de empujar las gafas sobre el puente de su nariz con el dedo índice. Ella le pasó la mano por el pelo cariñosamente.

—Me he enterado de que Logan te ha dado algo.

—No puedo hablar de ello —la atajó Ben, con un tono serio—. Es un secreto.

—Pero se lo puedes contar a tu mamá, ¿no? Ya sabes que yo sé guardar secretos.

—Buen intento —bromeó él—. Pero no me convencerás.

Ella sonrió y se acomodó en el asiento, moviendo el balancín con los pies.

—No pasa nada. Ya sé lo de la foto.

Ben la miró sorprendido, preguntándose qué era lo que sabía.

—Ya sabes —continuó ella—. Eso de que te protege.

A Ben se le derrumbaron los hombros, como vencido.

—¿Logan te lo ha contado?

—Por supuesto.

—Ah —dijo Ben, con una visible decepción—. Me dijo que era un secreto entre él y yo.

—¿La tienes? Me gustaría verla.

Ben dudó antes de hundir la mano en el bolsillo. Sacó una fotografía doblada y se la entregó. Beth desplegó la foto y se la quedó mirando fijamente, notando cómo la invadían un montón de recuerdos: su último fin de semana con Drake y la conversación que habían mantenido, la imagen de la noria, la estrella fugaz.

—¿Qué te dijo cuando te la entregó? —le preguntó, al tiempo que le devolvía la foto—. Aparte de que era un secreto entre vosotros dos, me refiero.

—Me dijo que su amigo Victor decía que era un amuleto de la suerte y que lo mantuvo sano y salvo en Iraq.

Beth notó que se le aceleraba el pulso. Acercó más la cara a la de su hijo.

—¿Has dicho que su amigo Victor decía que era un amuleto de la suerte?

—Sí —asintió Ben—. Eso me dijo.

—¿Estás seguro?

—Claro que estoy seguro.

Beth se quedó mirando a su hijo sin pestañear, sintiéndose repentinamente muy incómoda consigo misma.

33

Thibault

*T*hibault llenó su mochila con las pocas provisiones que quedaban en casa. El viento silbaba y la lluvia seguía arreciando con fuerza, pero ya había viajado incluso con un tiempo más intempestivo antes. Sin embargo, parecía que no conseguía reunir la energía necesaria para atravesar la puerta.

Una cosa era haber llegado hasta allí, pero marcharse de Hampton era algo muy diferente. Él era diferente. Había salido de Colorado sintiéndose más solo que nunca; aquí, su vida parecía plena y completa. O se lo había parecido hasta un día antes.

Zeus finalmente se había acomodado en una esquina. Había estado casi todo el día inquieto, sin parar de moverse, porque Thibault no lo había sacado a pasear. Cada vez que se levantaba en busca de un vaso de agua, el perro se colocaba entre sus piernas, ansioso por saber si había llegado la hora de salir a pasear.

Era solo media tarde, aunque el cielo encapotado hacía parecer que casi era de noche. La tormenta seguía fustigando con saña la casa, pero Thibault tenía la impresión de que esta estaba en su última fase. Como un pez recién pescado, meneándose frenéticamente en el muelle, la tormenta no pensaba retirarse calmadamente.

Se había pasado la mayor parte del día intentando no pensar en lo que había sucedido ni en si podría haberlo evitado: realmente, se había metido en un juego peligroso. Lo había echado todo a perder, así de simple, y lo que estaba hecho ya no tenía remedio. Siempre había intentado vivir su vida sin torturarse a causa de errores que ya no tenían remedio, pero en este caso era diferente. Ni tan solo estaba seguro de si sería capaz de recuperarse jamás de aquel duro golpe.

Sin embargo, no podía zafarse de la sensación de que aquella historia todavía no había llegado a su fin, que quedaba algo por hacer. ¿Era simplemente un final feliz lo que echaba en falta? No, era algo más que eso. Su experiencia en la guerra le había enseñado a fiarse de sus instintos, aunque a veces no estuviera seguro del porqué. A pesar de que tenía la certeza de que lo mejor que podía hacer era marcharse de Hampton, aunque solo fuera para mantenerse lo más alejado posible de Keith Clayton —sabía perfectamente que él jamás olvidaría ni lo perdonaría—, no conseguía aunar el coraje necesario para atravesar el umbral.

Clayton era el centro de la rueda. Él —y Ben y Elizabeth— era el motivo por el que había ido a Hampton. No obstante, no era capaz de comprender por qué o qué se suponía que debía hacer.

En la esquina, *Zeus* se alzó sobre sus patas y se dirigió hacia la ventana. Thibault se giró hacia él justo en el instante en que alguien llamaba a la puerta. Instintivamente se puso tenso. Cuando *Zeus* echó un vistazo a través del cristal, empezó a mover la cola.

Thibault abrió la puerta y vio a Elizabeth, de pie, delante de él. Se quedó helado. Por un momento, se limitaron a permanecer allí, mirándose fijamente.

—Hola, Logan —dijo ella al fin.

—Hola, Elizabeth.

Una efímera sonrisa, tan rápida como para ser casi inexistente, atravesó las facciones de Beth. Él se preguntó si se lo había imaginado.

—¿Puedo pasar?

Thibault se apartó a un lado, estudiándola mientras se quitaba el impermeable y su melena rubia emergía libremente por debajo de la capucha. Ella sostuvo el impermeable en la mano hasta que Thibault reaccionó y se lo cogió para colgarlo en el tirador de la puerta antes de volver a mirarla.

—Me alegro de que hayas venido —dijo.

Ella asintió. *Zeus* le buscó la mano con el hocico. Ella le acarició la cabeza antes de centrar nuevamente toda su atención en Thibault.

—¿Podemos hablar? —sugirió ella.

—Por supuesto.

Señaló hacia el sofá. Elizabeth se sentó en una punta. Él tomó asiento en la otra.

—¿Por qué le diste la foto a Ben? —le preguntó sin ningún preámbulo.

Thibault estudió la pared lejana, intentando pensar en un modo de explicar su actuación sin empeorar más las cosas. ¿Por dónde empezar?

—Descríbemelo más o menos en diez palabras —sugirió ella, al percibir su incomodidad—. Y a partir de allí, ya encontraremos la forma de continuar.

Thibault se masajeó la frente con una mano antes de suspirar. Alzó la vista para mirarla.

—Porque pensé que lo mantendría a salvo.

—¿A salvo?

—En la cabaña del árbol. La tormenta había debilitado toda la estructura, incluido el puente. No debería volver a subir allí. Está a punto de derrumbarse.

Ella lo miraba con un intenso interés, sin pestañear.

—¿Por qué no te la quedaste tú?

—Porque sentí que él la necesitaba más que yo.

—Porque lo mantendría a salvo.

Thibault asintió.

—Sí.

Beth se puso a retorcer la funda del sofá con dedos nerviosos antes de volverse hacia él.

—¿Así que crees en lo que me dijiste? ¿Que la foto es un amuleto de la suerte?

Zeus avanzó hasta su dueño y se tumbó a sus pies.

—Quizás —admitió Thibault.

Ella se inclinó hacia delante.

—¿Por qué no me cuentas toda la historia?

Thibault fijó la vista en el suelo, apoyando los codos en las rodillas, y empezó, con un tono vacilante, a relatarle toda la historia referente a la fotografía. Empezó con las partidas de póquer en Kuwait; luego continuó con la granada propulsada por cohete que lo dejó inconsciente y por la emboscada en Faluya. Le describió los ataques con coches bomba y con artefactos explosivos improvisados a los que había sobrevivido en Ramadi, incluyendo el atentado en el que Victor le dijo que la fotografía les había salvado la vida a los dos. Le habló sobre la reacción de sus compañeros y del legado de su desconfianza hacia él.

Hizo una pausa antes de mirarla a los ojos.

—Pero incluso después de todos aquellos sucesos, yo seguía sin creer en ello. En cambio Victor estaba convencido. Siempre creyó en el poder de la foto. Creía en esa clase de historias. Yo no lo contradecía porque sabía que para él era importante. Aunque nunca lo creí, por lo menos no de una forma consciente. —Entrelazó los dedos de ambas manos y su voz adoptó un tono más suave—. Durante nuestro último fin de semana juntos, me dijo que yo estaba en deuda con la mujer de la foto, pues me había mantenido a salvo. Me advirtió de que, si no saldaba la deuda, no alcanzaría el punto de equilibrio. Me dijo que mi destino era encontrar a esa mujer. Unos minutos más tarde, Victor estaba muerto y yo salí completamente ileso del accidente. Aun así, continué sin creérmelo. Pero entonces empecé a ver su fantasma.

Con una voz entrecortada, Logan le refirió aquellos encuentros, incapaz de mirarla a los ojos por miedo a ver una evidente muestra de incredulidad reflejada en ellos. Al final, sacudió la cabeza y suspiró.

—El resto ya lo sabes. Es tal y como te lo conté. Estaba confuso, así que decidí marcharme de Colorado. Sí, salí en tu busca, pero no porque estuviera obsesionado contigo. No porque estuviera enamorado de ti ni porque quisiera que tú me amaras. Lo hice porque Victor me dijo que era mi destino, y yo seguía viendo su fantasma. No sabía qué encontraría cuando llegara aquí. Y entonces, durante la caminata, mi objetivo se convirtió en un reto; me refiero al hecho de ver si era capaz de encontrarte, y de cuánto tiempo tardaría en hacerlo. Cuando finalmente llegué a la residencia canina y vi el cartel de «Se necesita ayudante», pensé que podía ser una forma de pagar mi deuda. Me pareció que ocupar aquel puesto de trabajo vacante era lo que tenía que hacer. Y lo mismo me pasó cuando Ben y yo estábamos en la cabaña del árbol: darle la foto me pareció lo correcto. Pero no estoy seguro de poder explicar el porqué, por más que lo intente.

—Le diste la foto a Ben para mantenerlo a salvo —repitió Elizabeth.

—Ya sé que suena extraño, pero sí, así es.

Ella asimiló la información en silencio.

—¿Y por qué no me lo contaste al principio?

—Debería haberlo hecho —admitió él—. La única respuesta que se me ocurre es que había llevado la foto encima durante cinco años y que no quería dártela hasta comprender cuál era mi objetivo.

—¿Y crees que ahora lo comprendes?

Logan se inclinó hacia *Zeus* antes de contestar. Luego alzó la vista y la miró fijamente a los ojos.

—No estoy seguro. Lo único que puedo decir es que lo que ha sucedido entre nosotros dos, todo lo que ha pasado, no empezó cuando yo encontré la foto. Todo comenzó cuando llegué a la residencia canina. En aquel momento tú te convertiste en una persona real, de carne y hueso, por primera vez para mí, y cuanto más te conocía, más vivo me sentía yo. Mucho más vivo y más feliz que como me había sentido en mucho, muchísimo tiempo. Como si mi destino fuera estar contigo.

—¿Tu destino? —Ella enarcó una ceja.

—Bueno…, no en ese sentido. No tiene nada que ver con la foto, ni con mi viaje hasta aquí, ni con nada de lo que me dijo Victor. Pero es que jamás he conocido a nadie como tú, y estoy seguro de que no volveré a conocer a nadie como tú. Te quiero, Elizabeth…, y lo que es más importante todavía, me gustas tal como eres. Me gusta estar contigo.

Ella lo escrutó con una expresión ininteligible. Cuando habló, su voz sonó firme y directa.

—¿Te das cuenta de que sigue pareciendo una historia descabellada y que tú quedas como un obseso que ha perdido la chaveta?

—Lo sé —admitió Thibault—. Créeme, no hace falta que me lo repitas. Yo mismo me siento así, como un pobre chiflado.

—¿Y si te pido que te marches de Hampton y que nunca más vuelvas a contactar conmigo? —lo provocó Elizabeth.

—Entonces me marcharé y nunca más volverás a saber nada de mí.

El comentario quedó suspendido en el aire, como un desagradable peso encima de sus cabezas. Ella se movió incómoda en el sofá, desviando la vista para ocultar una mueca de disgusto antes de volver a girarse hacia él.

—¿Ni siquiera me llamarías por teléfono? ¿Después de todo lo que hemos pasado juntos? —resopló indignada—. No puedo creerlo.

Una expresión de alivio se perfiló en la cara de Logan cuando se dio cuenta de que ella estaba bromeando. Soltó el aire que sin darse cuenta había retenido en los pulmones y sonrió burlonamente.

—Si tengo que hacerlo para demostrarte que no soy un maniaco…

—Me parece una decisión atroz. Como mínimo deberías llamarme.

Más relajado, acortó un poquito la distancia entre ellos en el sofá.

—Lo tendré en cuenta.

—¿Eres consciente de que no podrás contar esa historia si te quedas a vivir aquí?

Esta vez, él se acercó más, mucho más.

—No me importa.

—Y si esperas un aumento de sueldo solo porque sales con la nieta de la dueña, ya puedes irte olvidando de ello.

—Sobreviviré.

—No sé cómo. Ni siquiera tienes coche.

Thibault estaba ahora casi pegado a ella. Beth decidió darle la espalda. Al hacerlo, le rozó el hombro con la melena. Él se inclinó y la besó en el cuello.

—Ya se me ocurrirá una salida —le susurró, antes de besarla en la boca.

Durante mucho rato se quedaron besándose en el sofá. Cuando finalmente él la llevó a la habitación, hicieron el amor. Sus cuerpos se fundieron en uno solo de una forma apasionada, rabiosa y compasiva, tan tierna y primitiva como sus

333

propias emociones. Después, Thibault permaneció tumbado a su lado, contemplando a Elizabeth sin apenas parpadear. Le acarició la mejilla con un dedo. Ella lo besó antes de susurrarle suavemente:

—De acuerdo, si quieres, puedes quedarte en el pueblo.

34

Clayton

Clayton miraba la casa sin dar crédito a sus ojos, con los nudillos blancos de tensión sobre el volante del coche. Parpadeó repetidamente para aclarar la visión, pero seguía viendo lo mismo: el coche de Beth aparcado al lado de la casa, ese par besándose en el sofá y luego *Tai-bolt* llevándosela a la habitación.

Beth y *Tai-bolt* estaban juntos. Con cada nuevo minuto que pasaba, él notaba cómo se incrementaba la rabia que lentamente lo había empezado a consumir. Sus planes perfectos, todos sus planes, se habían desvanecido como el humo. Aquel tipo seguía teniendo la sartén por el mango.

Frunció los labios hasta que estos formaron una fina línea tensa. Se sintió tentado de irrumpir en la casa de repente, pero no podía hacerlo por culpa del perro. Otra vez ese maldito perro. En otras ocasiones ya le había costado mucho espiarlos con los prismáticos desde el coche sin que ese chucho lo detectara.

Tai-bolt. El perro. Beth...

Golpeó con fuerza el volante. ¿Cómo era posible? ¿Acaso Beth no había oído lo que le había dicho? ¿No comprendía el gran peligro que corría? ¿No estaba preocupada por Ben?

¡De ningún modo iba a permitir que ese perturbado entrara de nuevo en la vida de su hijo!

¡No mientras estuviera vivo!

Debería haberlo esperado. Tendría que haberse figurado que Beth cometería tamaña estupidez. Aunque estuviera a punto de cumplir los treinta años, esa mujer poseía la inteligencia de una niña. Debería haber comprendido que ella vería en *Tai-bolt* lo que quisiera ver y que ignoraría lo más obvio.

Sin embargo, eso se tenía que acabar. ¡Y pronto! Debía conseguir que ella viera la luz, aunque para ello tuviera que recurrir a métodos poco sutiles.

35

Thibault

*D*espués de despedirse de Elizabeth en la puerta con un beso, Thibault se dejó caer pesadamente en el sofá, sintiéndose exhausto y aliviado a la vez. Estaba emocionado con la idea de que ella lo hubiera perdonado, que hubiera intentado comprender que el enrevesado viaje que él había emprendido para llegar hasta allí parecía ser, en cierto modo, un milagro. Lo había aceptado, con sus defectos incluidos, y eso era algo que jamás habría creído que fuera posible.

Antes de marcharse, lo había invitado a cenar. Había aceptado encantado, pero primero deseaba descansar un rato; si no, no estaba seguro de disponer de energía suficiente para poder mantener una conversación.

Antes de la siesta, sin embargo, sabía que tenía que sacar a *Zeus* a pasear, por lo menos unos minutos. Fue al porche trasero y cogió el impermeable. El perro lo siguió hasta el exterior, observándolo con interés.

—Sí, ahora saldremos —anunció—. Pero antes déjame que me ponga el impermeable y las botas.

Zeus ladró y dio un brinco con entusiasmo, como un gamo saltarín. Corrió hacia la puerta y luego regresó corriendo al lado de su amo.

—Relájate. Voy tan rápido como puedo.

Zeus continuó dando círculos y brincos a su alrededor.

—Relájate —volvió a repetir.

El animal lo miró con ojitos impacientes antes de sentarse sobre sus patas traseras.

Thibault se abrochó el impermeable y se calzó las botas de caucho, luego abrió la puerta. *Zeus* salió disparado e inmediatamente se hundió en la tierra enlodada. A diferencia de la casa de Nana, aquella propiedad ocupaba un terreno ligeramente elevado, por lo que no había quedado anegada por el agua. Más arriba, el perro viró hacia el bosque, y luego volvió a emerger al claro, entonces realizó unos círculos por el sendero de gravilla, corriendo y saltando de alegría. Thibault sonrió al tiempo que pensaba que comprendía exactamente cómo se sentía *Zeus*.

Se quedaron unos minutos fuera, paseando bajo la lluvia. El cielo estaba completamente negro, con unos nubarrones cargados de lluvia. El viento volvía a soplar con fuerza. Thibault notaba el agua que le salpicaba la cara. No le importaba: por primera vez en muchos años, se sentía completamente redimido.

En el camino de gravilla junto a su casa se fijó en las marcas de las ruedas del coche de Elizabeth, que casi se habían borrado. Al cabo de unos pocos minutos, la lluvia las habría borrado por completo. De repente, algo captó su atención. Por un momento quedó desconcertado, como si intentara comprender lo que veía. Su primera impresión fue que las ruedas que habían dejado las marcas en el suelo parecían demasiado anchas.

Se acercó más para analizarlas detenidamente, pensando que las huellas que ella había dejado al marcharse probablemente se habían solapado con las que había dejado al llegar. Pero cuando llegó a la punta de la carretera sin asfaltar se dio cuenta de que se había equivocado. Claramente, allí había dos marcas distintas, y ambas se acercaban y luego se alejaban de su casa. Dos vehículos. Primero no lo entendió.

Contempló varias explicaciones posibles. Las piezas del rompecabezas empezaron a encajar. Alguien más había estado allí. No tenía sentido, a menos que…

Echó un vistazo al sendero que conducía desde el bosque a la residencia canina. En aquel momento, el viento y la lluvia arreciaban con una poderosa furia. Tragó saliva con dificultad antes de quedarse súbitamente helado. De repente, empezó a correr, procurando no perder la calma. Su mente procesaba los datos mientras corría, calculando cuánto rato tardaría en llegar. Esperaba que fuera a tiempo.

36

Beth

*P*or suerte o por desgracia, Nana se hallaba en el despacho cuando Keith irrumpió en la casa y cerró la puerta tras él, actuando como si fuera el dueño y señor de aquella propiedad. Incluso desde la cocina, Beth podía ver las venas de su cuello completamente hinchadas y tensas. Él cerró las manos en un puño cuando posó los ojos sobre ella.

Cuando Keith atravesó el comedor, Beth se sintió desfallecer: un miedo incontenible se apoderó de ella. Nunca antes lo había visto en aquel estado. Retrocedió, buscando refugio en los recodos de los armarios. Keith la sorprendió al detenerse en la puerta de la cocina. Le sonrió, pero su expresión no era cordial, sino que exhibía una mueca grotesca, una caricatura demente de lo que se suponía que tenía que ser.

—Siento haber entrado así, sin llamar —dijo él con una exagerada cortesía—, pero tenemos que hablar.

—¿Qué haces aquí? No puedes entrar de este modo...

—Preparando la cena, ¿eh? —la atajó él—. Recuerdo cuando me preparabas la cena.

—Márchate, Keith —dijo ella, con un tono ronco.

—No pienso marcharme —replicó, mirándola como si no entendiera su descortesía. Señaló hacia una silla—. ¿Por qué no te sientas?

—No quiero sentarme —susurró, indignada consigo misma por no poder ocultar su tono asustado—. Quiero que te marches.

—No me iré —anunció él. Volvió a sonreír, pero con tan

poco éxito como en el primer intento. Había algo extraño en su mirada, un matiz que ella no había visto nunca antes.

A Elizabeth se le aceleró el pulso.

—¿Me das una cerveza, por favor? —le pidió él—. No he tenido un buen día, no sé si me comprendes.

Ella tragó saliva, temerosa de apartar la vista.

—No me quedan cervezas.

Asintió con la cabeza, echando un vistazo a la cocina antes de volver a clavar sus ojos en su exmujer. Señaló hacia un lado.

—Pues yo veo una allí, junto al horno. Y tiene que haber más. ¿Te importa si echo un vistazo en la nevera? —No esperó a la respuesta. Enfiló hacia la nevera y la abrió antes de inclinarse directamente hacia el compartimento inferior, de donde sacó una botella—. ¡Vaya! ¡He encontrado una! —Miró fijamente a Beth mientras abría la botella—. Supongo que te habías equivocado, ¿no? —Tomó un buen sorbo y le guiñó un ojo.

Ella se esforzó por no perder la calma.

—¿Qué quieres, Keith?

—Ah, nada importante. Solo quería saber cómo va todo. Por si tienes algo que contarme.

—¿Sobre qué? —le preguntó ella, notando que se le encogía el corazón.

—Sobre *Tai-bolt*.

Ella fingió no darse cuenta de la mala pronunciación del nombre.

—No sé de qué me hablas.

Keith tomó otro sorbo, saboreando la cerveza mientras asentía con la cabeza. Tragó el líquido, haciendo un exagerado ruido con la garganta.

—Esperaba que me contaras por qué habías ido en coche hasta su casa —soltó él, con un tono desenfadado—. Mira, Beth, te conozco más de lo que crees. —La apuntó con la botella de cerveza—. Hace tiempo no sabía si realmente te conocía, pero eso ha cambiado en los últimos años. Criar a un hijo es un buen método para unir a una pareja, ¿no te parece?

Ella no contestó.

—Por eso estoy aquí, ya sabes. Por Ben. Porque quiero lo mejor para él, y justo ahora, no estoy seguro de que tengas las ideas muy claras que digamos.

Avanzó un paso hacia ella y tomó otro largo sorbo de cerveza. La botella ya estaba prácticamente vacía. Se secó la boca con el reverso de la mano antes de continuar.

—Mira, he estado pensando que tú y yo no siempre hemos mantenido una buena relación, y eso no es bueno para Ben. Él necesita saber que todavía nos llevamos bien, que seguimos siendo amigos. ¿No crees que es una lección importante que hemos de enseñarle? ¿Que, aunque los padres se divorcien, todavía pueden ser buenos amigos?

A Elizabeth no le gustaba el tono de aquel monólogo, pero tenía miedo de interrumpirlo. Tenía miedo de aquel nuevo Keith Clayton…, un Keith Clayton peligroso.

—Creo que es importante —continuó él. Dio otro paso hacia ella—. De hecho, no se me ocurre nada más importante.

—No te acerques —le ordenó ella.

—¿Por qué no? —Él la fulminó con una mirada severa—. Veo que en los últimos dos días no has estado pensando correctamente.

Mientras se le acercaba, ella procuraba alejarse más, disimuladamente, aferrándose a las puntas de los armarios, intentando no darle la espalda.

—No te acerques más. Te lo advierto.

Keith continuaba acortando la distancia, mirándola fijamente con aquellos ojos peligrosos.

—¿Ves a lo que me refiero? Actúas como si pensaras que voy a hacerte daño. Nunca te haría daño. Deberías saberlo.

—Estás loco.

—No. Un poco enfadado, quizá, pero te aseguro que no estoy loco. —Cuando él volvió a sonreír, su mirada se llenó de odio y a Elizabeth se le heló la sangre. Keith prosiguió—: ¿Sabes que a pesar de todo lo que me has hecho pasar sigo creyendo que eres muy guapa?

A Elizabeth no le gustaba el cariz que iba tomando la conversación. En absoluto. En aquel momento, quedó acorralada en una esquina.

—Márchate, por favor. Ben está arriba y Nana regresará dentro de un minuto…

—Lo único que quiero es un beso. No creo que sea pedir demasiado.

341

Ella no estaba segura de si lo había oído correctamente.

—¿Un beso? —repitió.

—Por ahora eso es todo lo que quiero —dijo él—. Solo para recordar los viejos tiempos. Luego me marcharé. Me iré rápidamente. Te lo prometo.

—No pienso besarte —le contestó, completamente asqueada.

Keith estaba ahora de pie delante de ella.

—Sí que lo harás, y más adelante me darás más. Pero, de momento, me conformo con un beso.

Ella arqueó la espalda, intentando mantenerse alejada.

—Por favor, Keith. No quiero hacerlo. No quiero besarte.

—Lo superarás —replicó él. Cuando se inclinó hacia ella, Elizabeth le dio la espalda. La agarró por los hombros. Mientras él le rozaba el lóbulo de la oreja con los labios, Beth podía notar cómo se intensificaba su sensación de pánico.

—¡Me haces daño! —masculló asustada.

—De acuerdo, Beth —le susurró. Ella podía notar la calidez de su aliento en el cuello—. Si no quieres besarme, no pasa nada. Lo acepto. Pero he decidido que quiero que seamos algo más que amigos.

—¡Márchate! —gritó ella, apretando los dientes

Tras soltar una carcajada, Keith la dejó ir.

—Muy bien, de acuerdo, me marcho —declaró, retrocediendo un paso—, pero antes quiero advertirte de lo que pasará si no hallamos una solución a este conflicto.

—¡Márchate! —gritó ella.

—Creo que deberíamos salir a… cenar de vez en cuando. Y no pienso aceptar un no por respuesta.

El modo como pronunció la palabra «cenar» hizo que a Beth se le erizara el vello de los brazos. No podía creer lo que estaba oyendo.

—Después de todo, ya te previne acerca de *Tai-bolt* —agregó—. Pero ¿dónde estabas hoy? En su casa. —Sacudió la cabeza—. Eso ha sido un grave error. ¿No entiendes que me resultaría muy fácil alegar que él está obsesionado contigo y que está abusando de ti? Por esos dos motivos es un tipo peligroso; sin embargo, tú has decidido ignorar mis advertencias. Y de ese modo involucras a Ben en una situación peligrosa.

La expresión de Keith era neutral, pero ella se quedó paralizada ante tales palabras.

—No me gustaría tener que recurrir a los tribunales y contarles lo que estás haciendo. Y estoy seguro de que esta vez me concederán la custodia total de mi hijo.

—No serás capaz... —susurró ella.

—Lo haré. A menos que... —Su evidente tono de júbilo asustó más a Beth. Keith hizo una pausa, para que ella pudiera asimilar su amenaza, antes de volver a hablar usando el tono de un profesor que pretende aleccionar a su alumna—: Quiero asegurarme de que esta vez lo has comprendido bien. Primero le dirás a *Tai-bolt* que no quieres volver a verlo nunca más. Luego le pedirás que se marche del pueblo. Y después tú y yo saldremos juntos a cenar. Para recordar los viejos tiempos. O bien me obedeces, o bien Ben se vendrá a vivir conmigo.

—¡No pienso irme a vivir contigo! —gritó una vocecita desde el umbral de la puerta de la cocina.

Beth miró por encima de Keith y vio a Ben, que los observaba con cara de susto. El niño empezó a retroceder.

—¡No quiero ir a vivir contigo!

Ben dio media vuelta y salió disparado hacia la puerta principal, antes de dar un portazo y perderse bajo la tormenta.

343

Clayton

*B*eth forcejeó con Clayton para que la dejara pasar, pero él la inmovilizó agarrándola nuevamente del brazo.

—¡Todavía no hemos terminado! —ladró él. No iba a dejarla marchar sin antes asegurarse de que esta vez lo había comprendido.

—¡Ben se ha escapado!

—No le pasará nada. Quiero confirmar si comprendes cómo será nuestra relación a partir de ahora.

Beth no lo dudó ni un instante. Lo abofeteó en plena cara con la mano libre, y él se tambaleó aturdido. Cuando la soltó, ella le propinó un empujón con todas sus fuerzas, al darse cuenta de que él todavía no había recuperado el equilibrio.

—¡Lárgate de aquí! —rugió ella, encolerizada. Tan pronto como él recuperó el equilibrio, ella volvió a golpearlo con fuerza en el pecho—. ¡Estoy harta de que tú y tu familia me digáis lo que puedo o lo que no puedo hacer! ¡No lo soporto más!

—Qué pena —replicó él, con un tono sereno—. No tienes alternativa. No pienso permitir que Ben esté cerca de tu maldito novio.

En vez de contestar, como si estuviera cansada de escucharlo, le propinó otro empujón y enfiló hacia la puerta.

—¿Adónde vas? ¡No hemos terminado! —la increpó él.

Beth atravesó el comedor con paso airado.

—Voy a buscar a Ben.

—¡Solo es un poco de lluvia!

—¡Está diluviando!

Él la vio salir corriendo al porche, como si esperara encontrar a Ben allí, pero entonces vio que ella miraba a un lado y después al otro y que desaparecía rápidamente de vista. Un relámpago iluminó la puerta, seguido de un trueno, que había sonado cerca, demasiado cerca. Clayton se dirigió hacia la puerta y la vio en la otra punta del patio, buscando a Ben por aquella zona. Justo en ese momento, vio que Nana subía con un paraguas.

—¿Has visto a Ben? —gritó Beth súbitamente.

—No —respondió Nana, con expresión desconcertada, mientras la lluvia arreciaba a su alrededor—. ¿Por qué, qué pasa? —Se detuvo en seco al ver a Clayton—. ¿Qué hace aquí? —quiso saber.

—¿Estás segura de que no lo has visto por los caniles? —preguntó Beth, emprendiendo la carrera súbitamente hacia los peldaños.

—No pasa nada —comentó Clayton, sabiendo que todavía tenía que zanjar el tema con Beth—. Ya volverá…

Beth se detuvo de golpe y lo miró a la cara. De repente, él se dio cuenta de que su incontenible enfado se había trocado en algo distinto, una clara expresión de pánico. El ruido de la tormenta le pareció súbitamente muy lejano.

—¿Qué pasa? —le preguntó desconcertado.

—La cabaña del árbol…

Clayton solo necesitó un instante para entenderla. Notó un peso asfixiante en el pecho.

Un momento después, los dos corrían hacia el bosque.

345

Thibault, Beth y Clayton

*T*hibault alcanzó finalmente el sendero de la residencia canina, con las botas encharcadas y pesadas. *Zeus* procuraba seguirle el paso, aminorado únicamente a causa del agua que le llegaba hasta las rodillas. Más arriba, Thibault vio el coche y la furgoneta, así como otro todoterreno. Al acercarse más, distinguió las luces en la parte superior del todoterreno y supo que Clayton estaba allí.

A pesar del agotamiento, se precipitó hacia delante, salpicándolo todo a su paso. *Zeus* brincaba por encima del agua como un delfín saltando sobre las olas. Cuanto más corría Thibault, más inalcanzable le parecía la casa, pero finalmente pasó por delante del despacho de la residencia canina y enfiló el tramo final hacia la vivienda. Solo entonces se fijó en Nana, de pie en el porche, enfocando con una linterna hacia el bosque.

Incluso a lo lejos, la anciana parecía aterrorizada.

—¡Nana! —gritó él, pero la tormenta amortiguó el sonido de su voz y ella no lo oyó. Sí que debió de oírlo unos momentos más tarde, porque se giró súbitamente hacia él y lo iluminó con la linterna.

—¿Thibault?

Él hizo un último esfuerzo por cubrir la distancia que lo separaba de ella. La lluvia caía implacable a su alrededor, y la mortecina luz del atardecer entorpecía la visión. Aminoró la marcha, intentando recuperar el aliento.

—¿Qué ha pasado? —gritó.

—¡Ben se ha escapado! —gritó ella.

—¿Cómo que se ha escapado? ¿Qué ha pasado?

—¡No lo sé! —gritó Nana—. Clayton estaba aquí. Beth ha salido en busca de Ben… Luego los dos han empezado a correr hacia el arroyo. Han dicho algo sobre la cabaña del árbol.

Un momento más tarde, Thibault corría hacia el bosque, con *Zeus* a su lado.

Las ramas los fustigaban inclementemente, arañándoles la cara y las manos. El sendero había quedado bloqueado por un centenar de ramas caídas, y Beth y Keith se vieron obligados a sortear el espacio bloqueado abriéndose paso entre los arbustos. Por dos veces, ella tropezó y cayó; a su espalda, oyó que Keith también se caía. El lodo era denso y viscoso; a mitad del camino hacia la cabaña, Beth perdió un zapato, pero no se detuvo.

La cabaña en el árbol. El puente. La corriente. Solo la adrenalina y el miedo impedían que Beth vomitara. En su mente podía ver a su hijo en el puente mientras súbitamente este cedía y Ben caía al agua.

347

En medio de las sombras, volvió a tropezar con un tronco de un árbol caído y sintió un intenso dolor en el pie. Se levantó tan rápidamente como pudo, intentando no hacer caso del dolor. Sin embargo, en cuanto apoyó el peso del cuerpo en el pie, perdió el equilibrio y volvió a caer al suelo.

En aquel momento, Keith había llegado a su lado y la levantó sin decir ni una palabra. Rodeándola por la cintura con un brazo, la arrastró hacia delante.

Los dos sabían que Ben estaba en peligro.

Clayton se obligó a no sucumbir al pánico. Se dijo que Ben era inteligente, que sabría detectar el peligro cuando lo viera, que no tentaría la suerte. No era el niño más valiente del mundo. Por primera y única vez en su vida, se alegró de que no lo fuera.

A pesar de que ambos se esforzaban por abrirse paso entre la maleza, con Beth cojeando a su lado, Clayton no podía ignorar lo que veía justo delante de él: el agua del arroyo bajaba tan veloz y con una fuerza tan descomunal como jamás había visto antes.

Thibault había estado corriendo con todas sus fuerzas, sorteando el lodo y el agua como podía, obligándose a no aminorar la marcha, a pesar de que a cada paso que daba le costaba más mantener el ritmo trepidante. Las ramas y los arbustos le flagelaban la cara y los brazos, pinchándolo y arañándolo, provocándole cortes que no notaba mientras corría como una flecha entre la maleza.

En su frenética carrera, se rasgó el impermeable y la camisa.

No paraba de decirse a sí mismo que ya casi había llegado. Solo un poco más...

Y en los distantes recodos de su mente, oyó el eco de la voz de Victor: «Aún hay más».

Beth notaba que le crujían los huesos del pie con cada nuevo paso. Señales alarmantes de intenso calor y dolor recorrían todo su cuerpo, pero se negaba a gritar ni a llorar.

Cuando se acercaron a la cabaña, vieron que el arroyo se había ensanchado aún más y que la corriente se retorcía formando unos aterradores remolinos que se rompían en pequeñas olas alrededor de montoncitos de ramas caídas que la corriente arrastraba hasta que se perdían de vista. El agua turbulenta bajaba llena de escombros, suficientes como para golpear a alguien severamente y dejarlo inconsciente.

La lluvia caía como una tupida cortina. El viento tronchó una rama gruesa que se estrelló contra el suelo a escasos pasos de ellos. El lodo parecía absorber toda la energía que les quedaba.

Pero ella sabía que tenían que llegar hasta el roble: a través de la cortina de agua, distinguió el puente de cuerda, como el mástil ajado de un barco que finalmente se hacía visible en un denso día de niebla. Sus ojos barrieron palmo a palmo el espacio entre los peldaños del árbol hasta el puente de cuerda, hacia la plataforma central… Las aguas del arroyo chocaban contra ella y los escombros se iban apilando en su base. Con la vista siguió barriendo el espacio entre el puente y la segunda plataforma, la que estaba pegada a la cabaña. Se fijó en el ángulo torcido del puente colgante. Este permanecía suspendido solo a unos treinta centímetros por encima del agua porque la plataforma estaba prácticamente arrancada de la cabaña, su antiguo apoyo estructural, y a punto de ceder.

Como en una pesadilla real, Beth avistó de repente a Ben, en el puente de cuerda debajo de la plataforma. Solo entonces dejó de contenerse y lanzó un alarido desgarrador.

Clayton notó que el miedo se extendía por sus venas tan pronto como vio a su hijo aferrado al frágil extremo del puente colgante. Su mente empezó a discurrir frenéticamente.

Demasiado lejos para nadar hasta el otro lado. No había tiempo.

—¡No te muevas! —le gritó a Beth mientras corría hacia los peldaños del árbol. Trepó por ellos y saltó al puente corriendo, desesperado por alcanzar a Ben. Vio que la plataforma de la cabaña se hundía. Cuando la fuerza de la corriente la tocara, la destruiría en mil pedazos.

Dio otro paso y los tablones podridos se partieron bajo sus pies. Clayton notó que se golpeaba violentamente contra la plataforma central, rompiéndose varias costillas antes de precipitarse directamente al agua. Por suerte pudo agarrarse a la cuerda cuando cayó a la enfurecida agua. Intentó aferrarse con más fuerza mientras se hundía, ya que el peso de su ropa lo arrastraba directamente hacia el fondo. Notó que la corriente lo hundía sin compasión. La cuerda se tensó. Clayton se mantuvo a flote, procurando mantener la cabeza por encima del agua, moviendo las piernas violentamente.

Se agitó bruscamente y jadeó: sus costillas rotas habían explotado de dolor. Por un momento se le nubló la visión. En un absoluto estado de pánico, agarró la cuerda con la otra mano, luchando contra la corriente.

Mientras se mantenía aferrado, ignorando el dolor, las ramas que bajaban le golpeaban el cuerpo sin piedad antes de sa-

349

lir disparadas violentamente arrastradas por la fuerza de la corriente. Las olas chocaban contra su cara, cegándolo, dificultando su capacidad para respirar y pensar en nada más que intentar sobrevivir. En aquel terrible momento, no se fijó en que los pilares de debajo de la plataforma central cedían bajo la presión de su peso, combándose hacia la impetuosa corriente.

Beth intentó avanzar cojeando. Dio tres pasos y volvió a caer. Se puso las manos a ambos lados de la boca y gritó con todas sus fuerzas:

—¡Aléjate de la plataforma, Ben!

No estaba segura de si él la había oído, pero un momento más tarde vio que empezaba a avanzar muy despacio por el puente, alejándose de la plataforma, hacia la corriente más violenta en el centro del arroyo. Hacia su padre…

Keith resistía, aunque a duras penas…

A Beth le embargaba la abrumadora impresión de que todo sucedía a gran velocidad, si bien al mismo tiempo le parecía como si alguien estuviera grabando la dantesca escena a cámara lenta. De repente detectó cierto movimiento a lo lejos, un poco más arriba del arroyo. Por el rabillo del ojo vio a Logan, que se quitaba las botas y los pantalones impermeables.

Un momento más tarde, se sumergió en el agua, seguido por Zeus.

Clayton sabía que no podría resistir mucho más tiempo. El dolor en las costillas era insoportable y la corriente continuaba golpeándolo y debilitándolo. Solo acertaba a coger aire a borbotones. Se dio cuenta de que podía estar a punto de morir.

La implacable corriente empujaba a Thibault dos pasos atrás por cada brazada que daba hacia delante. Con la vista fija en Ben, siguió nadando contra corriente con todas sus fuerzas.

Una enorme rama lo golpeó en plena cara y se hundió momentáneamente. Cuando volvió a emerger a la superficie, desorientado, vio a Zeus detrás de él, moviendo sus patas frenéticamente. Recuperó la orientación y volvió a dar brazadas y a propulsarse con las piernas con un esfuerzo sobrehumano. En medio de la desesperación, vio que ni siquiera había llegado al centro del arroyo.

Beth vio a Ben avanzando muy despacio por el frágil puente colgante. Ella se acercó a rastras hasta la orilla.

—¡Vamos! —gritó, sin poder contener los sollozos—. ¡Puedes hacerlo! ¡Aguanta, pequeño!

Tras una brazada más, Thibault chocó con la plataforma central sumergida. Quedó medio aturdido y perdió el control. Un momento más tarde, chocó contra Clayton. En un ataque de pánico, este lo agarró por el brazo con su mano libre e intentó hundirlo. Thibault intentó zafarse de él de un manotazo y buscó la cuerda, a la que se aferró con fuerza al tiempo que Clayton la soltaba. El policía se agarró a Thibault, intentando encaramarse sobre él en un frenético intento de salir a la superficie.

Thibault forcejeó bajo el agua, aferrándose a la cuerda con una mano, incapaz de librarse de Clayton. Notaba como si sus pulmones fueran a estallar de un momento a otro. El pánico se apoderaba de él.

En aquel preciso instante, los pilares volvieron a combarse hacia la corriente, incapaces de sostener el peso de Clayton y Thibault. Con un ruido estridente, la plataforma cedió por completo.

Beth vio que Keith y Logan forcejeaban antes de que se segaran las cuerdas sujetas a la plataforma central. Justo después, esta se desplomó provocando una masiva ola, el puente se zarandeó bruscamente y Ben salió disparado y cayó al agua. Horrorizada, vio que el niño seguía aferrado a la única cuerda adherida a la plataforma central.

Zeus se había ido acercado a Logan y a Keith justo cuando la plataforma central cedió súbitamente e impactó en el agua con la fuerza de un proyectil. El perro desapareció de la vista.

Todo estaba sucediendo muy rápido. Beth ya no veía a Lo-

351

gan ni a Keith, y solo después de barrer frenéticamente la superficie del agua con la vista distinguió la cabecita de Ben, como un puntito en medio de los escombros.

Oyó los chillidos de su hijo y vio cómo luchaba por mantener la cabeza por encima del agua. Ella volvió a ponerse de pie y avanzó cojeando, inmune al dolor, intentando desesperadamente no perderlo de vista.

Y entonces, como un sueño hecho realidad, vio una cabeza oscura que avanzaba directamente hacia su hijo.

Zeus.

Beth oyó que su hijo llamaba al perro. De repente su pecho se llenó de esperanza.

Saltó cojeando hasta caer nuevamente al suelo, volvió a ponerse de pie y avanzó arrastrando la pierna, entonces volvió a caer. Al final empezó a arrastrarse por el suelo, intentando no perder detalle de lo que sucedía. Se aferraba a las ramas para arrastrarse hacia delante. *Zeus* y Ben se veían cada vez más pequeños mientras la fuerza de la corriente los arrastraba, pero el perro se iba acercando al muchacho.

352

Entonces, de repente, las dos figuras se unieron. *Zeus* se giró súbitamente, para dirigirse hacia la orilla del arroyo, seguido de Ben, que se aferraba a su cola.

—¡Mueve los pies! ¡Mueve los pies! —gritó ella.

Beth avanzaba cojeando, dando saltos y arrastrando la pierna, intentando en vano no quedar rezagada. Ben y *Zeus* se alejaban cada vez más. Alargó el cuello para no perderlos de vista. Habían llegado al centro del arroyo…, se alejaban del centro…, hacia la orilla…

Continuó moviéndose, sacando fuerzas de donde le quedaban para no perderlos de vista, arrastrándose, impulsada por el instinto. En lugar de dolor, notaba que el corazón le latía con una fuerza esperanzadora.

Ben y *Zeus* estaban a escasos metros de la orilla…, la corriente ya no era tan fuerte en aquel punto…

Beth continuó avanzando, agarrándose a las ramas y serpenteando hacia delante. Los perdió un angustioso momento de vista, entre la maleza. Finalmente pudo verlos de nuevo.

Ya casi lo habían conseguido… Apretó los puños con esperanza… Solo un poco más…

«Por favor, Dios mío… Por favor… un poco más…»

Y entonces lo lograron. Los pies del niño tocaron tierra primero y se soltó de la cola. El perro movió frenéticamente con las patas delanteras hasta que también tocó tierra. Beth avanzó hasta ellos al mismo tiempo que *Zeus* y Ben salían tambaleándose del agua.

Zeus se desplomó tan pronto como pisó tierra firme. Ben se derrumbó a su lado un momento más tarde. Cuando Beth consiguió llegar hasta ellos, *Zeus* se había puesto de pie, con las patas temblando a causa del enorme esfuerzo y jadeando ruidosamente.

Ella se lanzó al suelo junto a su hijo y lo ayudó a incorporarse para que se sentara. Ben empezó a toser.

—¿Estás bien? —gimió ella.

—Sí, mamá —El pequeño jadeó, volvió a toser y se secó el agua de la cara—. Tenía miedo, pero llevaba la foto en el bolsillo. Thibault me dijo que me mantendría a salvo. —Se pasó el brazo por la nariz—. ¿Dónde está papá? ¿Y Thibault?

Tras la pregunta, los dos rompieron a llorar.

353

Epílogo

Dos meses después

*B*eth miró por el retrovisor y sonrió al ver a *Zeus* de pie en la parte trasera de la furgoneta, con al hocico alzado al viento. Ben estaba sentado junto a ella, un poco más a su altura desde su reciente estirón, aunque todavía no fuera tan alto como para apoyar el codo cómodamente en el marco de la ventana.

Después de tantas semanas con aquel tiempo infernal, era el primer día que gozaban de buen día. Las Navidades estaban a la vuelta de la esquina, apenas faltaban dos semanas. Ya casi nadie se acordaba del calor y de las tormentas de octubre. La prensa nacional se había hecho eco de las inundaciones. El centro histórico de Hampton había quedado inundado como otras muchas poblaciones de la región; en total, seis personas habían perdido la vida.

A pesar de la tragedia que le había tocado vivir, Beth se dio cuenta de que en cierto modo se sentía... en paz consigo misma por primera vez desde hacía muchos días. Desde el funeral, había intentado superar todo lo que había pasado y que había desembocado irremediablemente en aquel día fatídico. Sabía que mucha gente en el pueblo se preguntaba por su comportamiento. De vez en cuando, oía cuchicheos, pero normalmente los ignoraba. Si algo le había enseñado Logan era que a veces su fe en sí misma y en sus instintos era todo lo que tenía.

Gracias a Dios, Nana continuaba recuperándose. En los días y en las semanas que siguieron al «accidente», tal y como ella se refería a la tragedia, Beth y especialmente Ben se habían refugiado en su abuela por su increíble sabiduría y su apoyo incondicional. Desde el «accidente» Nana había vuelto a cantar regularmente en el coro, encontraba tiempo para adiestrar a los perros, volvía a usar ambas manos y solo cojeaba ocasionalmente cuando la vencía el cansancio. Hubo un momento, un par de semanas antes, en que las dos cojeaban exactamente igual. Fue justo dos días después de que a Beth le quitaran la escayola, pues se había roto cuatro huesos del pie y por eso había tenido que llevarla durante cinco semanas. Nana le había tomado el pelo con una visible satisfacción, disfrutando de la idea de que ya no fuera ella la única lisiada en la familia.

Ben había cambiado considerablemente desde entonces, en ciertos comportamientos que la preocupaban y en otros que la hacían sentirse orgullosa de él. Sobrevivir a aquella tragedia le había dado una nueva confianza en sí mismo que ahora exhibía en la escuela. O por lo menos eso era lo que le gustaba creer a Beth. A veces se preguntaba si era a causa de la foto que llevaba en el bolsillo. Estaba desgastada y completamente agrietada, y se le había empezado a desprender el plástico que la protegía, pero Ben no quería separarse de ella y siempre la llevaba encima. Beth pensaba que con el tiempo perdería aquella fijación, pero ¿cómo podía estar segura? Era el legado que le había dejado Logan, y por eso tenía un significado tan especial para Ben.

La pérdida había sido muy dura para Ben, por supuesto. A pesar de que prácticamente nunca hablaba del tema abiertamente, ella sabía que, en cierto modo, se sentía culpable de lo que había sucedido. Y de vez en cuando todavía sufría pesadillas, en las que a veces gritaba el nombre de Keith y a veces el de Logan. Cuando Beth lo despertaba, el sueño siempre era el mismo: Ben estaba flotando en el río, a punto de hundirse, cuando veía a *Zeus* que iba directamente hacia él. En sus sueños, sin embargo, intentaba agarrarse a la cola del perro, pero no lo conseguía. Lo intentaba una y otra vez desesperadamente, y no lo lograba; entonces se daba cuenta de que *Zeus* no tenía cola y se veía a sí mismo, desde un plano superior, agonizando mientras se hundía lentamente en el agua.

Cuando Beth llegó al cementerio, aparcó en el mismo sitio de siempre. Llevaba dos jarrones con flores. Primero se dirigió a la tumba donde estaba enterrado Drake y se pasó un mo-

355

mento recordándolo antes de arrancar unas hierbas que habían crecido alrededor de la tumba y depositar uno de los jarrones encima de la lápida. Entonces enfiló hacia la otra tumba. Había guardado el ramo de flores más grande para la segunda sepultura: era su cumpleaños y quería asegurarse de que no pasara desapercibido.

Zeus deambulaba por allí, husmeando y explorando como solía hacer. Ben lo seguía, como había hecho siempre desde que aquel perro había irrumpido en su vida. El niño siempre había querido a ese animal, pero después de que lo salvara en el río, había sido imposible separarlos. Zeus parecía entender lo que había hecho, o por lo menos, esa era la única explicación que a Beth se le ocurría. Era como si para el animal, él y Ben estuvieran unidos para siempre. Por la noche, Zeus dormía en el pasillo, junto a la puerta del cuarto de Ben. A veces, cuando ella se levantaba por la noche para ir al baño, avistaba a Zeus junto a la cama de su hijo, observando a su querido compañero de fatigas mientras este dormía.

356

La pérdida resultaba difícil de aceptar. Ella y Ben intentaban superar la tristeza como podían. A veces se daba cuenta de que los recuerdos que ambos tenían enturbiaban en cierto modo aquella etapa de luto, ya que, a pesar del heroísmo que había marcado los últimos momentos de su vida, los recuerdos del pasado no siempre eran de color rosa. Pero ahora, con los hechos consumados, Beth sabía que siempre recordaría a Keith Clayton con una enorme gratitud. Jamás olvidaría cómo la había ayudado a levantarse y a seguir adelante cuando ella tropezó y se rompió el pie. Ni tampoco olvidaría que al final él había muerto intentando salvar a su hijo.

Eso valía su peso en oro. Y a pesar de sus otros defectos, así era como había decidido recordarlo. Esperaba que, por el bien de Ben, él también recordara a su padre del mismo modo, sin ningún resentimiento y sin dudar del amor que Keith había sentido por él, a pesar de que no siempre hubiera sabido expresárselo en vida.

En cuanto a ella, Logan la estaría esperando cuando regresara a casa. Se había ofrecido para acompañarla al cementerio, pero Beth sabía que en el fondo no quería ir. Era fin de semana. Logan prefería pasar el sábado por la mañana solo, en casa, reparando cosas y reconstruyendo la cabaña de Ben. Más tarde, habían planeado decorar el árbol de Navidad. Beth se iba acostumbrando a su ritmo y a su forma de ser silenciosa. Con sus virtudes y con sus defectos, Logan era suyo para siempre.

De regreso a casa, mientras aparcaba, vio que bajaba los peldaños del porche y lo saludó con la mano.

Ella era suya para siempre, también, con todas sus imperfecciones y manías. «O me aceptas tal como soy o me dejas», pensó Beth.

Mientras Logan caminaba hacia ella, le sonrió como si le leyera el pensamiento y abrió los brazos.

357

Agradecimientos

Publicar una novela nunca es un esfuerzo en solitario. Como siempre, hay un sinfín de personas a las que les estoy sumamente agradecido por tener la energía necesaria y la habilidad para ayudarme a completar este proyecto. Indudablemente existen numerosas formas de agradecerles sus esfuerzos, así que esta vez se me ha ocurrido hacerlo de una forma original: dándoles las gracias en diferentes idiomas, a partir de un listado que he encontrado en Google. (Sin buscarlos antes en el diccionario, ¿puedes decirme todos los idiomas que he utilizado?)

En el lugar más destacado de la lista figura mi esposa, Cathy, quien se encarga de que no pierda nunca de vista todas las cosas importantes de la vida que son realmente importantes. A mis hijos les digo que serán muy afortunados si algún día se casan con una mujer como ella. *Thank you!*

El segundo lugar de la lista lo ocupan mis hijos: Miles, Ryan, Landon, Lexie y Savannah. Los cinco aparecen inmortalizados (de una forma muy, pero que muy discreta) en los nombres de algunos personajes en mis novelas anteriores. Para mí, un abrazo suyo es el regalo más preciado del mundo. *¡Muchas gracias!*

Después viene mi agente literaria, Theresa Park, merecedora de mi eterna gratitud. La relación agente-autor puede resultar a veces tensa (o por lo menos eso es lo que he oído que pasa con otros agentes y autores). En mi caso, sin embargo, solo puedo decir que ha sido un verdadero placer trabajar con

Theresa desde la primera vez que hablamos por teléfono en 1995. Es la mejor. No solo es una persona inteligente y con una enorme paciencia, sino que está dotada de más sentido común que la mayoría de la gente que conozco. *Danke schön!*

Denise DiNovi, mi amiga y preciada colaboradora en la industria cinematográfica, es otro de los numerosos ángeles en mi vida. Ha producido tres de mis novelas que se han llevado al cine —*Noches de tormenta, El mensaje* y *Un paseo para recordar*—, por lo que me siento uno de los autores más privilegiados del mundo. *Merci beaucoup!*

David Young, el magnífico director ejecutivo de Grand Central Publishing. Siempre me ha mostrado su apoyo incondicional. Para mí es un gran orgullo poder trabajar con él. *Arigato gozaimasu!*

Jennifer Romanello, publicista y amiga, quien ha conseguido transformar la publicidad en una experiencia indescriptiblemente interesante y satisfactoria en estos últimos trece años. *Grazie!*

Edna Farley, mi amiga experta en comunicación telefónica; se encarga de programar prácticamente todas mis actividades y solucionar cualquier problema que surja durante mis giras de promoción. No solo es una persona fantástica, sino que es una optimista nata, y eso es algo que he aprendido a valorar cada vez más, a medida que pasa el tiempo. *Tapadh leibh!*

Howie Sanders, mi agente cinematográfico y amigo, es otro miembro del club «llevo años trabajando con ese autor». Y mi vida es mejor gracias a él. *Toda raba!*

Keya Khayatian, otro de mis agentes cinematográficos, un tipo fantástico que siempre se muestra generoso con su tiempo. *Merci!* o, si lo prefieres, *Mamnoon!*

Harvey-Jane Kowal y Sona Vogel, mis editoras, que tienen una paciencia a prueba de bomba (teniendo en cuenta que siempre me retraso en la fecha de entrega de los manuscritos). Entre sus funciones quiero destacar la de detectar pequeños errores en mis novelas (bueno, y a veces bastante grandes, también) y, lamentablemente, no les doy demasiado tiempo para hacerlo. Así que si el lector encuentra un error (lo cual es posible), le ruego que no les eche la culpa a ellas, sino a mí. Mis editoras son unas verdaderas expertas en su trabajo. A las dos: *Spasibo!*

Scott Schwimer, mi abogado, un bromista que se sabe todos los chistes sobre abogados habidos y por haber. Una gran persona y un amigo excepcional. *Liels paldies!*

Muchas gracias también a Marty Bowen, Courtenay Valenti, Abby Koons, Sharon Krassney, Lynn Harris y Mark Jonson. *Efharisto poli!*

Alice Arthur, mi fotógrafa, siempre lista para disparar su objetivo en el momento adecuado. Sus fotos son realmente fantásticas, por lo que le estoy sumamente agradecido. *Toa chie!* O *Xie xie!*

Flag ha vuelto a diseñar una cubierta estupenda. *Shukran gazilan!*

Tom McLaughlin, el director de The Epiphany School (la escuela que mi esposa y yo hemos colaborado a fundar), por haber enriquecido enormemente mi vida y haber contribuido a que me sienta una persona más completa desde que empezamos a trabajar juntos. *Obrigado!*

Y finalmente, David Simpson, el entrenador del programa olímpico juvenil New Bern High School. *Mahalo nui loa!*

P. D. Los idiomas son: inglés, español, alemán, francés, japonés, italiano, gaélico escocés, hebreo, persa (farsi), ruso, letón, griego, chino, árabe, portugués y hawaiano. Al menos según la página web que he consultado. Aunque, ¿quién puede fiarse de todo lo que se publica en Internet?

Este libro utiliza el tipo Aldus, que toma su nombre
del vanguardista impresor del Renacimiento
italiano Aldus Manutius. Hermann Zapf
diseñó el tipo Aldus para la imprenta
Stempel en 1954, como una réplica
más ligera y elegante del
popular tipo
Palatino

***

**

*

Cuando te encuentre
se acabó de imprimir
en un día de primavera de 2011,
en los talleres de Rodesa,
Villatuerta
(Navarra)

***

**

*